HAMLET - OTHELLO - MACBETH

SHAKESPEARE

Hamlet
Othello, Macbeth

TRADUCTION DE F.-V. HUGO
REVISÉE SUR LES TEXTES ORIGINAUX
PAR YVES FLORENNE ET ÉLISABETH DURET

ÉDITION PRÉSENTÉE ET COMMENTÉE
PAR YVES FLORENNE

LE LIVRE DE POCHE

Auteur dramatique (*Le Cavalier d'or, Le Sang de la terre, Antigone*, etc., et adaptations de Shakespeare), Yves Florence a écrit aussi des romans (*Le Hameau de la Solitude*) et des récits (*Mes Espagnes*). Critique littéraire au *Monde*, il a publié de nombreuses études, notamment sur les romantiques, et s'est voué particulièrement à Baudelaire : on lui doit une importante édition critique des « Œuvres complètes ».

PRÉFACE

LE RESTE EST SILENCE

Aux confins des deux siècles où s'éteint la Renaissance, paraissent presque ensemble trois astres noirs mais resplendissants : *Hamlet, Othello, Macbeth*. Le temps est le lien le plus apparent des trois tragédies, il pourrait être aussi le plus accidentel, le moins signifiant, si ce temps de la création et de la vie n'avait une couleur, un éclairage : c'est la « période sombre » de Shakespeare.

Laissons à ceux qui les ont avancées les explications par la biographie, amoureuse particulièrement : non point par un reniement ou une récusation de principe — des modes d'approche moderne, psychocritique ou psychanalyse des textes, retournent à la biographie, quoique par un itinéraire inversé — mais parce que la biographie de Shakespeare est largement imaginaire. Laissons donc aussi aux tireuses de cartes — un, deux, trois, à la nuit — l'évocation de la femme de ténèbres recouvrant le jeune homme de lumière, ainsi douloureusement occulté pour l'assombrissement du poète des *Sonnets*. Que la création réfléchisse le créateur, sans doute. Mais celui-ci nous demeure caché, jusque dans ce double Eros à la face de jour et de nuit, et nous n'avons point sous les yeux une âme mais un texte.

Je dis bien : *un* texte, et non pas trois. Toujours pour

s'en tenir aux signes extérieurs, mais révélateurs des profondeurs, comment n'être pas frappé de ce que ce surgissement du noir se manifeste avec, si l'on ose dire, tant de clarté, par une figure unique dans Shakespeare : celle d'Othello. Ici, le noir est d'abord le signe éclatant de la solitude. Le serait-il du démoniaque? On ne le pense pas, sans en être sûr. En tout cas, ce n'est pas le démoniaque de Caliban (non pas homme, mais monstre « de couleur », lui aussi, assurément) : Othello n'est pas d'essence satanique, n'est pas de la semence du diable; il est seulement « possédé ». Et ce n'est pas lui le fils de sorcière, comme Caliban : c'est Macbeth. Un Macbeth soudain nouveau que les sorcières, sous nos yeux, véritablement enfantent, lui et son destin. Et le spectre d'Hamlet? D'où vient-il, sinon des dessous du théâtre, de cet *inferno* qui, pour le spectateur, a un sens bien précis depuis les représentations et la mise en scène symbolique des Mystères? — On touche déjà, en quelques points de surface, à la racine profonde des œuvres de la période sombre. Point n'est besoin de la mettre au jour, cette mandragore se déterre d'elle-même : c'est le Mal.

Nous la regarderons d'un peu plus près, plus à loisir. Mais d'abord, cette parenté sombre et souveraine des trois tragédies, elle a été tout de suite pressentie par les plus lucides, par les visionnaires, et elle réside précisément dans le tragique même, dans la nature, l'intensité, la racine surtout de ce tragique. On ne sépare pas Hamlet d'Othello et de Macbeth; tout au plus, on ajoute un nom ou deux à la famille. Hugo (la mode est passée de le dédaigner, lui, sa vision critique, et particulièrement son *Shakespeare*) voit dans les trois tragédies, et dans *Le roi Lear,* les « quatre points culminants »; dans les personnages, les « quatre figures qui dominent

le haut édifice de Shakespeare ». André Suarès réunit
« Hamlet, avec Timon, Macbeth, le roi Lear, le noir
Othello » : ces « Titans se dressent sur l'horizon et
portent le ciel de la tragédie ». La mandragore
n'échappe pas à sa vue : *« Dans les grandes passions, ce
sont les plus hommes qui meurent le plus ; ils sont leur propre
fatalité : Timon, Troïlus, Othello, Macbeth, tous enfin* (il
faudrait tout de même nommer ici Antoine), *et Hamlet,
leur prince, lui si pur et le plus atteint de conscience : il porte
la mort à tout ce qu'il touche. »* Mais, ces *plus* hommes qui
« meurent le plus », quelques-uns les « plus atteints de
conscience », Suarès n'a que le tort, a le grand tort, de
n'en pas faire le synonyme d' « humains », mais de les
opposer explicitement aux femmes. C'est être injuste et
n'être pas vrai : les « plus femmes », Lady Macbeth,
Cléopâtre, Juliette, ne meurent pas moins. Reste que
ce qui importe, c'est la mort. Et celui, ou celle, qui la
porte.

La mort est la tragédie, mais elle n'est pas nécessairement le meurtre. Or, dans nos trois tragédies, elle l'est :
meurtre central, avec son cortège de meurtres accessoires.
Pour *Hamlet* et *Macbeth,* ce meurtre est un régicide, et à
double détente : il frappe le roi légitime, puis cet
autre roi, tout de même, qu'est l'usurpateur revêtu
d'abord de tous les signes de la légitimité. *Hamlet* et
Macbeth ont encore ceci de commun d'être deux tragédies
« historiques », et dont le temps historique est le haut
Moyen Age. Mais justement, cela n'a aucune importance,
ou plutôt c'est une vue fausse. Le temps véritable est
celui de la Renaissance et de la conscience moderne. A
travers le faux-semblant commun, la véritable commu-
nauté tragique se retrouve intacte. Il en va tout de
même des différences, des oppositions superficielles :
Othello, tragédie « privée » (que Shakespeare rehausse,

anoblit, en faisant d'Othello — mais qui y prend garde?
— un descendant de rois), dont le ressort est une passion
— l'amour-jalousie — et le but, vers quoi le héros marche
en somnambule, un crime passionnel. Avec les mêmes
éléments, meurtre en moins, mais lit inclus, on ferait
une comédie. Le tragique vient de ce que, dans le terreau
du drame, est enfouie encore la racine noire.

N'importe la passion, les personnages et le tréteau,
n'importe l' « histoire » : on montrerait aisément que
rien n'est plus près d'*Hamlet* qu'*Othello,* par la poétique,
les thèmes : dans deux registres différents, c'est même
« musique », même langage. Et c'est d'abord même
métaphysique, même théologie, en dépit encore des
apparences qui sembleraient situer aux antipodes cette
variation poétique et pathétique sur une crise sexuelle
et cette tragédie de la psyché, cette tragédie totale de
l'homme, où il y a bien plus de choses que n'en peut
contenir et rêver toute la philosophie.

Notons encore, dans ce va-et-vient d'une œuvre à
l'autre, dans cet enlacement, la mise en évidence et en
action d'un pouvoir exorbitant : celui que possède
l'imaginaire d'engendrer la réalité, — d'être la seule
réalité : « Rien n'est, que cela qui n'est pas. » L'érudi-
tion, sourcière incurable, a cru trouver l'origine de
Macbeth dans un débat ouvert à la cour de Jacques Ier,
sur la capacité de l'imagination à produire des effets
réels. Si jamais Shakespeare a participé à ces ancêtres
des colloques universitaires, ce n'est pas celui-là qui a
ébranlé sa propre imagination, car il est à coup sûr
postérieur à la composition de *Macbeth*. Mais Shakespeare — et tout poète — est bien la dernière personne à
qui une telle preuve soit nécessaire : *Macbeth* en est une
suffisante, — bref : toute œuvre, toute création. Que le
fantasme et l'hallucination — spectre ou sorcières —

créent l'acte, se fassent acte : Hamlet comme Macbeth
en témoigneraient. Mais, chez l'un, ils sont la lucidité
même; chez l'autre, et chez Othello aussi : l'aveugle-
ment. Celui-là frappe, les yeux fermés, marche, les
yeux fermés, vers le gouffre, en se payant de l'équivoque,
proprement aveuglante, des prophéties; celui-ci est fas-
ciné par un mouchoir, comme le taureau par la muleta;
et le destin l'estoque.

Destin, puissance aveuglante; ou lucidité, pureté inflexibles; ne portent-ils pas un vieux nom tragique :
fatalité? — Mais faite de quoi, croissant par quoi, par
quoi nourrie? Toujours l'éternelle racine de toute chose.
Que *Macbeth,* plus que toute autre de Shakespeare, soit
la tragédie du Mal, une « apocalypse du mal », qui ne
le voit? Et même le Mal à l'état d'autant plus pur qu'il
n'est pas, ici, substance d'un méchant; qu'il se saisit
d'une âme qui n'y était pas, plus qu'une autre, dispo-
sée. Il a fallu la conjuration néfaste d'une puissance
très charnelle — Lady Macbeth — et d'une puissance
imaginaire, fantasme, désir caché, figurée par les sorcières. Mais le mal n'est pas moins dans *Hamlet,* et
peut-être plus terrible parce que plus souterrain, plus
mêlé, — et d'abord, comme dans Macbeth, mêlé de
conscience, et de conscience-remords. Rien ne peut
effacer le sang, non seulement de la petite main de
Lady Macbeth, mais des mains royales de Macbeth lui-
même et de Claudius. En un sens, tous sont victimes
autant que coupables; mais la victime la plus apparemment victime — de la fatalité — est coupable aussi :
chez Othello, cet innocent, cette âme simple, bonne,
fidèle, aimante, le mal c'est quelque chose comme le
péché originel. C'est malgré lui, et comme en dehors de
lui, avant lui, que son âme a été infectée. Il s'en punit,
comme Lady Macbeth. Comme Hamlet, d'ailleurs, se

défend contre la tentation de se châtier en se délivrant; mais lui, c'est du crime d'être. Rien, dans cette voie, n'arrête personne : Othello traque le mal où il n'est pas; Macbeth poursuit le mal pour le faire; Hamlet pour le tuer.

Mais, Hamlet, c'est singulièrement le réduire, le méconnaître, lui et sa tragédie, que de ne voir en eux qu'une tragédie de la vengeance et qu'un justicier. Et moins encore : un justicier frappé de paralysie. A-t-on assez dénoncé, ou caressé, en lui le velléitaire, le rêveur rêvant son acte, incapable de l'accomplir. C'est que les hommes d'action ne sont que des irréfléchis ou des aveugles violents. Hamlet, lui, est l'homme qui pour agir exige de connaître.

Certes, depuis que la question d'Hamlet est posée, au centre du mystère d'Hamlet, on a convoqué, découvert, identifié, scruté, éclairé, appelé à témoigner et à se déclarer, mille et un Hamlet. Et pour beaucoup de ceux qui ont posé devant lui, pour les romantiques surtout, Goethe en tête, Hamlet n'a été qu'un auto-portrait, un miroir; ils ont ingénument avoué à leur insu ce que Shakespeare n'a jamais dit : « Hamlet, c'est moi. » Non : Hamlet c'est Hamlet, et à n'en plus finir. Il faudrait encore citer à la barre du siècle un Hamlet freudien, un Hamlet existentialiste, un Hamlet gauchiste, que sais-je? Tous sont vrais, mais d'une parcelle de vérité. Notre temps devait se reconnaître dans un Hamlet ayant rompu toutes les amarres, dérivant sans boussole, balancé entre l'être et le non-être, l'absurde et le néant; ou, au contraire, quêtant la justice et surtout la vérité. Tragédie de la vérité : c'est Jaspers qui a apporté là-dessus une lumière décisive. Car c'est en quoi d'abord, Hamlet est, n'est rien de moins que tout l'homme.

Certes, il y a en lui de l'Oreste (à cela près que, au contraire de Clytemnestre, la reine serait innocente du meurtre, si on pouvait être innocent). Mais Oreste découvre la vérité sans l'avoir cherchée, et elle l'écrase, jusqu'à l'intervention divine et la grâce. Bien plus que la vengeance et même que la justice, la vérité est l'objet de la recherche d'Hamlet. Eût-il eu son Électre, il pouvait être sauvé. Mais il ne l'a pas trouvée en Ophélie qui n'est qu'une fleur d'eau ; et, dès lors, il n'y a plus rien entre la mort et lui, entre lui et le silence. Il sait qu'il ne saura rien : « Ce savoir est refusé aux oreilles de chair et de sang. » Entre le ciel et la terre, les tombeaux et les livres, les images du néant et les instruments du savoir, les yeux ouverts sur quelque chose d'insondable et d'inaccessible, Hamlet, dans ce couchant de la Renaissance, est le fils de la Mélancholia.

C'est très consciemment que Shakespeare a fait de lui, dans l'accompagnement de la plus belle des musiques funèbres, le héros, le saint et le martyr de la vérité : « Que les envolées d'anges te portent avec leurs chants à ton suprême repos. » Ici se croisent et se répondent les trois voix tragiques, ou plutôt se répond à elle-même, pour finir, l'unique voix tragique, celle du poète tragique : « — Mourir, dormir, rêver... — Éteins-toi, flamme d'un instant. La vie n'est qu'une ombre en marche, un pauvre acteur... — Le bonheur est de mourir. » Mais — l'au-delà est atteint de toute voix, de toute parole — « le reste est silence ».

Yves Florenne.

La traduction de François-Victor Hugo, qui sert de base à notre édition, présente le grand avantage de l'unité. La traduction de tout le théâtre de Shakespeare n'a pas encore été tentée par un traducteur moderne. En outre, l'honnêteté de la traduction de F.-V. Hugo, sa fidélité littérale, sont évidentes, jusque dans une couleur d'époque qui n'est pas sans charme.

Toutefois, F.-V. Hugo ne disposait pas des textes originaux et authentiques — du moins dans toute la mesure du possible — que la critique moderne a établis. Aujourd'hui, aucune traduction ne peut se faire qu'à partir du « New Shakespeare » de Cambridge. C'est donc en la confrontant à ce texte que nous avons révisé la traduction de F.-V. Hugo, qui a été purgée, en outre, de contresens, approximations douteuses, formules embarrassées et autres erreurs. Les indications de mise en scène ont été restituées d'après le « New Shakespeare ». Enfin, chaque fois qu'il y a eu lieu, le découpage a été rétabli conformément à la tradition moderne.

Rappelons à ce propos que Shakespeare n'a pas conçu ses pièces selon la structure en actes et scènes. Nous avons pourtant conservé cette structure classique à laquelle le lecteur est accoutumé et qui permet de se référer commodément aux diverses éditions, au texte anglais et à notre texte lui-même.

LA TRAGÉDIE D'HAMLET

PRINCE DE DANEMARK

PERSONNAGES

CLAUDIUS, roi de Danemark.
HAMLET, prince de Danemark, fils du dernier roi, neveu du roi actuel.
POLONIUS, premier ministre.
HORATIO, ami d'Hamlet.
LAERTE, fils de Polonius.
VALTEMAND 〉 ambassadeurs de Norvège.
CORNÉLIUS 〉
ROSENCRANTZ 〉 anciens condisciples d'Hamlet.
GUILDENSTERN 〉
OSRIC,
UN GENTILHOMME.
UN DOCTEUR EN THÉOLOGIE.
MARCELLUS 〉
BERNARDO 〉 officiers de la Garde.
FRANCISCO 〉
REYNALDO, serviteur de Polonius.
COMÉDIENS.
DEUX FOSSOYEURS.
FORTINBRAS, prince de Norvège.
UN CAPITAINE NORVÉGIEN.
AMBASSADEURS ANGLAIS.
GERTRUDE, reine de Danemark, mère d'Hamlet.
OPHÉLIE, fille de Polonius.

LE SPECTRE DU PÈRE D'HAMLET.
SEIGNEURS, DAMES, OFFICIERS, SOLDATS, MATELOTS, UN MESSAGER, GENS DE SUITE.

La scène est au Danemark.

ACTE PREMIER[1]

SCÈNE PREMIÈRE

Le château d'Elseneur — une terrasse des remparts —

> *Francisco, sentinelle, puis Bernardo.*

BERNARDO. — Qui est là?

FRANCISCO. — Non, à vous de répondre. Halte! Qui êtes-vous vous-même?

BERNARDO. — Vive le roi!

FRANCISCO. — Bernardo?

BERNARDO. — Lui-même.

FRANCISCO. — Vous venez scrupuleusement à l'heure.

BERNARDO. — Minuit sonne; va te coucher, Francisco.

FRANCISCO. — Grand merci de venir me relever! L'âpre froid! Je suis transi jusqu'au cœur.

BERNARDO. — Votre garde a été tranquille?

FRANCISCO. — Pas une souris qui bouge!

BERNARDO. — Eh bien, bonne nuit! Si vous rencontrez Horatio et Marcellus, mes camarades de garde, dites-leur de se hâter.

> *Entrent Horatio et Marcellus.*

FRANCISCO. — Je crois que je les entends... Halte! Qui va là?

HORATIO. — Amis de ce pays.

MARCELLUS. — Hommes liges du roi danois.

FRANCISCO. — Bonne nuit!

MARCELLUS. — Ah! adieu, honnête soldat! Qui vous a relevé?

FRANCISCO. — Bernardo a pris ma place. Bonne nuit!

Francisco sort.

MARCELLUS. — Holà! Bernardo!

BERNARDO. — Réponds donc. Est-ce Horatio qui est là?

HORATIO. — Quelque chose de lui[2].

BERNARDO. — Bienvenue, Horatio! Bienvenue, bon Marcellus!

MARCELLUS. — Eh bien! la chose est-elle encore apparue cette nuit?

BERNARDO. — Je n'ai rien vu.

MARCELLUS. — Horatio dit que ce n'est qu'une imagination, il refuse de croire à cette terrible apparition que deux fois nous avons vue. Voilà pourquoi je l'ai pressé de veiller avec nous, cette nuit, afin que, si ce spectre revient encore, il puisse confirmer nos regards et lui parler.

HORATIO. — Bah! bah! il ne viendra pas.

BERNARDO. — Asseyez-vous un moment et nous allons encore une fois assaillir vos oreilles, qui se sont trop bien fortifiées contre lui, du récit de ce que, deux nuits, nous avons vu.

HORATIO. — Soit! asseyons-nous, et écoutons ce que Bernardo va nous dire.

BERNARDO. — La dernière de ces nuits, quand cette étoile, là-bas, vers l'ouest du pôle, à la fin de son cours vint illuminer cette partie du ciel où elle flamboie maintenant. Marcellus et moi, la cloche sonnait alors une heure...

MARCELLUS. — Paix, interromps-toi!... Regarde! Le voici qui revient.

Le Spectre entre.

BERNARDO. — Sous forme même du roi qui est mort.

MARCELLUS. — Tu es un savant : parle-lui, Horatio.

BERNARDO. — Ne ressemble-t-il pas au roi? Regarde-le bien, Horatio.

HORATIO. — Tout à fait! Je suis bouleversé de peur et d'étonnement.

BERNARDO. — Il voudrait qu'on lui parle.

MARCELLUS. — Questionne-le, Horatio.

HORATIO. — Qui es-tu, toi qui usurpes cette heure de la nuit et cette noble apparence guerrière sous laquelle jadis, dans sa majesté, marchait le roi mort? — Au nom du Ciel, parle!

MARCELLUS. — Il est offensé.

BERNARDO. — Vois! il s'en va fièrement.

HORATIO. — Arrête; parle! je t'ordonne de parler; parle!

Le Spectre sort.

MARCELLUS. — Il est parti, et ne veut pas répondre.

BERNARDO. — Eh bien! Horatio, vous tremblez et vous êtes tout pâle! Ceci n'est-il rien de plus que de l'imagination? Qu'en pensez-vous?

HORATIO. — Devant mon Dieu, je n'aurais pu le croire, sans le témoignage sensible et évident de mes propres yeux.

MARCELLUS. — Ne ressemble-t-il pas au roi?

HORATIO. — Comme tu te ressembles à toi-même. C'était bien là l'armure qu'il portait, quand il combattit l'ambitieux Norvège; ainsi il fronçait le sourcil lorsque,

dans un engagement furieux, il renversa, sur la glace,
les traîneaux polonais.

MARCELLUS. — Deux fois déjà, et justement à cette
heure funèbre, il a passé avec cette démarche martiale
près de notre poste.

HORATIO. — Quel sens particulier donner à ceci? Je
n'en sais rien; mais ma première pensée, et d'un mot,
c'est que cela présage d'étranges malheurs dans le
royaume.

MARCELLUS. — Eh bien! asseyons-nous; et que celui
qui le sait me dise pourquoi ces gardes si strictes et si
rigoureuses fatiguent ainsi toutes les nuits les sujets de ce
royaume! Pourquoi tous ces canons de bronze fondus
chaque jour, et toutes ces munitions de guerre achetées
à l'étranger? Pourquoi cette réquisition de tant de char-
pentiers de marine dont la rude tâche ne distingue plus
le dimanche du reste de la semaine? Quel peut être le
but de cette activité toute haletante, qui fait de la nuit
la compagne de travail du jour? Qui pourra m'expliquer
cela?

HORATIO. — Moi, je le puis; du moins d'après la ru-
meur qui court. Notre feu roi, dont l'image vient de
vous apparaître, fut, comme vous savez, provoqué à un
combat par Fortinbras de Norvège, excité du plus
jaloux orgueil. Dans ce combat, notre vaillant Hamlet
(car cette partie du monde connu l'estimait pour tel)
tua ce Fortinbras. En vertu d'un contrat bien scellé, dû-
ment ratifié par la justice et par les hérauts, Fortinbras
perdit avec la vie toutes les terres qu'il possédait et qui
revinrent au vainqueur. En contrepartie, notre roi ris-
quait une part égale, qui devait être réunie au patri-
moine de Fortinbras si celui-ci l'emportait. Ainsi les
biens de Fortinbras, d'après le traité et la teneur for-
melle de certains articles, ont dû échoir à Hamlet. Main-

tenant, mon cher, le jeune Fortinbras, écervelé, tout plein d'une ardeur fougueuse, a ramassé çà et là, sur les frontières de Norvège, une bande d'aventuriers sans feu ni lieu, enrôlés moyennant les vivres et la paye, pour quelque entreprise hardie; or il n'a d'autre but (notre gouvernement en a la preuve) que de reprendre sur nous, par un coup de main et par des moyens violents, les terres susdites, ainsi perdues par son père. Et voilà, je pense, la cause principale de nos préparatifs, la raison des gardes qu'on nous fait monter, et le grand motif du train de poste et du remue-ménage que vous voyez dans le pays.

BERNARDO. — Je pense que ce ne peut être autre chose; tu as raison. Cela expliquerait cette figure maléfique qui hante notre veille : en armes, comme le roi qui fut toujours au cœur de ces guerres.

HORATIO. — C'est une poussière qui irrite l'œil de la pensée. A l'époque la plus glorieuse et la plus florissante de Rome, un peu avant que tombât le puissant Jules César, les tombeaux laissèrent échapper leurs hôtes, et les morts en linceul allèrent, poussant des cris rauques, dans les rues de Rome. Ce sont les mêmes signes des événements terribles, messagers précédant toujours la destinée, prélude des désastres en chemin, que la terre et le ciel produisent ensemble dans nos climats pour nos compatriotes : astres aux traînes de flamme, rosées de sang, aspects menaçants du soleil; et l'astre humide qui a dans son influence l'empire de Neptune, s'efface dans une éclipse comme il adviendra au jour du Jugement dernier[3].

Le Spectre reparaît.

Mais, doucement, voyez-le, il revient. Dût-il me foudroyer, je lui barre la route... Arrête, illusion.

Il étend les bras.

Si tu as une voix, si tu peux t'en servir, parle-moi.
S'il y a à faire quelque bonne action qui puisse contri-
buer à ton soulagement et à mon salut, parle-moi! Si
tu es dans le secret de quelque malheur national, qu'un
avertissement pourrait peut-être prévenir, oh! parle.
Ou si tu as enfoui pendant ta vie dans le sein de la
terre un trésor extorqué, ce pourquoi, dit-on, vous
autres esprits vous errez souvent après la mort, dis-le-
moi.

Le coq chante.

Arrête et parle... Retiens-le, Marcellus.

MARCELLUS. — Le frapperai-je de ma pertuisane?

HORATIO. — Oui, s'il ne veut pas s'arrêter.

BERNARDO. — Il est ici!

HORATIO. — Il est ici!

Le Spectre disparaît.

MARCELLUS. — Il est parti! Nous avons tort de faire à
un être si majestueux ces menaces de violence; car il est,
comme l'air, invulnérable; et nos vains coups ne sont
que dérision.

BERNARDO. — Il allait parler quand le coq a chanté.

HORATIO. — Il a tressailli comme un coupable qu'un
appel emplit d'effroi. J'ai ouï dire que le coq, qui est le
clairon du matin, avec son cri puissant et aigu, éveille
le dieu du jour; et qu'à ce signal, qu'ils soient dans la
mer ou dans le feu, dans la terre ou dans l'air, les esprits
égarés et errants regagnent en hâte leurs retraites; et la
peuve nous en est donnée par ce que nous venons de
voir.

MARCELLUS. — Il s'est évanoui au chant du coq. On dit
qu'aux approches de la saison où l'on célèbre la naissance du Sauveur, l'oiseau de l'aube chante toute la nuit;

et alors, dit-on, aucun esprit n'ose s'aventurer dehors. Les nuits sont saines; alors, pas d'étoile maléfique, pas de fée qui jette des sorts, pas de sorcière qui ait le pouvoir de charmer; tant cette époque est bénie et pleine de grâce!

HORATIO. — C'est aussi ce que j'ai ouï dire, et j'en crois quelque chose. Mais, voyez! le matin, vêtu de son manteau roux, s'avance sur la rosée de cette haute colline, là-bas à l'orient. Finissons notre faction, et, si vous m'en croyez, faisons part de ce que nous avons vu cette nuit au jeune Hamlet; car, sur ma vie! cet esprit, muet pour nous, lui parlera. Consentez-vous à ce qu'on l'en avise? Notre affection le demande et c'est notre devoir.

MARCELLUS. — Faisons cela, je vous prie! je sais où, ce matin, nous avons le plus de chance de le trouver.

Ils sortent.

SCÈNE II

La Salle du Conseil au château. Fanfare de trompettes.

> *Entrent le Roi, la Reine, Polonius, Laerte, Valtemand, Cornélius. Le dernier de tous vient le prince Hamlet.*

LE ROI. — Bien que la mort de notre cher frère Hamlet soit un souvenir toujours récent; bien qu'il soit convenable pour nous de maintenir nos cœurs dans le chagrin, et, pour tous nos sujets, d'avoir sur le front la même contraction de douleur, cependant la raison, en lutte avec la nature, veut que nous pensions à lui avec une sage tristesse, et sans nous oublier nous-mêmes. Voilà pourquoi celle qui fut jadis notre sœur, qui est maintenant notre reine, et notre associée à l'empire de ce belliqueux État, a été prise par nous pour femme. C'est avec une joie douloureuse, en souriant d'un œil et en pleurant de l'autre, en mêlant le chant des funérailles au chant des noces, et en tenant la balance égale entre la joie et la douleur, que nous nous sommes mariés; nous n'avons pas résisté à vos sages conseils qui ont été librement donnés dans toute cette affaire. Nos remerciements à tous! Maintenant passons à ce que vous savez : le jeune Fortinbras, se faisant une faible idée de nos forces ou pensant que, par suite de la mort de feu notre cher frère, notre empire se lézarde et tombe en ruine, est poursuivi par la chimère de sa supériorité, et n'a cessé de nous importuner de messages, par lesquels il nous réclame les terres très légalement cédées par son père à notre frère très vaillant. Voilà pour lui. Quant à nous et à l'objet de cette assemblée, voici quelle est l'affaire. Nous avons écrit sous ce pli au roi de Norvège, oncle du jeune Fortinbras, qui, impotent et retenu au lit, connaît à peine les intentions de son neveu, afin qu'il ait à arrêter ses menées; car les levées et les enrôlements nécessaires à la formation des corps se font tous parmi ses sujets. Sur ce, nous vous dépêchons, vous, brave Cornélius, et vous, Valtemand, pour porter ces compliments écrits au vieux Norvège; et nous limitons vos pouvoirs personnels, dans vos négociations avec le roi, à la teneur des instructions détaillées que voici. Adieu! et que votre diligence prouve votre dévouement!

CORNÉLIUS et VALTEMAND. — En cela, comme en tout, nous vous montrerons notre dévouement.

LE ROI. — Nous n'en doutons pas. Adieu de tout cœur!

Valtemand et Cornélius sortent.

Et maintenant, Laerte, quelle est votre affaire? Vous
nous avez parlé d'une requête. Qu'est-ce, Laerte? Vous
ne sauriez parler raison au roi de Danemark et perdre
vos paroles. Que peux-tu désirer, Laerte, que je ne sois
prêt à t'accorder avant que tu le demandes? La tête
n'est pas plus naturellement dévouée au cœur, la main,
plus serviable à la bouche, que la couronne de Danemark ne l'est à ton père. Que veux-tu, Laerte?

LAERTE. — Mon redouté seigneur, je demande votre
congé et votre agrément pour retourner en France. Je
suis venu avec empressement en Danemark pour vous
rendre hommage à votre couronnement; mais maintenant, je dois l'avouer, ce devoir une fois rempli, mes
pensées et mes vœux se tournent de nouveau vers la
France, et sollicitent humblement votre gracieux congé.

LE ROI. — Avez-vous la permission de votre père?
Que dit Polonius?

POLONIUS. — Il a fini, monseigneur, par me l'arracher
à force d'importunités; mais, enfin, j'ai à regret mis à
son désir le sceau de mon consentement. Je vous supplie
de le laisser partir.

LE ROI. — Pars quand tu voudras, Laerte : le temps
t'appartient, emploie-le au gré de tes plus chers caprices. Eh bien! Hamlet, mon cousin et mon fils...

HAMLET, *à part.* Un peu plus que cousin, et un peu
moins que fils.

LE ROI. — Pourquoi ces nuages qui planent encore
sur votre front?

HAMLET. — Il n'en est rien, seigneur : je suis trop
près du soleil.

LA REINE. — Cher Hamlet, dépouille ces couleurs
nocturnes, regarde le roi de Danemark avec amitié.
Ne t'acharne pas, les paupières ainsi baissées, à chercher
ton noble père dans la poussière. Tu le sais, c'est la règle

commune : tout ce qui vit doit mourir, emporté par la
nature dans l'éternité.

HAMLET. — Oui, madame, ceci du moins est la loi
commune.

LA REINE. — S'il en est ainsi, pourquoi, dans le cas
présent, te semble-t-elle si étrange?

HAMLET. — Elle me semble, madame! Non : elle est.
Je ne connais pas les semblants. Ce n'est pas seulement
ce manteau noir comme l'encre, bonne mère, ni ce
costume obligé d'un deuil solennel, ni le souffle violent
d'un soupir forcé, ni le ruisseau intarissable qui inonde
les yeux, ni la ·mine abattue du visage, ni toutes ces
formes, tous ces modes, toutes ces apparences de la
douleur, qui peuvent révéler ce que j'éprouve. Ce sont là
des semblants, des actions qu'un homme peut feindre.
Mais ce que j'ai en moi, rien ne peut l'exprimer. Le reste
n'est que le harnais et le vêtement de la douleur.

LE ROI. — C'est chose touchante et honorable pour
votre caractère, Hamlet, de rendre à votre père ces
funèbres devoirs. Mais, rappelez-vous-le, votre père avait
perdu son père, celui-ci avait perdu le sien. C'est pour
le survivant une obligation filiale de garder pendant
quelque temps la tristesse du deuil; mais persévérer
dans une affliction obstinée, c'est le fait d'un entêtement
impie; c'est une douleur indigne d'un homme; c'est la
preuve d'une volonté en révolte contre le ciel, d'un
cœur sans humilité, d'une âme sans résignation, d'un
jugement faible et mal formé. Car, pour un fait qui,
nous le savons, doit nécessairement arriver, et est aussi
commun que la chose la plus vulgaire, pourquoi, dans
une révolte dénuée de sens, nous faudrait-il le prendre à
cœur? Fi! c'est une offense au ciel, une offense aux
morts, une offense à la nature, une offense absurde à
la raison, pour qui la mort des pères est un lieu com-

mun et qui n'a cessé de crier, depuis le premier cadavre
jusqu'à l'homme qui meurt aujourd'hui : *Cela doit être
ainsi!* Nous vous en prions, jetez à terre cette impuis-
sante douleur, et regardez-nous comme un père. Car,
que le monde le sache bien! vous êtes de tous le plus
proche de notre trône; et la noble affection que le plus
tendre père a pour son fils, je l'éprouve pour vous.
Quant à votre projet de retourner aux écoles de Wittemberg, il est en tout contraire à notre désir; nous
vous en supplions, consentez à rester ici, pour la joie
et la consolation de nos yeux, vous, le premier de notre
cour, notre cousin et notre fils.

LA REINE. — Entends les prières de ta mère, Hamlet.
Reste avec nous; ne va pas à Wittemberg, je t'en prie.

HAMLET. — Je ferai de mon mieux pour vous obéir
en tout, madame.

LE ROI. — Allons, voilà une réponse affectueuse et
convenable. Soyez en Danemark comme nous-même...
Venez, madame. Cette déférence gracieuse et naturelle
d'Hamlet sourit à mon cœur : en actions de grâces, je
veux que le roi de Danemark ne boive pas aujourd'hui
une joyeuse santé, sans que les gros canons le disent
aux nuages, et que chaque toast du roi soit répété par le
ciel, écho du tonnerre terrestre. Allons!

Fanfares. Tous sortent, sauf Hamlet.

HAMLET. — Ô chair trop souillée! Si elle pouvait
fondre, se dissoudre et se perdre en rosée! Si l'Éternel
n'avait pas interdit à l'homme de se tuer lui-même!...
Ô Dieu! ô Dieu! combien pesantes, usées, plates et sté-
riles, me semblent toutes les jouissances de ce monde!
Fi de la vie! ah! fi! C'est un jardin de mauvaises herbes
montées en graines et foisonnant de choses affreuses.
— En être là! — Et depuis deux mois seulement qu'il

est mort! Non, non, pas même deux mois! Un roi si excellent; qui était à celui-ci ce qu'Hypérion est à un satyre; si tendre pour ma mère qu'il ne voulait pas permettre aux vents du ciel d'atteindre trop rudement son visage! Ciel et terre! faut-il que je me souvienne? Quoi! elle se pendait à lui, comme si ses désirs grandissaient en se rassasiant. Et pourtant! En un mois... Ne pensons pas à cela... Fragilité, ton nom est femme! En un petit mois, avant d'avoir usé les souliers avec lesquels elle suivait le corps de mon pauvre père, comme Niobé, toute en pleurs. Eh quoi! elle, elle-même! Ô ciel! Une bête, qui n'a pas de réflexion, aurait gardé le deuil plus longtemps... Mariée avec mon oncle, le frère de mon père, mais pas plus semblable à mon père que moi à Hercule[5]! En un mois! Avant même que le sel de ses larmes menteuses eût cessé d'irriter ses yeux rougis, elle s'est mariée! Ô ardeur criminelle! courir avec une telle vivacité à des draps incestueux! Ceci n'est pas bon, et rien de bon n'en peut sortir. Mais brise-toi mon cœur puisque je dois me taire.

Entrent Horatio, Bernardo et Marcellus.

HORATIO. — Salut à Votre Seigneurie!

HAMLET. — Je suis charmé de vous voir bien portant. Horatio, si j'ai bonne mémoire?

HORATIO. — Lui-même, monseigneur, et votre humble serviteur toujours.

HAMLET. — Monsieur mon ami, c'est le nom que nous échangerons. Mais que faites-vous loin de Wittemberg, Horatio?... Marcellus!

MARCELLUS. — Mon bon seigneur?

HAMLET. — Je suis charmé de vous voir; bonsoir, monsieur! Mais vraiment pourquoi avez-vous quitté Wittemberg?

HORATIO. — Un caprice de vagabond, mon bon seigneur!

HAMLET. — Je ne laisserais pas votre ennemi parler de la sorte; vous ne voudrez pas faire violence à mon oreille en vous calomniant ainsi. Je sais que vous n'êtes point un vagabond. Mais quelle affaire avez-vous à Elseneur? Nous vous apprendrons à boire sec avant votre départ.

HORATIO. — Monseigneur, j'étais venu pour assister aux funérailles de votre père.

HAMLET. — Ne te moque pas de moi, je t'en prie, camarade étudiant! Je crois que c'est pour assister aux noces de ma mère.

HORATIO. — Il est vrai, monseigneur, qu'elles ont suivi de bien près.

HAMLET. — Économie! économie! Horatio! Les viandes cuites pour les funérailles ont été servies froides au festin des noces. J'aurais préféré rencontrer mon pire ennemi au ciel, plutôt que de voir pareil jour. Horatio! Mon père! Il me semble que je vois mon père!

HORATIO. — Où donc, monseigneur?

HAMLET. — Avec les yeux de la pensée, Horatio.

HORATIO. — Je l'ai vu jadis : c'était un magnifique roi.

HAMLET. — C'était un homme : voilà ce qu'il faut dire. Jamais je ne reverrai son pareil.

HORATIO. — Monseigneur, je crois l'avoir vu la nuit dernière.

HAMLET. — Vu! Qui?

HORATIO. — Monseigneur, le roi votre père.

HAMLET. — Le roi mon père!

HORATIO. — Calmez pour un moment votre surprise, donnez-moi toute votre attention, avec le témoignage de ces gentilshommes, je vais vous raconter quelle chose prodigieuse...

HAMLET. — Pour l'amour de Dieu, parle!

HORATIO. — Pendant deux nuits de suite, tandis que ces messieurs, Marcellus et Bernardo, étaient de garde, au milieu du désert funèbre de la nuit, voici ce qui leur est arrivé. Une figure semblable à votre père, armée de toutes pièces, de pied en cap, leur est apparue, et, avec une démarche solennelle, a passé lentement et majestueusement près d'eux : trois fois elle s'est promenée devant leurs yeux interdits et fixes d'épouvante, à une longueur d'épée. Et eux, comme liquéfiés par la terreur, n'ont osé souffler mot. Ils m'ont fait part de ce secret effrayant; et la nuit suivante j'ai monté la garde avec eux. Alors, juste sous la forme et à l'heure que tous deux m'avaient indiquées, sans qu'il y manquât un détail, l'apparition est revenue. J'ai reconnu votre père; ces deux mains ne sont pas plus semblables.

HAMLET. — Mais où cela s'est-il passé?

MARCELLUS. — Monseigneur, sur la plate-forme où nous étions de garde.

HAMLET. — Et vous ne lui avez pas parlé?

HORATIO. — Si, monseigneur; mais il n'a fait aucune réponse. Une fois pourtant, il m'a semblé qu'il levait la tête et se mettait en mouvement comme s'il voulait parler; mais alors, justement, le coq matinal a jeté un cri aigu; et, à ce bruit, le spectre s'est enfui à la hâte et s'est évanoui de notre vue.

HAMLET. — C'est très étrange.

HORATIO. — C'est aussi vrai que j'existe, mon honoré seigneur; et nous avons pensé que c'était notre devoir de vous en instruire.

HAMLET. — Mais vraiment, vraiment, messieurs, ceci me trouble. Êtes-vous de garde cette nuit?

MARCELLUS et BERNARDO. — Oui, monseigneur.

HAMLET. — Armé, dites-vous?

MARCELLUS et BERNARDO. — Armé, monseigneur.

HAMLET. — De pied en cap?

MARCELLUS ET BERNARDO. — De la tête aux pieds, monseigneur.

HAMLET. — Vous n'avez donc pas vu sa figure?

HORATIO. — Oh! si, monseigneur : sa visière était levée.

HAMLET. — Eh bien! avait-il l'air irrité?

HORATIO. — Plutôt l'air de la tristesse que de la colère.

HAMLET. — Pâle, ou rouge?

HORATIO. — Ah! très pâle.

HAMLET. — Et il fixait les yeux sur vous?

HORATIO. — Constamment.

HAMLET. — Je voudrais avoir été là.

HORATIO. — Vous auriez été bien stupéfait.

HAMLET. — C'est très probable, très probable. Est-il resté longtemps?

HORATIO. — Le temps qu'il faudrait pour compter jusqu'à cent sans se presser.

BERNARDO ET MARCELLUS. — Plus longtemps, plus longtemps.

HORATIO. — Pas la fois où je l'ai vu.

HAMLET. — La barbe était grisonnante, n'est-ce pas?

HORATIO. — Elle était comme je la lui ai vue de son vivant, d'un noir argenté.

HAMLET. — Je veillerai cette nuit : peut-être reviendra-t-il encore!

HORATIO. — Oui, je le garantis.

HAMLET. — S'il se présente sous la figure de mon noble père, je lui parlerai, dût l'enfer, bouche béante, m'ordonner de me taire. Je vous en prie tous, si vous avez jusqu'ici tenu cette vision secrète, gardez toujours le silence; et quoi qu'il arrive cette nuit, confiez-le à votre réflexion, mais pas à votre langue. Je récompen-

serai vos dévouements. Ainsi, adieu! Sur la plate-forme,
entre onze heures et minuit, j'irai vous voir.

HORATIO, BERNARDO et MARCELLUS. — Nos hommages
à Votre Seigneurie!

HAMLET. — Non; à moi votre amitié, comme la
mienne à vous! Adieu!

Horatio, Marcellus et Bernardo sortent.

Le spectre de mon père en armes! Tout cela va mal!
Je soupçonne quelque félonie. Que la nuit n'est-elle
déjà venue! Jusque-là, reste calme mon âme! Les noires
actions, quand toute la terre les couvrirait, se dresseront
toujours aux yeux des hommes.

Il sort.

SCÈNE III

Une salle dans la maison de Polonius.

Entrent Laerte et Ophélie.

LAERTE. — Mes bagages sont embarqués, adieu! Ah!
sœur, quand les vents seront bons et qu'un convoi sera
prêt à partir, ne vous endormez pas, mais donnez-moi
de vos nouvelles.

OPHÉLIE. — En pouvez-vous douter?

LAERTE. — Pour ce qui est d'Hamlet et de ses frivoles
attentions, regardez cela comme une fantaisie, un jeu
sensuel, une violette de la jeunesse printanière, précoce
mais éphémère, suave mais sans durée, le parfum et le
plaisir d'une minute, rien de plus.

OPHÉLIE. — Rien de plus que cela?

LAERTE. — Non, rien de plus. Car la nature, dans la croissance, ne développe pas seulement les muscles et la masse du corps; mais, à mesure que le temple est plus vaste, les devoirs que le service intérieur impose à l'âme grandissent également. Peut-être vous aime-t-il aujourd'hui; peut-être aucune souillure, aucune déloyauté ne ternit-elle la vertu de ses désirs; mais vous devez craindre, en considérant sa grandeur, que sa volonté ne soit pas à lui; en effet, il est soumis à sa naissance. Il ne lui est pas permis, comme aux gens sans valeur, de décider pour lui-même; car de son choix dépendent le salut et la santé de tout l'État; et aussi son choix doit-il être circonscrit par l'opinion et par l'assentiment du corps dont il est la tête. Donc, s'il dit qu'il vous aime, vous ferez sagement de n'y croire que dans les limites où son rang spécial lui laisse la liberté de faire ce qu'il dit : liberté que règle tout entière la grande voix du Đanemark. Considérez donc quelle atteinte subirait votre honneur si vous alliez écouter ses chansons d'une oreille trop crédule, ou perdre votre cœur, ou bien ouvrir votre chaste trésor à son importunité triomphante. Prenez-y garde, Ophélie, prenez-y garde, ma chère sœur, et tenez-vous plus loin que votre tendresse, hors de la portée de ses dangereux désirs. La vierge la plus avare est encore prodigue si elle dévoile sa beauté pour la lune. La vertu même n'échappe pas aux coups de la calomnie; le ver ronge les nouveau-nés du printemps, trop souvent même avant que leurs boutons soient éclos; et c'est au matin de la jeunesse, à l'heure des limpides rosées, que les souffles contagieux sont le plus menaçants. Soyez donc prudente : la meilleure sauvegarde, c'est la crainte; la jeunesse trouve la révolte en elle-même, même lorsque rien au-dehors ne la tente.

OPHÉLIE. — Je conserverai le souvenir de ces bons

conseils comme un gardien pour mon cœur. Mais vous, cher frère, ne faites pas comme ce pasteur impie qui indique une route escarpée et épineuse vers le ciel, tandis que lui-même, libertin repu et impudent, foule les primevères du sentier de la licence, sans se soucier de ses propres sermons.

LAERTE. — N'ayez pas de crainte pour moi. Je tarde trop longtemps. Mais voici mon père.

Polonius entre.

Une double bénédiction est une double faveur; l'occasion sourit à de seconds adieux.

POLONIUS. — Encore ici, Laerte! A bord! à bord! Quelle honte! Le vent est assis sur l'épaule de votre voile, et l'on vous attend. Voici ma bénédiction!

Il pose sa main sur la tête de Laerte.

Maintenant grave dans ta mémoire ces quelques préceptes. Silence sur tes pensées et qu'aucun acte ne suive celles qu'inspire la démesure — Sois familier, mais nullement vulgaire. Quand tu as adopté et éprouvé un ami, accroche-le à ton âme avec un crampon d'acier; mais ne durcis pas ta main au contact du premier camarade frais éclos que tu dénicheras. Garde-toi d'entrer dans une querelle; mais, une fois engagé, comporte-toi de manière que l'adversaire se garde de toi. Prête l'oreille à tous, mais tes paroles au petit nombre. Prends l'opinion de chacun, mais réserve ton jugement. Que ta mise soit aussi coûteuse que ta bourse te le permet, sans être de fantaisie excentrique; riche, mais peu voyante; car le vêtement révèle souvent l'homme; et en France, les gens de qualité et du premier rang ont, sous ce rapport, le goût le plus exquis et le plus digne. Ne sois ni emprunteur, ni prêteur; car le prêt fait perdre souvent argent et ami, et l'emprunt émousse l'économie. Avant tout, sois loyal envers toi-même; et aussi infailliblement que la nuit suit le jour, il s'ensuivra que tu ne pourras être déloyal envers personne. Adieu! Que ma bénédiction fasse fructifier en toi ces conseils.

LAERTE. — Je prends très humblement congé de vous, monseigneur.

POLONIUS. — L'heure vous appelle : allez! vos serviteurs attendent.

LAERTE. — Adieu, Ophélie! et souvenez-vous bien de ce que je vous ai dit.

OPHÉLIE. — Tout est enfermé dans ma mémoire, et vous en garderez vous-même la clef.

LAERTE. — Adieu!

Laerte sort.

POLONIUS. — Que vous a-t-il dit, Ophélie?

OPHÉLIE. — C'est, ne vous déplaise, quelque chose au sujet du seigneur Hamlet.

POLONIUS. — Bonne idée, pardieu! On m'a dit que, depuis peu, Hamlet a eu avec vous de fréquents tête-à-tête; et que vous-même vous lui aviez prodigué très généreusement vos audiences. S'il en est ainsi (comme on m'en informe pour me mettre en garde) je dois vous dire que vous ne comprenez pas très clairement vous-même ce qui convient à ma fille et à votre honneur. Qu'y a-t-il entre vous? Confiez-moi la vérité.

OPHÉLIE. — Il m'a depuis peu, monseigneur, fait maintes offres de son affection.

POLONIUS. — De son affection! peuh! Vous parlez en fille naïve qui n'a point passé par le crible de tous ces dangers-là. Croyez-vous à ses offres, comme vous les appelez?

OPHÉLIE. — Je ne sais pas, monseigneur, ce que je dois penser.

POLONIUS. — Eh bien! moi, je vais vous l'apprendre. Pensez que vous êtes une enfant d'avoir pris pour argent comptant des offres qui ne sont pas de bon aloi. Estimez-vous plus chère; ou bien (pour ne pas perdre le souffle de ma pauvre parole en périphrases) vous viendrez me montrer un nigaud de petit enfant[6].

OPHÉLIE. — Monseigneur, il m'a importunée de son amour, mais avec des manières honorables.

POLONIUS. — Oui, appelez cela des manières; allez! allez!

OPHÉLIE. — Et il a appuyé ses discours, monseigneur, de tous les serments les plus sacrés.

POLONIUS. — Bah! pièges à attraper des bécasses! Je sais quand le sang brûle, avec quelle prodigalité l'âme prête des serments à la langue. Ces lueurs, ma fille, qui donnent plus de lumière que de chaleur, et qui s'éteignent au moment même où elles promettent le plus, ne les prenez pas pour une vraie flamme. Désormais, ma fille, soyez un peu plus avare de votre virginale présence. Mettez vos entretiens à plus haut prix que de les accorder à la première requête. Quant au seigneur Hamlet, ce que vous devez penser de lui, c'est qu'il est jeune, et qu'il a pour ses écarts la corde plus lâche que vous. En un mot, Ophélie, ne vous fiez pas à ses serments. Ce sont des pourvoyeurs dont les intentions ne sont pas de la couleur de leur costume, les entremetteurs des désirs sacrilèges, qui ne profèrent .tant de saintes et pieuses promesses que pour mieux tromper. Une fois pour toutes, je vous le dis en termes nets : à l'avenir, ne galvaudez pas vos loisirs à bavarder avec le seigneur Hamlet. Veillez-y, je vous l'ordonne! Passez votre chemin.

OPHÉLIE. — J'obéirai, monseigneur.

Ils sortent.

SCÈNE IV

La terrasse sur les remparts.

Entrent Hamlet, Horatio et Marcellus.

HAMLET. — L'air pince rudement. Il fait très froid.

HORATIO. — C'est une bise aigre et qui mord.

HAMLET. — Quelle heure, à présent?

HORATIO. — Pas loin de minuit, je crois.

MARCELLUS. — Non, minuit sonné.

HORATIO. — Vraiment? Je ne l'ai pas entendu. Alors le temps approche où l'esprit a l'habitude de se promener.

On entend au-dehors une fanfare de trompettes et une salve d'artillerie.

Qu'est-ce que cela signifie, monseigneur?

HAMLET. — Le roi passe cette nuit à boire, au milieu de l'orgie et des danses aux contorsions effrontées; et à mesure qu'il boit les rasades de vin du Rhin, la timbale et la trompette proclament ainsi ses glorieuses soûleries.

HORATIO. — Est-ce la coutume?

HAMLET. — Oui, pardieu! Mais selon mon sentiment, quoique je sois né dans ce pays et fait pour ses usages, c'est une coutume qu'il est plus honorable de violer que d'observer. Ces débauches abrutissantes nous font, de l'orient à l'occident, bafouer et insulter par les autres nations qui nous traitent d'ivrognes et souillent notre nom du sobriquet de pourceaux. Et vraiment cela suffit pour ôter toute substance à la gloire que méritent nos exploits les plus sublimes. Pareille chose arrive souvent aux individus vicieux de nature. S'ils sont nés (ce dont ils ne sont pas coupables, car la créature ne choisit pas son origine) avec quelque goût extravagant qui renverse souvent l'enceinte fortifiée de la raison, ou avec une habitude qui couvre de levain les plus louables qualités, ces hommes, dis-je, auront beau ne porter la marque que d'un seul défaut, imputable à leur nature ou à leur étoile, leurs autres vertus (fussent-elles pures comme la grâce et aussi infinies que l'humanité le permet) seront corrompues dans l'opinion générale par cet unique défaut. Un atome d'impureté infecte la plus noble substance pour son plus grand mal.

Le Spectre paraît.

HORATIO. — Regardez, monseigneur : le voilà !

HAMLET. — Anges, ministres de la grâce, défendez-nous ! Qui que tu sois, esprit salutaire ou lutin damné; que tu apportes avec toi les brises du ciel ou les rafales de l'enfer; que tes intentions soient perverses ou charitables; tu te présentes sous une forme si provocante que je veux te parler. Je t'invoque, Hamlet, sire, mon père, royal Danois! Oh! réponds-moi! Ne me laisse pas déchirer par le doute; mais dis-moi pourquoi tes os sanctifiés, ensevelis dans la mort, ont déchiré leur suaire! Pourquoi le sépulcre où nous t'avons vu inhumé en paix, a ouvert ses lourdes mâchoires de marbre pour te rejeter dans ce monde! Que signifie ceci? Pourquoi toi, corps mort, de nouveau revêtu d'acier, viens-tu revoir ainsi les reflets de la lune et rendre effrayante la nuit? Et nous, bouffons de la nature, pourquoi ébranles-tu si horriblement notre imagination par des pensées inaccessibles à nos âmes? Dis! pourquoi cela? dans quel but? que veux-tu de nous?

Le Spectre fait un signe.

HORATIO. — Il vous fait signe de le suivre, comme s'il voulait vous faire une communication à vous seul.

MARCELLUS. — Voyez avec quel geste courtois il vous appelle vers un lieu plus écarté; mais n'allez pas avec lui!

HORATIO. — Non, gardez-vous-en bien!

HAMLET. — Il ne veut pas parler ici : alors je veux le suivre.

HORATIO. — N'en faites rien, monseigneur.

HAMLET. — Pourquoi? Qu'ai-je à craindre? Je n'estime pas ma vie au prix d'une épingle; et quant à mon âme, que peut-il lui faire, puisqu'elle est immortelle comme lui? Il me fait signe encore : je vais le suivre.

HORATIO. — Eh quoi! monseigneur, s'il allait vous attirer vers les flots ou sur la cime effrayante de ce rocher qui s'avance et surplombe la mer; et là, prendre quelque autre forme horrible pour détruire en vous la souveraineté de la raison et vous précipiter dans la folie? Songez-y : l'aspect seul de ce lieu pousse au désespoir quiconque contemple la mer de cette hauteur et l'entend rugir au-dessous.

HAMLET. — Il me fait signe encore.

Va! je te suis.

MARCELLUS. — Vous n'irez pas, monseigneur!

HAMLET. — Lâchez ma main.

HORATIO. — Soyez raisonnable; vous n'irez pas!

HAMLET. — Mon destin m'appelle et rend ma plus petite artère aussi robuste que les nerfs du lion de Némée.

Il m'appelle encore.

Lâchez-moi, messieurs. Par le Ciel! je ferai un spectre de qui m'arrêtera! Arrière, vous dis-je.

Va! je te suis.

Le Spectre sort suivi d'Hamlet.

HORATIO. — L'imagination le rend furieux.

MARCELLUS. — Suivons-le; c'est manquer à notre devoir de lui obéir ainsi.

HORATIO. — Allons sur ses pas. Quelle sera l'issue de tout ceci?

MARCELLUS. — Il y a quelque chose de pourri dans le royaume du Danemark.

HORATIO. — Dieu y remédiera.

MARCELLUS. — Tout de même! suivons-le.

Ils sortent.

SCÈNE V

Un espace découvert devant le château.

Entrent Hamlet et le Spectre.

HAMLET. — Où veux-tu me conduire? Parle, je n'irai pas plus loin.

LE SPECTRE. — Écoute-moi bien.

HAMLET. — J'écoute.

LE SPECTRE. — L'heure est presque arrivée où je dois retourner dans les flammes sulfureuses qui servent à mon tourment.

HAMLET. — Hélas! pauvre ombre!

LE SPECTRE. — Ne me plains pas, mais prête ta sérieuse attention à ce que je vais te révéler.

HAMLET. — Parle! je suis tenu d'écouter.

LE SPECTRE. — Comme tu le seras de tirer vengeance, quand tu auras écouté.

HAMLET. — Comment?

LE SPECTRE. — Je suis l'esprit de ton père, condamné

pour un certain temps à errer la nuit, et, le jour, à jeûner⁷ dans une prison de flamme, jusqu'à ce que le feu m'ait purgé des crimes noirs commis aux jours de ma vie mortelle. S'il ne m'était défendu de dire les secrets de ma prison, je ferais un récit dont le moindre mot labourerait ton âme, glacerait ton jeune sang, ferait jaillir tes yeux comme deux étoiles, déferait le nœud de tes boucles tressées, et hérisserait chacun de tes cheveux sur ta tête comme les piquants d'un porc-épic effrayé. Mais ces descriptions du monde éternel ne sont pas faites pour des oreilles de chair et de sang... Écoute, écoute! Oh! écoute! Si tu as jamais aimé ton tendre père...

HAMLET. — O ciel!

LE SPECTRE. — Venge un meurtre horrible et monstrueux.

HAMLET. — Un meurtre?

LE SPECTRE. — Meurtre horrible! comme tout meurtre, mais celui-ci, plus horrible, étrange, monstrueux.

HAMLET. — Fais-le-moi vite connaître, pour qu'avec des ailes rapides comme la rêverie ou les pensées d'amour, je vole à la vengeance!

LE SPECTRE. — Tu es prêt, je le vois. Tu serais plus inerte que la ronce qui s'engraisse et pourrit à l'aise sur la rive du Léthé, si tu n'étais pas excité par ceci. Maintenant, Hamlet, écoute! On a fait croire que, tandis que je dormais dans mon jardin, un serpent m'avait piqué. Ainsi, toutes les oreilles du Danemark ont été grossièrement abusées par ce récit menteur. Mais sache-le, toi, noble jeune homme! le serpent qui a mordu ton père mortellement porte aujourd'hui sa couronne.

HAMLET. — O mon âme prophétique! Mon oncle?

LE SPECTRE. — Oui, ce monstre incestueux, adultère, par la magie de son esprit, par ses dons perfides (oh! maudits soient l'esprit et les dons qui ont le pouvoir

de séduire à ce point!) a fait céder à sa passion honteuse
la volonté de ma reine, la plus vertueuse des femmes en
apparence... O Hamlet, quelle chute! De moi, en qui
l'amour toujours digne marchait, la main dans la main,
avec la foi conjugale, descendre à un misérable dont les
dons naturels étaient si peu de chose auprès des miens!
Mais, ainsi que la vertu reste toujours inébranlable,
même quand le vice la courtise sous une forme céleste;
de même la luxure, bien qu'accouplée à un ange rayon-
nant, aura beau s'assouvir sur un lit divin, elle n'aura
pour proie que l'immondice[8]. Mais, doucement! Il me
semble que je respire la brise du matin. Abrégeons. Je
dormais dans mon jardin, selon ma constante habitude,
dans l'après-midi. A cette heure de pleine sécurité, ton
oncle se glissa près de moi avec une fiole pleine du jus
maudit de la jusquiame, et m'en versa dans le creux de
l'oreille la liqueur lépreuse. L'effet en est funeste pour le
sang de l'homme : rapide comme le vif-argent, elle
s'élance à travers les portes et les allées naturelles du
corps, et, par son action énergique, fait figer et cailler,
comme une goutte d'acide fait du lait, le sang le plus
limpide et le plus pur. C'est ce que j'éprouvai; et tout
à coup je sentis, pareil à Lazare, la lèpre couvrir partout
d'une croûte infecte et hideuse la surface lisse de mon
corps. Voilà comment dans mon sommeil la main d'un
frère me ravit á la fois existence, couronne et reine.
Arraché dans la floraison même de mes péchés, sans
sacrements, sans préparation, sans viatique, sans m'être
mis en règle, j'ai été envoyé devant mon juge, ayant
toutes mes fautes sur ma tête. Oh! horrible! horrible!
trop horrible! Si tu n'es pas dénaturé, ne supporte pas
cela : que le lit royal de Danemark ne soit pas la couche
de la luxure et de l'inceste damné! Mais, quelle que soit
la manière dont tu poursuives cette action, que ton

esprit reste pur, que ton âme s'abstienne de tout projet hostile à ta mère! abandonne-la au ciel et à ces épines qui s'attachent à son sein pour la piquer et la déchirer. Adieu, une fois pour toutes! Le ver luisant annonce que le matin est proche, et commence à pâlir ses feux impuissants. Adieu, adieu, adieu, souviens-toi de moi!

Le Spectre disparaît.

HAMLET. — O vous toutes, légions du ciel! O terre! Quoi encore? Y accouplerai-je l'enfer?... Infamie!... Contiens-toi, contiens-toi, mon cœur! Et vous, mes nerfs, ne vieillissez pas en un instant, mais tendez-vous pour me dresser... Me souvenir de toi! Oui, pauvre ombre, tant que ma mémoire aura son siège dans ce globe détraqué. Me souvenir de toi! Oui, je veux du registre de ma mémoire effacer tous les souvenirs vulgaires et frivoles, tous les dictons des livres, toutes les formes, toutes les impressions qu'y ont empreintes la jeunesse et l'observation : et ton ordre vivant remplira seul les feuillets du livre de mon cerveau, fermé à ces vils sujets. Oui, par le ciel! O la plus perfide des femmes! O scélérat! scélérat! scélérat souriant et damné! Mes cahiers! Il importe d'y noter *(Il écrit)* qu'un homme peut sourire, sourire, et n'être qu'un scélérat. Du moins, j'en suis sûr, cela se peut en Danemark.

C'est fait, mon oncle, vous êtes là. Maintenant le mot d'ordre, c'est : *Adieu! adieu! Souviens-toi de moi!* Je l'ai juré.

Horatio et Marcellus appellent dans les ténèbres.

HORATIO. — Monseigneur! monseigneur!

MARCELLUS. — Seigneur Hamlet!

HORATIO. — Le ciel le préserve!

MARCELLUS. — Ainsi soit-il!

HORATIO. — Hillo! ho! ho! monseigneur!

HAMLET. — Hillo! ho! ho! page! Viens, mon faucon, viens!

Ils aperçoivent Hamlet.

MARCELLUS. — Que s'est-il passé, mon noble seigneur?

HORATIO. — Quelle nouvelle, monseigneur?

HAMLET. — Oh! prodigieuse!

HORATIO. — Mon bon seigneur, dites-nous-la.

HAMLET. — Non : vous la révéleriez.

HORATIO. — Pas moi, monseigneur : j'en jure par le ciel.

MARCELLUS. — Ni moi, monseigneur.

HAMLET. — Qu'en dites-vous donc? Quel cœur d'homme l'eût jamais pensé?... Mais vous serez discrets?

HORATIO et MARCELLUS. — Oui, par le ciel, monseigneur!

HAMLET. — S'il y a dans tout le Danemark un scélérat... c'est un coquin fieffé.

HORATIO. — Il n'était pas besoin, monseigneur, qu'un fantôme sortît de la tombe pour nous apprendre cela.

HAMLET. — Oui, c'est vrai; vous êtes dans le vrai. Ainsi donc, sans plus de circonlocutions, je trouve à propos que nous nous serrions la main et que nous nous quittions, vous pour aller où vos affaires et vos besoins vous appelleront (car chacun a ses affaires et ses besoins, quels qu'ils soient), et moi, pauvre garçon, pour aller prier, voyez-vous!

HORATIO. — Ce sont là des paroles égarées et incohérentes, monseigneur.

HAMLET. — Je suis fâché qu'elles vous offensent, fâché du fond du cœur; oui, vrai! du fond du cœur.

HORATIO. — Il n'y a pas d'offense, monseigneur.

HAMLET. — Si, par saint Patrick! il y en a une, Horatio, une offense bien grave encore. En ce qui touche cette vision, c'est un honnête fantôme, permettez-moi de vous le dire; quant à votre désir de connaître ce qu'il y a entre nous, maîtrisez-le de votre mieux. Et maintenant, mes bons amis, si vous êtes vraiment des amis, des condisciples, des compagnons d'armes, accordez-moi une pauvre faveur.

HORATIO. — Qu'est-ce, monseigneur? Volontiers.

HAMLET. — Ne faites jamais connaître ce que vous avez vu cette nuit.

HORATIO et MARCELLUS. — Jamais, monseigneur.

HAMLET. — Bien! mais jurez-le.

HORATIO. — Sur ma foi! monseigneur, je n'en dirai rien.

MARCELLUS. — Ni moi, monseigneur, sur ma foi!

HAMLET. — Jurez sur mon épée.

MARCELLUS. — Nous avons déjà juré, monseigneur.

HAMLET. — Jurez sur mon épée, jurez!

LE SPECTRE, *de dessous terre*. — Jurez!

HAMLET. — Ah! ah! mon garçon, est-ce toi qui parles? Es-tu là, mon brave? Allons!... vous entendez le gaillard dans la cave, consentez à jurer.

HORATIO. — Prononcez la formule, monseigneur!

HAMLET. — Ne jamais dire un mot de ce que vous avez vu. Jurez-le sur mon épée.

LE SPECTRE, *de dessous terre*. — Jurez!

HAMLET. — *Hic et ubique!* Alors, changeons de place. Venez ici, messieurs, et étendez encore les mains sur mon épée. Vous ne parlerez jamais de ce que vous avez entendu; jurez-le sur mon épée.

LE SPECTRE, *de dessous terre*. — Jurez!

HAMLET. — Bien dit, vieille taupe! Peux-tu donc travailler si vite sous terre? L'excellent pionnier! Éloignons-nous encore une fois, mes bons amis.

HORATIO. — Par le jour et la nuit! voilà un prodige bien étrange!

HAMLET. — Accordez-lui le bon accueil dû à un étranger. Il y a plus de choses sur la terre et dans le ciel, Horatio, que n'en rêve votre philosophie. Mais venez donc. Jurez ici, comme tout à l'heure; et que le ciel vous soit en aide! Quelque étrange ou bizarre que soit ma conduite, car il se peut que, plus tard, je juge convenable d'affecter une allure fantasque, jurez que, me voyant alors, jamais il ne vous arrivera, en croisant les bras de cette façon, en secouant la tête ainsi, ou en prononçant quelque phrase douteuse, comme : *Bien! bien! Nous savons!* ou : *Nous pourrions si nous voulions!* ou : *S'il nous plaisait de parler!* ou : *Il ne tiendrait qu'à nous!* ou tel autre mot ambigu, de donner à entendre que vous avez un secret de moi. Jurez cela; et que la pitié et la grâce vous assistent dans l'ultime besoin.

LE SPECTRE, *de dessous terre.* — Jurez!

HAMLET. — Calme-toi! calme-toi, âme en peine! *(Ils jurent une troisième fois.)* Là-dessus, messieurs, mon affection se recommande à vous; et tout ce qu'un pauvre homme comme Hamlet pourra faire pour vous exprimer son affection et son amitié, sera fait, Dieu aidant. Rentrons ensemble, et toujours le doigt sur les lèvres, je vous prie. Notre époque est détraquée. Maudite fatalité, que je sois né pour la remettre en ordre! Eh bien! allons! partons ensemble!

Ils sortent.

ACTE II

SCÈNE PREMIÈRE

Une salle dans la maison de Polonius.

Entrent Polonius et Reynaldo.

POLONIUS. — Donnez-lui cet argent et ces lettres, Reynaldo.

REYNALDO. — Oui, monseigneur.

POLONIUS. — Il sera merveilleusement sage, bon Reynaldo, avant de l'aller voir, de vous enquérir de sa conduite.

REYNALDO. — Monseigneur, c'était mon intention.

POLONIUS. — Bien dit, pardieu! très bien dit! Voyez-vous, mon cher! sachez-moi d'abord quels sont les Danois qui sont à Paris; comment, avec qui, de quelles ressources, où ils vivent; quelle est leur société, leur dépense; et une fois assuré, par ces évolutions et ce manège de questions, qu'ils connaissent mon fils, avancez-vous plus que vous ne le feriez par des demandes trop précises. Feignez de le connaître d'un peu loin en disant, par exemple : *Je connais son père et sa famille; et un peu lui-même.* Comprenez-vous bien, Reynaldo?

REYNALDO. — Oui, très bien, monseigneur.

POLONIUS. — *Et un peu lui-même; mais,* (pourrez-vous ajouter) *bien imparfaitement; d'ailleurs, si c'est bien celui dont je parle, c'est un jeune homme très dissipé, adonné à ceci ou à cela...* et alors mettez-lui sur le dos tout ce qu'il vous plaira d'inventer; rien cependant d'assez odieux pour le déshonorer; faites-y attention; tenez-vous-en, mon cher, à ces légèretés, à ces folies, à ces écarts usuels, bien connus comme inséparables de la jeunesse en liberté.

REYNALDO. — Par exemple, monseigneur, l'habitude de jouer.

POLONIUS. — Oui; ou de boire, de tirer l'épée, de jurer, de se quereller, de courir les filles : vous pouvez aller jusque-là.

REYNALDO. — Monseigneur, il y aurait là de quoi le déshonorer!

POLONIUS. — Non, en vérité; si vous savez nuancer la critique. N'allez pas ajouter à sa charge qu'il est débauché par nature : ce n'est pas là ce que je veux dire; mais parlez de ses défauts si gentiment qu'ils semblent être le fruit de la liberté, l'étincelle et l'éruption d'un cerveau en feu, et les écarts d'un sang indompté, qui emporte tous les jeunes gens.

REYNALDO. — Mais, mon bon seigneur...

POLONIUS. — Et à quel effet devrez-vous agir ainsi?

REYNALDO. — C'est justement, monseigneur, ce que je voudrais savoir.

POLONIUS. — Eh bien, monsieur, voici mon but, et je crois que c'est un plan infaillible. Quand vous aurez montré sur mon fils ces légères salissures que prend l'ouvrage sur le métier, faites bien attention! Si votre interlocuteur, celui que vous voulez sonder, a jamais remarqué aucun des vices énumérés par vous chez le jeune homme dont vous lui parlez vaguement, il tombera d'accord avec vous de cette façon : *Cher monsieur,* ou *mon ami,* ou *seigneur!* suivant le langage et la formule adoptés par le pays ou par l'homme en question.

Reynaldo. — Très bien, monseigneur.

Polonius. — Eh bien, donc, monsieur, alors il... alors... Qu'est-ce que j'allais dire? J'allais dire quelque chose. Où en étais-je?

Reynaldo. — Vous disiez : Il tombera d'accord de cette façon...

Polonius. — Il tombera d'accord de cette façon... Oui, morbleu, il tombera d'accord avec vous comme ceci : *Je connais le jeune homme, je l'ai vu hier ou l'autre jour, à tel ou tel moment; avec tel et tel; et, comme vous disiez, il était là à jouer;* ou : *Je l'ai surpris à boire,* ou, *se querellant au jeu de paume;* ou, peut-être : *Je l'ai vu entrer dans une de ces maisons... autant dire : un bordel.* Voyez-vous, maintenant? La carpe de la vérité se prend à l'hameçon de vos mensonges; et c'est ainsi que, nous autres, hommes sages et capables, en entortillant le monde et en nous y prenant de biais, nous trouvons indirectement notre direction. Voilà comment, par mes instructions et mes avis préalables, vous connaîtrez mon fils. Vous m'avez compris, n'est-ce pas?

Reynaldo. — Oui, monseigneur.

Polonius. — Dieu soit avec vous! Bon voyage!

Reynaldo. — Mon bon seigneur...

Polonius. — Gardez pour vous ses faiblesses.

Reynaldo. — Oui, monseigneur.

Polonius. — Et laissez-le jouer sa musique.

Reynaldo. — Bien, monseigneur.

Polonius. — Adieu!

Reynaldo sort.
Entre Ophélie.

Eh bien! Ophélie, qu'y a-t-il?

OPHÉLIE. — Oh! monseigneur! monseigneur, j'ai été si effrayée!

POLONIUS. — De quoi, au nom du ciel?

OPHÉLIE. — Monseigneur, j'étais à coudre dans ma chambre, lorsque est entré le seigneur Hamlet, le pourpoint tout débraillé, la tête sans chapeau, les bas chiffonnés, sans jarretières et retombant sur la cheville, pâle comme sa chemise, les genoux s'entrechoquant, enfin avec un aspect aussi lamentable que s'il avait été lâché de l'enfer pour en raconter les horreurs. Il se met devant moi...

POLONIUS. — Son amour pour toi l'a rendu fou!

OPHÉLIE. — Je n'en sais rien, monseigneur, mais, vraiment, j'en ai peur.

POLONIUS. — Qu'a-t-il dit?

OPHÉLIE. — Il m'a prise par le poignet et m'a serrée très fort. Puis, il s'est éloigné de toute la longueur de son bras; et, avec l'autre main posée comme cela au-dessus de mon front, il s'est mis à étudier ma figure comme s'il voulait la dessiner. Il est resté longtemps ainsi. Enfin, secouant légèrement mon bras, et agitant trois fois la tête de haut en bas, il a poussé un soupir si pitoyable et si profond qu'on eût dit que son corps allait éclater et que c'était sa fin. Cela fait, il m'a lâchée; et, la tête tournée par-dessus l'épaule, il semblait trouver son chemin sans y voir, car il a franchi les portes sans l'aide de ses yeux, et, jusqu'à la fin, il en a tenu la lumière sur moi.

POLONIUS. — Viens avec moi : je vais trouver le roi. C'est bien là le délire même de l'amour : qui se détruit lui-même par sa violence et entraîne la volonté à des entreprises désespérées, plus souvent qu'aucune des passions qui, sous le ciel, accablent notre nature. Je suis fâché! Ah çà, lui auriez-vous dit dernièrement des paroles dures?

OPHÉLIE. — Non, mon bon seigneur; mais, comme vous me l'aviez commandé, j'ai repoussé ses lettres et je lui ai refusé tout accès près de moi.

POLONIUS. — C'est cela qui l'a rendu fou. Je suis fâché de n'avoir pas mis plus d'attention et de discernement à le juger. Je craignais que ce ne fût qu'un jeu, et qu'il ne voulût ta perte. Mais, maudits soient mes soupçons! Il semble que c'est le propre de notre âge de pousser trop loin la précaution dans nos jugements, de même que la jeune génération manque souvent de retenue. Viens, allons trouver le roi. Il faut qu'il sache tout ceci : tenir cet amour secret peut provoquer plus de malheurs que sa révélation de colères. Viens.

Ils sortent.

SCÈNE II

Une salle dans le château.
Sonneries de trompettes.

Entrent le Roi et la Reine, suivis par Rosen-
crantz et Guildenstern et d'autres.

LE ROI. — Soyez les bienvenus, cher Rosencrantz et vous Guildenstern! Outre le désir que nous avions de vous voir, le besoin que nous avons de vos services nous a fait vous mander en toute hâte. Vous avez su quelque chose de la transformation d'Hamlet; je dis transformation, car, à l'extérieur comme à l'intérieur, c'est un homme qui ne se ressemble plus. Un motif autre que la mort de son père a-t-il pu le mettre à ce point hors de son bon sens? Je ne puis en juger. Je vous en supplie tous deux, vous qui avez été élevés dès l'enfance avec lui, et si proches par l'âge et l'éducation, daignez résider ici à notre cour quelque temps encore, pour que votre compagnie le rappelle vers le plaisir; et recueillez tous les indices que vous pourrez glaner à l'occasion afin de savoir si le mal inconnu qui l'accable ainsi ne serait pas, une fois découvert, facile pour nous à guérir.

La Reine. — Messieurs, il a parlé beaucoup de vous; et il n'y a pas, j'en suis sûre, deux hommes au monde auxquels il soit plus attaché. Si vous vouliez bien nous montrer assez de courtoisie et de bienveillance pour passer quelque temps avec nous, afin d'aider à l'accomplissement de notre espérance, cette visite vous vaudra des remerciements dignes de la reconnaissance d'un roi.

Rosencrantz. — Vos Majestés pourraient, en vertu du pouvoir souverain qu'elles ont sur nous, signifier leur bon plaisir redouté, comme un ordre plutôt que comme une prière.

Guildenstern. — Nous obéirons tous deux et nous nous engagerons humblement à mettre sans réserve nos services à vos pieds, pour recevoir vos commandements.

Le Roi. — Merci, Rosencrantz! Merci, noble Guildenstern!

La Reine. — Merci, Guildenstern! Merci, noble Rosencrantz! Veuillez, je vous en supplie, vous rendre sur-le-champ auprès de mon fils. Il est bien changé!

Que l'un de vous aille conduire ces gentilshommes auprès d'Hamlet.

Guildenstern. — Fasse le ciel que notre présence et nos soins lui soient agréables et salutaires!

LA REINE. — Amen!

> *Sortent Rosencrantz et Guildenstern. Entre Polonius.*

POLONIUS. — Mon bon seigneur, les ambassadeurs sont heureusement revenus de Norvège.

LE ROI. — Tu as toujours été le père des bonnes nouvelles.

POLONIUS. — Vrai, monseigneur? Soyez sûr, mon bon suzerain, que mes services, comme mon âme, sont voués en même temps à mon Dieu et à mon gracieux roi. Et je pense, à moins que ma cervelle ne sache plus suivre la piste d'une affaire aussi sûrement que de coutume, que j'ai découvert la cause même des humeurs lunatiques d'Hamlet.

LE ROI. — Oh! parle! il me tarde de t'entendre.

POLONIUS. — Donnez d'abord audience aux ambassadeurs, ma nouvelle sera le dessert de ce grand festin.

LE ROI. — Fais-leur toi-même les honneurs, et introduis-les.

> *Polonius sort.*

Il me dit, ma chère Gertrude, qu'il a découvert la source des maux de votre fils.

LA REINE. — De cause, je doute qu'il y en ait d'autre que la mort de son père et notre mariage précipité.

> *Rentre Polonius, avec Valtemand et Cornélius.*

LE ROI. — Bien! nous l'examinerons. Soyez les bienvenus, mes bons amis! Parlez, Valtemand! que nous portez-vous de la part de notre frère de Norvège?

VALTEMAND. — Un très gracieux retour de compliments et de vœux. Dès notre première entrevue, il a expédié l'ordre de suspendre les levées de son neveu, qu'il avait prises pour des préparatifs contre les Polonais, mais qu'après meilleur examen il a reconnues pour être dirigées contre Votre Altesse. Indigné de ce qu'on eût ainsi abusé de sa maladie, de son âge, il a ordonné à Fortinbras de tout arrêter. Celui-ci s'est soumis sur-le-champ acceptant les réprimandes de Norvège, et enfin a juré devant son oncle de ne jamais prendre les armes contre Votre Majesté. Sur quoi, le vieux Norvège, comblé de joie, lui a accordé une pension de trois mille couronnes avec l'ordre d'employer contre les Polonais les soldats précédemment levés. En même temps il vous prie, par les présentes,

Il remet au Roi un papier.

de vouloir bien accorder un libre passage à travers vos domaines pour cette expédition aux conditions de garanties et de sûretés ici spécifiées.

Le Roi. — Cela ne nous déplaît pas. Nous lirons cette dépêche plus à loisir, et nous y répondrons après y avoir réfléchi. En attendant, nous vous remercions de votre bonne besogne. Allez vous reposer; ce soir nous souperons ensemble : soyez les bienvenus chez nous!

Sortent Valtemand et Cornélius.

Polonius. — Voilà une affaire qui finit bien. Mon suzerain et madame, discuter ce que doit être la majesté royale, ce que sont les devoirs des sujets, pourquoi le jour est le jour, la nuit la nuit, et le temps le temps, ce serait gaspiller la nuit, le jour et le temps. En conséquence, puisque la brièveté est l'âme de l'esprit et que la prolixité en est le corps et la fioriture extérieure, je serai bref. Votre noble fils est fou, je dis fou; puisque la folie, à la bien définir, n'est rien d'autre que de n'être rien autre que fou.

La Reine. — Plus de faits, et moins d'art!

Polonius. — Madame, je n'y mets aucun art, je vous jure. Que votre fils est fou, cela est vrai. Il est vrai que c'est dommage, et c'est dommage que ce soit vrai. Voilà une sotte figure[9]. Je dis adieu à l'art et vais parler simplement. Nous accordons qu'il est fou. Il reste maintenant à découvrir la cause de cet effet, ou plutôt la cause de ce méfait; car cet effet est le méfait d'une cause. Voilà ce qui reste à faire, un reste que voici. Pesez bien mes paroles. *(Il présente quelques feuillets.)* J'ai une fille (je l'ai, tant qu'elle est mienne) qui, remplissant son devoir d'obéissance,... suivez bien!... m'a remis ceci. Maintenant, méditez tout, et concluez.

Il lit.

« A la céleste idole de mon âme, à la belle des belles, à Ophélie. »

Voilà une mauvaise phrase, une phrase vulgaire; belle des belles est une expression vulgaire; mais écoutez :

« Dans la blancheur délicieuse de ton sein »...

La Reine. — C'est Hamlet qui lui a écrit cela?

Polonius. — Attendez, Madame, je n'omettrai rien.

Lisant :

« Doute que les astres soient de flammes,
Doute que le soleil tourne,
Doute de la vérité même,
Mais jamais ne doute que je t'aime.

« O chère Ophélie, je suis maladroit à rimer; je n'ai point l'art de rythmer mes soupirs; mais je t'aime plus que tout, toi qui vaux plus que tout! Crois-le. Adieu!

« A toi pour toujours, ma dame chérie, tant que cette machine mortelle m'appartiendra! Hamlet. »

Voilà ce que, dans son obéissance, m'a remis ma

fille. Elle m'a confié, en outre, toutes les sollicitations qu'il lui adressait, avec tous les détails de l'heure, des moyens et du lieu.

LE ROI. — Mais comment a-t-elle accueilli son amour?

POLONIUS. — Que pensez-vous de moi?

LE ROI. — Ce que je dois penser d'un homme fidèle et honorable.

POLONIUS. — Je voudrais toujours l'être. Mais que penseriez-vous de moi, si, quand j'ai vu cet ardent amour prendre essor (je m'en étais aperçu, je dois vous le dire, avant que ma fille m'en eût parlé), que penseriez-vous de moi, que penserait de moi Sa Majesté bien-aimée la reine ici présente, si j'avais joué le rôle de pupitre ou de papier, ou fait de mon cœur un complice muet ou regardé cet amour d'un œil indifférent? Que penseriez-vous de moi?... Non. Je suis allé rondement au fait, et j'ai dit à cette petite maîtresse : *Le seigneur Hamlet est un prince hors de ta sphère. C'est impossible.* Et alors je lui ai ordonné de se mettre à l'abri de ses requêtes, de ne pas admettre ses messagers, ni recevoir ses cadeaux. Ainsi, elle a pris les fruits de mes conseils; et lui (pour abréger l'histoire), se voyant repoussé, a été pris de tristesse, puis d'inappétence, puis d'insomnie, puis de faiblesse, puis de délire, et enfin, par aggravation, de cette folie qui l'égare maintenant et nous met tous en deuil.

LE ROI. — Croyez-vous que cela soit?

LA REINE. — C'est très probable.

POLONIUS. — M'est-il jamais arrivé, je voudrais le savoir, d'affirmer : *Cela est,* lorsque cela n'était pas?

LE ROI. — Pas que je sache.

POLONIUS, *montrant sa tête et ses épaules.* — Séparez ceci de cela, s'il en est autrement. Pourvu que les circonstances me guident, je découvrirai toujours la vérité, fût-elle cachée, ma foi! dans le centre de la terre.

Hamlet entre dans la galerie. Il s'arrête.

LE ROI. — Comment nous en assurer?

POLONIUS. — Vous savez que parfois il se promène, pendant quatre heures de suite, ici, dans la galerie.

LA REINE. — Oui, c'est vrai.

POLONIUS. — Au moment où il y sera, je lui lâcherai ma fille; cachons-nous alors, vous et moi, derrière une tapisserie. Surveillez l'entrevue. S'il est vrai qu'il ne l'aime pas, si ce n'est pas là-dessus qu'a échappé sa raison, que je cesse d'assister aux conseils de l'État et que j'aille gouverner une ferme et des charretiers!

LE ROI. — Essayons cela.

LA REINE. — Voyez le malheureux qui s'avance tristement, un livre à la main.

POLONIUS. — Éloignez-vous, je vous en conjure, éloignez-vous tous deux; je veux l'aborder sur-le-champ. Oh! laissez-moi faire.

Sortent le Roi et la Reine.

Comment va mon bon seigneur Hamlet?

HAMLET. — Bien, Dieu merci!

POLONIUS. — Me reconnaissez-vous, monseigneur?

HAMLET. — Parfaitement, parfaitement : vous êtes un marchand de poisson[10].

POLONIUS. — Non, monseigneur.

HAMLET. — Alors, je voudrais que vous fussiez honnête comme un de ces gens-là.

POLONIUS. — Honnête, monseigneur?

HAMLET. — Oui, monsieur, au train dont va le monde, un honnête homme, on en trouve un sur dix mille.

POLONIUS. — C'est bien vrai, monseigneur.

HAMLET. — Car le soleil, tout dieu qu'il est, engendre des vers dans un chien crevé comme un dieu baiseur de charogne. Vous avez une fille?

POLONIUS. — Oui, monseigneur.

HAMLET. — Ne la laissez pas se promener au soleil : concevoir est une bénédiction; mais, comment votre fille peut concevoir, prenez-y garde, mon ami[11].

POLONIUS, *à part.* — Que veut-il dire? Toujours à rabâcher de ma fille!... Cependant il ne m'a pas reconnu d'abord : il m'a dit que j'étais un marchand de poisson. Il n'y est plus! il n'y est plus! Et, de fait, dans ma jeunesse, l'amour m'a réduit à une extrémité bien voisine de celle-ci. Parlons-lui encore.

Haut.

Que lisez-vous là, monseigneur?

HAMLET. — Des mots, des mots, des mots!

POLONIUS. — De quoi est-il question, monseigneur?

HAMLET. — Entre qui?

POLONIUS. — Je parle de ce que vous lisez, monseigneur.

HAMLET. — De calomnies, monsieur! Ce coquin de satiriste dit que les vieillards ont la barbe grise et la figure ridée, que leurs yeux distillent un ambre épais comme la gomme du prunier, qu'ils ont une abondante disette d'esprit, ainsi que des jarrets très faibles. Toutes choses, monsieur, que je crois de toute ma puissance et de tout mon pouvoir, mais que je regarde comme inconvenant d'imprimer ainsi : car vous-même, monsieur, vous auriez le même âge que moi, si, comme une écrevisse, vous pouviez marcher à reculons.

POLONIUS, *à part.* — Quoique ce soit de la folie, voilà qui ne manque pas de logique.

Haut.

Ne voulez-vous pas vous mettre à l'abri de l'air, monseigneur?

HAMLET. — Si : dans ma tombe.

POLONIUS, *à part.* — En vérité, on y est à l'abri de l'air.

Comme ses répliques sont parfois grosses de sens! Heureuses reparties qu'a souvent la folie, et que la raison et le bon sens ne trouveraient pas avec autant d'à-propos. Je vais le quitter et combiner tout de suite les moyens d'une rencontre entre lui et ma fille.

Haut.

Mon honoré seigneur, je vais très humblement prendre congé de vous.

HAMLET. — Vous ne sauriez, monsieur, rien prendre dont je fasse plus volontiers l'abandon, excepté ma vie, excepté ma vie.

POLONIUS. — 'Adieu, monseigneur!

HAMLET, *à part.* — Exécrables vieux radoteurs!

Entrent Rosencrantz et Guildenstern.

POLONIUS. — Vous cherchez le seigneur Hamlet? Le voilà.

ROSENCRANTZ, *à Polonius.* — Dieu vous garde, monsieur!

Sort Polonius.

GUILDENSTERN. — Mon honoré seigneur!

ROSENCRANTZ. — Mon très cher seigneur!

HAMLET. — Mes bons, mes excellents amis! Comment vas-tu, Guildenstern? Ah! Rosencrantz! Comment allez-vous, mes camarades?

ROSENCRANTZ. — Comme la moyenne des enfants de la terre.

GUILDENSTERN. — Heureux, en ce sens que nous ne sommes pas trop heureux. Nous ne sommes point l'aigrette du chapeau de la fortune.

HAMLET. — Ni la semelle de son soulier?

ROSENCRANTZ. — Ni l'une ni l'autre, monseigneur.

HAMLET. — Alors vous vivez près de sa ceinture, au centre de ses faveurs.

GUILDENSTERN. — Oui, nous sommes de ses amis privés.

HAMLET. — Dans ses parties secrètes? Oh! rien de plus vrai, la fortune c'est une catin. Quelles nouvelles?

ROSENCRANTZ. — Aucune, monseigneur, si ce n'est que le monde est devenu vertueux.

HAMLET. — Alors le jour du jugement est proche; mais votre nouvelle n'est pas vraie. Laissez-moi vous faire une question plus personnelle : qu'avez-vous donc fait à la fortune, mes bons amis, pour qu'elle vous envoie en prison ici?

GUILDENSTERN. — En prison, monseigneur?

HAMLET. — Le Danemark est une prison.

ROSENCRANTZ. — Alors le monde en est une aussi.

HAMLET. — Une vaste prison, dans laquelle il y a beaucoup de cellules, de cachots et de donjons. Le Danemark est un des pires.

ROSENCRANTZ. — Nous ne sommes pas de cet avis, monseigneur.

HAMLET. — C'est qu'alors le Danemark n'est point une prison pour vous; car en soi rien n'est bon ni mauvais. Pour moi, c'est une prison.

ROSENCRANTZ. — Soit! Alors c'est votre ambition qui en fait une prison pour vous : votre pensée y est trop à l'étroit.

HAMLET. — O Dieu! je pourrais être enfermé dans une coquille de noix, et me regarder comme le roi d'un espace infini, si je n'avais pas de mauvais rêves.

GUILDENSTERN. — Ces rêves-là sont justement l'ambition; car toute la substance de l'ambition n'est que l'ombre d'un rêve.

HAMLET. — Un rêve n'est lui-même qu'une ombre.

Rosencrantz. — C'est vrai; et je tiens l'ambition pour chose si frêle, si légère, qu'elle n'est que l'ombre d'une ombre.

Hamlet. — En ce cas, nos gueux sont des corps, et nos monarques et nos héros démesurés sont les ombres des gueux... Irons-nous à la cour? car, franchement, je ne suis pas capable de raisonner.

Rosencrantz et Guildenstern. — Nous vous accompagnerons.

Hamlet. — Il ne s'agit pas de cela : je ne veux pas vous confondre avec le reste de mes serviteurs; car, foi d'honnête homme! je suis détestablement entouré. Ah çà! pour parler en toute amitié, qu'êtes-vous venus faire à Elseneur?

Rosencrantz. — Vous voir, monseigneur. Pas d'autre motif.

Hamlet. — Gueux comme je suis, je suis pauvre même en remerciements; mais je ne vous en remercie pas moins, et je vous assure, mes bons amis, mes remerciements ne valent pas un sou. Vous a-t-on envoyé chercher; ou venez-vous me voir spontanément, de votre plein gré? Allons, agissez avec moi en confiance; allons, allons! parlez.

Guildenstern. — Que pourrions-nous dire, monseigneur?

Hamlet. — Eh bien! n'importe quoi... qui réponde à ma question. On vous a envoyé chercher : il y a dans vos regards une sorte d'aveu que votre candeur n'a pas le talent de colorer. Je le sais : le bon roi et la bonne reine vous ont envoyé chercher.

Rosencrantz. — Dans quel but, monseigneur?

Hamlet. — C'est ce qu'il faut m'apprendre. Ah! laissez-moi vous conjurer : par les droits de notre camaraderie, par l'harmonie de notre jeunesse, par les

devoirs de notre amitié toujours constante, enfin par
tout ce qu'un meilleur orateur pourrait invoquer de
plus tendre, soyez droits et francs avec moi. Vous a-t-on
envoyé chercher, oui ou non?.

ROSENCRANTZ, *à Guildenstern.* — Que dites-vous?

HAMLET, *à part.* — Oui, allez! j'ai l'œil sur vous.

Haut.

Si vous m'aimez, ne me cachez rien.

GUILDENSTERN. — Monseigneur, on nous a envoyé
chercher.

HAMLET. — Je vais vous dire pourquoi. De cette manière, mes pressentiments préviendront vos aveux, et
votre discrétion envers le roi et la reine n'y laissera pas
une plume. J'ai depuis peu, je ne sais pourquoi, perdu
toute ma gaieté, renoncé à tous mes exercices accoutu-
més; et, vraiment, tout pèse si lourdement à mon humeur, que la terre, cette belle création, me semble un
promontoire stérile. Le ciel, ce dais splendide, regardez!
ce magnifique plafond, ce toit majestueux, constellé de
flammes d'or, eh bien! il ne m'apparaît plus que
comme un noir amas de vapeurs pestilentielles. Quel
chef-d'œuvre que l'homme[12]! Qu'il est noble dans sa
raison! Qu'il est infini dans ses facultés! Dans sa force
et dans ses mouvements, comme il est expressif et admirable! par l'action, semblable à un ange! par la pensée,
semblable à un Dieu! C'est la merveille du monde! le
parangon de la création! Et pourtant qu'est à mes yeux
cette quintessence de poussière? L'homme n'a pas de
charme pour moi... ni la femme non plus, quoi que
semble dire votre sourire.

ROSENCRANTZ. — Monseigneur, il n'y a rien de cela
dans ma pensée.

HAMLET. — Pourquoi avez-vous ri, alors, quand

j'ai dit : L'homme n'a pas de charme pour moi?

ROSENCRANTZ. — Je me disais, monseigneur, que si l'homme n'a pas de charme pour vous[13], c'est maigre chère que vous ferez faire aux comédiens. Nous les avons dépassés sur la route, et ils viennent vous offrir leurs services.

HAMLET. — Celui qui joue le roi sera le bienvenu : Sa Majesté recevra tribut de moi; le chevalier errant brandira le fleuret et l'écu; l'amoureux ne soupirera pas gratis; le fantaisiste achèvera en paix son rôle; le bouffon fera rire ceux qui ont le gosier chatouilleux et la princesse exprimera librement sa passion sinon le vers blanc sera faux. Quels sont ces comédiens?

ROSENCRANTZ. — Ceux-là mêmes qui vous charmaient tant d'habitude, les tragédiens de la Cité.

HAMLET. — Par quel hasard deviennent-ils ambulants? Une résidence fixe, et pour l'honneur et pour le profit, leur serait plus avantageuse.

ROSENCRANTZ. — Je crois qu'elle leur est interdite en raison des derniers événements[14].

HAMLET. — Sont-ils toujours aussi estimés que lorsque j'étais en ville? Sont-ils aussi suivis?

ROSENCRANTZ. — Non, vraiment, ils ne le sont pas.

HAMLET. — D'où cela vient-il? Est-ce qu'ils commencent à se rouiller?

ROSENCRANTZ. — Non, leur zèle ne se ralentit pas; mais vous saurez, monsieur, qu'il nous est arrivé une nichée d'enfants, à peine sortis de l'œuf, qui récitent tout du même ton criard, et qui sont applaudis avec fureur pour cela; ils sont maintenant à la mode, et ils clabaudent si fort contre les théâtres ordinaires (c'est ainsi qu'ils les appellent), que bien des gens portant l'épée ont peur des plumes d'oie, et n'osent plus y aller.

HAMLET. — Comment! ce sont des enfants? Qui les

entretient? D'où tirent-ils leur écot? Est-ce qu'ils ne
continueront pas leur métier quand leur voix aura mué?
Et si, plus tard, ils deviennent comédiens ordinaires (ce
qui est très probable, s'ils n'ont pas d'autre ressource),
ne diront-ils pas que les auteurs de leur troupe ont
eu grand tort de leur faire diffamer leur futur gagne-
pain?

ROSENCRANTZ. — Ma foi! il y aurait beaucoup à faire
de part et d'autre; et la nation ne se fait pas faute de
les pousser à la querelle. Il y a eu un temps où la pièce
ne rapportait pas d'argent, à moins que tous les rivaux,
poètes et acteurs, n'en vinssent aux coups.

HAMLET. — Est-il possible?

GUILDENSTERN. — Oh! les cervelles se sont fort dé-
passées!

HAMLET. — Et ce sont les enfants qui l'emportent?

ROSENCRANTZ. — Oui, monseigneur : ils emportent
Hercule et son fardeau.

HAMLET. — Ce n'est pas fort surprenant. Tenez!
mon oncle est roi de Danemark; eh bien! ceux qui lui
auraient fait la grimace du vivant de mon père donnent
vingt, quarante, cinquante et cent ducats pour son
portrait en miniature. Sangdieu! il y a là quelque chose
qui n'est pas naturel : si la philosophie pouvait l'expliquer!

Fanfare de trompettes.

GUILDENSTERN. — Les acteurs sont là.

HAMLET. — Messieurs, vous êtes les bienvenus à Elseneur. Votre main! Approchez. Les devoirs de l'hospitalité sont la courtoisie et la politesse : laissez-moi
m'acquitter envers vous dans les règles, de peur que
ma cordialité envers les comédiens, qui, je vous le
déclare, doit être noblement ostensible, ne paraisse

dépasser celle que je vous témoigne. Vous êtes les bienvenus; mais mon oncle-père et ma tante-mère sont dans
l'erreur.

GUILDENSTERN. — En quoi, mon cher seigneur?

HAMLET. — Je ne suis fou que par le vent du nord-
nord-ouest : quand le vent est au sud, je peux distinguer
un faucon d'un héron.

Entre Polonius.

POLONIUS. — Salut, messieurs!

HAMLET. — Écoutez, Guildenstern...

A Rosencrantz.

et vous aussi; pour chaque oreille un auditeur. Ce grand
bambin que vous voyez là, n'est pas encore hors de ses
langes.

ROSENCRANTZ. — Peut-être y est-il revenu; car on dit
qu'un vieillard est enfant pour la seconde fois.

HAMLET. — Je vous prédis qu'il vient pour me parler
des comédiens. Attention!... Vous avez raison, monsieur,
c'est effectivement lundi matin...

POLONIUS. — Monseigneur, j'ai une nouvelle à vous
apprendre.

HAMLET. — Monseigneur, j'ai une nouvelle à vous
apprendre. Du temps que Roscius était acteur à
Rome...

POLONIUS. — Les acteurs viennent d'arriver ici, monseigneur.

HAMLET. — Bah! bah!

POLONIUS. — Sur mon honneur.

HAMLET. — Alors arriva chaque acteur sur son
âne.

POLONIUS. — Ce sont les meilleurs acteurs du monde
pour la tragédie, la comédie, le drame historique, la

pastorale, la comédie pastorale, la pastorale historique,
la tragédie historique, la pastorale tragico-comico-
historique; pièces sans divisions ou poèmes sans limites.
Pour eux, Sénèque ne peut être trop lourd, ni Plaute
trop léger. Pour concilier les règles avec la liberté, ils
n'ont pas leurs pareils.

HAMLET. — Ô Jephté! juge d'Israël, quel trésor tu
avais!

POLONIUS. — Quel trésor avait-il, monseigneur?

HAMLET. — Eh bien!

> *Une fille unique charmante*
> *Qu'il aimait passionnément.*

POLONIUS, *à part.* — Toujours ma fille!

HAMLET. — Ne suis-je pas dans le vrai, vieux
Jephté?

POLONIUS. — Si vous m'appelez Jephté, monseigneur,
c'est que j'ai une fille que j'aime passionnément.

HAMLET. — Non, cela ne s'ensuit pas.

POLONIUS. — Qu'est-ce donc qui s'ensuit, monseigneur?

HAMLET. — Eh bien!

> *Mais par hasard Dieu sait pourquoi.*

Et puis, vous savez :

> *Il advint comme c'était probable,...*

Le premier couplet de cette pieuse complainte vous
en apprendra plus long; mais regardez, voici qui me
fait abréger.

> *Entrent quatre ou cinq Comédiens.*

Vous êtes les bienvenus, mes maîtres; bienvenus
tous!

A l'un d'eux.

Je suis charmé de te voir bien portant... Bienvenus,
mes bons amis!...

A un autre.

Oh! ce vieil ami! comme ta figure s'est aguerrie depuis que je ne t'ai vu; viens-tu en Danemark pour rire
de moi dans ta barbe?... Et vous, ma jeune dame, ma
princesse! Par Notre-Dame! Votre Grâce, depuis que
je ne vous ai vue, .est plus proche du ciel de toute la
hauteur d'un sabot vénitien. Priez Dieu que votre voix,
comme une pièce d'or qui n'a plus cours, n'ait pas le
timbre fêlé!... Maîtres, vous êtes tous les bienvenus.
Vite, à la besogne, à l'instar des fauconniers français
qui lâchent leur faucon sur le premier gibier venu.
Tout de suite une tirade! Allons! donnez-nous un
échantillon de votre talent; allons! une tirade passionnée!

PREMIER COMÉDIEN. — Quelle tirade, monseigneur?

HAMLET. — Je t'ai entendu déclamer une tirade qui
n'a jamais été dite sur la scène, ou, dans tous les cas,
ne l'a été qu'une fois; car la pièce, je m'en souviens, ne
plaisait pas à la foule; c'était du *caviar* pour le populaire; mais, selon mon opinion et celle de personnes
dont le jugement, en pareilles matières, a plus de reten-
tissement que le mien, c'était une excellente pièce, bien
conduite dans toutes les scènes, écrite avec autant de
réserve que de talent. On disait, je m'en souviens, qu'il
n'y avait pas assez d'épices dans les vers pour rendre
le sujet savoureux, et qu'il n'y avait rien dans le style
qui pût faire accuser l'auteur d'affectation; mais on
trouvait la pièce d'un goût honnête, aussi saine que
plaisante, et recherchant moins l'élégance que la

beauté. Il y avait surtout un passage que j'aimais : c'était le récit d'Énée à Didon, et spécialement l'endroit où il parle du meurtre de Priam. Si ce morceau vit dans votre mémoire, commencez à ce vers... Voyons... voyons !...

> *L'âpre Pyrrhus telle la bête d'Hyrcanie,*

Ce n'est pas cela ; ça commence par Pyrrhus...

L'âpre Pyrrhus avait une armure de sable,
Qui, noire comme ses desseins, ressemblait à la nuit,
Quand il était tapi dans le cheval funeste
Mais son physique affreux et noir est barbouillé
D'un blason plus effrayant : des pieds à la tête,
Il est maintenant tout gueules, horriblement grimé
Du sang des mères, des pères, des filles, des fils,
Cuit et empâté sur lui par les maisons en flamme
Qui prêtent un éclat lugubre et tyrannique
A ces vils massacres. Rôti par la fureur et par le feu,
Et ainsi enduit de caillots coagulés,
Les yeux comme des escarboucles, l'infernal Pyrrhus
Cherche l'ancêtre Priam.

Maintenant, continuez, vous !

POLONIUS. — Par Dieu ! monseigneur, voilà qui est bien dit ! Bon accent et bonne mesuré !

PREMIER COMÉDIEN.

Bientôt il le trouve
Lançant sur les Grecs des coups trop courts ; son antique épée,
Rebelle à son bras, reste où elle tombe,
Indocile au commandement. Lutte inégale !
Pyrrhus s'élance sur Priam ; dans sa rage, il frappe à côté ;
Mais le sifflement et le vent de son épée cruelle suffisent
Pour faire tomber l'aïeul faible. Alors Ilion, inanimée,
Semble ressentir ce coup : de ses sommets embrasés

Elle s'affaisse sur sa base, et, dans un fracas affreux,
Fait prisonnière l'oreille de Pyrrhus. Mais tout à coup son épée,
Qui allait tomber sur la tête blanche comme le lait
Du vénérable Priam, semble suspendue dans l'air.
Ainsi Pyrrhus est immobile comme un tyran en peinture;
Et, restant neutre entre sa volonté et son œuvre,
Il ne fait rien.
Mais, de même que nous voyons souvent, à l'approche de l'orage,
Le silence dans les cieux, les nuages immobiles,
Les vents hardis sans voix, et la terre au-dessous
Muette comme la mort, puis tout à coup un effroyable éclair
Qui déchire la région céleste; de même, après ce moment d'arrêt,
Une fureur vengeresse ramène Pyrrhus à l'œuvre;
Et jamais les marteaux des Cyclopes ne tombèrent
Sur l'armure de Mars, pour en forger la trempe éternelle,
Avec moins de remords que l'épée sanglante de Pyrrhus
Ne tombe maintenant sur Priam.
Arrière, arrière, Fortune! prostituée! Vous tous, Dieux
Réunis en synode général, enlevez-lui sa puissance;
Brisez tous les rayons et toutes les jantes de sa roue,
Et roulez-en le moyeu arrondi en bas de la colline du ciel,
Au tréfond de l'enfer!

POLONIUS. — C'est trop long.

HAMLET. — Nous l'enverrons chez le barbier avec votre barbe... Je t'en prie, continue : il lui faut une gigue ou une histoire grivoise. Sinon, il s'endort. Continue : arrive à Hécube.

PREMIER COMÉDIEN.

Mais celui, oh! celui qui eût vu la reine emmitouflée...

HAMLET. — La reine emmitouflée?

POLONIUS. — C'est bien! La reine emmitouflée est bien!

PREMIER COMÉDIEN.

Courir pieds nus çà et là, menaçant les flammes

Des larmes qui l'aveuglent; ayant un chiffon sur cette tête
Où était naguère un diadème; et, pour robe,
Autour de ses reins amollis et par trop fécondés,
Une couverture, attrapée dans l'alarme de la crainte;
Celui qui aurait vu cela, la langue trempée dans le venin,
Aurait déclaré la Fortune coupable de trahison.
Mais si les Dieux eux-mêmes l'avaient vue alors
Qu'elle voyait Pyrrhus s'amusant à
Émincer avec son épée les membres de son époux,
Le cri de douleur qu'elle jeta tout à coup
(A moins que les choses de la terre ne les touchent pas du tout),
Aurait humecté les yeux brûlants du ciel
Et apitoyé les Dieux.

POLONIUS. — Voyez donc, s'il n'a pas changé de couleur. Il a des larmes aux yeux! Assez, je te prie!

HAMLET. — C'est bien. Je te ferai dire le reste bientôt.

A Polonius.

Veillez, je vous prie, monseigneur, à ce que ces comédiens soient bien traités. Entendez-vous? qu'on ait pour eux des égards! car ils sont le résumé, la chronique abrégée de ce temps. Mieux vaudrait pour vous une méchante épitaphe après votre mort que leurs blâmes pendant votre vie.

POLONIUS. — Monseigneur, je les traiterai conformément à leurs mérites.

HAMLET. — Morbleu! l'ami, beaucoup mieux. Traitez chacun d'après son mérite, qui donc échappera aux étrivières?... Non. Traitez-les conformément à votre propre rang, à votre propre dignité. Moins vos égards seront mérités, plus votre bienveillance aura de mérite. Emmenez-les.

POLONIUS. — Venez, messieurs.

Polonius sort avec quelques-uns des Acteurs.

HAMLET. — Suivez-le, mes amis. Nous aurons une représentation demain.

> *Au premier Comédien, auquel il fait signe de rester.*

Écoutez-moi, vieil ami : pourriez-vous jouer *Le Meurtre
de Gonzague?*

PREMIER COMÉDIEN. — Oui, monseigneur.

HAMLET. — Eh bien! vous le jouerez demain soir. Vous
pourriez, au besoin, étudier une apostrophe de douze
ou quinze vers que j'écrirais et que j'y intercalerais?
Vous le pourriez, n'est-ce pas?

PREMIER COMÉDIEN. — Oui, monseigneur.

HAMLET. — Fort bien!... Suivez ce seigneur, et ayez
soin de ne pas vous moquer de lui.

> *Sort le Comédien.*
> *A Rosencrantz et à Guildenstern.*

Mes bons amis, je vous laisse jusqu'à ce soir. Vous
êtes les bienvenus à Elseneur.

ROSENCRANTZ. — Mon bon seigneur!

> *Rosencrantz et Guildenstern sortent.*

HAMLET. — Oui, que Dieu soit avec vous! Maintenant
je suis seul. Ô misérable rustre, esclave que je suis!
N'est-ce pas monstrueux que ce comédien, ici, dans une
pure fiction, dans le rêve d'une passion, puisse si bien
soumettre son âme à sa propre pensée, que tout son
visage s'enflamme sous cette influence, qu'il a les larmes
dans les yeux, l'air de la folie, la voix brisée, et toute
sa personne en harmonie de formes avec son idée? Et
tout cela, pour rien! pour Hécube! Que lui est Hécube,
et qu'est-il à Hécube, pour qu'il pleure ainsi sur elle?
Que ferait-il donc, s'il avait les motifs et les sujets de
douleur que j'ai? Il noierait la scène dans les larmes,

il déchirerait l'oreille du public par d'effrayantes apos-
trophes, il rendrait fous les coupables, il épouvanterait
les innocents, il confondrait les ignorants, il paralyserait
les yeux et les oreilles du spectateur ébahi! Et moi pourtant, niais pétri de boue, blême coquin, Jean-de-la-Lune,
impuissant pour ma propre cause, je ne trouve rien à
dire, non, rien! en faveur d'un roi à qui l'on a pris
son bien et sa vie si chère dans un guet-apens odieux!
Suis-je donc un lâche? Qui veut m'appeler manant? me
fendre la caboche? m'arracher la barbe et me la souffler
à la face? me pincer par le nez? me jeter le démenti par
la gorge en pleine poitrine? Qui veut me faire cela?
Ah! pour sûr, je garderais la chose! Il faut croire que
j'ai le foie d'un pigeon et que je manque du fiel qui
rend l'injure amère : autrement, il y a déjà longtemps
que j'aurais engraissé tous les milans du ciel avec les
entrailles de ce drôle. Traître sanglant et débauché sans
remords! traître! paillard! Ignoble scélérat! Ô vengeance! Quel âne suis-je donc? Oui-dà, voilà qui est
bien brave! Moi, le fils du cher assassiné, moi, que le
ciel et l'enfer poussent à la vengeance, me borner à dé-
charger mon cœur en paroles, comme une putain, et à
tomber dans le blasphème, comme une coureuse, comme
un marmiton! Fi! quelle honte!... En campagne, ma cervelle!... Humph! j'ai ouï dire que des créatures coupables, assistant à une pièce de théâtre, ont, par l'action
seule de la scène, été si frappées dans l'âme, que sur-
le-champ elles ont révélé leurs forfaits. Car le meurtre,
bien qu'il n'ait pas de langue, trouve pour parler une
voix miraculeuse. Je ferai jouer par ces comédiens quelque chose qui ressemble au meurtre de mon père, devant mon oncle. J'observerai ses traits, je le sonderai
jusqu'au vif : pour peu qu'il se trouble, je sais ce que
j'ai à faire. L'esprit que j'ai vu pourrait bien être le dé-

mon; car le démon a le pouvoir de revêtir une forme
séduisante; oui! et peut-être, fort de ma faiblesse et de
ma mélancolie, abusant du pouvoir qu'il a sur les esprits
comme le mien, me trompe-t-il pour me damner. Je
veux avoir des preuves plus convaincantes que cela. Cette
pièce est le piège où je prendrai la conscience du
roi.

Il sort.

ACTE III

SCÈNE PREMIÈRE

Le vestibule de la salle d'audience.
Entrent le Roi et la Reine, avec Polonius,
Rosencrantz, Guildenstern et Ophélie.

LE ROI. — Et vous ne pouvez pas, par une manœuvre habile, savoir de lui pourquoi il montre tout ce désordre, et déchire si cruellement le repos de toute sa vie par cette démence turbulente et dangereuse?

ROSENCRANTZ. — Il avoue qu'il se sent égaré; mais pour quel motif, il n'y a pas moyen de le lui faire dire.

GUILDENSTERN. — Nous le trouvons peu disposé à se laisser sonder. Il s'esquive avec la malice de la démence, quand nous voulons l'amener à quelque aveu sur son état véritable.

LA REINE. — Vous a-t-il bien reçus?

ROSENCRANTZ. — Tout à fait en gentilhomme.

GUILDENSTERN. — Oui, mais avec une humeur forcée.

ROSENCRANTZ. — Avare de questions; mais, à nos demandes, très prodigue de réponses.

La Reine. — L'avez-vous tâté au sujet de quelque passetemps?

Rosencrantz. — Madame, le hasard a voulu qu'en route nous ayons rencontré certains comédiens. Nous lui en avons parlé; et une sorte de joie s'est manifestée en lui à cette nouvelle. Ils sont ici, quelque part dans le palais; et, à ce que je crois, ils ont déjà l'ordre de jouer ce soir devant lui.

Polonius. — Cela est très vrai; et il m'a supplié d'engager Vos Majestés à écouter et à voir la pièce.

Le Roi. — De tout mon cœur; et je suis ravi de lui savoir cette disposition. Mes chers messieurs, aiguisez encore son ardeur et poussez-le vers ces plaisirs.

Rosencrantz. — Oui, monseigneur.

Sortent Rosencrantz et Guildenstern.

Le Roi. — Douce Gertrude, laissez-nous. Car nous avons secrètement envoyé chercher Hamlet, afin qu'il se trouve, comme par hasard, face à face avec Ophélie. Son père et moi, espions légitimes, nous nous placerons de manière que, voyant sans être vus, nous puissions juger nettement de leur tête-à-tête, et conclure d'après sa façon d'être si c'est le chagrin d'amour, ou non, qui le tourmente ainsi.

La Reine. — Je vais vous obéir. Et pour vous, Ophélie, je souhaite que vos chastes beautés soient l'heureuse cause de l'égarement d'Hamlet; car j'espérerais que vos vertus le ramèneraient dans le droit chemin, pour votre honneur à tous deux.

Ophélie. — Je le voudrais, madame.

La Reine sort.

Polonius. — Ophélie, promenez-vous ici. Gracieux maître, s'il vous plaît, allons prendre place.

A Ophélie.

Lisez dans ce livre : cette occupation apparente colo-
rera votre solitude. C'est un tort que nous avons souvent : il arrive trop fréquemment qu'avec un visage dévot
et une attitude pieuse nous parvenions à dissimuler le
diable sous nos airs sucrés.

LE ROI, *à part.* — Oh! cela n'est que trop vrai! Quel
cuisant coup de fouet ce mot-là donne à ma conscience!
La joue d'une prostituée, embellie par un savant plâ-
trage, n'est pas plus hideuse sous ce qui la couvre que
mon forfait, sous le fard de mes paroles. Ô pesant fardeau!

POLONIUS. — Je l'entends qui vient : retirons-nous,
monseigneur.

Ils se retirent derrière la tapisserie.
Entre Hamlet.

HAMLET. — Être, ou ne pas être. C'est la question.
Est-il plus noble pour une âme de souffrir les flèches
et les pierres d'une fortune affreuse ou de s'armer contre
une mer bouleversée, et d'y faire face, et d'y mettre une
fin? Mourir,... dormir, rien de plus;... Oh! penser que
ce sommeil termine les maux du cœur et les mille blessures qui sont le lot de la chair : c'est là un dénouement
qu'on doit souhaiter avec ferveur. Mourir,... dormir,
dormir! rêver peut-être! Oui, voilà l'obstacle. Car
quels rêves peut-il nous venir dans ce sommeil de la
mort, une fois délivrés de ces liens mortels? Voilà qui
doit nous arrêter. C'est cette réflexion-là qui assure
à nos misères une si longue existence. Qui, en effet,
voudrait supporter les flagellations et les dédains du
monde, l'injure de l'oppresseur, l'humiliation de la
pauvreté, les angoisses de l'amour méprisé, les len-

teurs de la loi, l'insolence du pouvoir, et les rebuffades que le mérite résigné reçoit d'hommes indignes, s'il pouvait en être quitte d'un seul coup de poignard? Qui voudrait porter ces fardeaux, gémir et suer sous une vie accablante, si la crainte de quelque chose après la mort, de cette région inexplorée, d'où nul voyageur ne revient, ne troublait la volonté, et ne nous faisait supporter les maux que nous avons par peur de nous lancer dans ceux que nous ne connaissons pas? Ainsi la conscience fait de nous tous des lâches; ainsi les couleurs natives de la résolution pâlissent dans l'ombre de la pensée; ainsi les grandes entreprises se détournent de leur cours, à cette idée, et perdent le nom d'action... Doucement, maintenant! Voici la belle Ophélie... Nymphe, dans tes prières souviens-toi de tous mes péchés.

OPHÉLIE. — Mon bon seigneur, comment s'est porté Votre Honneur tous ces jours passés?

HAMLET. — Je vous remercie humblement : bien, bien, bien.

OPHÉLIE. — Monseigneur, j'ai de vous des souvenirs que, depuis longtemps, il me tarde de vous rendre. Recevez-les donc maintenant, je vous prie.

HAMLET. — Moi? Non pas. Je ne vous ai jamais rien donné.

OPHÉLIE. — Mon cher seigneur, vous savez très bien que si. Les paroles qui les accompagnaient étaient si suaves qu'elles rendaient ces choses plus précieuses. Puisqu'ils ont perdu leur parfum, reprenez-les; car, pour un noble cœur, le plus riche don devient pauvre, quand celui qui donne n'aime plus. Tenez, monseigneur!

HAMLET. — Ha! ha! vous êtes vertueuse!

OPHÉLIE. — Monseigneur!

Hamlet. — Et vous êtes belle!

Ophélie. — Que veut dire Votre Seigneurie?

Hamlet. — Que si vous êtes vertueuse et belle, vous devez tenir éloignées l'une de l'autre votre vertu et votre beauté.

Ophélie. — La beauté, monseigneur, peut-elle avoir une meilleure compagne que la vertu?

Hamlet. — Oui, ma foi! car la beauté aura le pouvoir de faire de la vertu une maquerelle, avant que la vertu ait la force de transformer la beauté à son image. Ce fut jadis un paradoxe; mais le temps a prouvé que c'est une vérité. Je vous ai aimée jadis.

Ophélie. — Vous me l'avez fait croire en effet, monseigneur.

Hamlet. — Vous n'auriez pas dû me croire; car la vertu a beau être greffée à notre vieille souche, celle-ci sent toujours son terroir. Je ne vous aimais pas.

Ophélie. — Je n'en ai été que plus trompée.

Hamlet. — Va-t'en dans un couvent! Pourquoi procréer des pécheurs? Je suis moi-même honnête, ou presque, et pourtant je pourrais m'accuser de telles choses que mieux vaudrait que ma mère ne m'eût pas enfanté; je suis fort vaniteux, vindicatif, ambitieux; d'un signe je puis évoquer plus de méfaits que je n'ai de pensées pour les méditer, d'imagination pour leur donner forme, de temps pour les accomplir. A quoi sert-il que des gaillards comme moi rampent entre le ciel et la terre? Nous sommes tous de fieffés coquins : ne te fie à aucun de nous. Va tout droit dans un couvent... Où est votre père?

Ophélie. — Chez lui, monseigneur.

Hamlet. — Qu'on ferme les portes sur lui, pour que sa sottise reste confinée dans sa propre maison! Adieu!

OPHÉLIE. — Oh! secourez-le, vous, cieux cléments!

HAMLET. — Si tu te maries, je te donnerai pour dot
cette vérité empoisonnée : sois aussi chaste que la glace,
aussi pure que la neige, tu n'échapperas pas à la calomnie. Va-t'en dans un couvent. Adieu! Ou, si tu veux
absolument te marier, épouse un imbécile; car les
hommes sensés savent trop bien quels monstres vous
faites d'eux. Au couvent! Allons! et vite! Adieu!

OPHÉLIE. — Puissances célestes, guérissez-le!

HAMLET. — J'ai aussi entendu un peu parler, et beaucoup trop, des façons que vous avez de vous peindre la
face. Dieu vous a donné un visage, et vous vous en faites
un autre vous-mêmes; vous sautillez, vous trottinez, vous
zézayez, vous affublez de sobriquets les créatures de
Dieu, et vous donnez votre galanterie pour de l'ignorance. Allez! je ne veux plus de cela : cela m'a rendu
fou. Je le déclare : nous n'aurons plus de mariages;
ceux qui sont mariés déjà vivront tous, excepté un;
les autres resteront comme ils sont. Au couvent!
allez!

Sort Hamlet.

OPHÉLIE. — Oh! que voilà un noble esprit détruit!
L'œil du courtisan, la langue du savant, l'épée du soldat!
L'espérance, la rose de ce bel empire, le miroir du bon
ton, le moule de l'élégance, le point de mire de tous
les observateurs! perdu, tout à fait perdu! Et moi, de
toutes les femmes la plus accablée et la plus misérable,
moi qui ai sucé le miel de ses vœux mélodieux, voir
maintenant cette noble et souveraine raison faussée et
discordante comme une cloche fêlée; voir la forme et
la beauté incomparables de cette jeunesse en fleur, flétries par la démence! Oh! malheur à moi! Avoir vu ce
que j'ai vu, et voir ce que je vois!

Le Roi et Polonius sortent de derrière la tapisserie.

LE ROI. — L'amour! Non, son affection n'est pas de ce
côté-là; non! Ce qu'il disait, quoique manquant un peu
de suite, n'était pas de la folie. Il y a dans son âme
quelque chose que couve sa mélancolie; et j'ai peur
de voir éclore et sortir de l'œuf quelque catastrophe.
Pour l'empêcher, voici, par une prompte détermination,
ce que j'ai résolu : Hamlet partira sans délai pour l'Angleterre, pour réclamer le tribut qu'on néglige d'acquitter. Peut-être les mers, des pays différents, avec leurs
spectacles variés, chasseront-ils de son cœur cet objet
tenace sur lequel son cerveau se heurte sans cesse, et qui
le met ainsi hors de lui-même... Qu'en pensez-vous?
POLONIUS. — L'idée est excellente; mais je crois pourtant que l'origine et le commencement de sa douleur
proviennent d'un amour dédaigné... Eh bien, Ophélie!
vous n'avez pas besoin de nous répéter ce qu'a dit le
seigneur Hamlet : nous avons tout entendu... Monseigneur, faites comme il vous plaira; mais, si vous le trouvez bon, après la pièce, il faudrait que la reine sa mère,
seule avec lui, le pressât de révéler son chagrin. Qu'elle
lui parle sans ménagement! Et moi, avec votre permission, je tâcherai d'entendre toute leur conversation. Si
elle ne parvient pas à le pénétrer, envoyez-le en Angleterre; ou reléguez-le dans le lieu que votre sagesse aura
choisi.
LE ROI. — Entendu : la folie chez les princes doit être
surveillée.

Ils sortent.

SCÈNE II

La grand-salle du château. Au fond, la scène dressée.

Entrent Hamlet et trois des comédiens.

HAMLET. — Dites, je vous prie, cette tirade comme je l'ai lue devant vous, d'une voix naturelle; mais si vous la braillez, comme font beaucoup de nos acteurs, j'aimerais autant faire dire mes vers par le crieur de la ville. Ne sciez pas trop l'air ainsi, avec votre bras; mais usez de tout sobrement; car, au milieu même du torrent, de la tempête, et, je pourrais dire, du tourbillon de la passion, vous devez avoir et conserver assez de modération pour pouvoir la calmer. Oh! cela me blesse jusque dans l'âme, d'entendre un robuste gaillard, à perruque échevelée, mettre une passion en lambeaux, voire même en haillons, et fendre les oreilles de la galerie qui généralement n'apprécie qu'une pantomime incompréhensible et le bruit. Je voudrais faire fouetter ce gaillard-là qui charge ainsi Termagant et outrehérode Hérode! Évitez cela, je vous prie.

PREMIER COMÉDIEN. — Je le promets à Votre Honneur.

HAMLET. — Ne soyez pas non plus trop retenu; mais que votre propre discernement soit votre guide! Mettez l'action d'accord avec la parole, la parole d'accord avec l'action, en vous appliquant spécialement à ne jamais violer la nature; car toute exagération s'écarte du but du théâtre qui, dès l'origine comme aujourd'hui, a eu et a encore pour objet d'être le miroir de la nature, de montrer à la vertu ses propres traits, à l'infamie sa propre image, et à notre temps même sa forme et ses traits dans la personnification du passé. Or, si l'expression est exagérée ou affaiblie, elle aura beau faire rire l'ignorant, elle blessera à coup sûr l'homme judicieux dont la critique a, vous devez en convenir, plus de poids que celle d'une salle entière. Oh! j'ai vu jouer des acteurs, j'en ai entendu louer hautement, pour ne pas dire sacrilègement, qui n'avaient ni l'accent, ni la tournure d'un chrétien, d'un païen, d'un homme! Ils se dandinaient et hurlaient de telle façon que je les ai toujours crus enfantés par des apprentis de la nature qui, voulant faire des hommes, les avaient manqués et avaient produit une abominable contrefaçon de l'humanité.

Premier Comédien. — J'espère que nous avons suffisamment corrigé cela chez nous, monseigneur.

Hamlet. — Oh! corrigez-le tout à fait. Et que ceux qui jouent les clowns n'ajoutent rien à leur rôle! car il en est qui se mettent à rire d'eux-mêmes pour faire rire un certain nombre de spectateurs ineptes, au moment même où il faudrait remarquer quelque situation essentielle de la pièce. Cela est indigne, et montre la plus pitoyable prétention chez le clown qui agit ainsi. Allez vous préparer.

Sortent les Comédiens.
Entrent Polonius, Rosencrantz et Guildenstern.

Hamlet. — Eh bien! Monseigneur le roi entendra-t-il ce chef-d'œuvre?

Polonius. — Oui. La reine aussi; et cela, tout de suite.

Hamlet. — Dites aux acteurs de se dépêcher.

Sort Polonius.
A Rosencrantz et à Guildenstern.

Voudriez-vous tous deux presser leurs préparatifs?

Rosencrantz et Guildenstern. — Oui, monseigneur.

Sortent Rosencrantz et Guildenstern.

Hamlet. — Holà! Horatio!

Entre Horatio.

Horatio. — Me voici, mon doux seigneur, à vos ordres.

Hamlet. — De tous ceux avec qui j'ai jamais été en rapport, Horatio, tu es par excellence l'homme juste.

Horatio. — Oh! mon cher seigneur!

Hamlet. — Non, ne crois pas que je te flatte. Car quel avantage puis-je espérer de toi qui n'as d'autre revenu que ta bonne humeur pour te nourrir et t'habiller? A quoi bon flatter le pauvre? Non. Qu'une langue mielleuse lèche la pompe stupide; que les souples charnières du genou se ploient là où il peut y avoir profit à flagorner! Entends-tu? Depuis que mon âme tendre a été maîtresse de son choix et a pu distinguer entre les hommes, sa prédilection t'a marqué de son sceau; car tu as toujours été un homme qui sait tout souffrir comme s'il ne souffrait pas; un homme que les rebuffades et les faveurs de la fortune ont trouvé également reconnaissant. Bienheureux ceux chez qui le tempérament et le jugement sont si bien d'accord! Ils ne sont pas sous les doigts de la fortune une flûte dont elle peut tirer les sons qu'elle veut. Donnez-moi l'homme qui n'est pas l'esclave de la passion, et je le porterai dans le fond de mon cœur, oui, dans le cœur de mon cœur, comme toi... Assez sur ce point! On joue ce soir devant le roi une pièce dont une scène rappelle beaucoup ce que je t'ai appris sur la mort de mon père[16]. Je t'en prie! quand tu verras cet acte-là en train, observe mon oncle avec toute la concentration de ton âme. Si son crime, à certains mots, n'est pas débusqué, ce que nous avons vu n'est qu'un spectre infernal, et mes imaginations sont aussi noires que l'enclume de Vulcain. Suis-le avec une attention profonde. Quant à moi, je riverai mes yeux à son visage. Et, après, nous joindrons nos deux jugements pour prononcer sur ce qu'il aura laissé voir.

HORATIO. — C'est bien, monseigneur. Si, pendant la représentation, il me dérobe un seul mouvement, et s'il échappe à mes recherches, que je sois responsable du vol!

Trompettes et timbales.

HAMLET. — Les voici qui viennent voir la pièce, prenez vos places. Moi, je fais le fou.

Entrent le Roi, la Reine, Polonius, Ophélie, Rosencrantz, Guildenstern et autres.

LE ROI. — Comment se porte notre cousin Hamlet?

HAMLET. — Parfaitement ma foi! Je vis du plat du caméléon : je mange de l'air, et je me bourre de promesses. Vous ne pourriez pas nourrir ainsi des chapons.

LE ROI. — Je n'entends rien à cela, Hamlet! Vos paroles m'échappent.

HAMLET. — A moi aussi.

A Polonius.

Monseigneur, vous avez joué la comédie jadis à l'Université, m'avez-vous dit?

POLONIUS. — Oui, monseigneur; et je passais pour bon acteur.

HAMLET. — Quel rôle?

POLONIUS. — Celui de Jules César. On me tuait au Capitole; Brutus était mon meurtrier.

HAMLET. — Quelle brute de tuer un veau si capital au Capitole. Les acteurs sont-ils prêts?

ROSENCRANTZ. — Oui, monseigneur. Ils attendent votre bon plaisir.

LA REINE. — Venez ici, mon cher Hamlet, asseyez-vous près de moi.

HAMLET. — Non, ma bonne mère.

Montrant Ophélie.

Voici un aimant plus puissant.

POLONIUS, *au Roi.* — Oh! oh! remarquez-vous cela?

HAMLET, *se couchant aux pieds d'Ophélie.* — Madame, puis-je m'étendre entre vos genoux?

OPHÉLIE. — Non, monseigneur.

HAMLET. — Je voulais dire ma tête sur vos genoux.

OPHÉLIE. — Oui, monseigneur.

HAMLET. — Pensez-vous que mes intentions fussent grossières?

OPHÉLIE. — Je ne pense rien, monseigneur.

HAMLET. — C'est une pensée agréable à mettre entre les jambes d'une fille.

OPHÉLIE. — Quoi, monseigneur?

HAMLET. — Rien.

OPHÉLIE. — Vous êtes gai, monseigneur.

HAMLET. — Qui? moi?

OPHÉLIE. — Oui, monseigneur.

HAMLET. — Oh! par Dieu, votre farceur! Qu'a-t-on de mieux à faire que d'être gai? Tenez! regardez comme ma mère a l'air joyeux, et il n'y a que deux heures que mon père est mort.

OPHÉLIE. — Mais non, monseigneur : il y a deux fois deux mois.

HAMLET. — Si longtemps? Oh! alors, que le diable se mette en noir! Pour moi, je veux porter des vêtements de zibeline. Ô ciel! mort depuis deux mois, et pas encore oublié! Alors il y a espoir que la mémoire d'un grand homme lui survive six mois. Mais pour cela, par Notre-Dame! il faut qu'il bâtisse force églises. Sans quoi, il subira l'oubli comme le cheval de bois dont vous savez l'épitaphe :

> *Hélas! hélas! le cheval de bois est oublié.*

> *Les trompettes sonnent. La pantomime commence.*

> *Un Roi et une Reine entrent; l'air fort amoureux, ils se tiennent embrassés. La reine s'agenouille et fait au roi force gestes de protestations. Il la relève et penche sa tête sur son cou, puis s'étend sur un banc couvert de fleurs. Le voyant endormi, elle le quitte. Alors survient un personnage qui lui ôte sa couronne, la baise, verse du poison dans l'oreille du roi, et sort. La reine revient, trouve le roi mort, et donne tous les signes du désespoir. L'empoisonneur, suivi de deux ou trois personnages muets, arrive de nouveau et semble se lamenter avec elle. Le cadavre est emporté. L'empoisonneur fait sa cour à la reine en lui offrant des cadeaux. Elle semble quelque temps avoir de la répugnance et du mauvais vouloir, mais elle finit par agréer son amour. Ils sortent.*

OPHÉLIE. — Que veut dire ceci, monseigneur?

HAMLET. — Pardieu! c'est une embûche ténébreuse et le crime qui s'ensuit.

OPHÉLIE. — Cette pantomime indique probablement le sujet de la pièce.

Entre un comédien.

Hamlet. — Nous le saurons par ce gaillard-là. Les comédiens ne peuvent garder un secret : ils diront tout.

Ophélie. — Nous dira-t-il ce que signifiait cette pantomime?

Hamlet. — Oui, et tous les spectacles que vous lui ferez voir. Montrez-lui sans honte tout ce que vous voulez, sans honte, il vous l'expliquera.

Ophélie. — Vous êtes méchant! vous êtes méchant! Je veux suivre la pièce.

Le Comédien.

> *Pour nous et pour notre tragédie,*
> *Ici, inclinés devant votre clémence,*
> *Nous demandons une attention patiente.*

Hamlet. — Est-ce un prologue, ou la devise d'une bague?

Ophélie. — C'est bref, monseigneur.

Hamlet. — Comme l'amour d'une femme.

Entrent deux comédiens : un roi et une reine.

Le Roi de comédie.

Trente fois le chariot de Phœbus a fait le tour
Du bassin salé de Neptune et du domaine arrondi de Tellus;
Et trente fois douze lunes ont de leur lumière empruntée
Éclairé en ce monde trente fois douze nuits,
Depuis que l'amour a joint nos cœurs et l'hyménée nos mains
Par les liens mutuels les plus sacrés.

La Reine de comédie

Puissent le soleil et la lune nous faire compter
Autant de fois leur voyage avant que cesse notre amour!
Mais, hélas! vous êtes depuis quelque temps si malade,

Si triste, si changé,
Que vous m'inquiétez. Pourtant, tout inquiète que je suis,
Vous ne devez pas vous en troubler, Monseigneur;
Car l'anxiété et l'affection d'une femme sont en égale mesure :
Ou toutes deux nulles, ou toutes deux extrêmes.
Maintenant, ce qu'est mon amour, vous le savez par épreuve;
Et mes craintes ont toute l'étendue de mon amour.
Là où l'amour est grand, les moindres appréhensions sont des
                                                    [craintes;
Là où grandissent les moindres craintes, croissent les grandes
                                                    [amours.

LE ROI DE COMÉDIE.

Vraiment, amour, il faut que je te quitte, et bientôt.
Mes facultés actives se refusent à remplir leurs fonctions.
Toi, tu vivras après moi dans ce monde si beau,
Honorée, chérie; et, peut-être un homme aussi bon
Se présentant pour époux, tu...

LA REINE DE COMÉDIE

Oh! grâce du reste!
Un tel amour dans mon cœur serait trahison;
Que je sois maudite dans un second mari!
Nulle n'épouse le second sans tuer le premier.

HAMLET, *à part.* — Absinthe! amère absinthe!

LA REINE DE COMÉDIE.

Les motifs qui causent un second mariage
Sont des raisons de vil intérêt, et non pas d'amour.
Je donne une seconde fois la mort à mon seigneur,
Quand un second époux m'embrasse dans mon lit.

LE ROI DE COMÉDIE.

Je crois bien que vous pensez ce que vous dites là;
Mais on brise souvent une détermination.

La résolution n'est que l'esclave de la mémoire,
Violemment produite, mais peu viable.
Fruit vert, elle tient à l'arbre;
Mais elle tombe sans qu'on la secoue, dès qu'elle est mûre.
Nous oublions fatalement
De nous payer ce que nous nous devons.
Ce que, dans la passion, nous nous proposons à nous-mêmes,
La passion finie, cesse d'être une volonté.
Les douleurs et les joies les plus violentes
Détruisent leurs décrets en se détruisant.
Où la joie a le plus de rires, la douleur a le plus de larmes.
Gaieté s'attriste, et tristesse s'égaie au plus léger accident.
Ce monde n'est pas pour toujours; et il n'est pas étrange
Que nos amours mêmes changent avec nos fortunes.
Car c'est une question encore à décider,
Si c'est l'amour qui mène la fortune, ou la fortune, l'amour.
Un grand est-il à bas? voyez! ses courtisans s'envolent;
Le pauvre qui s'élève fait des amis de ses ennemis.
Et jusqu'ici l'amour a suivi la fortune;
Car celui qui n'a pas besoin ne manquera jamais d'ami;
Et celui qui, dans la nécessité, veut éprouver un ami vide,
Le convertit immédiatement en ennemi.
Mais, pour conclure logiquement là où j'ai commencé,
Nos volontés et nos destinées courent tellement en sens contraires,
Que nos projets sont toujours renversés.
Nos pensées sont nôtres; mais leur fin, non pas!
Ainsi, tu crois ne jamais prendre un second mari;
Mais, meure ton premier maître, tes idées mourront avec lui

LA REINE DE COMÉDIE.

Que la terre me refuse la nourriture, et le ciel la lumière!
Que la gaieté et le repos me soient interdits nuit et jour!
Que ma foi et mon espérance se changent en désespoir!
Que le plaisir d'un anachorète soit la prison de mon avenir!

Que tous les revers qui pâlissent le visage de la joie
Rencontrent mes plus chers projets et les détruisent!
Qu'en ce monde et dans l'autre, une éternelle adversité me
Si, une fois veuve, je redeviens épouse!   [*poursuive,*

HAMLET, *à Ophélie.* — Si maintenant elle rompt cet engagement-là!

LE ROI DE COMÉDIE.

Voilà un serment profond. Chère, laissez-moi un moment :
Ma tête s'appesantit, et je tromperais volontiers
Les ennuis du jour par le sommeil.

Il s'endort.

LA REINE DE COMÉDIE.

Que le sommeil berce ton cerveau,
Et que jamais le malheur ne nous sépare!

Elle sort.

HAMLET, *à la Reine.* — Madame, comment trouvez-vous cette pièce?

LA REINE. — La dame fait trop de protestations, ce me semble.

HAMLET. — Oh! elle tiendra parole.

LE ROI. — Connaissez-vous le sujet de la pièce? Tout y est-il inoffensif?

HAMLET. — Oui, oui! Ils font tout cela pour rire; du poison pour rire Rien que d'inoffensif!

LE ROI. — Comment appelez-vous la pièce?

HAMLET. — *La Souricière.* Pourquoi? Pardieu! au figuré. Cette pièce est le tableau d'un meurtre commis à Vienne. Le duc s'appelle Gonzague, sa femme Baptista. Vous allez voir. C'est un tour ignoble, mais qu'importe? Votre Majesté et moi, nous avons la conscience libre : cela ne nous touche pas. Que les rosses que cela écorche ruent! nous n'avons pas l'échine entamée.

Entre sur le second théâtre Lucianus.

Celui-ci est un certain Lucianus, neveu du roi.

OPHÉLIE. — Vous remplacez parfaitement le chœur, monseigneur.

HAMLET. — Je pourrais expliquer ce qui se passe entre vous et votre amant, si je voyais remuer vos marionnettes.

OPHÉLIE. — Vous êtes piquant, monseigneur, vous êtes piquant!

HAMLET. — Il ne vous en coûterait qu'un cri pour que ma pointe fût émoussée.

OPHÉLIE. — Encore meilleur et pire.

HAMLET. — Le principe même du mariage. Commence, meurtrier, laisse là tes pitoyables grimaces, et commence. Allons! Le corbeau croasse : Vengeance!

LUCIANUS.

Noires pensées, bras dispos, drogue prête, heure favorable.
L'occasion complice; pas une créature qui regarde.
Mixture infecte, extraite de ronces arrachées à minuit,
Trois fois flétrie, trois fois empoisonnée par l'imprécation d'Hécate
Que ta magique puissance, que tes propriétés terribles
Ravagent immédiatement la santé et la vie!

Il verse le poison dans l'oreille du roi endormi.

HAMLET. — Il l'empoisonne dans le jardin pour lui prendre ses États. Son nom est Gonzague. L'histoire est véritable et écrite dans le plus pur italien. Vous allez voir tout à l'heure comment le meurtrier obtient l'amour de la femme de Gonzague.

OPHÉLIE. — Le roi se lève.

HAMLET. — Quoi! effrayé par un coup tiré à blanc?

LA REINE. — Comment se trouve monseigneur?

POLONIUS. — Arrêtez la pièce!

LE ROI. — Qu'on apporte de la lumière! Sortons.

TOUS. — Des lumières! des lumières! des lumières!

Tous sortent, excepté Hamlet et Horatio.

HAMLET.

Oui, que le cerf blessé fuie et pleure,
Le chevreuil épargné folâtre!
Car les uns doivent rire et les autres pleurer.
Ainsi va le monde.

Si jamais la fortune me traitait de Turc à More, ne me suffirait-il pas, mon cher, d'une scène comme celle-là, avec l'addition d'une forêt de plumes et de deux roses de Provins sur des souliers à crevés, pour être reçu compagnon dans une meute de comédiens?

HORATIO. — Oui, à demi-part.

HAMLET. — Oh! à part entière.

Car tu le sais, ô Damon chéri,
Ce royaume démantelé était
A Jupiter lui-même; et maintenant celui qui y règne
Est un vrai, un vrai... paon.

HORATIO. — Vous auriez pu rimer.

HAMLET. — Ô mon bon Horatio, je tiendrais mille livres sur la parole du fantôme. As-tu remarqué?

HORATIO. — Parfaitement, monseigneur.

HAMLET. — Quand il a été question d'empoisonnement?

HORATIO. — Je l'ai parfaitement observé.

HAMLET. — Ah! ah!... Allons! un peu de musique! Allons! les flageolets.

> *Car si le roi n'aime pas la pièce,*
> *C'est sans doute qu'elle lui déplaît, pardi!*

Entrent Rosencrantz et Guildenstern.

Allons! de la musique!

GUILDENSTERN. — Mon bon seigneur, daignez permettre que je vous dise un mot.

HAMLET. — Toute une histoire, monsieur.

GUILDENSTERN. — Le roi, monsieur...

HAMLET. — Ah! oui, monsieur, qu'est-il devenu?

GUILDENSTERN. — Il s'est retiré étrangement échauffé.

HAMLET. — Par la boisson, monsieur?

GUILDENSTERN. — Non, monseigneur, par la colère.

HAMLET. — Vous vous seriez montré plus riche de sagesse en allant en instruire le médecin; car, pour moi, si j'essayais de le guérir, je le plongerais peut-être dans une plus grande colère.

GUILDENSTERN. — Mon bon seigneur, soumettez vos discours à quelque logique, et ne vous cabrez pas ainsi quand je vous parle.

HAMLET. — Me voici apprivoisé, monsieur; parlez.

GUILDENSTERN. — La reine votre mère, dans la profonde affliction de son âme, m'envoie auprès de vous.

HAMLET. — Vous êtes le bienvenu.

GUILDENSTERN. — Non, mon bon seigneur, cette politesse n'est pas de bon aloi. S'il vous plaît de me répondre raisonnablement, j'accomplirai l'ordre de votre mère; sinon, votre pardon et mon départ mettront fin à ma mission.

HAMLET. — Monsieur, je ne puis...

GUILDENSTERN. — Quoi, monseigneur?

HAMLET. — Vous faire une réponse sensée. Mon esprit est malade. Mais, monsieur, pour une réponse telle que je puis la faire, je suis à vos ordres, ou plutôt, comme vous le disiez, à ceux de ma mère. Ainsi, sans plus de paroles, venons au fait : ma mère, dites-vous?...

ROSENCRANTZ. — Voici ce qu'elle dit : votre conduite l'a frappée d'étonnement et de stupeur.

HAMLET. — Ô fils prodigieux, qui peut ainsi étonner sa mère!... Mais qu'y a-t-il derrière cette admiration maternelle? Parlez.

ROSENCRANTZ. — Elle demande à vous parler dans son cabinet, avant que vous alliez vous coucher.

HAMLET. — Nous lui obéirons, fût-elle dix fois notre mère. Avez-vous d'autres paroles à échanger avec nous?

ROSENCRANTZ. — Monseigneur, il fut un temps où vous m'aimiez.

HAMLET. — Et je vous aime encore, par ces dix doigts filous et voleurs!

ROSENCRANTZ. — Mon bon seigneur, quelle est la cause de votre trouble? Vous barrez vous-même la porte à votre délivrance, en cachant vos peines à un ami.

HAMLET. — Monsieur, je veux de l'avancement.

ROSENCRANTZ. — Comment est-ce possible, quand la voix du roi lui-même vous appelle à lui succéder en Danemark?

HAMLET. — Oui, mais, *en attendant, l'herbe pousse,* et le proverbe lui-même se moisit quelque peu.

Entrent les Acteurs, chacun avec un flageolet.

Ah! les flageolets! — Voyons-en un. Maintenant, retirez-vous.

Les Acteurs sortent.
A Rosencrantz et à Guildenstern qui lui font signe.

Pourquoi donc cherchez-vous ma piste, comme si vous vouliez me pousser dans un filet?

GUILDENSTERN. — Oh! Monseigneur, si mon zèle est trop hardi, c'est que mon amour pour vous est trop sincère.

HAMLET. — Je ne comprends pas bien cela. Voulez-vous jouer de cette flûte?

GUILDENSTERN. — Monseigneur, je ne sais pas.

HAMLET. — Je vous en prie.

GUILDENSTERN. — Je ne sais pas, je vous assure.

HAMLET. — Je vous en supplie.

GUILDENSTERN. — J'ignore même comment on en touche, monseigneur.

HAMLET. — C'est aussi facile que de mentir. Promenez les doigts et le pouce sur ces soupapes, soufflez ici avec la bouche; et cela proférera la plus parfaite musique. Voyez! voici les trous.

GUILDENSTERN. — Mais je ne puis forcer ces trous à exprimer aucune harmonie. Je n'ai pas ce talent.

HAMLET. — Eh bien! voyez maintenant quel peu de cas vous faites de moi. Vous voulez jouer de moi, vous voulez avoir l'air de connaître mes trous, vous voulez arracher l'âme de mon secret, vous voulez me faire résonner tout entier, depuis la note la plus basse jusqu'au sommet de la gamme. Et pourtant, ce petit instrument qui est plein de musique, qui a une voix admirable, vous ne pouvez pas le faire parler. Sangdieu! croyez-vous qu'il soit plus aisé de jouer de moi que d'une flûte? Prenez-moi pour l'instrument que vous voudrez, vous pourrez bien me froisser, mais vous ne saurez jamais jouer de moi.

Entre Polonius.

Dieu vous bénisse, monsieur!

POLONIUS. — Monseigneur, la reine voudrait vous parler, et sur-le-champ.

HAMLET. — Voyez-vous ce nuage là-bas qui a presque la forme d'un chameau?

POLONIUS. — Par la messe! on dirait que c'est un chameau, vraiment.

HAMLET. — Je le prendrais pour une belette.

POLONIUS. — Oui, il a le dos d'une belette.

HAMLET. — Ou pour une baleine.

POLONIUS. — Une vraie baleine, en effet.

HAMLET. — Alors, j'irai trouver ma mère tout à l'heure...

A part.

En fait d'idioties, ils me bêtifient de leur mieux... J'irai tout à l'heure.

POLONIUS. — Je vais le lui dire.

Polonius sort.

HAMLET. — Tout à l'heure, c'est facile à dire. Laissez-moi, mes amis.

Sortent Guildenstern, Rosencrantz, Horatio.

Voici l'heure propice aux sorcelleries nocturnes, où les tombes bâillent, et où l'enfer lui-même souffle la contagion sur le monde. Maintenant, je pourrais boire du sang tout chaud, et faire une de ces actions amères que le jour tremblerait de regarder. Doucement! Chez ma mère, maintenant! Ô mon cœur, garde ta nature; que jamais l'âme de Néron n'entre dans cette ferme poitrine! Soyons inflexible, mais non dénaturé; ayons des poignards dans la voix, mais non à la main. Qu'en cette affaire ma langue et mon âme soient hypocrites ! Quelques menaces qu'il y ait dans mes paroles, ne consens jamais, mon âme, à les sceller par des actes.

Il sort.

SCÈNE III

Une chambre dans le château.

Le Roi, Rosencrantz et Guildenstern.

LE ROI. — Je ne l'aime pas. Et puis il n'y a point de sûreté pour nous à laisser libre cours à sa folie. Donc tenez-vous prêts ; je vais sur-le-champ envoyer vos instructions, et il partira avec vous pour l'Angleterre : la sûreté de notre empire est incompatible avec les périlleux hasards qui peuvent surgir à toute heure de ses accès lunatiques.

GUILDENSTERN. — Nous allons nous préparer. C'est un scrupule religieux et sacré de veiller au salut des innombrables existences qui tirent de Votre Majesté le pain et la vie.

ROSENCRANTZ. — Une existence isolée et individuelle est tenue de se couvrir de toute la puissante armure de l'âme contre le malheur ; à plus forte raison une vie au souffle de laquelle sont suspendues et liées tant d'autres existences. Le décès d'un roi n'est pas la mort d'un seul : comme l'abîme, il entraîne ce qui est près de lui. C'est une roue colossale fixée sur le sommet de la plus haute montagne, et dont dix mille menus morceaux, adaptés et joints, forment les rayons gigantesques :

quand elle tombe, tous ces petits fragments, ces ché-
tives dépendances sont entraînés dans sa chute bruyante.
Jamais roi ne soupire que tout son royaume gémît.

LE ROI. — Équipez-vous, je vous prie, pour ce pres-
sant voyage; car nous voulons entraver ce danger qui
va maintenant d'un pas trop libre.

ROSENCRANTZ et GUILDENSTERN. — Nous allons nous
hâter.

> *Sortent Rosencrantz et Guildenstern.*
> *Entre Polonius.*

POLONIUS. — Monseigneur, il se rend dans le cabinet
de sa mère : je vais me glisser derrière la tapisserie pour
écouter la conversation. Je garantis qu'elle va le tancer,
vertement; mais, comme vous l'avez dit, et dit très sagement, il est bon qu'une autre oreille que celle d'une
mère, car la nature rend les mères partiales,... recueille
ses précieuses révélations. Adieu, mon suzerain! J'irai
vous voir avant que vous vous mettiez au lit, pour vous
dire ce que je saurai.

LE ROI. — Merci, mon cher seigneur!

> *Sort Polonius.*

Oh! mon crime est puant : il infecte le ciel même;
il porte en lui la première, la plus ancienne malédiction,
celle du fratricide!... Je ne puis pas prier, bien que le
désir m'y pousse aussi vivement que la volonté; mon
crime est plus fort que ma forte intention; comme un
homme obligé à deux devoirs, je m'arrête ne sachant
par lequel commencer, et je les néglige tous deux. Quoi!
quand sur cette main maudite le sang fraternel ferait une
couche plus épaisse qu'elle-même, est-ce qu'il n'y a pas
assez de pluie dans les cieux cléments pour la rendre
blanche comme neige? A quoi sert la pitié, si ce n'est

à regarder le crime en face? Et qu'y a-t-il dans la prière, si ce n'est cette double vertu de nous retenir avant la chute, ou de nous faire pardonner après? Levons donc les yeux; ma faute est passée. Oh! mais quelle forme de prière peut convenir à ma situation?... Pardonnez-moi mon meurtre hideux!... Cela est impossible, puisque je suis encore en possession des objets pour lesquels j'ai commis le meurtre : ma couronne, ma puissance, ma femme. Peut-on être pardonné sans réparer l'offense? Dans les voies corrompues de ce monde, la main dorée du crime peut faire dévier la justice; et l'on a vu souvent le gain criminel lui-même servir à acheter la loi. Mais il n'en est pas ainsi là-haut : là, pas de chicane; là, l'acte apparaît en pleine lumière et nous sommes obligés, confrontés avec nos fautes qui montrent les dents, d'en porter témoignage. Quoi donc! qu'ai-je encore à faire? Essayer ce que peut le repentir? Que ne peut-il pas? Mais aussi, que peut-il pour celui qui ne peut pas se repentir? O situation misérable! O conscience noire comme la mort! O pauvre âme engluée, qui, en te débattant pour être libre, t'enlises de plus en plus! Au secours, anges, faites un effort! Pliez, genoux inflexibles! Et toi, cœur, que tes fibres d'acier soient tendres comme les nerfs d'un enfant nouveau-né! Puisse tout bien finir!

> *Il se met à genoux, à l'écart.*
> *Entre Hamlet.*

HAMLET. — Je puis agir à présent! Justement il est en prière! Oui, je vais agir à présent. Mais alors il va droit au ciel; et est-ce ainsi que je suis vengé? Voilà qui mérite réflexion. Un misérable tue mon père; et pour cela, moi, son fils unique, j'envoie ce misérable au ciel! Ah! c'est une faveur, une récompense, non une ven-

geance. Il a surpris mon père plein de pain, brutalement,
quand ses péchés épanouis étaient frais comme le mois
de mai. Et qui sait, hormis le ciel, quelles charges pèsent
sur lui? D'après nos données et nos conjectures, elles
doivent être accablantes. Serait-ce donc me venger que
de surprendre celui-ci au moment où il purifie son âme,
quand il est en mesure et préparé pour le voyage? Non.
Arrête, mon épée! Réserve-toi pour un coup plus horrible : quand il sera soûl et endormi, ou dans ses colères,
ou dans les plaisirs incestueux de son lit; en train de
jouer ou de jurer, ou de faire une action qui n'ait pas
même l'arrière-goût du salut. Alors culbute-le de façon
que ses talons ruent vers le ciel, et que son âme soit
aussi damnée, aussi noire, que l'enfer où elle ira. Ma
mère m'attend.

> *Se tournant vers le Roi.*

Ce palliatif-là ne fait que prolonger tes jours malades.

> *Il sort..*
> *Le Roi se lève, et s'avance.*

LE ROI. — Mes paroles s'envolent; mes pensées restent
en bas. Les paroles sans les pensées ne vont jamais au
ciel.

> *Il sort.*

SCÈNE IV

> *La chambre de la Reine.*

> *La Reine et Polonius.*

POLONIUS. — Il vient. Tancez-le bien! Dites-lui que ses
incartades ont passé les bornes, et que Votre Grâce s'est

interposée entre lui et une chaude colère. Moi, j'entre
dans le silence dès à présent. Je vous en prie, menez-le
rondement.

Hamlet, *dehors.* — Mère! mère! mère!

La Reine. — Je vous le promets. Confiez-vous à moi.
Éloignez-vous : je l'entends venir.

> *Polonius se cache derrière la tapisserie.*
>   *Entre Hamlet.*

Hamlet. — Me voici, mère! De quoi s'agit-il?

La Reine. — Hamlet, tu as gravement offensé ton
père.

Hamlet. — Mère, vous avez gravement offensé mon
père.

La Reine. — Allons, allons! votre réponse est le langage d'un extravagant.

Hamlet. — Tenez, tenez! votre question est le langage
d'une coupable.

La Reine. — Eh bien! Qu'est-ce à dire, Hamlet?

Hamlet. — Que me voulez-vous?

La Reine. — Avez-vous oublié qui je suis?

Hamlet. — Non, sur la sainte croix! non. Vous êtes
la reine, la femme du frère de votre mari; et, plût à
Dieu qu'il en fût autrement! Vous êtes ma mère.

La Reine. — Eh bien! je vais vous envoyer des gens
qui sauront vous parler.

Hamlet. — Allons, allons! asseyez-vous; vous ne bou-
gerez pas, vous ne sortirez pas, que je ne vous aie présenté un miroir où vous puissiez voir les tréfonds de
votre âme.

La Reine. — Que veux-tu faire? Tu ne veux pas me
tuer? Au secours! au secours!

Polonius, *derrière la tapisserie.* — Quoi donc? Holà!
au secours!

HAMLET, *dégainant*. — Tiens! un rat!

> *Il donne un coup d'épée dans la tapisserie.*

Mort! Un ducat, qu'il est mort!
POLONIUS, *derrière la tapisserie*. — Oh! il m'a tué.

> *Il tombe, et meurt.*

LA REINE. — O mon Dieu, qu'as-tu fait?
HAMLET. — Ma foi! je ne sais pas. Est-ce le roi?

> *Il soulève la tapisserie, et traîne le corps de*
> *Polonius.*

LA REINE. — Oh! quelle action insensée et sanglante!
HAMLET. — Une action sanglante! presque aussi mauvaise, ma bonne mère, que de tuer un roi et d'épouser son frère.
LA REINE. — Que de tuer un roi?
HAMLET. — Oui, madame, ce sont mes paroles.

> *A Polonius.*

Toi, misérable impudent, indiscret imbécile, adieu! Je t'ai pris pour un plus grand que toi : subis ton sort. Tu sais maintenant que l'excès de zèle a son danger.

> *A sa mère.*

Cessez de vous tordre les mains! Silence! Asseyez-vous que je vous torde le cœur! Oui, j'y parviendrai, s'il n'est pas d'une étoffe impénétrable; si l'habitude du crime ne l'a pas fait de bronze et rendu inaccessible au sentiment.
LA REINE. — Qu'ai-je fait, pour que ta langue se déchaîne si durement contre moi?
HAMLET. — Une action qui flétrit l'aimable rougeur de la pudeur, qui traite la vertu d'hypocrite, qui enlève la

rose au front pur de l'amour innocent et y fait une plaie, qui rend les vœux du mariage aussi faux que les serments du joueur! Oh! une action qui du corps du contrat arrache l'esprit, et fait de la religion la plus douce une rhapsodie de mots. La face du ciel en flamboie, et la terre, cette masse solide et compacte, prenant un aspect sinistre comme à l'approche du jugement, est malade de dégoût devant cette action.

LA REINE. — Hélas! quelle est l'action qui gronde si fort dans cet exorde foudroyant?

HAMLET. — Regardez ce portrait, et celui-ci. Ce sont les portraits des deux frères. Voyez quelle grâce respirait sur ce visage! les boucles d'Hypérion! le front de Jupiter lui-même! l'œil pareil à celui de Mars pour la menace ou le commandement! l'attitude de Mercure, quand il vient de se poser sur une colline à fleur de ciel! Un ensemble, une forme, vraiment, où chaque dieu semblait avoir mis son sceau, pour donner au monde le modèle de l'homme! c'était votre mari... Regardez maintenant, à côté; c'est votre mari : mauvais grain gâté, fratricide du bon grain. Avez-vous des yeux? Avez-vous pu renoncer à vivre sur ce sommet splendide pour vous vautrer dans cette boue? Ah! avez-vous des yeux? Vous ne pouvez pas appeler cela de l'amour; car, à votre âge, l'ardeur du sang s'assagit, se calme et suit la raison.

Montrant les deux tableaux.

Et quel être raisonnable voudrait passer de ceci à ceci? Vous êtes sans doute douée de perception; autrement vous ne seriez pas douée de mouvement; mais sans doute la perception est paralysée en vous : car la folie ne ferait pas une pareille erreur; la perception ne s'asservit pas au délire à ce point; elle garde assez de discernement pour remarquer une telle différence. Quel diable

vous a ainsi attrapée à colin-maillard? La vue sans le
toucher, le toucher sans la vue, l'ouïe sans les mains et
sans les yeux, l'odorat seul, une partie même malade
d'un de nos sens, ne serait pas à ce point stupide. O
honte! où est ta rougeur? Enfer rebelle, si tu peux te
mutiner ainsi dans les os d'une matrone, la vertu ne sera
plus pour la jeunesse brûlante qu'une cire qui fond
toujours à sa flamme. Qu'on ne proclame plus le
déshonneur de quiconque est emporté par une passion
ardente, puisque les frimas eux-mêmes prennent feu si
vivement et que la raison sert d'entremetteuse au désir!

LA REINE. — Oh! ne parle plus, Hamlet. Tu tournes
mes regards au fond de mon âme; et j'y vois des taches
si noires et si tenaces que rien ne peut les effacer.

HAMLET. — Et tout cela, pour vivre dans la sueur
fétide d'un lit immonde, pour mijoter dans une étuve
d'impureté et faire l'amour sur un sale fumier!

LA REINE. — Oh! ne me parle plus : ces paroles
m'entrent dans l'oreille comme autant de poignards;
assez, Hamlet chéri.

HAMLET. — Un meurtrier! un scélérat! un maraud
qui ne vaut pas la vingtième fraction de votre premier
seigneur! un bouffon de roi! un coupe-bourse de l'empire et du pouvoir, qui a volé sur une planche le précieux diadème et l'a mis dans sa poche!

LA REINE. — Assez!

Entre le Spectre.

HAMLET. — Un roi de chiffons et de tréteaux!... Sau-
vez-moi et couvrez-moi de vos ailes, vous, célestes
gardes!

Au Spectre.

Que voulez-vous, gracieuse figure?

La Reine. — Hélas! il est fou!

Hamlet. — Ne venez-vous pas gronder votre fils négli-
gent, qui tenaillé par le temps et la passion retarde
l'exécution urgente de vos ordres redoutés?

Le Spectre. — N'oublie pas : le seul but de mon apparition est d'aiguiser ta volonté presque émoussée. Mais
regarde! la stupeur accable ta mère. Oh! interpose-toi
dans cette lutte entre elle et son âme! Plus le corps est
faible, plus la pensée agit fortement. Parle-lui, Hamlet.

Hamlet. — Qu'avez-vous, madame?

La Reine. — Hélas! qu'avez-vous vous-même? Pourquoi vos yeux sont-ils fixés dans le vide, et échangez-
vous des paroles avec l'air impalpable? L'égarement
de vos esprits apparaît dans vos yeux, et, comme des
soldats réveillés par l'alarme, vos cheveux, excroissances
animées, se dressent. O mon gentil fils, jette sur la
flamme brûlante de ta fureur quelques froides gouttes
de patience. Que regardez-vous?

Hamlet. — Lui! lui! Regardez comme il est pâle et
comme son regard étincelle. Une pareille forme, prê-
chant une pareille cause à des pierres, les rendrait sensibles.

Au Spectre.

Ne me regardez pas, de peur que l'attendrissement ne
change ma résolution opiniâtre. L'acte que j'ai à faire
perdrait sa vraie couleur : celle du sang, pour celle des
larmes.

La Reine. — A qui dites-vous ceci?

Hamlet. — Ne voyez-vous rien là?

La Reine. — Rien du tout; et pourtant je vois tout ce
qui est ici.

Hamlet. — N'avez-vous rien entendu?

La Reine. — Non, rien que nos propres paroles.

HAMLET. — Tenez, regardez, là! Voyez comme il se dérobe. Mon père, vêtu comme de son vivant! Regardez,
le voilà justement qui franchit le portail.

Sort le Spectre.

LA REINE. — Tout cela est forgé par votre cerveau : le
délire a le don de ces créations fantastiques.

HAMLET. — Le délire! Mon pouls, comme le vôtre,
bat avec calme, son rythme est celui de la santé. Ce n'est
point une folie que j'ai proférée. Voulez-vous en faire
l'épreuve : je vais tout vous redire. Un fou ne pourrait
soutenir cet effort. Mère, au nom de la grâce, ne versez
pas en votre âme le baume de cette illusion que c'est
ma folie qui parle, et non votre faute; vous ne feriez que
fermer et cicatriser l'ulcère, tandis que le mal impur
vous minerait toute intérieurement de son infection invisible. Confessez-vous au ciel; repentez-vous du passé;
prévenez l'avenir, et né couvrez pas les mauvaises herbes
d'un fumier qui les rendra plus vigoureuses. Pardonne-
moi ces parôles, ô ma vertu! car, au milieu d'un monde
devenu poussif·à force d'engraisser, il faut que la vertu
même demande pardon au vice, il faut qu'elle implore
à genoux la grâce de lui faire du bien.

LA REINE. — Ô Hamlet! tu m'as brisé le cœur en deux.

HAMLET. — Oh! rejetez-en la mauvaise moitié, et vivez,
purifiée, avec l'autre. Bonne nuit! mais n'allez pas au lit
de mon oncle. Affectez la vertu, si vous ne l'avez pas.
L'habitude, ce monstre qui dévore tout sentiment, ce
démon familier, est un ange en ceci que, pour la pratique des belles et bonnes actions, elle nous donne aussi
un froc, une livrée facile à mettre. Abstenez-vous cette
nuit : cela rendra un peu plus aisée l'abstinence prochaine. La suivante sera plus aisée encore; car l'habitude
peut presque changer l'empreinte de la nature; elle peut

dompter le démon, ou le rejeter avec une merveilleuse puissance. Encore une fois, bonne nuit! Et quand vous désirerez pour vous la bénédiction du ciel, je vous demanderai la vôtre.

Montrant Polonius.

Quant à ce seigneur, j'ai du repentir; mais les cieux ont voulu nous punir tous deux, lui par moi, moi par lui, en me forçant à être leur ministre et leur fléau. Je me charge de lui, et je suis prêt à répondre de la mort que je lui ai donnée. Allons, bonne nuit, encore! Il faut que je sois cruel, rien que pour être humain. Commencement douloureux! Le pire est encore à venir. Encore un mot, bonne dame!

La Reine. — Que dois-je faire?

Hamlet. — Rien, absolument rien de ce que je vous ai dit. Que vous couchiez de nouveau avec ce bouffi; qu'il vous pince galamment la joue; qu'il vous appelle sa souris; et que, pour une paire de baisers fétides, ou en vous chatouillant le cou de ses doigts damnés, il vous amène à lui révéler toute cette affaire, à lui dire que ma folie n'est pas réelle, qu'elle n'est qu'une ruse! Il sera bon que vous le lui appreniez. Car une femme, qui n'est qu'une reine, belle, sensée, sage, pourrait-elle cacher à ce crapaud, à cette chauve-souris, à ce matou, d'aussi précieux secrets? Qui le pourrait? Non! En dépit du bon sens et de la discrétion, ouvrez la cage sur le toit de la maison, pour que les oiseaux s'envolent; et vous, comme le fameux singe, pour en faire l'expérience, glissez-vous dans la cage, et cassez-vous le cou en tombant.

La Reine. — Sois sûr que, si les mots sont faits de souffle, et si le souffle est fait de vie, je n'ai pas de vie pour souffler mot de ce que tu m'as dit.

HAMLET. — Il faut que je parte pour l'Angleterre. Vous le savez?

LA REINE. — Hélas! je l'avais oublié : c'est décidé.

HAMLET, *à part.* — Il y a des lettres cachetées, et mes deux condisciples, auxquels je me fie comme à des vipères prêtes à mordre, portent les dépêches; ce sont eux qui doivent me frayer le chemin et m'attirer au guet-apens. Laissons faire : c'est un plaisir de faire sauter l'ingénieur avec son propre pétard : malheur à moi si je ne parviens pas à creuser d'une toise au-dessous de leur mine, et à les lancer dans la lune. Oh! quel plaisir de voir deux ruses se heurter.

Montrant Polonius.

Commençons nos paquets par cet homme, et fourrons ses entrailles dans la chambre voisine. Mère, bonne nuit! Vraiment ce conseiller est maintenant bien tranquille, bien discret, bien grave, lui qui, vivant, était un drôle si niais et si bavard. Allons, monsieur, finissons-en avec vous. Bonne nuit, ma mère!

Hamlet emporte le corps de Polonius.

ACTE IV

SCÈNE PREMIÈRE

Le vestibule de la salle d'audience.

Entre le Roi, avec Rosencrantz et Guildenstern.

LE ROI. — Il y a une cause à ces soupirs, à ces palpitations profondes : il faut que vous l'expliquiez; il convient que nous la connaissions. Où est votre fils?

LA REINE. — Laissez-nous un moment.

Rosencrantz et Guildenstern sortent.

Ah! mon bon seigneur, qu'ai-je vu cette nuit!

LE ROI. — Quoi donc, Gertrude?... Comment va Hamlet?

LA REINE. — Fou comme la mer et le vent, quand ils luttent pour que le plus fort l'emporte. Dans un de ses accès effrénés, entendant remuer quelque chose derrière la tapisserie, il a fait siffler son épée en criant : « Un rat! un rat! » et, dans le trouble de sa cervelle, il a tué le bon vieillard qui s'y tenait caché.

LE ROI. — Ô funeste action! Nous aurions eu le même sort, si nous avions été là. Le laisser en liberté est un danger pour tous, pour vous-même, pour nous, pour

le premier venu. Hélas! qui répondra de cette action
sanglante? C'est sur nous qu'elle retombera, sur nous
dont la prévoyance aurait dû tenir de près et isoler du
monde ce jeune fou. Mais telle était notre tendresse,
que nous n'avons pas voulu comprendre la chose la plus
raisonnable. Nous avons fait comme l'homme atteint
d'une maladie hideuse, qui, par crainte de la divulguer,
lui laisse dévorer sa vie jusqu'à la moelle. Où est-il allé?

LA REINE. — Mettre à l'écart le corps qu'il a tué. Dans
sa folie même, comme l'or dans un gisement de vils
métaux, son âme reste pure. Il pleure sur ce qu'il a fait.

LE ROI. — Ô Gertrude, sortons! Dès que le soleil aura
touché les montagnes, nous le ferons embarquer. Quant
à cette odieuse action, il nous faudra toute notre majesté
et notre habileté pour la couvrir et l'excuser. Holà!
Guildenstern!

Rentrent Rosencrantz et Guildenstern.

Mes amis, prenez du renfort. Hamlet, dans sa folie, a
tué Polonius, et l'a traîné hors du cabinet de sa mère.
Allez le trouver, parlez-lui avec douceur et transportez
le corps dans la chapelle. Je vous en prie, hâtez-vous.

Ils sortent.

Venez, Gertrude. Nous allons convoquer nos amis les
plus sages pour leur faire savoir ce que nous comptons
faire, et l'imprudence qui a été commise. Ainsi la calomnie comme le boulet du canon atteint sa cible, lance
à travers le monde sa flèche empoisonnée, ainsi man-
quera-t-elle peut-être notre nom et ne frappera-t-elle
que l'air invulnérable. Oh! partons. Mon âme est pleine
de désarroi et d'épouvante.

Ils sortent.

SCÈNE II

Une salle du château.

Entre Hamlet.

HAMLET. — Je l'ai mis en lieu sûr!

VOIX, *derrière le théâtre.* — Hamlet! seigneur Hamlet!

HAMLET. — Quel est ce bruit? Qui appelle Hamlet? Oh! on vient ici!

Entrent Rosencrantz et Guildenstern.

ROSENCRANTZ. — Qu'avez-vous fait du cadavre, monseigneur?

HAMLET. — Rendu à la poussière, sa parente.

ROSENCRANTZ. — Dites-nous où il est, que nous puissions le retirer et le porter à la chapelle.

HAMLET. — N'allez pas croire cela.

ROSENCRANTZ. — Quoi?

HAMLET. — Que je puisse garder votre secret, et pas le mien. Et puis, être questionné par une éponge! Quelle réponse peut lui faire le fils d'un roi?

ROSENCRANTZ. — Me prenez-vous pour une éponge, monseigneur?

HAMLET. — Oui, monsieur, une éponge qui absorbe les faveurs du roi, ses récompenses, son autorité. Du reste, de tels officiers finissent par rendre au roi les plus grands services. Il les garde comme un morceau de pomme, dans le coin de sa bouche, pour le mâcher avant de l'avaler. Quand il aura besoin de ce que vous aurez glané, il n'aura qu'à vous presser, éponges, et vous redeviendrez à sec.

Rosencrantz. — Je ne vous comprends pas, monseigneur.

Hamlet. — J'en suis bien aise. Méchant propos dort en sotte oreille.

Rosencrantz. — Monseigneur, vous devez nous dire où est ce cadavre, et venir avec nous chez le roi.

Hamlet. — Le cadavre est avec le roi, mais le roi n'est pas avec le cadavre. Le roi est une chose...

Guildenstern. — Une chose, monseigneur?

Hamlet. — Une chose... une chose de rien. Conduisez-moi vers lui. Un renard! Sus au renard!

SCÈNE III

La grande salle du château

Le Roi et deux ou trois conseillers d'État.

Le Roi. — J'ai envoyé à sa recherche et à la découverte du corps.

Quel danger que cet homme aille ainsi en liberté! Pourtant ne le soumettons pas à la loi rigoureuse : il est adoré de la multitude en délire, qui aime, non par le jugement, mais par les yeux; et, dans ce cas-là, c'est le châtiment du criminel qu'elle pèse, jamais le crime. Pour que tout se passe doucement et sans bruit, il faut que cet embarquement soudain paraisse une décision réfléchie. Aux maux désespérés il faut des remèdes désespérés,

Entre Rosencrantz.

ou il n'en faut pas du tout. Eh bien! que s'est-il passé?

Rosencrantz. — Où le cadavre est déposé, monseigneur, c'est ce que nous n'avons pu savoir de lui.

Le Roi. — Mais où est-il lui-même?

Rosencrantz. — Ici près, monseigneur; gardé, en attendant votre bon plaisir.

Le Roi. — Amenez-le devant nous.

Rosencrantz. — Holà! Guildenstern, amenez monseigneur.

Entre Hamlet.

Le Roi. — Eh bien! Hamlet, où est Polonius?

Hamlet. — A souper.

Le Roi. — A souper! Où donc?

Hamlet. — Quelque part où il ne mange pas, mais où il est mangé : une certaine assemblée de vers politiques est attablée autour de lui. Le ver, voyez-vous, est votre empereur pour la bonne chère. Nous engraissons toutes les autres créatures pour nous engraisser; et nous nous engraissons nous-mêmes pour les vers. Le roi gras et le mendiant maigre ne sont que variété dans le menu : deux plats pour la même table. Voilà la fin.

Le Roi. — Hélas! hélas!

Hamlet. — Un homme peut pêcher avec un ver qui a mangé d'un roi, et manger du poisson qui s'est nourri de ce ver.

Le Roi. — Que veux-tu dire par là?

Hamlet. — Rien. Je veux seulement vous montrer comment un roi peut faire un voyage à travers les boyaux d'un mendiant.

Le Roi. — Où est Polonius?

Hamlet. — Au ciel. Envoyez-y voir : si votre messager ne l'y trouve pas, cherchez-le vous-même dans l'endroit opposé. Mais, ma foi! si vous ne le trouvez pas d'ici à un mois, vous le flairerez en montant l'escalier de la galerie.

Le Roi, *aux gardes.* — Allez le chercher par là.

Hamlet. — A coup sûr, il vous attendra.

Le Roi. — Hamlet, dans l'intérêt de ta santé, qui nous

est aussi chère que nous est douloureux ce que tu as fait,
ton action exige que tu partes d'ici avec la rapidité de
l'éclair. Va donc te préparer. Le navire est prêt, et le vent
vient à l'aide; tes compagnons t'attendent, et tout est
disposé pour ton voyage en Angleterre.

HAMLET. — En Angleterre?

LE ROI. — Oui, Hamlet.

HAMLET. — C'est bien.

LE ROI. — Tu parles comme si tu connaissais nos
projets.

HAMLET. — Je vois un ange qui les voit. Mais, allons
en Angleterre! Adieu, chère mère!

LE ROI. — Et ton père qui t'aime, Hamlet?

HAMLET. — Ma mère! Père et mère, c'est mari et
femme; mari et femme, c'est même chair. Donc, vous êtes
ma mère! Allons! En Angleterre!

Ils sortent.

LE ROI, *à Rosencrantz et à Guildenstern.* — Suivez-le pas à
pas; attirez-le vite à bord. Pas de délai! Je le veux parti
ce soir. Allez! J'ai réglé et scellé tout ce qui se rapporte
à l'affaire. Hâtez-vous, je vous prie.

Tous sortent, sauf le roi.

Et toi, Angleterre, si tu tiens à mon amitié autant que
te le conseille ma grande puissance, s'il est vrai que tu
portes encore, vive et rouge, la cicatrice faite par l'épée
danoise, et que tes libres terreurs nous rendent hommage,... tu n'accueilleras pas froidement notre message
souverain, qui exige formellement, par lettres pressan-
tes, la mort immédiate d'Hamlet. Obéis, Angleterre! car
il me brûle le sang comme la fièvre, et il faut que tu me
guérisses. Jusqu'à ce que je sache la chose faite, quoi
qu'il m'arrive, la joie ne me reviendra jamais.

Il sort.

SCÈNE IV

Une plaine près d'un port au Danemark.

Le prince Fortinbras, et son armée.

FORTINBRAS. — Allez, capitaine, saluer de ma part le roi danois. Dites-lui qu'avec son agrément, Fortinbras réclame l'autorisation promise pour passer à travers son royaume. Vous savez où est le rendez-vous. Si Sa Majesté désire nous parler, nous irons lui rendre hommage en personne; faites-le-lui savoir.

LE CAPITAINE. — J'obéirai, monseigneur.

FORTINBRAS. — Avancez avec précaution.

> *Fortinbras sort avec son armée. Le capitaine s'avance vers Hamlet, Rosencrantz et Guildenstern et leur escorte, en route vers le port.*

HAMLET. — A qui sont ces forces, mon cher monsieur?

LE CAPITAINE. — Au roi de Norvège, monsieur.

HAMLET. — Où sont-elles dirigées, monsieur, je vous prie?

LE CAPITAINE. — Contre certain point de la Pologne.

HAMLET. — Qui les commande, monsieur?

LE CAPITAINE. — Le neveu du vieux Norvège, Fortinbras.

HAMLET. — Vise-t-il le cœur de la Pologne, monsieur, ou quelque frontière?

LE CAPITAINE. — A parler vrai, et sans exagération, nous allons conquérir un petit morceau de terre dont le seul intérêt tient à son nom. Pour cinq ducats, cinq,

je ne le prendrais pas à la ferme; et ni la Norvège
ni la Pologne n'en retireraient un profit plus beau,
s'il était vendu en toute propriété.

Hamlet. — Eh bien! alors, les Polonais ne le défen-
dront jamais.

Le Capitaine. — Si; il y a déjà une garnison.

Hamlet. — Deux mille âmes et vingt mille ducats ne
suffiront pas à décider la question de ce fétu. Voilà
un abcès causé par trop d'abondance et de paix, qui
crève intérieurement, et qui, sans montrer de cause
apparente, va faire mourir son homme... Je vous
remercie humblement, monsieur.

Le Capitaine. — Dieu soit avec vous, monsieur!

Il sort.

Rosencrantz. — Vous plaît-il de repartir, monseigneur?

Hamlet. — Je vous rejoins. Allez devant.

Sortent Rosencrantz et Guildenstern.

Comme toutes les circonstances déposent contre
moi! Comme elles éperonnent ma vengeance rétive!
Qu'est-ce que l'homme, si le bien suprême, si l'emploi
de son temps est uniquement de dormir et de manger?... Une bête, rien de plus. Certes celui qui nous
a faits avec cette vaste intelligence, avec ce regard dans
le passé et dans l'avenir, ne nous a pas donné cette
capacité, cette raison divine, pour qu'elles moisissent
en nous inactives. Eh bien! est-ce l'effet d'un oubli
bestial ou d'un scrupule poltron qui me fait réfléchir
trop précisément aux conséquences, réflexion qui, coupée en quatre, contient un quart de sagesse et trois
quarts de lâcheté?... Je ne sais pas pourquoi j'en suis
encore à me dire : *Voilà ce qu'il faut faire,* puisque j'ai

motif, volonté, force et moyen de le faire. Des exemples, gros comme la terre, m'exhortent : témoin cette
armée aux masses imposantes, conduite par un prince
délicat et adolescent, dont le courage, enflé d'une
ambition divine, se rit de l'imprévisible avenir et qui
expose une existence mortelle et fragile à tout ce que
peuvent oser la fortune, la mort et le danger, pour
une coquille d'œuf!... Pour être vraiment grand, il ne
suffit point de ne s'émouvoir que par de grands
motifs, mais de trouver cette grandeur dans la moindre
querelle, quand l'honneur est en jeu. Que suis-je donc
moi qui ai l'assassinat d'un père, le déshonneur d'une
mère, pour exciter ma raison et mon sang, et qui
laisse tout dormir? Tandis qu'à ma honte je vois vingt
mille hommes marcher à une mort imminente, et, pour
une fantaisie, pour une gloriole, aller au sépulcre
comme au lit, se battant pour un champ, où il leur est
impossible de se mesurer tous et qui est une tombe
trop étroite pour contenir tous les morts! Oh! que
désormais ma pensée soit de sang, ou qu'elle soit
néant!

        Il sort. Quelques semaines s'écoulent.

SCÈNE V

A Elseneur, une salle d'armes du château.

> *La Reine et sa suite, Horatio et un Gen-*
> *   tilhomme.*

LA REINE. — Je ne veux pas lui parler.

LE GENTILHOMME. — Elle insiste pour sûr, elle délire;
elle est dans un état à faire pitié.

LA REINE. — Que veut-elle?

LE GENTILHOMME. — Elle parle beaucoup de son
père; elle dit qu'elle sait qu'il n'y a que fourberies en ce
monde; elle soupire et se bat la poitrine; elle s'irrite
pour des riens; elle dit des choses vagues qui n'ont de
sens qu'à moitié. Son langage ne signifie rien; et cependant, dans son incohérence, il fait réfléchir ceux qui
l'écoutent : on en cherche la suite, et on en relie par la
pensée les mots décousus. Les clignements d'yeux, les
hochements de tête, les gestes qui l'accompagnent,
feraient croire vraiment qu'il y a là une pensée mal fixée,
mais très fâcheuse.

HORATIO. — Il serait bon de lui parler; car elle pourrait semer de dangereuses conjectures dans les esprits
malveillants.

LA REINE. — Qu'elle entre!

> *Sort le Gentilhomme.*
> *   (A part.)*

Telle est la vraie nature du péché; à mon âme malade
la moindre niaiserie semble le prologue d'un grand
malheur. Le crime est si plein de maladroite méfiance,

qu'il se divulgue lui-même par crainte d'être divulgué.

Le Gentilhomme revient avec Ophélie.

OPHÉLIE. — Où est la belle reine du Danemark?

LA REINE. — Qu'y a-t-il, Ophélie?

OPHÉLIE, *chantant.*

Comment puis-je reconnaître votre amoureux
D'un autre?
A son chapeau de coquillages, à son bâton,
A ses sandales.

LA REINE. — Hélas! douce dame, que signifie cette chanson?

OPHÉLIE. — Vous dites? Oh! écoutez-moi, je vous prie!

Elle chante.

Il est mort et il s'en est allé, Madame,
Il est mort et il s'en est allé,
A sa tête, la terre herbeuse
A ses pieds, une pierre.

LA REINE. — Oh! oh! Voyons, Ophélie!

OPHÉLIE. — Oh! je vous prie, écoutez.

Elle chante.

Son linceul comme la neige des montagnes...

Entre le Roi.

LA REINE, *au Roi.* — Hélas! regardez, seigneur.

OPHÉLIE, *continuant.*

Est semé de tendres fleurs.
Il est allé au tombeau sans recevoir
Les larmes de l'amour fidèle.

LE ROI. — Comment allez-vous, gentille dame?

OPHÉLIE. — Bien. Dieu vous le rende! On dit que la chouette a été jadis la fille d'un boulanger[17]. Seigneur, nous savons ce que nous sommes, mais nous ne savons pas ce que nous pouvons être. Que Dieu soit à votre table!

LE ROI. — Elle pense à son père!

OPHÉLIE. — Ne parlons plus de cela, je vous prie; mais quand on vous demandera ce que cela signifie, répondez :

Elle chante.

> *Bonjour! c'est la Saint-Valentin.*
> > *Tous sont levés de grand matin.*
> *Me voici, vierge, à votre fenêtre,*
> > *Pour être votre Valentine.*
>
> *Alors, il se leva et mit ses habits,*
> *Et ouvrit la porte de sa chambre;*
> > *Et si vierge, elle entra*
> > *En sortant, ne l'était plus.*

LE ROI. — Gracieuse Ophélie!

OPHÉLIE. — Je ne jure pas que j'ai fini, mais je finis.

> *Par Jésus! par sainte Charité!*
> *Au secours! Ah! fi! quelle honte!*
> *Tous les jeunes gens font ça, quand'ils en viennent là.*
> *Avant de me chiffonner, dit-elle,*
> > *Mariage, m'avez promis.*

Et lui répond :

> *Aussi vrai que le soleil brille*
> > *Je l'aurais fait*
> *Si tu n'étais pas venue dans mon lit.*

LE ROI. — Depuis combien de temps est-elle ainsi?

OPHÉLIE. — J'espère que tout ira bien. Il faut avoir de la patience; mais je ne puis m'empêcher de pleurer, en pensant qu'ils l'ont mis dans une froide terre. Mon frère le saura; et sur ce, je vous remercie de votre bon conseil. Allons, mon carrosse! Bonne nuit, mes dames; bonne nuit, mes douces dames; bonne nuit, bonne nuit!

Elle sort.

LE ROI, *à Horatio.* — Suivez-la et veillez sur elle, je vous prie.

Sortent Horatio et le Gentilhomme.

Oh! c'est le poison d'une profonde douleur; il jaillit tout entier de la mort de son père. O Gertrude, Gertrude, quand les malheurs arrivent, ils ne viennent pas en éclaireurs solitaires, mais en bataillons. D'abord, c'était le meurtre de son père; puis, le départ de votre fils, auteur par sa propre violence de son juste exil. Maintenant, voici le peuple boueux qui s'ameute, plein de pensées et de rumeurs dangereuses, à propos de la mort du bon Polonius. Nous avons agi maladroitement en l'enterrant secrètement... Puis, voici la pauvre Ophélie séparée d'elle-même et de ce noble jugement sans lequel nous sommes des images ou de simples bêtes. Enfin, ce qui est encore plus fâcheux que le reste, voici son frère, secrètement revenu de France, qui se repaît de sa stupeur, s'enferme dans des nuages, et trouve partout des êtres bourdonnants qui lui empoisonnent l'oreille des récits envenimés de la mort de son père, où leur misérable argumentation n'hésite pas, pour ses besoins, à nous accuser d'oreille en oreille. O ma chère Gertrude, tout cela tombe sur moi comme

une mitraille meurtrière, et me donne mille morts super-
flues.

Bruit au-dehors.

LA REINE. — Dieu! quel est ce bruit?

Entre un officier.

LE ROI. — Holà! Où sont mes Suisses? Qu'ils gardent
les portes! Que se passe-t-il?

LE GENTILHOMME. — Gardez-vous, monseigneur.
L'Océan, franchissant ses limites, ne dévore pas la plaine
avec une rapidité plus impitoyable que le jeune Laerte,
porté sur le flot de l'émeute, ne renverse vos officiers.
La populace l'acclame roi; et comme si le monde ne
faisait que commencer, comme si l'antiquité qui ratifie
tous les titres, la coutume qui les soutient, étaient
oubliées et inconnues, elle crie: *A nous de choisir!
Laerte sera roi!* Les chapeaux, les mains, les voix clament
jusqu'aux nues: *Laerte sera roi! Laerte roi!*

Les cris se rapprochent.

LA REINE. — Avec quelle joie ils jappent sur une piste
menteuse! Oh! vous faites fausse route, traîtres de
chiens danois.

LE ROI. — Les portes sont enfoncées!

Entre Laerte, suivi d'une foule de Danois.

LAERTE. — Où est ce roi?... messieurs, tenez-vous
tous dehors.

LES DANOIS. — Non, entrons.

LAERTE. — Je vous en prie, laissez-moi faire.

LES DANOIS. — Oui! oui!

Ils se retirent au-dehors.

LAERTE. — Je vous remercie... Gardez la porte...
O toi, misérable roi, rends-moi mon père.

LA REINE. — Du calme, mon bon Laerte!

LAERTE. — Chaque goutte de sang qui reste calme
en moi me proclame bâtard, crie à mon père : Cocu!
et marque du mot : Putain! le front chaste et imma-
culé de ma vertueuse mère.

LE ROI. — Par quel motif, Laerte, ta rébellion prend-
elle ces airs de géant? Lâchez-le, Gertrude; ne craignez
rien pour notre personne : le caractère divin qui protège les rois fait que la trahison entrevoit son but mais
ne peut l'atteindre. Dis-moi, Laerte, pourquoi tu es, si
furieux. Lâchez-le, Gertrude. Parle, l'ami!

LAERTE. — Où est mon père?

LE ROI. — Mort.

LA REINE. — Mais pas par la faute du roi.

LE ROI. — Qu'il questionne tout à son aise.

LAERTE. — Comment se fait-il qu'il soit mort? Je ne
veux pas qu'on se joue de moi. Aux enfers, l'allé-
geance! Au plus noir démon, la foi jurée! Conscience,
religion, au fond de l'abîme! Je défie la damnation...
Au point où j'en suis je ne me soucie pas plus
de cette vie que de l'autre; advienne que pourra!
je ne veux qu'une chose, venger jusqu'au bout mon
père.

LE ROI. — Qui donc vous arrêtera?

LAERTE. — Ma volonté, non celle du monde entier.
Quant à mes moyens, je les ménagerai si bien que
j'irai loin avec peu.

LE ROI. — Bon Laerte, parce que vous désirez savoir
la vérité sur la mort de votre cher père, est-il écrit
dans votre vengeance que vous ruinerez par un coup
de maître amis et ennemis, gagnants et perdants.

LAERTE. — Je n'en veux qu'à ses ennemis.

LE ROI. — Eh bien! voulez-vous les connaître?

LAERTE. — Quant à ses bons amis, je les recevrai à bras tout grands ouverts; et, comme le pélican qui sacrifie généreusement sa vie, je les nourrirai de mon sang.

LE ROI. — Ah! voilà que vous parlez comme un bon enfant, comme un vrai gentilhomme. Que je suis innocent de la mort de votre père et que j'en éprouve une douleur bien profonde, c'est ce qui apparaîtra à votre raison aussi clairement que le jour à vos yeux.

DES VOIX, *dehors.* — Laissez-la entrer.

LAERTE. — Qu'y a-t-il? Quel est ce bruit?

Ophélie rentre, des fleurs dans les mains.

Ô incendie, dessèche ma cervelle! Larmes sept fois salées, brûlez mes yeux jusqu'à les rendre insensibles et impuissants! Par le ciel, ta folie sera payée si cher que le poids de la vengeance retournera le fléau. Ô rose de mai! chère fille, bonne sœur, suave Ophélie! Ô cieux! est-il possible que la raison d'une jeune fille soit aussi vulnérable que la vie d'un vieillard? L'amour rend subtile la nature; et, devenue subtile, elle envoie les plus précieuses émanations de son essence vers l'être aimé.

OPHÉLIE, *chantant.*

Face nue, ils l'ont mis en bière
Tra la la la lonlaire
Et sur son tombeau bien des larmes coulèrent.

Adieu, mon tourtereau!

LAERTE. — Aurais-tu ta raison et me prêchais vengeance, je ne serais pas plus ému.

OPHÉLIE. — Il vous faut chanter : « Tout bas, tout bas » si vous l'appelez si bas. Oh! comme ce refrain

Oh! comme ce refrain est à propos. Il s'agit de l'intendant perfide qui a volé la fille de son maître.

LAERTE. — Ces riens-là en disent plus que bien des pensées.

OPHÉLIE, *à Laerte.* — Voici du romarin; c'est pour le souvenir : de grâce, mon amour, souviens-toi. Et voici des pensées, c'est pour la pensée.

LAERTE. — Leçon donnée par la folie! Pensées et souvenirs sont bien à-propos.

OPHÉLIE, *au Roi.* — Voici pour vous du fenouil et des ancolies.

A la Reine.

Voilà de la rue pour vous, et en voici un peu pour moi; nous pouvons bien toutes deux l'appeler herbe de grâce, mais elle doit avoir à votre main un autre sens qu'à la mienne... Voici une pâquerette. Je vous aurais bien donné des violettes, mais elles se sont toutes fanées, quand mon père est mort... On dit qu'il a fait une bonne fin.

Elle chante.

Car le bon cher Robin est toute ma joie.

LAERTE. — Mélancolie, affliction, frénésie, enfer même, elle donne à tout je ne sais quel charme et quelle grâce.

OPHÉLIE, *chantant.*

Et ne reviendra-t-il pas?
Et ne reviendra-t-il pas?
Non! non! il est mort.
Va à ton lit de mort.
Il ne reviendra jamais.

> *Sa barbe était blanche comme neige,*
> *De chanvre ses cheveux.*
> *Il est parti! il est parti!*
> *Vain est notre chagrin.*
> *Dieu ait pitié de son âme!*

Et de toutes les âmes chrétiennes! Je prie Dieu. Dieu
soit avec nous!

Elle sort.

LAERTE. — Voyez-vous ceci, ô Dieu?

LE ROI. — Laerte, laissez-moi partager votre douleur;
sinon, c'est un droit que vous me refusez. Retirons-nous
un moment; faites choix de vos amis les plus sages; ils
nous entendront et jugeront entre vous et moi. Si directement ou indirectement ils nous trouvent compromis,
nous vous abandonnerons notre royaume, notre couronne, notre vie et tout ce que nous appelons nôtre, en
réparation. Sinon, résignez-vous à nous accorder votre
patience, et nous travaillerons d'accord avec votre
ressentiment, pour lui donner une juste satisfaction.

LAERTE. — Soit! L'étrange mort de mon père, ses mystérieuses funérailles, où tout a manqué : trophée, pano-
plie, écusson au-dessus du corps, rite nobiliaire, apparat
d'usage, me crient, comme une voix que le ciel ferait
entendre à la terre, que je dois faire une enquête.

LE ROI. — Faites-la, et que la grande hache tombe là
où est le crime! Venez avec moi, je vous prie.

Ils sortent.

SCÈNE VI

Entrent Horatio et d'autres.

HORATIO. — Qui sont ces gens qui veulent me parler?
LE SERVITEUR. — Des matelots, monsieur; ils disent
qu'ils ont des lettres pour vous.
HORATIO. — Qu'ils entrent!

Sort le Serviteur.

Je ne vois pas de quelle partie du monde ce message
peut me venir, sinon du seigneur Hamlet.

Entrent les Matelots.

PREMIER MATELOT. — Dieu vous bénisse, seigneur!
HORATIO. — Qu'il te bénisse aussi!
PREMIER MATELOT. — Il le fera, monsieur, si ça lui
plaît. Voici une lettre pour vous, monsieur; elle est de
l'ambassadeur qui s'était embarqué pour l'Angleterre;
si toutefois votre nom est Horatio, comme on me l'a dit.
HORATIO, *lisant*. — « Horatio, quand tu auras par-
couru ces lignes, donne à ces gens les moyens d'arriver
jusqu'au roi : ils ont des lettres pour lui. Il n'y avait
pas deux jours que nous étions en mer, qu'un pirate,
armé en guerre, nous a donné la chasse. Voyant que
nous étions moins bons voiliers que lui, nous avons
déployé la hardiesse du désespoir. Le grappin a été jeté
et je suis monté à l'abordage; tout à coup leur navire
s'est dégagé du nôtre, et seul, ainsi, je suis resté leur
prisonnier. Ils ont agi avec moi en bandits miséricordieux, mais ils savaient ce qu'ils faisaient : je dois ser-

vir leurs intérêts. Fais parvenir au roi les lettres que je
lui envoie, et viens me rejoindre aussi vite que si tu
fuyais la mort. J'ai à te dire à l'oreille des paroles qui
te rendront muet; pourtant elles seront encore trop
faibles pour le calibre de la vérité. Ces braves gens te
conduiront où je suis. Rosencrantz et Guildenstern
continuent leur route vers l'Angleterre. J'ai beaucoup à
te parler sur leur compte. Adieu! Celui que tu sais être
à toi.

                                        « Hamlet. »

Venez, je vais vous donner le moyen de remettre ces
lettres, et dépêchez-vous, pour que vous puissiez me
conduire plus vite vers celui de qui vous les tenez.

                                        Ils sortent.

SCÈNE VII

Entrent le Roi et Laerte.

Le Roi. — Maintenant il faut que votre conscience
scelle mon acquittement, et que vous m'inscriviez dans
votre cœur comme ami, puisque vous savez par des renseignements certains que celui qui a tué votre noble
père en voulait à ma vie.

Laerte. — Cela paraît évident. Mais dites-moi pourquoi vous n'avez pas fait de poursuite contre des actes
d'une nature si criminelle et si grave, ainsi que votre
sûreté, votre sagesse, tout enfin devait vous y exciter?

Le Roi. — Oh! pour deux raisons particulières qui

peut-être vous sembleront puériles, mais qui pour moi
sont fortes. La reine, sa mère, ne vit presque que par
ses yeux; et quant à moi, est-ce une vertu? est-ce une
calamité? elle est tellement liée à ma vie et à mon âme
que, comme l'astre qui ne peut se mouvoir que dans sa
sphère, je ne puis me mouvoir que par elle. L'autre
motif pour lequel j'ai évité une accusation publique,
c'est la grande affection que le peuple lui porte. Celui-ci
plongerait toutes les fautes d'Hamlet dans son amour,
et, comme la source qui change le bois en pierre, ferait
de ses chaînes des reliques; si bien que mes flèches,
faites d'un bois trop léger pour un vent si violent,
retourneraient vers mon arc au lieu d'atteindre le
but.

LAERTE. — J'ai perdu un noble père; ma sœur est
réduite à un état désespéré, elle dont le mérite, si elle
pouvait recouvrer ses facultés, défierait par ses perfections
toute comparaison. Ah! je serai vengé!

LE ROI. — Que cela ne trouble pas votre sommeil.
Ne nous croyez pas assez veule et mou pour nous laisser
dangereusement tirer la barbe et ne voir là qu'une plaisanterie. Vous en saurez bientôt davantage. J'aimais
votre père, et nous nous aimons nous-mêmes, et cela,
j'espère, peut vous faire imaginer...

Entre un Messager.

Qu'est-ce? Quelle nouvelle?

LE MESSAGER. — Monseigneur, des lettres d'Hamlet:
celle-ci pour Votre Majesté; celle-là pour la reine.

LE ROI. — D'Hamlet! Qui les a apportées?

LE MESSAGER. — Des matelots, à ce qu'on dit, monseigneur: je ne les ai pas vus. Elles m'ont été transmises
par Claudio qui les a reçues le premier.

LE ROI. — Laerte, vous allez les entendre. Laissez-nous.

Sort le Messager.

LE ROI, *lisant.* — « Haut et puissant Seigneur, vous saurez que j'ai été déposé nu sur la terre de votre royaume. Demain je demanderai la faveur de voir votre royale personne, et alors, après avoir réclamé votre indulgence, je vous raconterai ce qui a occasionné mon retour soudain et plus étrange encore.

« HAMLET. »

Qu'est-ce que cela signifie? Est-ce que tous les autres sont de retour? Ou est-ce une plaisanterie, et n'y a-t-il rien de vrai?

LAERTE. — Reconnaissez-vous l'écriture?

LE ROI. — C'est l'écriture d'Hamlet. *Nu!* Et en post-scriptum, ici, il ajoute : *Seul!* Pouvez-vous m'expliquer cela?

LAERTE. — Je m'y perds, monseigneur. Mais qu'il vienne! Je sens se réchauffer mon cœur malade, à l'idée de vivre et de lui dire en face : *Voilà ce que tu as fait!*

LE ROI. — S'il en est ainsi, Laerte... comment peut-il en être ainsi?... Comment peut-il en être autrement?... Laissez-vous mener par moi, voulez-vous?

LAERTE. — Oui, monseigneur, pourvu que vous ne me meniez pas à faire la paix.

LE ROI. — Si fait, la paix avec toi-même. S'il est vrai qu'il soit de retour, et que, reculant devant ce voyage, il soit résolu à ne plus l'entreprendre..., je le soumettrai à une épreuve, maintenant mûre dans ma pensée, il ne peut manquer d'y succomber. Sa mort ne fera pas murmurer un souffle de blâme, et sa mère elle-même en absoudra le stratagème et n'y verra qu'un accident.

LAERTE. — Monseigneur, je me laisse mener ; surtout si vous faites en sorte que je sois l'instrument.

LE ROI. — Voilà qui tombe bien. Depuis votre voyage, on vous a beaucoup vanté, et cela en présence d'Hamlet, pour un talent où vous brillez, dit-on ; toutes vos qualités réunies ont arraché de lui moins de jalousie que celle-là seule qui, à mon avis, est de l'ordre le plus insignifiant.

LAERTE. — Quelle est cette qualité, monseigneur ?

LE ROI. — Un simple ruban au chapeau de la jeunesse, mais nécessaire pourtant ; car un costume frivole et débraillé ne sied pas moins à la jeunesse qu'à l'âge mûr les sombres fourrures qui sauvegardent la santé et la gravité. Il y a quelque deux mois, se trouvait ici un gentilhomme de Normandie ; j'ai vu moi-même les Français, j'ai servi contre eux, et je sais qu'ils montent bien à cheval... ; mais chez celui-ci, c'était de la magie : il prenait racine en selle, et il faisait exécuter à son cheval des choses si merveilleuses qu'il semblait faire corps et se confondre à moitié avec la noble bête ; il dépassait tellement mon imagination, que toutes les postures et tours d'adresse que je pouvais inventer étaient au-dessous de ce qu'il faisait.

LAERTE. — Un Normand, dites-vous ?

LE ROI. — Un Normand.

LAERTE. — Sur ma vie, c'est Lamond.

LE ROI. — Lui-même.

LAERTE. — Je le connais bien : vraiment, c'est le joyau, la perle de son pays.

Le Roi. — C'est lui qui vous rendait hommage : il vous déclarait maître dans la pratique de l'art de l'escrime, à l'épée spécialement; il s'écriait que ce serait un vrai miracle si quelqu'un vous pouvait tenir tête. Il jurait que les escrimeurs de son pays n'avaient ni élan, ni parade, ni coup d'œil, si vous étiez leur adversaire. Ces propos, mon cher, avaient tellement envenimé la jalousie d'Hamlet qu'il ne faisait que désirer et demander votre prompt retour, pour faire assaut avec vous. Eh bien! en tirant parti de ceci...

Laerte. — Quel parti, monseigneur?

Le Roi. — Laerte, votre père vous était-il cher? Ou n'êtes-vous que l'effigie de la douleur, un visage sans cœur?

Laerte. — Pourquoi me demandez-vous cela?

Le Roi. — Ce n'est pas que je pense que vous n'aimiez pas votre père; mais je sais que l'amour est l'œuvre du temps, et j'ai vu, par les exemples de l'expérience, que le temps en amoindrit l'étincelle et la chaleur. Il y a à la flamme même de l'amour une sorte de mèche, de lumignon, qui finit par s'éteindre. Rien ne garde à jamais la même perfection. La perfection, poussée à l'excès, meurt de pléthore. Ce que nous voulons faire, faisons-le quand nous le voulons, car la volonté change; elle a autant de défaillances et d'entraves qu'il y a de langues, de bras, d'accidents; et alors le devoir à faire n'est plus qu'un soupir de prodigue, qui fait du mal à exhaler... Mais allons au vif de l'ulcère : Hamlet revient. Qu'êtes-vous prêt à entreprendre pour vous montrer le fils de votre père en action plus qu'en paroles?

Laerte. — A lui couper la gorge à l'église.

Le Roi. — Il n'est pas, en effet, de sanctuaire pour le meurtre; il n'y a pas de barrière pour la vengeance.

Eh bien! mon bon Laerte, faites ceci : tenez-vous renfermé dans votre chambre. Hamlet, en revenant, apprendra que vous êtes de retour. Nous lui enverrons des gens qui vanteront votre supériorité et mettront un double vernis à la renommée que ce Français vous a faite; enfin, nous vous mettrons face à face, et nous ferons des paris sur vos têtes. Lui, qui est confiant, très généreux et dénué de tout calcul, n'examinera pas les fleurets : vous pourrez donc aisément et en rusant un peu choisir une épée non mouchetée, et, par une passe habile, venger sur lui votre père.

LAERTE. — Je ferai cela. Et, dans ce dessein, j'empoisonnerai mon épée. J'ai acheté d'un charlatan une drogue si meurtrière que, pour peu qu'on y trempe un couteau, une fois que le sang a coulé, le cataplasme le plus rare, composé de tous les simples qui ont quelque vertu sous la lune, ne pourrait pas sauver de la mort l'être le plus légèrement égratigné. Je tremperai ma pointe dans ce poison; et, pour peu que je l'écorche, c'est la mort.

LE ROI. — Réfléchissons-y encore; pesons bien, et quant au temps et quant aux moyens, ce qui peut convenir le plus à notre plan. Si celui-ci devait échouer, et qu'une mauvaise exécution laissât voir notre dessein, mieux vaudrait n'avoir rien tenté. Il faut donc que nous ayons un projet de rechange qui puisse servir au cas où le premier ferait long feu. Doucement! Voyons! Nous établirons un pari solennel sur les coups portés. J'y suis! Quand l'exercice vous aura échauffés et altérés, et dans ce but vous ferez vos attaques très violentes, il demandera à boire; j'aurai préparé un calice tout exprès : une gorgée seulement, et si, par hasard, il a échappé à votre lame empoisonnée, notre but est encore atteint.

Entre la Reine.

Qu'est-ce donc, ma douce reine?

La Reine. — Un malheur marche sur les talons d'un autre, tant ils se suivent de près : votre sœur est noyée, Laerte.

Laerte. — Noyée! Oh! Où donc?

La Reine. — Il y a en travers d'un ruisseau un saule qui mire ses feuilles argentées dans le cristal du courant. C'est là qu'elle est venue, portant de fantasques guirlandes de renoncules, d'orties, de marguerites et de ces longues fleurs pourpres que les bergers hardis nomment librement, mais que nos vierges chastes appellent des doigts morts. Là, tandis qu'elle grimpait pour suspendre sa sauvage couronne aux rameaux inclinés, une branche envieuse s'est cassée, et tous ses trophées champêtres sont, comme elle, tombés dans le ruisseau en pleurs. Ses vêtements se sont étalés et l'ont soutenue un moment, nouvelle sirène, pendant qu'elle chantait des bribes de vieilles chansons, comme insensible à sa propre détresse, ou comme une créature naturellement formée pour cet élément. Mais cela n'a pu durer longtemps : ses vêtements, alourdis par ce qu'ils avaient bu, arrachèrent à son chant mélodieux l'infortunée pour la mener à une mort fangeuse.

Laerte. — Hélas! elle est donc noyée?

La Reine. — Noyée, noyée.

Laerte. — Tu n'as déjà que trop d'eau, pauvre Ophélie; je retiendrai donc mes larmes... Et pourtant...

Il sanglote.

C'est notre nature, elle garde ses habitudes, quoi qu'en dise la honte. Quand ces pleurs auront coulé, plus de femmelette en moi! Adieu, monseigneur! j'ai des paroles de feu qui flamboieraient, si cette sotte douleur ne les éteignait.

Il sort.

Le Roi. — Gertrude, suivons-le. Quelle peine j'ai eue à calmer sa rage! Je crains bien que ceci ne lui donne un nouvel élan. Suivons-le donc.

Ils sortent.

ACTE V

Un cimetière.

Entrent un Fossoyeur et son compagnon.

PREMIER FOSSOYEUR. — Doit-elle être ensevelie en sépulture chrétienne, celle qui volontairement devance l'heure de son salut?

DEUXIÈME FOSSOYEUR. — Je te dis que oui. Donc creuse sa tombe sur-le-champ. Le coroner a tenu enquête sur elle, et conclu à la sépulture chrétienne.

PREMIER FOSSOYEUR. — Comment est-ce possible, à moins qu'elle ne se soit noyée en légitime défense?

DEUXIÈME FOSSOYEUR. — Eh bien! la chose a été jugée ainsi.

PREMIER FOSSOYEUR. — Il est évident qu'elle est morte *se offendendo,* cela ne peut être autrement. Car voici le point : si je me noie de propos délibéré, cela implique un acte, et un acte a trois branches : le mouvement, l'action et l'exécution : *argo*[18], elle s'est noyée de propos délibéré.

DEUXIÈME FOSSOYEUR. — Certainement; mais écoutez-moi, compère fossoyeur.

PREMIER FOSSOYEUR. — Permets. L'eau est ici : bon! l'homme est là : bon! Si l'homme va à l'eau et se noie, c'est malgré tout parce qu'il y est allé : remarque bien ça. Mais si l'eau vient à l'homme et le noie, ce n'est pas lui qui se noie : *argo,* celui qui n'est pas coupable de sa mort n'abrège pas sa vie.

DEUXIÈME FOSSOYEUR. — Mais est-ce la loi?

PREMIER FOSSOYEUR. — Oui, pardieu : la loi des enquêtes de coroner.

DEUXIÈME FOSSOYEUR. — Veux-tu savoir la vérité? Si la morte n'avait pas été une femme de qualité, elle n'aurait pas été ensevelie en sépulture chrétienne.

PREMIER FOSSOYEUR. — Oui, tu l'as dit : et c'est tant pis pour les grands qu'ils soient encouragés en ce monde à se noyer ou à se pendre, plus que leurs frères chrétiens. Allons, ma bêche! il n'y a de vieux gentilshommes que les jardiniers, les terrassiers et les fossoyeurs : ils continuent le métier d'Adam.

DEUXIÈME FOSSOYEUR. — Adam était-il gentilhomme?

PREMIER FOSSOYEUR. — Il est le premier qui ait jamais porté des armes.

DEUXIÈME FOSSOYEUR. — Comment! il n'en avait pas.

PREMIER FOSSOYEUR. — Quoi! es-tu païen? Comment comprends-tu l'Écriture? L'Écriture dit : Adam bêchait. Pouvait-il bêcher sans bras? Je vais te poser une autre question : si tu ne réponds pas correctement, avoue-toi...

DEUXIÈME FOSSOYEUR. — Va toujours.

PREMIER FOSSOYEUR. — Quel est celui qui bâtit plus solidement que le maçon, le constructeur de navires et le charpentier?

DEUXIÈME FOSSOYEUR. — Le faiseur de potences; car cette construction-là survit à des milliers d'occupants.

PREMIER FOSSOYEUR. — Ton esprit me plaît, ma foi! La potence fait bien. Mais comment fait-elle bien? Elle fait bien pour ceux qui font mal : or tu fais mal de dire que la potence est plus solidement bâtie que l'Église : *argo,* la potence ferait bien ton affaire. Cherche encore, allons!

DEUXIÈME FOSSOYEUR. — Qui bâtit plus solidement qu'un maçon, un constructeur de navires ou un charpentier?

PREMIER FOSSOYEUR. — Oui, dis-le-moi, et tu pourras dételer.

DEUXIÈME FOSSOYEUR. — Parbleu! j'ai trouvé, je crois.

PREMIER FOSSOYEUR. — Voyons.

DEUXIÈME FOSSOYEUR. — Par la messe! Non, je ne sais plus.

PREMIER FOSSOYEUR. — Ne te creuse pas la cervelle plus longtemps; car l'âne rétif ne hâte point le pas sous les coups. Et la prochaine fois qu'on te fera cette question, réponds : C'est un fossoyeur. Les maisons qu'il bâtit durent jusqu'au jugement dernier. Allons! va chez Yaughan me chercher une pinte de bière.

> *Sort le deuxième fossoyeur. Hamlet et Horatio*
> *entrent dans le cimetière.*

LE PREMIER FOSSOYEUR, *il chante.*

Dans ma jeunesse, quand j'aimais, quand j'aimais,
Il me semblait qu'il était bien doux,
Oh! bien doux d'abréger le temps. Ah! pour mon usage
Il me semblait, oh! que rien n'était trop bon.

HAMLET. — Ce gaillard-là n'a donc pas le sentiment de ce qu'il fait? Il chante en creusant une fosse.

HORATIO. — Avec l'habitude c'est devenu chose naturelle pour lui.

HAMLET. — C'est juste : la main qui travaille peu a le tact plus délicat.

PREMIER FOSSOYEUR, *chantant.*

Mais l'âge, venu à pas furtifs,
M'a empoigné dans sa griffe,
Et embarqué sous terre,
En dépit de mes goûts.

Il ramasse et jette un crâne.

HAMLET. — Ce crâne avait une langue et pouvait chanter jadis. Comme ce drôle le heurte à terre! comme si c'était la mâchoire de Caïn, le premier des meurtriers! Ce que cet âne écrase ainsi était peut-être la caboche d'un homme d'État qui croyait pouvoir circonvenir Dieu! Pourquoi pas?

HORATIO. — C'est possible, monseigneur.

HAMLET. — Ou celle d'un courtisan qui savait dire : *Bonjour, doux seigneur! Comment vas-tu, bon seigneur?* Peut-être celle de monseigneur un tel qui vantait le cheval de monseigneur un tel, quand il prétendait l'obtenir! Pourquoi pas?

HORATIO. — Sans doute, monseigneur.

HAMLET. — Oui, vraiment! Et maintenant cette tête est à Notre-Dame des Larves; elle n'a plus de lèvres, et la bêche d'un fossoyeur lui brise la mâchoire. Révolution bien édifiante pour ceux qui sauraient l'observer! Ces os n'ont-ils tant coûté à nourrir que pour servir un jour de jeu de quilles? Les miens me font mal rien que d'y penser.

PREMIER FOSSOYEUR, *chantant.*

Une pioche et une bêche, une bêche!
Et un linceul pour drap,

> *Puis, hélas! un trou à faire dans la boue,*
> *C'est tout ce qu'il faut pour un tel hôte!*

Il envoie rouler un second crâne.

HAMLET. — En voici un autre! Qui sait si ce n'est pas le crâne d'un homme de loi? Où sont donc maintenant ses distinctions, ses subtilités, ses arguties, ses clauses, ses passe-droits? Pourquoi souffre-t-il que ce grossier manant lui cogne la tête avec sa sale pelle, et ne lui intente-t-il pas une action pour voie de fait? Humph! ce gaillard-là pouvait être en son temps un grand acquéreur de terres, avec ses hypothèques, ses reconnaissances, ses amendes, ses doubles garanties, ses recouvrements. Est-ce donc pour lui l'amende de ses amendes et le recouvrement de ses recouvrements que d'avoir sa belle caboche pleine de belle boue? Est-ce que toutes ses acquisitions, ses garanties, toutes doubles qu'elles sont, ne lui garantiront rien de plus qu'une place longue et large comme deux grimoires? C'est à peine si ses seuls titres de propriété tiendraient dans ce coffre; faut-il que le propriétaire lui-même n'en ait pas davantage? Ha!

HORATIO. — Pas une ligne de plus, monseigneur.

HAMLET. — Est-ce que le parchemin n'est pas fait de peau de mouton?

HORATIO. — Si, monseigneur, et de peau de veau aussi.

HAMLET. — Ce sont des moutons et des veaux, ceux qui fondent là-dessus leur assurance. Je vais parler à ce garçon-là... A qui est cette tombe, l'ami?

PREMIER FOSSOYEUR. — A moi, monsieur.

Chantant.

> *Hélas! un trou à faire dans la boue,*
> *C'est tout ce qu'il faut pour un tel hôte!*

HAMLET. — Vraiment, je crois qu'elle est à toi : tu es dedans.

PREMIER FOSSOYEUR. — Vous n'y êtes pas, monsieur, aussi n'est-elle pas la vôtre. Pour ma part, je ne suis pas dedans et cependant je l'occupe.

HAMLET. — Tu veux me mettre dedans en me disant que c'est la tienne. Cette fosse n'est pas faite pour un vivant, mais pour un mort. Tu vois! tu veux me mettre dedans.

PREMIER FOSSOYEUR. — Démenti pour démenti. Vous voulez me mettre dedans en me disant que je suis dedans.

HAMLET. — Pour quel homme creuses-tu ici?

PREMIER FOSSOYEUR. — Ce n'est pas pour un homme.

HAMLET. — Pour quelle femme, alors?

PREMIER FOSSOYEUR. — Ce n'est ni pour un homme ni pour une femme.

HAMLET. — Qui va-t-on enterrer là?

PREMIER FOSSOYEUR. — Une créature qui était une femme, monsieur; mais, que son âme soit en paix! elle est morte.

HAMLET. — Comme ce maraud est pointilleux! Il faut lui parler livre en main : sans cela, la moindre équivoque vous perd. Par le ciel! Horatio, voilà trois ans que j'en fais la remarque : le siècle devient singulièrement raffiné, et l'orteil du paysan touche de si près le talon de l'homme de cour qu'il l'écorche... Combien de temps as-tu été fossoyeur?

PREMIER FOSSOYEUR. — Je me suis mis au métier, le jour, fameux entre tous les jours, où feu notre roi Hamlet vainquit Fortinbras.

HAMLET. — Combien y a-t-il de cela?

PREMIER FOSSOYEUR. — Ne pouvez-vous pas le dire? Il n'est pas d'imbécile qui ne le puisse. C'était le jour même où est né le jeune Hamlet, celui qui est fou et qui a été envoyé en Angleterre.

HAMLET. — Oui-da! Et pourquoi a-t-il été envoyé en Angleterre?

PREMIER FOSSOYEUR. — Eh bien! parce qu'il était fou : il retrouvera sa raison là-bas; ou, s'il ne la retrouve pas, il n'y aura pas grand mal.

HAMLET. — Pourquoi?

PREMIER FOSSOYEUR. — Ça ne se verra pas : là-bas tous les hommes sont aussi fous que lui.

HAMLET. — Comment est-il devenu fou?

PREMIER FOSSOYEUR. — Très étrangement, à ce qu'on dit.

HAMLET. — Comment cela?

PREMIER FOSSOYEUR. — Eh bien! en perdant la raison.

HAMLET. — Sous l'empire de quelle cause?

PREMIER FOSSOYEUR. — Tiens! sous l'empire de notre roi, en Danemark. Cela fait trente ans que je suis fossoyeur ici, depuis mes jeunes années.

HAMLET. — Combien de temps un homme peut-il être en terre avant de pourrir?

PREMIER FOSSOYEUR. — Ma foi! s'il n'est pas pourri avant de mourir (et nous avons tous les jours des corps vérolés qui peuvent à peine supporter l'inhumation), il peut vous durer huit ou neuf ans. Un tanneur vous durera neuf ans.

HAMLET. — Pourquoi lui plus qu'un autre?

PREMIER FOSSOYEUR. — Ah! sa peau est tellement tannée par le métier qu'il a fait, qu'elle ne prend pas l'eau avant longtemps; et vous savez que l'eau est le pire destructeur de votre putain de cadavre. Tenez! voici un crâne : ce crâne-là a été en terre vingt-trois ans.

HAMLET. — A qui était-il?

Premier Fossoyeur. — A un satané farceur. A qui
croyez-vous?

Hamlet. — Ma foi! je ne sais pas.

Premier Fossoyeur. — Peste soit de l'enragé farceur!
Un jour, il m'a versé un flacon de vin sur la tête! Ce
même crâne, monsieur, était le crâne de Yorick, le bouffon du roi.

Hamlet, *prenant le crâne.* — Celui-ci?

Premier Fossoyeur. — Celui-là même.

Hamlet. — Donne. *(Il prend le crâne.)* Hélas! pauvre
Yorick!... Je l'ai connu, Horatio! C'était un garçon d'une
verve infinie, d'une fantaisie exquise; il m'a porté sur
son dos mille fois. Et maintenant quelle horreur il cause
à mon imagination! Le cœur m'en lève. Ici pendaient
ces lèvres que j'ai baisées je ne sais combien de fois. Où
sont vos plaisanteries maintenant? vos escapades? vos
chansons? et ces éclairs de gaieté qui déchaînaient les
rires à table? Quoi! plus un mot à présent pour vous
moquer de votre propre grimace? plus de lèvres?...
Allez maintenant trouver madame dans sa chambre, et
dites-lui qu'elle a beau se mettre un pouce de fard, il
faudra qu'elle en vienne à cette figure-là! Faites-la bien
rire avec ça... Je t'en prie, Horatio, dis-moi une chose.

Horatio. — Quoi, monseigneur?

Hamlet. — Crois-tu qu'Alexandre ait eu cette mine-là
dans la terre?

Horatio. — Oui, sans doute.

Hamlet. — Et cette odeur-là?... Pouah!

Il jette le crâne.

Horatio. — Oui, sans doute, monseigneur.

Hamlet. — A quels vils usages nous pouvons être
ravalés, Horatio! Qui empêche l'imagination de suivre

la noble poussière d'Alexandre jusqu'à la retrouver bouchant la bonde d'un tonneau?

HORATIO. — Le raisonnement est trop subtil.

HAMLET. — Non, ma foi! pas le moins du monde : nous pourrions sans forcer la vraisemblance retrouver ses restes jusque-là. Par exemple, écoute : Alexandre est mort, Alexandre a été enterré, Alexandre est retourné en poussière; la poussière, c'est de la terre; avec la terre, nous faisons de l'argile, et avec cette argile, en laquelle Alexandre s'est enfin changé, qui empêche de fermer un baril de bière?

> *L'impérial César, mort et changé en glaise,*
> *Pourrait boucher un trou et arrêter le vent du dehors.*
> *Oh! que cette argile, qui a tenu le monde en effroi,*
> *Serve à calfeutrer un mur et chasse la rafale d'hiver!*

Mais chut! chut!... écartons-nous!... Voici le roi, la reine, les courtisans.

> *Un cortège entre dans le cimetière.*
> *Laerte, le roi, la reine, des courtisans*
> *accompagnent le corps d'Ophélie*

Qui accompagnent-ils? Pourquoi ces rites tronqués? Ceci annonce que le corps qu'ils suivent a, d'une main désespérée, attenté à sa propre vie. C'était quelqu'un de qualité. Cachons-nous un moment, et observons.

> *Ils se retirent.*

LAERTE. — Quelle cérémonie reste-t-il encore?

HAMLET, *à part.* — C'est Laerte, un bien noble jeune homme! Écoutons.

LAERTE. — Quelle cérémonie encore?

LE PRÊTRE. — Ses obsèques ont été célébrées avec toute

la latitude qui nous était permise. Sa mort était suspecte;
et, si un ordre souverain n'avait dominé la règle, elle eût
été placée dans une terre non bénite jusqu'à la dernière
trompette. Au lieu de prières charitables, elle n'aurait dû
recevoir que tessons, cailloux et pierres. Et pourtant, on
lui a accordé les couronnes virginales, les brassées de
fleurs sur son corps, un convoi jusqu'à sa tombe, au son
des cloches.

Laerte. — Rien d'autre?

Le Prêtre. — Non, plus rien : nous profanerions
le service des morts en chantant le grave *requiem,* en
implorant pour elle le même repos que pour les âmes
parties en paix.

Laerte. — Mettez-la dans la terre; et puissent, de sa
belle chair immaculée, éclore des violettes! Je te le dis,
prêtre brutal, ma sœur sera un ange gardien, quand toi,
tu hurleras dans l'abîme.

Hamlet. — Quoi! la belle Ophélie!

La Reine, *jetant des fleurs.* — Des fleurs à la fleur! Adieu!
J'espérais te voir la femme de mon Hamlet. Je comptais,
douce fille, décorer ton lit nuptial et non joncher ta
tombe.

Laerte. — Oh! qu'un triple malheur tombe dix fois
triplé sur la tête maudite de celui dont le crime maudit
t'a privée de ta noble intelligence! Retenez la terre un
moment, que je la prenne encore une fois dans mes
bras.

                              Il saute dans la fosse.

Maintenant entassez votre poussière sur le vivant et sur
la morte, jusqu'à ce que vous ayez fait de cette surface
une montagne qui dépasse le vieux Pélion ou la tête
céleste de l'Olympe azuré.

Hamlet, *s'avançant.* — Quel est celui dont la douleur

s'exprime si haut? dont le cri de désespoir conjure les astres errants et les force à s'arrêter, auditeurs blessés d'étonnement? Me voici, moi, Hamlet le Danois!

Il saute dans la fosse.

LAERTE, *l'empoignant.* — Que le démon prenne ton âme!

HAMLET. — Tu ne pries pas bien. Ôte tes doigts de ma gorge, je te prie. Car, bien que je ne sois ni hargneux ni violent, j'ai cependant en moi quelque chose de dangereux que tu feras sagement de craindre. Ôte ta main!

LE ROI. — Arrachez-les l'un à l'autre.

LA REINE. — Hamlet! Hamlet!

HORATIO. — Mon bon seigneur, calmez-vous.

Les assistants les séparent, et ils sortent de la fosse.

HAMLET. — Oui, je veux lutter avec lui pour cette cause, jusqu'à ce que mes paupières cessent de ciller.

LA REINE. — Ô mon fils, pour quelle cause?

HAMLET. — J'aimais Ophélie. Quarante mille frères ne pourraient pas, avec tous leurs amours réunis, parfaire la somme du mien.

A Laerte.

Qu'es-tu prêt à faire pour elle?

LE ROI. — Oh! il est fou, Laerte.

LA REINE. — Pour l'amour de Dieu, laissez-le dire!

HAMLET. — Morbleu! montre-moi ce que tu veux faire. Veux-tu pleurer? Veux-tu te battre? Veux-tu jeûner? Veux-tu te déchirer? Veux-tu avaler du vinaigre? manger un crocodile? Je ferai tout cela... Viens-tu ici pour geindre? Pour me défier en sautant dans sa fosse? Sois enterré vif avec elle, je le serai aussi, moi! Et puisque tu bavardes de montagnes, qu'on les entasse sur nous

par millions d'acres, jusqu'à ce que notre tertre ait le
sommet roussi par la zone brûlante et qu'en comparaison l'Ossa paraisse une verrue! Si tu fais le fanfaron, je
déclamerai aussi bien que toi.

La Reine. — Ceci est pure folie! et son accès va le travailler ainsi pensant quelque temps. Puis, aussi patient
que la colombe, dont la couvée dorée vient d'éclore, il
tombera dans un silencieux abattement.

Hamlet, *à Laerte.* — Écoutez, monsieur! Pour quelle
raison me traitez-vous ainsi? Je vous ai toujours aimé.
Mais n'importe! Hercule lui-même aurait beau faire!...
Le chat peut miauler, le chien aura sa revanche.

Il sort.

Le Roi. — Je vous en prie, bon Horatio, accompagnez-
le.

Horatio sort.
A Laerte.

Renforcez votre patience par nos paroles d'hier soir.
Nous allons sur-le-champ amener l'affaire au dénouement.

A la Reine.

Bonne Gertrude, faites surveiller votre fils.

A part.

Il faut à cette fosse un monument vivant. L'heure du
repos viendra bientôt pour nous. Jusque-là, procédons
avec patience.

Ils sortent.

SCÈNE II

La grande salle du château.

Entrent Hamlet et Horatio.

HAMLET. — C'est assez! Maintenant, venons à l'autre affaire. Vous rappelez-vous toutes les circonstances?

HORATIO. — Si je me les rappelle!

HAMLET. — Mon cher, il y avait dans mon cœur une sorte de combat qui m'empêchait de dormir : je me sentais plus mal à l'aise que des mutins mis aux fers. Je payai d'audace, et bénie soit l'audace en ce cas!... Sachons que notre imprudence nous sert quelquefois bien, quand nos calculs les plus profonds avortent. Et cela doit nous apprendre qu'il est une divinité qui donne la forme à nos destinées, de quelque façon que nous les ébauchions.

HORATIO. — Voilà qui est bien certain.

HAMLET. — Évadé de ma cabine, mon manteau sur les épaules, je marchai à tâtons dans les ténèbres pour les trouver; j'y réussis. J'empoignai le paquet, et puis je rentrai dans ma chambre. Je m'enhardis, mes frayeurs oubliant les scrupules, jusqu'à décacheter leurs messages officiels. Et qu'y découvris-je, Horatio? une scélératesse royale : un ordre formel (lardé d'une foule de raisons diverses, le Danemark à sauver, et l'Angleterre aussi... ah! et le danger de laisser vivre un tel loup-garou, un tel croquemitaine!), un ordre qu'au reçu de la dépêche, sans délai, non, sans même prendre le temps d'aiguiser la hache, on me tranchât la tête.

HORATIO. — Est-il possible?

HAMLET. — Voici le message : tu le liras plus à loisir. Mais veux-tu savoir maintenant ce que je fis?

HORATIO. — Parlez, je vous supplie.

HAMLET. — Ainsi pris à leur piège (avant que mon cerveau eût composé le prologue ils avaient déjà commencé la pièce!), je m'assis; j'imaginai un autre message; je l'écrivis de mon mieux. Je croyais jadis, comme nos hommes d'État, qu'il est avilissant de bien écrire, et je me suis donné beaucoup de peine pour oublier ce talent-là. Mais alors, mon cher, il me rendit le service d'un greffier. Veux-tu savoir la teneur de ce que j'écrivis?

HORATIO. — Oui, mon bon seigneur.

HAMLET. — Une requête pressante adressée par le roi à son cousin d'Angleterre, comme à un tributaire fidèle : Si celui-ci voulait que la palme de l'affection pût fleurir entre eux deux, que la paix gardât toujours sa couronne d'épis et restât comme un trait d'union entre leurs amitiés, pour bien d'autres raisons capitales, il devait, aussitôt la dépêche vue et lue, sans autre forme de procès, sans leur laisser le temps de se confesser, faire mettre à mort sur-le-champ les porteurs.

HORATIO. — Comment avez-vous scellé cette dépêche?

HAMLET. — Eh bien, ici encore s'est montrée la Providence céleste. J'avais dans ma bourse le cachet de mon père, qui a servi de modèle au sceau de Danemark. Je pliai cette lettre dans la même forme que l'autre, j'y mis l'adresse, je la cachetai, je la mis soigneusement en place, et l'on ne s'aperçut pas de la substitution. Le lendemain, eut lieu notre combat sur mer; et ce qui s'ensuivit, tu le sais déjà.

HORATIO. — Ainsi, Guildenstern et Rosencrantz courent à leur destin.

HAMLET. — Ma foi, l'ami! ce sont eux qui ont recherché cette mission; ils ne gênent pas ma conscience; leur

ruine vient de leur propre imprudence. Il est dangereux
pour des créatures inférieures de se trouver, au milieu
d'une passe, entre les épées terribles et flamboyantes
de deux puissants adversaires.

HORATIO. — Ah! quel roi!

HAMLET. — Ne crois-tu pas que quelque chose m'est
imposé maintenant? Celui qui a tué mon père et fait de
ma mère une putain, qui s'est fourré entre la volonté du
peuple et mes espérances, qui a jeté son hameçon à ma
propre vie, et avec une telle perfidie! ne dois-je pas, en
toute conscience, le châtier avec ce bras? Et n'est-ce pas
une action damnable de laisser ce chancre de l'humanité
continuer ses ravages?

HORATIO. — Il apprendra bientôt d'Angleterre quelle
est l'issue de l'affaire.

HAMLET. — Cela ne tardera pas. L'intérim est à moi;
la vie d'un homme, ce n'est que le temps de dire un.
Pourtant je suis bien fâché, mon cher Horatio, de m'être
oublié vis-à-vis de Laerte. Car dans ma propre cause
je vois l'image de la sienne. Je tiens à son amitié : mais,
vraiment, la jactance de sa douleur avait exalté ma rage
jusqu'au vertige.

HORATIO. — Silence! Qui vient là?

Entre Osric.

OSRIC, *se découvrant.* — Votre Seigneurie est la bienvenue à son retour en Danemark.

HAMLET. — Je vous remercie humblement, monsieur.

A Horatio.

Connais-tu ce moucheron?

HORATIO. — Non, mon bon seigneur.

HAMLET. — Tu n'en es que mieux en état de grâce; car
c'est un vice de le connaître. Il a beaucoup de terres,

et de fertiles. Qu'un animal soit le seigneur d'autres
animaux, il aura sa mangeoire à la table du roi. C'est
un choucas; mais, comme je te le dis, qui possède
d'immenses terres.

Osric. — Doux seigneur, si Votre Seigneurie en a le
loisir, j'ai une communication à lui faire de la part de
Sa Majesté.

Hamlet. — Je la recevrai, monsieur, en toute diligence
d'esprit. Faites de votre chapeau son véritable usage : il
est pour la tête.

Osric. — Je remercie Votre Seigneurie : il fait très
chaud.

Hamlet. — Non, croyez-moi, il fait très froid, le vent
est au nord.

Osric. — En effet, monseigneur, il fait passablement
froid.

Hamlet. — Mais pourtant, il me semble qu'il fait une
chaleur étouffante ou bien je suis...

Osric. — Excessive, monseigneur! une chaleur étouffante, à un point... que je ne saurais dire... Mais, monseigneur, Sa Majesté m'a chargé de vous signifier qu'elle
avait tenu sur vous un grand pari... Voici, monsieur,
ce dont il s'agit.

Hamlet, *lui faisant signe de se couvrir.* — De grâce, souvenez-vous...

Osric. — Non, sur ma foi! je suis plus à l'aise, sur ma
foi! Monsieur, nous avons un nouveau venu à la cour,
Laerte : croyez-moi, c'est un gentilhomme accompli,
doué des perfections les plus variées, de très aimables
manières et de grande mine. En vérité, pour en parler
comme il se doit, il est le parangon, l'almanach de la
chevalerie : vous trouverez en lui tous les mérites qu'on
peut attendre d'un gentilhomme.

Hamlet. — Monsieur, son signalement ne perd rien

dans votre bouche, et pourtant, je le sais, s'il fallait
faire son inventaire détaillé, la mémoire y embrouillerait
sont arithmétique : elle ne pourrait pourtant que lou-
voyer derrière cette prompte voile. Quant à moi, sans
me laisser entraîner par mon enthousiasme, je le tiens
pour une âme de grand mérite : il y a en lui un tel mélange de raretés et de curiosités, que, à parler vrai de
lui, il n'a de semblable que son miroir, et tout autre
portrait ne serait qu'une ombre, rien de plus.

Osric. — Votre Seigneurie parle de lui en juge infaillible.

Hamlet. — A quoi bon tout ceci, monsieur? Pourquoi
affublons-nous ce gentilhomme de nos phrases sans
finesse?

Osric. — Monsieur!

Horatio, *à Hamlet*. — Ne sauriez-vous comprendre
votre langue dans la bouche d'un autre? Vous y réussi-
rez, monsieur, certainement.

Hamlet. — Qu'importe ici le nom de ce gentilhomme?

Osric. — De Laerte?

Horatio. — Sa bourse est déjà vide : toutes ses paroles d'or sont dépensées.

Hamlet. — De lui, monsieur.

Osric. — Je pense que vous n'êtes pas sans savoir...

Hamlet. — Tant mieux si vous avez de moi cette opinion : mais quand vous l'auriez, cela ne prouverait rien
en ma faveur... Eh bien, monsieur?

Osric. — Vous n'ignorez pas comme Laerte brille à...

Hamlet. — Je n'ose faire cet aveu, de peur de me comparer à lui : pour bien connaître un homme, il faudrait
se connaître soi-même.

Osric. — Je ne parle, monsieur, que de sa supériorité
aux armes; d'après la réputation qu'on lui a faite, il a
un talent sans égal.

HAMLET. — Quelle est son arme?

OSRIC. — L'épée et la dague.

HAMLET. — Ce qui fait deux armes! Eh bien! après?

OSRIC. — Le roi, monsieur, a parié six chevaux barbes, contre lesquels, m'a-t-on dit, Laerte risque six rapières et six poignards de France avec leurs montures, ceinturon, bandoulière, et caetera. Trois des affûts sont vraiment d'une invention rare, parfaitement adaptés aux poignées, d'un travail très délicat et très somptueux.

HAMLET. — Qu'appelez-vous les affûts?

HORATIO, *bas.* — Je savais bien qu'on ne finirait pas sans tous les commentaires.

OSRIC. — Les affûts, monsieur, ce sont les étuis à suspendre les épées.

HAMLET. — L'expression serait plus juste si nous portions une pièce de canon au côté; en attendant, contentons-nous de les appeler des pendants de ceinturon. Six chevaux barbes contre six épées de France, leurs accessoires, avec trois ceinturons très élégants : voilà l'enjeu danois contre l'enjeu français. Et sur quoi ce pari?

OSRIC. — Le roi a parié, monsieur, que, sur douze passes échangées entre vous et Laerte, celui-ci ne marquerait pas plus de trois touches que vous. Laerte a parié vous toucher neuf fois sur douze. Et l'épreuve se ferait immédiatement si Votre Seigneurie daignait répondre.

HAMLET. — Comment? Si je réponds non?

OSRIC. — Je veux dire, monseigneur, si vous daigniez opposer votre personne à cette épreuve.

HAMLET. — Monsieur, je vais me promener ici dans cette salle : si cela convient à Sa Majesté, voici pour moi l'heure de la récréation. Qu'on apporte les fleurets, si ce gentilhomme y consent; et pour peu que le roi persiste dans sa gageure, je le ferai gagner, si je peux;

sinon, j'en serai quitte pour la honte et les bottes reçues.

Osric. — Rapporterai-je ainsi votre réponse?

Hamlet. — Oui, pour le sens, mais ajoutez-y, monsieur, toutes les fleurs qu'il vous plaira.

Osric. — Je recommande mon dévouement à Votre Seigneurie.

Il sort.

Hamlet. — Son dévouement! son dévouement!... Il fait bien de le recommander lui-même : il n'est point d'autre langue qui s'en chargerait.

Horatio. — On dirait un vanneau qui s'enfuit avec sa coquille sur la tête.

Hamlet. — Il faisait sûrement des compliments au sein de sa nourrice avant de le téter. Comme beaucoup d'autres de la même volée dont je vois raffoler le monde superficiel, il se borne à prendre le ton du jour et les usages extérieurs de la société : sorte d'écume qui les fait surnager au milieu des idées les plus futiles et les plus agitées : soufflez seulement sur ces bulles pour en faire l'épreuve, elles crèvent!

Entre un Seigneur.

Le Seigneur. — Monseigneur, le roi vous a fait complimenter par le jeune Osric qui lui a rapporté que vous l'attendiez dans cette salle. Il m'envoie savoir si c'est votre bon plaisir de commencer la partie avec Laerte, ou de l'ajourner.

Hamlet. — Je suis constant dans mes résolutions, elles suivent le bon plaisir du roi. Si Laerte est prêt, je le suis; sur-le-champ, ou n'importe quand, pourvu que je sois aussi dispos qu'à présent.

Le Seigneur. — Le roi, la reine et toute la cour vont descendre.

HAMLET. — Ils seront les bienvenus.

LE SEIGNEUR. — La reine vous demande de faire un accueil cordial à Laerte avant de faire assaut.

HAMLET. — Elle me donne un bon conseil.

Sort le Seigneur.

HORATIO. — Vous perdrez ce pari, monseigneur.

HAMLET. — Je ne crois pas : depuis qu'il est parti pour la France, je me suis continuellement exercé : avec l'avantage qui m'est fait, je gagnerai. Mais tu ne saurais croire quel mal j'éprouve ici, du côté du cœur. N'importe !

HORATIO. — Pourtant, monseigneur,...

HAMLET. — C'est une niaiserie : une sorte de pressentiment qui suffirait peut-être à troubler une femme.

HORATIO. — Si vous avez dans l'esprit quelque répugnance, obéissez-y. Je vais les prévenir de ne pas se rendre ici, en leur disant que vous êtes indisposé.

HAMLET. — Pas du tout. Nous bravons le présage : même la chute d'un moineau est décrétée par la providence. Si mon heure est venue, elle n'est pas à venir ; si elle n'est pas à venir, elle est venue : que ce soit à présent ou pour plus tard, soyons prêts. Voilà tout. Puisque l'homme n'est pas maître de ce qu'il quitte, qu'importe qu'il le quitte de bonne heure !

Entrent le Roi, la Reine, Laerte, Osric, des Seigneurs, des Serviteurs portant des fleurets, des gantelets, une table et des flacons de vin.

LE ROI. — Venez, Hamlet, venez, et prenez cette main que je vous présente.

Le Roi met la main de Laerte dans celle d'Hamlet.

HAMLET. — Pardonnez-moi, monsieur, je vous ai offensé, mais pardonnez-moi en gentilhomme. Ceux qui sont ici présents savent et vous devez avoir appris de quel cruel égarement j'ai été affligé. Si j'ai fait quelque chose qui ait pu irriter votre caractère, votre honneur, votre rancune, je le proclame ici acte de folie. Est-ce Hamlet qui a offensé Laerte? Ce n'a jamais été Hamlet. Si Hamlet est enlevé à lui-même, et si, n'étant plus lui-même, il offense Laerte, alors, ce n'est pas Hamlet qui agit : Hamlet renie l'acte. Qui agit donc? sa folie. S'il en est ainsi, Hamlet est du parti des offensés, le pauvre Hamlet a sa folie pour ennemi. Monsieur, après ce désaveu de toute intention mauvaise fait devant cet auditoire, que votre générosité m'accuse comme si, lançant une flèche par-dessus la maison, j'avais blessé mon frère!

LAERTE. — Mon cœur est satisfait, et ce sont ses inspirations qui, dans ce cas, me poussaient le plus à la vengeance; mais sur le terrain de l'honneur, je ne m'avance pas et je ne veux pas de réconciliation, jusqu'à ce que des arbitres plus âgés, d'une loyauté connue, m'aient imposé, d'après les précédents, une sentence de paix qui sauvegarde mon nom. Jusque-là j'accepte comme bonne amitié l'amitié que vous m'offrez, et je ne ferai rien pour la blesser.

HAMLET. — Je l'accepte de tout cœur et je m'engage loyalement dans cette joute fraternelle. Donnez-nous les épées. Allons!

LAERTE. — Voyons! qu'on m'en donne une!

HAMLET. — Je vais vous servir de repoussoir, Laerte : auprès de mon inexpérience, comme un astre dans la nuit la plus noire, votre talent va ressortir avec éclat.

LAERTE. — Vous vous moquez de moi, monseigneur.

HAMLET. — Non, je le jure.

Le Roi. — Donnez-leur les épées, jeune Osric. Cousin Hamlet, vous connaissez la gageure?

Hamlet. — Parfaitement, monseigneur. Votre Grâce a parié bien gros pour le côté le plus faible.

Le Roi. — Je n'en suis pas inquiet : je vous ai vus tous deux... D'ailleurs, puisque Hamlet est avantagé, le doute subsiste.

Laerte. — Celle-ci est trop lourde, voyons-en une autre.

Il prend l'épée dont la pointe est empoi-
sonnée.

Hamlet. — Celle-ci me va. Ces épées ont toutes la même longueur?

Osric. — Oui, mon bon seigneur.

Ils se mettent en garde.

Le Roi. — Posez-moi les flacons de vin sur cette table : si Hamlet porte la première ou la seconde botte, ou s'il riposte à la troisième, que les batteries fassent feu de toutes leurs pièces! le roi boira à la santé d'Hamlet, et jettera dans la coupe une perle plus précieuse que celles que les quatre rois nos prédécesseurs ont portées sur la couronne de Danemark. Donnez-moi les coupes. Que les timbales disent aux trompettes, les trompettes aux canons du dehors, les canons aux cieux, les cieux à la terre, que le roi boit à Hamlet! Allons, commencez! Et vous, juges, ayez l'œil attentif!

Hamlet. — En garde, monsieur!

Laerte. — En garde, monseigneur!

Ils commencent l'assaut.

Hamlet. — Une!

Laerte. — Non.

HAMLET. — Arbitre!

OSRIC. — Touché! touché indiscutablement!

LAERTE. — Soit! Recommençons.

LE ROI. — Attendez qu'on me donne à boire. Hamlet, cette perle est à toi; je bois à ta santé. Donnez-lui la coupe.

HAMLET. — Je veux auparavant terminer cet assaut : mettez-la de côté un moment.

> *La coupe empoisonnée est posée sur une table.*

En garde!

> *Ils combattent.*

Encore une touche. Qu'en dites-vous?

LAERTE. — Touché, touché! je l'avoue.

LE ROI. — Notre fils gagnera.

LA REINE. — Il est gras et de courte haleine... Tiens, Hamlet, prends mon mouchoir, essuie-toi le front.

> *Elle le lui donne et, s'approchant de la table,*
> *elle prend la coupe d'Hamlet.*

La reine boit à ton succès, Hamlet.

HAMLET. — Chère Dame!

LE ROI. — Gertrude, ne buvez pas!

LA REINE. — Je boirai, monseigneur; excusez-moi, je vous prie.

> *Elle boit et tend la coupe à Hamlet.*

LE ROI, *à part*. — La coupe empoisonnée! Il est trop tard.

HAMLET. — Je n'ose pas boire encore, madame; tout à l'heure.

LA REINE. — Viens, laisse-moi essuyer ton visage.

LAERTE, *au Roi*. — Monseigneur, je vais le toucher cette fois.

LE ROI. — Je ne le crois pas.

LAERTE, *à part*. — Et pourtant c'est presque contre ma conscience.

HAMLET. — Allons, la troisième, Laerte! Vous ne faites que vous amuser; je vous en prie, tirez de votre plus belle force; j'ai peur que vous ne me traitiez en enfant.

LAERTE. — Vous croyez? En garde!

> *Ils combattent.*

OSRIC. — Passe nulle.

> *On les sépare.*

LAERTE. — A vous, maintenant!

> *Il surprend Hamlet et le blesse légèrement.*
> *Corps à corps; ils échangent leurs épées.*

LE ROI. — Séparez-les; ils sont déchaînés.

HAMLET, *attaquant*. — Non. Recommençons!

> *La Reine tombe.*

OSRIC. — Secourez la reine! la! ho!

> *Hamlet blesse Laerte.*

HORATIO. — Ils saignent tous les deux. Comment cela se fait-il, monseigneur?

OSRIC. — Comment êtes-vous, Laerte?

LAERTE. — Ah! comme une buse prise à son propre piège, Osric! je suis tué justement par mon guet-apens.

HAMLET. — Comment est la reine?

LE ROI. — Elle s'est évanouie à la vue de leur sang.

LA REINE. — Non! non! le breuvage! le breuvage!

Ô mon Hamlet chéri! le breuvage! le breuvage! Je suis
empoisonnée.

Elle meurt.

HAMLET. — Ô infamie!... Holà! qu'on ferme la porte!
Il y a une trahison : qu'on la découvre!

LAERTE. — La voici, Hamlet : Hamlet, tu es assassiné;
nul remède au monde ne peut te sauver; en toi il n'y a
plus une demi-heure de vie; l'arme traîtresse est dans ta
main, démouchetée et venimeuse; le coup hideux s'est
retourné contre moi. Tiens! je tombe ici, pour ne jamais
me relever; ta mère est empoisonnée... Je n'en puis
plus... Le roi... le roi est le coupable.

HAMLET. — La pointe empoisonnée aussi! Alors,
venin, finis ton œuvre!

Il frappe le Roi.

OSRIC et LES SEIGNEURS. — Trahison! trahison!

LE ROI. — Oh! défendez-moi encore, mes amis; je
ne suis que blessé!

HAMLET. — Tiens! toi, incestueux, meurtrier, damné
Danois! Bois le reste de cette potion!... Ta perle y
est-elle? Suis ma mère.

Le Roi meurt.

LAERTE. — Il a ce qu'il mérite : c'est un poison préparé par lui-même. Échange ton pardon avec le mien,
noble Hamlet. Que ma mort et celle de mon père ne
retombent pas sur toi, ni la tienne sur moi!

Il meurt.

HAMLET. — Que le ciel t'en absolve! Je vais te suivre...

Il tombe.

Je meurs, Horatio... Reine malheureuse, adieu!...
Vous qui pâlissez et tremblez devant cette catastrophe,
muets auditeurs de ce drame, si j'en avais le temps (mais
la mort, ce cruel exempt, est inexorable), oh! je pourrais vous dire... Mais résignons-nous... Horatio, je
meurs; tu vis, toi! justifie-moi, explique ma cause à ceux
qui l'ignorent.

HORATIO. — Ne l'espérez pas. Je suis plus un Romain
qu'un Danois. Il reste encore ici de la liqueur.

HAMLET. — Si tu es un homme, donne-moi cette
coupe; lâche-la;... par le ciel, je l'aurai! Ô cher Horatio,
quel nom terni, si les choses restent ainsi inconnues,
je laisserai derrière moi ! Si jamais tu m'as porté dans
ton cœur, retarde quelque temps encore la félicité céleste,
et exhale ton souffle pénible dans ce monde impitoyable,
pour raconter mon histoire.

> *Marche militaire au loin; bruit de mousqueterie*
> *derrière le théâtre.*

Quel est ce bruit guerrier?

OSRIC. — C'est le jeune Fortinbras qui arrive vainqueur de Pologne, et qui salue les ambassadeurs d'Angleterre de cette salvè guerrière.

HAMLET. — Oh! je meurs, Horatio; le poison puissant triomphe de ma vie; je ne pourrai vivre assez
pour savoir les nouvelles d'Angleterre; mais je prédis
l'élection de Fortinbras; il a ma voix mourante;
raconte-lui, avec plus ou moins de détails, ce qui a
provoqué... Le reste est silence...

> *Il meurt.*

HORATIO. — Un noble cœur qui se brise. Bonne nuit,
doux prince! que des essaims d'anges te bercent de

leurs chants!... Pour quoi ce bruit de tambours ici?

Marche militaire derrière la scène.
Entrent Fortinbras, les Ambassadeurs d'An-
gleterre et autres.

FORTINBRAS. — Où est ce spectacle?

HORATIO. — Qu'est-ce que vous voulez voir? Si c'est un malheur ou un prodige, ne cherchez pas plus loin.

FORTINBRAS. — Pareil massacre signifie carnage!... Ô fière mort! quel festin prépares-tu dans ton antre éternel pour avoir, d'un seul coup, abattu dans le sang tant de princes?

PREMIER AMBASSADEUR. — Ce spectacle est effrayant; et nos dépêches arrivent trop tard d'Angleterre. Il a l'oreille insensible celui qui devait nous écouter, à qui nous devions dire que ses ordres sont remplis, que Rosencrantz et Guildenstern sont morts. Qui me remerciera?

HORATIO. — Pas lui, même si la vie le lui permettait : il n'a jamais commandé leur mort. Mais puisque vous êtes venus si brusquement au milieu de cette crise sanglante, vous, de la guerre de Pologne, et vous, d'Angleterre, donnez ordre que ces corps soient placés sur une haute estrade à la vue de tous, et laissez-moi dire au monde qui l'ignore encore, comment ceci est arrivé. Alors vous entendrez parler d'actes charnels, sanglants, contre nature; d'accidents expiatoires; de meurtres involontaires; de morts causées par la perfidie ou par une force majeure; et, pour dénouement, de complots retombés par méprise sur la tête des auteurs. Voilà tout ce que je puis vous raconter sans mentir.

FORTINBRAS. — Hâtons-nous de l'entendre, et convoquons les plus nobles à l'auditoire. Pour moi, c'est avec

douleur que j'accepte ma fortune : j'ai sur ce royaume
des droits non oubliés, que l'occasion propice m'invite
à revendiquer.

HORATIO. — J'ai mission aussi de parler sur ce point,
au nom de quelqu'un dont la voix en entraînera bien
d'autres. Mais agissons immédiatement, tandis que
les esprits sont encore étonnés, de peur qu'un complot
ou une méprise ne cause de nouveaux malheurs.

FORTINBRAS. — Que quatre capitaines portent Hamlet,
comme un soldat, sur l'estrade; car, sûrement, à
l'épreuve, il se fût montré un grand roi! Sur son passage, que la musique et les rites des armes parlent hautement pour lui. Qu'on enlève son corps. Un pareil
spectacle sied au champ de bataille et non à un tel lieu.
Allez! donnez ordre aux soldats de tirer les salves.

> *Les soldats emportent les corps, on entend*
> *une marche, puis une salve d'artillerie.*

FIN DE *LA TRAGÉDIE D'HAMLET*

OTHELLO

PERSONNAGES

LE DOGE de Venise.

BRABANTIO, sénateur, père de Desdémone.

D'autres SÉNATEURS.

GRATIANO, frère de Brabantio.

LODOVICO, parent de Brabantio.

OTHELLO, noble More au service de l'État de Venise.

CASSIO, son lieutenant.

IAGO, son enseigne.

RODERIGO, gentilhomme de Venise.

MONTANO, prédécesseur d'Othello comme gouverneur de Chypre.

UN BOUFFON au service d'Othello.

DESDÉMONE, fille de Brabantio et femme d'Othello.

ÉMILIA, femme d'Iago.

BIANCA, maîtresse de Cassio.

MARIN MESSAGER, HÉRAUT, OFFICIERS, GENTILHOMMES, MUSICIENS, GENS DE SUITE.

La scène : Venise, Chypre.

ACTE PREMIER

SCÈNE PREMIÈRE

Une rue à Venise.

Roderigo et Iago.

RODERIGO. — Fi! ne m'en parle pas. Je suis fort contrarié que toi, Iago, qui as usé de ma bourse, comme si les cordons t'appartenaient, tu aies eu connaissance de l'affaire.

IAGO. — Tudieu! mais vous ne voulez pas m'entendre. Si jamais j'ai songé à pareille chose, exécrez-moi.

RODERIGO. — Tu m'as dit que tu le haïssais.

IAGO. — Méprisez-moi, si ce n'est pas vrai. Trois grands de la Cité vont en personne, pour qu'il me fasse son lieutenant, le solliciter, chapeau bas; et, foi d'homme! je sais mon prix, je ne mérite pas un grade moindre. Mais lui, entiché de son orgueil et de ses idées, répond évasivement, et, dans un jargon ridicule, bourré de termes de guerre, il éconduit mes protecteurs. « Vero[1] », dit-il, *j'ai déjà choisi mon officier.* Et quel est cet officier? Morbleu! Un grand calculateur, un Michel Cassio, un Florentin, un garçon qui se ferait presque damner pour une jolie femme, qui n'a jamais rangé en

bataille un escadron, et qui ne connaît pas mieux la
manœuvre qu'une donzelle! Ne possédant que la théorie
des bouquins, sur laquelle des robins bavards peuvent
disserter aussi magistralement que lui. Un babil sans
pratique est tout ce qu'il a de militaire. N'importe! à
lui la préférence! Et moi, qui, sous les yeux de l'autre, ai
fait mes preuves à Rhodes, à Chypre et dans maints
pays chrétiens et païens, il faut que je reste en panne et
que je sois dépassé par un teneur de livres, un faiseur
d'additions! C'est lui, au moment venu, qu'on doit faire
lieutenant; et moi, je reste l'enseigne (titre que Dieu bénisse!) de Sa Seigneurie more.

RODERIGO. — Par le ciel! j'eusse préféré être son bourreau.

IAGO. — Pas de remède à cela! c'est la plaie du service.
L'avancement se fait par apostille et par faveur, et non
plus à l'ancienneté comme autrefois où le second succé-
dait au premier. Maintenant, monsieur, jugez vous-
même si, en bonne justice, j'ai la moindre raison d'aimer
le More.

RODERIGO. — Moi, je ne resterais pas sous ses ordres.

IAGO. — Oh! rassurez-vous, monsieur. Je n'y reste que
pour en tirer mon profit. Nous ne pouvons pas tous
être les maîtres, et les maîtres ne peuvent pas tous être
fidèlement servis. Vous remarquerez beaucoup de ces
marauds humbles et agenouillés qui, raffolant de leur
obséquieux servage, s'échinent, leur vie durant, comme
l'âne de leur maître, rien que pour avoir la pitance. Se
font-ils vieux, on les chasse : fouettez-moi ces honnêtes
drôles!... Il en est d'autres qui, tout en affectant les
formes et les visages du dévouement, gardent dans leur
cœur la préoccupation d'eux-mêmes, et qui, ne jetant
à leur seigneur que des semblants de dévouement, pros-
pèrent à ses dépens, puis, une fois leurs habits bien

garnis, se font hommage à eux-mêmes. Ces gaillards-là ont quelque cœur, et je suis de leur nombre, je le confesse. En effet, seigneur, aussi vrai que vous êtes Roderigo, si j'étais le More, je ne voudrais pas être Iago. En le servant, je ne sers que moi-même. Ce n'est, le ciel m'est témoin, ni l'amour ni le devoir qui me font agir, mais, sous leurs dehors, mon intérêt personnel. Si jamais je révèle par mes actions le fond de mon âme, le jour ne sera pas loin où je porterai mon cœur sur ma manche², pour le faire becqueter aux corneilles... Je ne suis pas ce que je suis.

RODERIGO. — Quelle chance a l'homme aux grosses lèvres, pour réussir ainsi!

IAGO. — Appelez le père, réveillez-le, et lui, traquez-le! Empoisonnez sa joie! Criez son nom dans les rues! Ameutez la belle-famille et, quoiqu'il habite une terre bénie, lâchez sur lui une nuée de mouches. Si pur que soit son bonheur, altérez-le du moins par tant de tourments qu'il perde de son éclat!

RODERIGO. — Voici la maison du père; je vais l'appeler à grands cris.

IAGO. — Oui! avec un accent d'effroi, avec un hurlement terrible, comme par une nuit de négligence, quand l'incendie est signalé dans une cité populaire.

RODERIGO. — Holà! Brabantio! signor Brabantio! Holà!

IAGO. — Éveillez-vous! Holà! Brabantio! Au voleur! au voleur! Ayez l'œil sur votre maison, sur votre fille et sur vos sacs! Au voleur! au voleur!

BRABANTIO, *apparaît en haut de la fenêtre*. — Quelle est la raison de cette terrible alerte? De quoi s'agit-il?

RODERIGO. — Signor, toute votre famille est-elle chez vous?

IAGO. — Vos portes sont-elles fermées?

BRABANTIO. — Pourquoi? Dans quel but me demandez-vous cela?

IAGO. — Sang-dieu! monsieur, vous êtes volé. Au nom de la pudeur, passez votre robe! Votre cœur est déchiré : vous avez perdu la moitié de votre âme! Juste en ce moment, oui, en ce moment même, un vieux bélier noir est monté sur votre blanche brebis. Levez-vous! levez-vous! Éveillez à son de cloche les citoyens en train de ronfler, ou autrement le diable va faire de vous un grand-papa. Levez-vous, vous dis-je.

BRABANTIO. — Quoi donc? Avez-vous perdu l'esprit?

RODERIGO. — Très révérend signor, est-ce que vous ne reconnaissez pas ma voix?

BRABANTIO. — Non! Qui êtes-vous?

RODERIGO. — Mon nom est Roderigo.

BRABANTIO. — Tu n'en es que plus mal venu. Je t'ai défendu de rôder autour de ma porte; tu m'as entendu dire en toute franchise que ma fille n'est pas pour toi; et voici qu'en pleine folie, repu et troublé par la boisson, tu viens, par une méchante bravade, alarmer mon repos!

RODERIGO. — Monsieur! monsieur! monsieur!

BRABANTIO. — Mais tu peux être sûr que ma colère et mon pouvoir sont assez forts pour que tu t'en repentes.

RODERIGO. — Patience, mon bon monsieur!

BRABANTIO. — Que me parlais-tu de vol? Nous sommes ici à Venise : ma maison n'est point une grange abandonnée.

RODERIGO. — Très-grave Brabantio, je viens à vous, dans toute la simplicité d'une âme pure.

IAGO. — Pardieu! monsieur, vous êtes de ces gens qui refuseraient de servir Dieu, si le diable le leur disait. Parce que nous venons vous rendre un service, vous nous prenez pour des chenapans et vous laissez couvrir votre fille par un étalon de Barbarie! Vous voulez avoir des

petits-fils qui vous hennissent au nez! Vous voulez avoir
des roussins pour cousins et des genets pour germains!

BRABANTIO. — Quel misérable païen es-tu donc, toi?

IAGO. — Je suis, monsieur, quelqu'un qui vient vous
dire que votre fille et le More sont en train de faire
la bête à deux dos.

BRABANTIO. — Tu es un drôle!

IAGO. — Vous êtes... un sénateur.

BRABANTIO, *à Roderigo.* — Tu me répondras de ceci! Je
te connais, toi, Roderigo!

RODERIGO. — Monsieur, je vous répondrai de tout.
Mais, de grâce, une question! Est-ce d'après votre désir
et votre consentement réfléchi, comme je commence à le
croire, que votre charmante fille, à cette heure indue,
par une nuit si épaisse, est allée, sous la garde pure et
simple d'un maraud de louage, d'un gondolier, se livrer
aux étreintes grossières d'un More lascif? Si vous le
savez et le permettez, alors nous avons eu envers vous le
tort d'une impudente indiscrétion. Mais, si cela se passe
à votre insu, mon savoir-vivre me dit que nous recevons
à tort vos reproches. Ne croyez pas que, m'écartant de
toute civilité, j'aie voulu jouer et plaisanter avec Votre
Honneur! Votre fille, si vous ne lui avez donné votre
permission, je le répète, s'est grossièrement rebellée, en
attachant ses devoirs, sa beauté, son esprit, sa fortune,
à un vagabond, à un étranger sans feu ni lieu. Allez
vérifier vous-même sur-le-champ. Si elle est dans sa
chambre et dans votre maison, faites tomber sur moi la
justice de l'État pour vous avoir ainsi abusé.

BRABANTIO. — Battez le briquet! Holà! donnez-moi un
flambeau! Appelez tous mes gens!... Cette aventure
ressemble fort à mon rêve; croire à sa réalité m'oppresse
déjà. De la lumière, dis-je, de la lumière!

                                        Il rentre à l'intérieur.

IAGO, *à Roderigo*. — Adieu! Il faut que je vous quitte. Il ne me paraît ni opportun ni sain, dans mon emploi, d'être assigné, comme je le serais en restant, pour déposer contre le More; car, je le sais bien, quoique ceci puisse lui attirer quelque cuisante mercuriale, l'État ne peut pas se défaire de lui sans danger. Il est engagé, par des raisons si impérieuses, dans la guerre de Chypre qui se poursuit maintenant, que, s'agît-il du salut de leurs âmes, nos hommes d'État n'en trouveraient pas un autre à sa taille pour mener leurs affaires. En conséquence, bien que je le haïsse à l'égal des peines de l'enfer, je dois, pour les nécessités du moment, arborer les couleurs, l'enseigne de l'affection, pure enseigne, en effet!... Afin de le découvrir sûrement, dirigez les recherches vers le Sagittaire[3]. Je serai là avec lui. Adieu donc!

Il sort.
Entrent, en bas, Brabantio et des serviteurs
portant des torches.

BRABANTIO. — Le mal n'est que trop vrai : elle est partie! Et ce qui me reste d'une vie méprisable n'est plus qu'amertume... Maintenant, Roderigo, où l'as-tu vue?... Oh! malheureuse fille! Avec le More, dis-tu?... Qui voudrait être père à présent? Comment l'as-tu reconnue?... Oh! elle m'a trompé incroyablement!... Que t'a-t-elle dit, à toi?... D'autres flambeaux! Qu'on réveille tous mes parents!... Sont-ils mariés, crois-tu?

RODERIGO. — De vrai, je le crois.

BRABANTIO. — Ciel! comment s'est-elle échappée? O trahison du sang! Pères, à l'avenir, ne jugez pas l'âme de vos filles, d'après ce que vous leur verrez faire... N'y a-t-il pas de sortilège pour dévoyer la jeunesse et la virginité? N'as-tu pas lu, Roderigo, quelque chose comme cela?

RODERIGO. — Oui, monsieur, certainement.

BRABANTIO. — Éveillez mon frère!... Que ne te l'ai-je donnée! Que les uns prennent cette route; les autres, celle-là!

A Roderigo.

Savez-vous où nous pourrions les surprendre, elle et le More?

RODERIGO. — Je crois que je puis le découvrir, si vous voulez prendre une bonne escorte et venir avec moi.

BRABANTIO. — De grâce, conduisez-nous! Je vais frapper à toutes les maisons; j'y puis parler en maître, au besoin. Armez-vous, holà! et appelez des officiers de nuit spéciaux! En avant, mon bon Roderigo! je vous dédommagerai de vos peines.

Ils partent.

SCÈNE II

Une autre rue

Entrent Othello, Iago et des serviteurs avec des torches.

IAGO. — Bien que j'aie tué des hommes au métier de la guerre, pour moi, la conscience par définition m'interdit de commettre des meurtres prémédités. La méchanceté se refuse parfois à me servir : neuf ou dix fois, j'ai été tenté de le trouer ici, sous les côtes.

OTHELLO. — Les choses sont mieux ainsi.

IAGO. — Non! Mais il pérorait et parlait en termes si ignobles et si provocants contre Votre Honneur,

qu'avec le peu de sainteté que vous me connaissez, j'ai
eu grand-peine à me retenir. Mais, de grâce! monsieur,
êtes-vous solidement marié? Soyez sûr que ce Magnifique
est très aimé : il a, par l'influence, une voix aussi puissante que celle du doge. Il vous fera divorcer. Il vous
opposera toutes les entraves, toutes les rigueurs d'une
loi qu'il tendra de tout son pouvoir autant qu'elle lui
laissera de corde.

OTHELLO. — Laissons parler sa colère. Les services
que j'ai rendus à la Seigneurie parleront plus fort que
ses plaintes. On ne sait pas tout encore : quand je verrai
qu'il y a honneur à s'en vanter, je révélerai que je tiens
la vie et l'être d'hommes assis sur un trône; et mes
mérites sauront, à défaut d'autres titres, répondre à la
fortune hautaine que j'ai conquise. Sache-le bien, Iago,
si je n'aimais pas la gentille Desdémone, je ne voudrais
pas restreindre mon existence, libre sous le ciel, aux
limites étroites d'un foyer, non! pour tous les trésors
de la mer. Mais vois donc! quelles sont ces lumières
là-bas?

IAGO. — C'est le père et ses amis qu'on a mis sur pied.
Vous feriez bien de rentrer.

OTHELLO. — Non pas! il faut que l'on me trouve.
Mon caractère, mon titre, ma conscience intègre, me
montreront tel que je suis. Est-ce bien eux?

IAGO. — Par Janus! je crois que non.

> *Entrent Cassio et quelques officiers avec des
> torches.*

OTHELLO. — Les gens du doge et mon lieutenant! Que
la nuit vous soit bonne, mes amis! Quoi de nouveau?

CASSIO. — Le doge vous salue, général, et vous mande
en toute hâte.

OTHELLO. — De quoi s'agit-il, à votre idée?

Cassio. — Quelque nouvelle de Chypre, je suppose. C'est une affaire qui presse. Les galères ont expédié une douzaine de messagers qui ont couru toute la nuit, les uns après les autres. Déjà beaucoup de nos consuls se sont levés et réunis chez le doge. On vous a demandé avec ardeur; et, comme on ne vous a pas trouvé à votre logis, le sénat a envoyé trois escouades différentes à votre recherche.

Othello. — Ravi que ce soit vous qui m'ayez trouvé. Le temps de dire un mot ici.

Il entre [dans la maison].

Et je pars avec vous.

Cassio. — Enseigne, que fait-il donc là?

Iago. — Sur ma foi! il a pris à l'abordage un galion de terre ferme. Si la prise est déclarée légale, sa fortune est faite à jamais.

Cassio. — Je ne comprends pas.

Iago. — Il est marié.

Cassio. — A qui donc?

Rentre Othello.

Iago. — Marié à... Allons! général, voulez-vous venir?

Othello. — Je suis à vous.

Cassio. — Voici une autre troupe qui vient vous chercher.

Entrent Brabantio, Roderigo et des Officiers portant des torches et des armes.

Iago. — C'est Brabantio! Général, prenez garde. Il vient avec de mauvaises intentions.

Othello. — Holà! arrêtez.

Roderigo, *à Brabantio.* — Seigneur, voici le More.

Brabantio. — Sus au voleur!

Ils dégainent des deux côtés.

IAGO. — C'est vous, Roderigo? Allons, monsieur, à nous deux!

OTHELLO. — Rentrez ces épées qui brillent : la rosée pourrait les rouiller.

A Brabantio.

Bon signor, vos années auront plus de pouvoir sur moi que vos armes.

BRABANTIO. — Ô toi! sale voleur, où as-tu recélé ma fille? Damné que tu es, tu l'as enchantée!... En effet, je m'en rapporte à tous les êtres de bon sens : si elle n'était pas tenue à la chaîne de la magie, est-ce qu'une fille si tendre, si belle, si heureuse, si opposée au mariage qu'elle repoussait les galants les plus somptueux et les mieux frisés du pays, aurait jamais, bravant la risée générale, couru de la tutelle de son père au sein noir de suie d'un être comme toi, fait pour effrayer et non pour plaire? Je prends l'univers à témoin. Ne tombe-t-il pas sous le sens que tu as pratiqué sur elle tes charmes hideux et abusé sa tendre jeunesse avec des drogues ou des minéraux qui affaiblissent la volonté? Je ferai examiner ça. La chose est probable et palpable à la réflexion. En conséquence, je t'appréhende et je te fais arrêter pour avoir abusé le monde et pratiqué des sciences prohibées et illicites.

Emparez-vous de lui; s'il résiste, maîtrisez-le à ses risques et périls.

OTHELLO. — Retenez vos bras, vous, mes partisans, et vous, les autres! Si ma réplique devait être à coups d'épée, je me la serais rappelée sans souffleur.

Où voulez-vous que j'aille pour répondre à votre accusation?

BRABANTIO. — En prison! jusqu'à l'heure rigoureuse où la loi, selon le cours de sa session régulière, t'appellera à répondre.

OTHELLO. — Et, si je vous obéis, comment pourrai-je satisfaire le doge, dont les messagers, ici rangés à mes côtés, doivent, pour quelque affaire d'État pressante, me conduire jusqu'à lui?

UN OFFICIER. — C'est vrai, très digne signor, le doge est en conseil; et Votre Excellence elle-même a été convoquée, j'en suis sûr.

BRABANTIO. — Comment! le doge en conseil! à cette heure de nuit!... Emmenez-le. Ma cause n'est point frivole : le doge lui-même et tous mes frères du sénat ressentiront cet affront comme personnel. Car, si de telles actions reçoivent l'impunité, des serfs et des païens seront bientôt nos gouvernants!

Ils sortent.

SCÈNE III

La salle du conseil.

Le doge et les sénateurs sont assis autour d'une table. Des Officiers de service.

LE DOGE. — Ces nouvelles sont trop contradictoires pour leur donner crédit.

PREMIER SÉNATEUR. — En effet, elles s'accordent mal. Mes lettres disent cent sept galères.

LE DOGE. — Et les miennes, cent quarante.

DEUXIÈME SÉNATEUR. — Et les miennes, deux cents. Bien qu'elles ne s'accordent pas sur le chiffre exact (vous savez que les rapports fondés sur des conjectures ont souvent des variantes), elles confirment toutes qu'une flotte turque se dirige vers Chypre.

Le Doge. — Oui! C'est assez vraisemblable. Je ne me laisse pas rassurer par les contradictions, et je considère ce fait principal comme très alarmant.

Un Matelot, *au-dehors*. — Holà! holà! holà!

Premier Officier. — Un messager des galères!

Entre le Matelot.

Le Doge. — Eh bien! qu'y a-t-il?

Le Matelot. — L'expédition turque appareille pour Rhodes. C'est ce que je suis chargé d'annoncer au gouvernement par le seigneur Angelo.

Le Doge. — Que dites-vous de ce changement?

Premier Sénateur. — Il n'a pas de motif raisonnable. C'est une feinte pour détourner notre attention. Considérons la valeur de Chypre pour le Turc; comprenons seulement que cette île est pour le Turc plus importante que Rhodes, et qu'elle lui est en même temps plus facile à emporter, puisqu'elle n'a ni l'enceinte militaire ni aucun des moyens de défense dont Rhodes est investie; songeons à cela, et nous ne pourrons pas croire que le Turc fasse la faute de renoncer à la conquête qui l'intéresse le plus et de négliger une attaque d'un succès facile, pour provoquer et risquer un danger sans profit.

Le Doge. — Non, à coup sûr, ce n'est pas à Rhodes qu'il en veut.

Premier Officier. — Voici d'autres nouvelles.

Entre un Messager.

Le Messager. — Révérends et gracieux seigneurs, les Ottomans, après avoir fait voile sur l'île de Rhodes, ont rejoint là une flotte de réserve.

Premier Sénateur. — C'est ce que je pensais... Combien de bâtiments, à votre estime?

LE MESSAGER. — Trente voiles. Maintenant ils reviennent sur leur route et dirigent franchement leur expédition sur Chypre... Le seigneur Montano, votre fidèle et très vaillant serviteur, prend la respectueuse liberté de vous en donner avis, et vous prie de le croire.

LE DOGE. — Il est donc certain que c'est contre Chypre! Est-ce que Marcus Luccicos n'est pas à la ville?

PREMIER SÉNATEUR. — Il est maintenant à Florence.

LE DOGE. — Écrivez-lui de notre part en toute diligence de revenir.

PREMIER SÉNATEUR. — Voici venir Brabantio et le vaillant More.

*Entrent Brabantio, Othello, Iago, Roderigo
et des Officiers.*

LE DOGE. — Vaillant Othello, nous avons à vous employer sur-le-champ contre l'ennemi commun, l'Ottoman.

A Brabantio.

Je ne vous voyais pas : soyez le bienvenu, noble seigneur! Vos conseils et votre aide nous ont manqué cette nuit.

BRABANTIO. — Et à moi les vôtres. Que Votre Grâce me pardonne! Ce ne sont ni mes actions ni les nouvelles publiques qui m'ont tiré de mon lit. L'intérêt général n'a pas de prise sur moi en ce moment : car une douleur personnelle ouvre en moi ses écluses avec tant de violence qu'elle engloutit et submerge les autres soucis dans son invariable plénitude.

LE DOGE. — De quoi s'agit-il donc?

BRABANTIO. — Ma fille! ô ma fille!

LE DOGE et les SÉNATEURS. — Morte?

BRABANTIO. — Oui, morte pour moi. On l'a abusée!

on me l'a volée! on l'a corrompue à l'aide de talismans et d'élixirs achetés à des charlatans. Car, sans sorcellerie, une fille normale qui n'est ni sotte, ni aveugle, ni boiteuse d'intelligence ne saurait se fourvoyer si absurdement.

LE DOGE. — Quel que soit celui qui, par d'odieux procédés, a ainsi ravi votre fille à elle-même et à vous, voici le livre sanglant de la loi. Vous en lirez vous-même la lettre rigoureuse, et vous l'interpréterez à votre guise : oui, même si mon propre fils était votre accusé.

BRABANTIO. — Je remercie humblement Votre Grâce. Voici l'homme; c'est ce More que, paraît-il, votre mandat spécial a, pour des affaires d'État, appelé ici.

LE DOGE et les SÉNATEURS. — Lui!... Nous en sommes désolés.

LE DOGE, *à Othello*. — Qu'avez-vous, de votre côté, à répondre à cela?

BRABANTIO. — Rien, sinon que cela est vrai.

OTHELLO. — Très puissants, très graves et très révérends seigneurs, mes nobles et bien-aimés maîtres, j'ai enlevé la fille de ce vieillard, c'est vrai, comme il est vrai que je l'ai épousée. Voilà le chef de mon crime; vous le voyez de front, dans toute sa grandeur. Je suis rude en mon langage, et peu doué pour l'éloquence apprêtée de la paix. Car, depuis que ces bras ont leur moelle de sept ans, ils n'ont cessé, sauf depuis ces neuf mois d'inaction, d'employer dans les camps leur plus précieuse activité; et je sais peu de chose de ce vaste monde qui n'ait rapport aux faits de guerre et de bataille. Aussi embellirai-je peu ma cause en la plaidant moi-même. Pourtant, avec votre gracieuse autorisation, je vous dirai sans façon et sans fard l'histoire entière de mon amour, et par quels philtres, par quels charmes, par quelles conjurations, par quelle puissante magie (car ce sont les moyens dont on m'accuse) j'ai séduit sa fille.

BRABANTIO. — Une enfant toujours si modeste! d'une nature si douce et si paisible qu'au moindre mouvement elle rougissait d'elle-même! devenir, en dépit de la nature, de son âge, de son pays, de sa réputation, de tout, amoureuse de ce qu'elle avait peur de regarder! Il n'y a qu'un jugement difforme et très imparfait pour déclarer que la perfection peut faillir ainsi contre toutes les lois de la nature; il faut forcément conclure à l'emploi des maléfices infernaux pour expliquer cela. J'affirme donc, encore une fois, que c'est à l'aide de mixtures toutes-puissantes sur le sang ou de quelque philtre enchanté à cet effet qu'il a agi sur elle.

LE DOGE. — Affirmer cela n'est pas le prouver. Un témoignage fait défaut, plus certain et plus évident que ces maigres apparences et que ces pauvres vraisemblances d'un air si médiocre, que vous avez retenues contre lui.

PREMIER SÉNATEUR. — Mais parlez, Othello. Est-ce par des moyens équivoques et violents que vous avez dominé et empoisonné les affections de cette jeune fille? ou bien n'avez-vous réussi que par la persuasion et par ces loyales requêtes qu'une âme soumet à une âme?

OTHELLO. — Je vous en conjure, envoyez chercher la dame au *Sagittaire,* et faites-la parler de moi devant son père. Si vous me trouvez coupable dans son récit, que non seulement votre confiance et la charge que je tiens de vous me soient retirées, mais que votre sentence retombe sur ma vie même!

LE DOGE. — Qu'on envoie chercher Desdémone!

Othello, *à Iago*. — Enseigne, conduisez-les : vous connaissez le mieux l'endroit.

Iago et quelques Officiers sortent.

En attendant qu'elle vienne, je vais, aussi franchement que je confesse au ciel les faiblesses de mon sang, expliquer nettement à votre grave auditoire comment j'ai obtenu l'amour de cette belle personne, et elle le mien.

Le Doge. — Parlez, Othello.

Othello. — Son père m'aimait; il m'invitait souvent; il me demandait l'histoire de ma vie, année par année, les batailles, les sièges, les hasards que j'avais traversés. Je retraçai tout, depuis les jours de mon enfance jusqu'au moment même où il m'avait prié de raconter. Alors je parlai d'accidents désastreux, d'aventures émouvantes sur terre et sur mer, où l'on frôlait la mort sur la brèche périlleuse, de ma capture par l'insolent ennemi, de ma vente comme esclave, de mon rachat et de ce qui suivit. Dans l'histoire de mes voyages, des antres profonds, des déserts arides, d'âpres fondrières, des rocs et des montagnes dont la cime touche le ciel s'offraient à mon récit : je les y plaçai. Je parlai des cannibales qui s'entre-dévorent, des anthropophages et des hommes qui ont la tête au-dessous des épaules. Desdémone montrait une curiosité passionnée à m'écouter; quand les affaires de la maison l'appelaient ailleurs, elle les dépêchait toujours au plus vite, et revenait, et de son oreille affamée elle dévorait mes paroles. Ayant remarqué cela, je saisis une heure favorable, et je trouvai moyen d'arracher du fond de son cœur le souhait que je lui fisse la narration entière de mes explorations, qu'elle ne connaissait que par des fragments sans suite. J'y consentis, et souvent je lui dérobai des larmes, quand je parlai de quelque catastrophe qui avait frappé ma jeunesse. Mon histoire terminée, elle me donna pour ma peine un monde de soupirs; elle jura qu'en vérité cela était étrange, plus qu'étrange, attendrissant, prodigieusement attendrissant; elle eût voulu ne pas l'avoir entendu, mais elle eût voulu aussi que le Ciel eût fait pour elle un pareil homme! Elle me remercia, et me dit que, si j'avais un ami qui l'aimait, je lui apprisse seulement à répéter mon histoire, et que cela suffirait à la conquérir. Sur cette insinuation, je parlai : elle m'aimait pour les dangers que j'avais traversés, et je l'aimais pour la sympathie qu'elle y avait prise. Telle est la sorcellerie dont j'ai usé... Mais voici ma dame qui vient; qu'elle-même en témoigne!

Entrent Desdémone, Iago et les Officiers.

Le Doge. — Il me semble qu'une telle histoire séduirait ma fille aussi. Bon Brabantio, réparez aussi bien que possible cet éclat. Il vaut encore mieux se servir d'une arme brisée que de rester les mains nues.

Brabantio. — De grâce, écoutez-la! Si elle confesse qu'elle a fait la moitié des avances, que la ruine soit sur ma tête si mon injuste blâme tombe sur cet homme!... Approchez, belle demoiselle! Distinguez-vous dans cette noble compagnie celui à qui vous devez le plus d'obéissance?

Desdémone. — Mon noble père, je vois ici un double devoir pour moi. A vous je dois la vie et l'éducation, et ma vie et mon éducation m'apprennent également à vous respecter. Vous êtes mon seigneur selon le devoir... Jusque-là je suis votre fille.

Mais voici mon mari! Et autant ma mère montra de dévouement pour vous, en vous préférant à son père même, autant je prétends en témoigner légitimement au More, mon seigneur.

BRABANTIO. — Dieu soit avec vous! Je n'ai plus rien à dire. [*Au Doge*.] Plaise à Votre Grâce de passer aux affaires d'État!... Que n'ai-je adopté un enfant plutôt que d'en faire un!

[*A Othello*.] Approche, More. Je te donne de tout mon cœur ce que je t'aurais, si tu ne le possédais déjà, refusé de tout mon cœur.

[*A Desdémone*.] Grâce à toi, mon bijou, je suis heureux dans l'âme de n'avoir pas d'autres enfants; car ton escapade m'eût appris à les tyranniser et à les tenir à l'attache... J'ai fini, monseigneur.

LE DOGE. — Laissez-moi parler à votre place, et placer une maxime qui serve à ces amants de degré, de marchepied pour remonter à votre faveur. Une fois irrémédiables, les maux sont terminés par la vue du pire qui put nous inquiéter naguère. Gémir sur un malheur passé et disparu est le plus sûr moyen d'attirer un nouveau malheur. Lorsque la fortune nous prend ce que nous ne pouvons garder, la patience rend son injure dérisoire. Le volé qui sourit dérobe quelque chose au voleur. C'est se voler soi-même que dépenser une douleur inutile.

BRABANTIO. — Ainsi, que le Turc nous vole Chypre! nous n'aurons rien perdu, tant que nous pourrons sourire! Il reçoit bien les conseils, celui qui ne reçoit en les écoutant qu'un soulagement superflu. Mais celui-là reçoit une peine en même temps qu'un conseil, qui n'est quitte avec le chagrin qu'en empruntant à la pauvre patience. Ces sentences, tout sucre ou tout fiel, ont une puissance fort équivoque. Les mots ne sont que des mots, et je n'ai jamais ouï dire que dans un cœur meurtri on pénétrât par l'oreille... Je vous en prie humblement, procédons aux affaires de l'État.

LE DOGE. — Le Turc se porte sur Chypre avec un armement considérable. Othello, les ressources de cette

place sont connues de vous mieux que de personne.
Aussi, quoique nous ayons là un lieutenant d'une capacité bien prouvé, l'opinion, cette arbitre souveraine des
décisions, vous adresse son appel de suprême confiance.
Il faut donc que vous vous résigniez à assombrir l'éclat
de votre nouvelle fortune par les orages de cette rude
expédition.

OTHELLO. — Très graves sénateurs, ce tyran, l'Habitude, a fait de la couche de la guerre, couche de pierre
et d'acier, le lit de plume le plus doux pour moi. Je le
déclare, je ne trouve mon activité, mon énergie naturelle, que dans une vie dure. Je me charge de cette
guerre contre les Ottomans. En conséquence, humblement incliné devant votre gouvernement, je demande
pour ma femme une situation convenable, les privilèges
et le traitement dus à son rang, avec une résidence et un
train en rapport avec sa naissance.

LE DOGE. — Si cela vous plaît, elle peut aller chez son
père.

BRABANTIO. — Je n'y consens pas.

OTHELLO. — Ni moi.

DESDÉMONE. — Ni moi. Je n'y voudrais pas résider, de
peur de provoquer l'impatience de mon père en restant
sous ses yeux. Très gracieux doge, prêtez à mes explications une oreille indulgente, et laissez-moi trouver
dans votre suffrage une charte qui protège ma faiblesse.

LE DOGE. — Que désirez-vous, Desdémone ?

DESDÉMONE. — Si j'ai aimé le More assez pour vivre
avec lui, ma révolte éclatante et mes violences à la destinée peuvent le trompetter au monde. Mon cœur a
revêtu la nature même de mon mari. C'est dans le génie
d'Othello que j'ai vu son visage ; et c'est à sa gloire et à
ses vaillantes qualités que j'ai consacré mon âme et ma
fortune. Aussi, chers seigneurs, si l'on me laissait ici,

chrysalide de la paix, tandis qu'il part pour la guerre, on m'enlèverait les épreuves pour lesquelles je l'aime, et cette douloureuse absence me ferait subir un pénible intérim. Laissez-moi partir avec lui!

OTHELLO. — Donnez-lui votre consentement! Je vous en conjure. Si je vous le demande, ce n'est pas pour flatter le goût de ma passion ni pour assouvir mes sens, moi qui ne ressens plus les élans de la jeunesse mais bien pour déférer généreusement à son vœu. Que le Ciel défende vos bonnes âmes de cette pensée que sa présence me fera négliger votre sérieuse et grave mission! Si jamais, dans ses jeux volages, Cupidon ailé émoussait par une voluptueuse langueur mes facultés spéculatives et actives, si jamais les plaisirs corrompaient et altéraient mes devoirs, que les ménagères fassent un chaudron de mon casque, et que tous les outrages et tous les affronts conjurés s'attaquent à mon renom!

LE DOGE. — Décidez entre vous si elle doit partir ou rester. L'affaire exige qu'on se hâte! Votre promptitude doit y répondre. Il faut que vous soyez en route cette nuit.

DESDÉMONE. — Cette nuit, monseigneur?

LE DOGE. — Cette nuit même.

OTHELLO. — De tout mon cœur.

LE DOGE, *aux Sénateurs*. — A neuf heures du matin, nous nous retrouverons ici. Othello, laissez derrière vous un officier : il vous portera notre brevet et toutes les concessions de titres et d'honneurs importantes pour vous.

OTHELLO. — S'il plaît à Votre Grâce, ce sera mon enseigne, un homme de probité et de confiance. C'est lui que je charge d'escorter ma femme et de me remettre tout ce que votre gracieuse Seigneurie jugera nécessaire de m'envoyer.

Le Doge. — Soit!... Bonne nuit à tous!

A Brabantio.

Eh! noble signor, s'il est vrai que la vertu a tout l'éclat de la beauté, vous avez un gendre plus brillant qu'il n'est noir.

Premier Sénateur. — Adieu, brave More! Rendez heureuse Desdémone.

Brabantio. — Veille sur elle, More. Aie l'œil prompt à tout voir. Elle a trompé son père; elle pourrait bien te tromper.

Le Doge, les Sénateurs et les Officiers sortent.

Othello. — Ma vie, sur sa foi!... Honnête Iago, il faut que je te laisse ma Desdémone; mets, je te prie, ta femme à son service, et amène-les au premier moment favorable... Viens, Desdémone, je n'ai qu'une heure d'amour, de loisirs et questions pratiques à passer avec toi. Il faut se soumettre aux événements.

Othello et Desdémone sortent.

Roderigo. — Iago!

Iago. — Que dis-tu, noble cœur?

Roderigo. — Que crois-tu que je vais faire?

Iago. — Pardieu! te coucher et dormir.

Roderigo. — Je vais incontinent me noyer.

Iago. — Si tu le fais, je ne t'aimerai plus après. Niais que tu es!

Roderigo. — La niaiserie est de vivre quand la vie est un tourment. Mourir nous est prescrit quand la mort est notre médecin.

Iago. — Oh! le lâche!... Voilà quatre fois sept ans que je considère le monde; et, depuis que je peux distinguer un bienfait d'une injure, je n'ai jamais trouvé un homme qui sût s'aimer. Avant de pouvoir dire que je vais me noyer pour l'amour de quelque guenon, je consens à être changé en babouin.

Roderigo. — Que faire? J'avoue ma honte d'être ainsi épris; mais il ne dépend pas de ma vertu d'y remédier.

Iago. — Ta vertu! Quelle blague! Il ne tient qu'à nous d'être ceci ou cela. Notre corps est notre jardin, et notre volonté en est le jardinier. Voulons-nous y cultiver des orties ou y semer la laitue, y planter l'hysope et en sarcler le thym, le garnir d'une seule espèce d'herbe ou d'un choix varié, le stériliser par la paresse ou l'engraisser par le travail? eh bien! le pouvoir de tout modifier souverainement est dans notre volonté. Si la balance de la vie n'avait pas le plateau de la raison pour contrepoids à celui de la sensualité, notre tempérament et la bassesse de nos instincts nous conduiraient aux plus fâcheuses conséquences. Mais nous avons la raison pour refroidir nos passions furieuses, nos élans charnels, nos désirs effrénés. D'où je conclus que ce que vous appelez l'amour n'est qu'une végétation greffée ou parasite.

Roderigo. — Impossible!

Iago. — L'amour n'est qu'une débauche du sang et une concession de la volonté... Allons! sois un homme. Te noyer, toi! On noie les chats et leur portée aveugle. J'ai fait profession d'être ton ami et je m'avoue attaché à ton service par des câbles d'une ténacité durable. Or, je ne pourrai jamais t'assister plus utilement qu'à présent... Mets de l'argent dans ta bourse, suis l'expédition, altère ton visage avec une barbe d'emprunt... Je le répète, mets de l'argent dans ta bourse... Il est impossible que Desdémone conserve longtemps son amour pour le More... Mets de l'argent dans ta bourse... et le More son amour pour elle. Le début a été violent, la séparation sera à l'avenant, tu verras!... Sur-

tout mets de l'argent dans ta bourse... Ces Mores ont
la volonté changeante... Remplis bien ta bourse... La
nourriture, qui maintenant est pour lui aussi savou-
reuse qu'une grappe d'acacia, lui sera bientôt aussi
amère que la coloquinte. Quant à elle, si jeune, il faut
bien qu'elle change. Dès qu'elle se sera rassasiée de ce
corps-là, elle reconnaîtra l'erreur de son choix. Il faut
bien qu'elle change, il le faut!... Par conséquent, mets de
l'argent dans ta bourse. Si tu dois absolument te damner, trouve un moyen plus délicat que de te noyer... Réunis
tout l'argent que tu pourras... Si la sainteté d'un serment
fragile échangé entre un aventurier barbare et une rusée
Vénitienne n'est pas trop résistante pour ma jugeote et
pour toute la tribu de l'enfer, tu jouiras de cette femme.
Aussi, trouve de l'argent... Peste soit de la noyade! Elle est
bien loin de ton chemin. Cherche plutôt à te faire pendre
une fois ta jouissance obtenue qu'à aller te noyer avant.

RODERIGO. — Te dévoueras-tu à mes espérances, si je
me rattache à cette solution?

IAGO. — Tu es sûr de moi. Va! trouve de l'argent. Je te
l'ai dit souvent et je te le redis : je hais le More. Mes
griefs m'emplissent le cœur; tes raisons ne sont pas
moindres. Liguons-nous pour nous venger de lui. Si tu
peux le faire cocu, tu te donneras un plaisir, et à moi
une récréation. Il y a dans la matrice du temps bien des
événements dont il va accoucher. En campagne! Va!
munis-toi d'argent. Demain nous reparlerons de ceci.
Adieu!

RODERIGO. — Où nous reverrons-nous dans la mati-
née?

IAGO. — A mon logis.

RODERIGO. — Je serai chez toi de bonne heure.

IAGO. — Bon! Adieu! M'entendez-vous bien, Roderigo?

RODERIGO. — Que dites-vous?

IAGO. — Plus de noyade! Entendez-vous?

RODERIGO. — Je suis changé.

IAGO. — Allons, adieu. Remplissez bien votre bourse.

RODERIGO. — Je vais vendre toutes mes terres.

Il sort.

IAGO. — Voilà comment toujours ma dupe me sert de bourse. Car ce serait profaner le trésor de mon expérience que de dépenser mon temps avec une pareille bécasse sans en retirer plaisir et profit. Je hais le More. Le bruit court qu'il a, entre mes draps, rempli mon office d'époux. J'ignore si c'est vrai; mais, moi, sur un simple soupçon de ce genre, j'agirai comme sur la certitude. Il fait cas de moi. Je n'en agirai que mieux sur lui pour ce que je veux... Cassio est un homme convenable... Voyons maintenant... Obtenir sa place et donner pleine envergure à ma vengeance : coup double! Comment? comment? Voyons... Au bout de quelque temps, faire croire à Othello que Cassio est trop familier avec sa femme. Cassio a une personne, des manières caressantes, qui prêtent au soupçon; il est bâti pour rendre les femmes infidèles. Le More est une nature franche et ouverte qui croit honnêtes les gens, pour peu qu'ils le paraissent : il se laissera mener par le nez aussi docilement qu'un âne. Je tiens le plan : il est conçu. Il faut que l'enfer et la nuit produisent à la lumière du monde ce monstrueux embryon!

Il sort.

ACTE II

SCÈNE PREMIÈRE

Un port de mer à Chypre.
Une place, près du quai.

Entrent Montano et deux Gentilshommes.

MONTANO. — Que pouvez-vous distinguer en mer du cap?

PREMIER GENTILHOMME. — Rien du tout, tant les vagues sont élevées! Entre le ciel et la pleine mer, je ne puis découvrir une voile.

MONTANO. — Il me semble que le vent a parlé bien haut à terre; jamais plus rudes rafales n'ont ébranlé nos créneaux. S'il a fait autant de vacarme sur mer, quels sont les flancs de chêne qui auront pu rester mortaisés sous de tels assauts? Qu'est-ce que cela nous présage?

DEUXIÈME GENTILHOMME. — La dispersion de la flotte turque. Pour peu qu'on se tienne sur la plage écumante, les flots irrités semblent lapider les nuages; la lame, secouant au vent sa haute et monstrueuse crinière, semble lancer l'eau sur l'ourse flamboyante et noyer les feux du Pôle immuable. Je n'ai jamais vu pareille agitation sur la vague enragée.

Montano. – Si la flotte turque n'était pas réfugiée dans quelque baie, elle a sombré. Il lui est impossible d'y tenir.

Entre un troisième Gentilhomme.

Troisième Gentilhomme. – Des nouvelles, mes enfants! Nos guerres sont finies! Cette désespérée tempête a si bien étrillé les Turcs que leurs projets sont éclopés. Un noble navire, venu de Venise, a vu le sinistre naufrage et la détresse de presque toute leur flotte.

Montano. – Quoi! vraiment?

Troisième Gentilhomme. – Le navire est ici mouillé, un bâtiment véronais. Michel Cassio, lieutenant du belliqueux More Othello, a débarqué; le More lui-même est en mer et vient à Chypre avec des pleins pouvoirs.

Montano. – J'en suis content : c'est un digne gouverneur.

Troisième Gentilhomme. – Mais ce même Cassio, tout en parlant avec satisfaction du désastre des Turcs, paraît fort triste, et prie pour le salut du More : car ils ont été séparés au plus fort de cette sombre tempête.

Montano. – Fasse le Ciel qu'il soit sauvé! J'ai servi sous lui, et l'homme commande en parfait soldat... Eh bien! allons sur le rivage. Nous verrons le vaisseau qui vient d'atterrir, et nous chercherons des yeux le brave Othello jusqu'au point où la mer et l'azur aérien se confondent pour nos regards.

Troisième Gentilhomme. – Oui, allons! Car chaque minute peut nous amener un nouvel arrivage.

Arrive Cassio.

Cassio, *à Montano.* — Merci à vous, vaillant de cette île guerrière, qui appréciez si bien le More! Oh! puissent les cieux le défendre contre les éléments, car je l'ai perdu sur une dangereuse mer!

Montano. — Est-il sur un bon navire?

Cassio. — Son bâtiment est fortement charpenté, et le pilote a la réputation d'une expérience consommée. Aussi mon espoir, sans être gonflé à en crever, est copieusement nourri.

Voix au dehors. — Une voile! une voile! une voile!

Entre un quatrième Gentilhomme.

Cassio. — Quel est ce bruit?

Quatrième Gentilhomme. — La ville est déserte. Sur le front de la mer se presse un tas de gens qui crient : une voile!

Cassio. — Mes pressentiments me désignent là le gouverneur.

On entend le canon.

Deuxième Gentilhomme. — Ils tirent la salve de courtoisie : ce sont des amis, en tout cas.

Cassio. — Je vous en prie, monsieur, partez et revenez nous dire au juste qui vient d'arriver.

Deuxième Gentilhomme. — J'y vais. *Il sort.*

Montano. — Ah çà! bon lieutenant, votre général est-il marié?

Cassio. — Oui, et très heureusement : celle qu'il a conquise décourage les descriptions de la renommée en délire; une fille qui dépasse les éloges des plumes louangeuses, et qui, dans l'étoffe essentielle de sa nature, porte toutes les perfections... *Le deuxième Gentilhomme rentre.*

Eh bien! qui vient d'atterrir?

DEUXIÈME GENTILHOMME. — C'est un certain Iago,
enseigne du général.

CASSIO. — Il a eu la plus favorable et la plus heureuse
traversée. Les tempêtes elles-mêmes, les hautes lames,
les vents hurleurs, les rocs hérissés, les bancs de sable,
ces traîtres embusqués pour arrêter la quille inoffensive,
ont, comme s'ils avaient le sentiment de la beauté, oublié
leurs instincts destructeurs et laissé passer saine et sauve
la divine Desdémone.

MONTANO. — Quelle est cette femme?

CASSIO. — C'est celle dont je parlais, le capitaine de
notre grand capitaine! Confiée au hardi Iago, pour qu'il la
conduise, elle débarque, devançant de sept jours nos pensées. Grand Jupiter! protège Othello, et enfle sa voile de
ton souffle puissant : puisse-t-il vite réjouir cette baie de
son beau navire, revenir tout palpitant d'amour dans les
bras de Desdémone, et, rallumant la flamme dans nos esprits éteints, rassurer Chypre tout entière!... Oh! regardez!

> *Entrent Desdémone, Émilia, Iago, Roderigo*
> *et leur suite.*

Le trésor du navire est arrivé au rivage! Vous, gens de
Chypre, à genoux devant elle! Salut à toi, notre dame!
Que la grâce du ciel soit devant et derrière toi et à tes
côtés, et rayonne autour de toi!

DESDÉMONE. — Merci, vaillant Cassio! Quelles nouvelles pouvez-vous me donner de monseigneur?

CASSIO. — Il n'est pas encore arrivé. Tout ce que je
sais, c'est qu'il va bien et sera bientôt ici.

DESDÉMONE. — Oh! j'ai peur pourtant... Comment
vous êtes-vous perdus de vue?

CASSIO. — Cette grande querelle de la mer et du ciel
nous a séparés... Mais écoutez!

> *Cris, au loin.*

Une voile! une voile!

> *On entend le canon.*

DEUXIÈME GENTILHOMME. — Ils font leur salut à la citadelle : c'est encore un navire ami.

CASSIO. — Allez aux nouvelles.

> *Le Gentilhomme sort.*

Cher enseigne, vous êtes le bienvenu!

> *A Émilia.*

La bienvenue, dame!... Que votre patience, bon Iago, ne se blesse pas de la liberté de mes manières! c'est mon éducation qui me donne cette familiarité de courtoisie.

> *Il embrasse Émilia.*

IAGO. — Monsieur, si elle était pour vous aussi généreuse de ses lèvres qu'elle est pour moi prodigue de sa langue, vous en auriez bien vite assez.

DESDÉMONE. — Hélas! elle ne parle pas!

IAGO. — Beaucoup trop, ma foi! Je m'en aperçois toujours quand j'ai envie de dormir. Dame, j'avoue que devant Votre Grâce elle renfonce un peu sa langue dans son cœur et ne grogne qu'en pensée.

ÉMILIA. — Vous n'avez guère motif de parler ainsi.

IAGO. — Allez! allez! vous autres femmes, vous êtes des images hors de chez vous, des clochettes dans vos boudoirs, des chats sauvages dans vos cuisines, des saintes dans vos offenses et des démons quand on vous offense, des flâneuses dans vos ménages, des ménagères dans vos lits.

DESDÉMONE. — Oh, fi! calomniateur!

IAGO. — Je suis Turc, si cela n'est pas vrai! Vous vous levez pour flâner, et vous vous mettez au lit pour travailler.

Émilia. — Je ne vous chargerai pas d'écrire mon éloge.

Iago. — Certes, vous ferez bien.

Desdémone. — Qu'écrirais-tu de moi si tu avais à me louer?

Iago. — Ah! noble dame, ne m'en chargez pas. Je ne suis qu'un critique.

Desdémone. — Allons! essaie... On est allé au port, n'est-ce pas?

Iago. — Oui, madame.

Desdémone. — Je suis loin d'être gaie; mais je masque ce que je suis, en affectant d'être le contraire. Voyons! que dirais-tu à mon éloge?

Iago. — Je cherche; mais, en vérité, mon idée tient à ma caboche, comme la glu à la frisure; elle arrache la cervelle et le reste. Enfin, ma muse est en travail, et voici ce dont elle accouche :

> Si une femme a le teint et l'esprit clairs,
> Elle montre son esprit en faisant montre de son teint.

Desdémone. — Bien loué! Et si elle est noire et spirituelle?

Iago.

> Si elle est noire et qu'elle ait de l'esprit,
> Elle trouvera certain blanc qui ira bien à sa noirceur.

Desdémone. — De pire en pire!

Émilia. — Et si la belle est bête?

Iago.

> Celle qui est belle n'est jamais bête :
> Car elle a toujours assez d'esprit pour avoir un héritier.

Desdémone. — Ce sont de vieux paradoxes absurdes pour faire rire les sots dans un cabaret. Quel misérable éloge as-tu pour celle qui est laide et bête?

IAGO.

Il n'est de laid si bête
Qui ne fasse d'aussi vilaines farces qu'une belle d'esprit.

DESDÉMONE. — Oh! la lourde bévue! La pire est celle que tu vantes le mieux! Mais quel éloge accorderas-tu donc à une femme réellement méritante, à une femme qui, en attestation de sa vertu, peut à juste titre invoquer le témoignage de la malveillance elle-même?

IAGO.

Celle qui, toujours jolie, ne fut jamais coquette,
Qui, ayant la parole libre, n'a jamais eu le verbe haut,
Qui, ayant toujours de l'or, ne s'est jamais montrée fastueuse,
Celle qui s'est détournée d'un désir en disant : « Je pourrais bien! »
Qui, étant en colère et tenant sa vengeance,
A gardé son offense et chassé son déplaisir,
Celle qui ne fut jamais assez frêle en sagesse
Pour échanger une tête de morue contre une queue de saumon,
Celle qui a pu penser et n'a pas révélé son idée,
Qui s'est vu suivre par des galants et n'a pas tourné la tête,
Cette créature-là, si elle fut jamais, est bonne.

DESDÉMONE. — A quoi?

IAGO.

A faire téter des niais et à papoter.

DESDÉMONE. — Oh! quelle conclusion boiteuse et impotente!... Ne prends pas leçon de lui, Émilia, bien qu'il soit ton mari... Que dites-vous, Cassio? Voilà, n'est-ce pas, un conseiller bien profane et bien licencieux?

CASSIO. — Il parle sans façon, madame : vous trouverez en lui le soldat de meilleur goût que l'érudit.

IAGO. — Il la prend par le creux de la main... Oui, bien dit! Chuchote, va! Une toile d'araignée aussi mince me suffira pour attraper cette grosse mouche de Cassio. Oui, souris-lui, va! Je te garrotterai dans ta propre courtoisie... Vous dites vrai, c'est bien ça. Si ces grimaces-là vous enlèvent votre grade, lieutenant, vous auriéz mieux fait de ne pas baiser si souvent vos trois doigts, comme sans doute vous allez le faire encore pour jouer au beau sire!

Très bien! bien baisé! excellente courtoisie! c'est cela, ma foi! Oui, encore vos doigts à vos lèvres! Puissent-ils être pour vous autant de canules de clystère!

Fanfares.

Le More! Je reconnais sa trompette.

CASSIO. — C'est vrai.

DESDÉMONE. — Allons au-devant de lui pour le recevoir.

CASSIO. — Ah! le voici qui vient.

Entre Othello avec sa suite.

OTHELLO. — O ma belle guerrière!

DESDÉMONE. — Mon cher Othello!

OTHELLO. — C'est pour moi une surprise égale à mon ravissement de vous voir ici avant moi. O joie de mon âme! Si après chaque tempête viennent de pareils calmes, puissent les vents souffler jusqu'à réveiller la mort! Puisse ma barque s'évertuer à gravir sur les mers des sommets hauts comme l'Olympe, et à replonger ensuite aussi loin que l'enfer l'est du ciel! Si le moment était venu de mourir, ce serait maintenant le bonheur suprême; car j'ai peur, tant le contentement de mon âme est absolu, qu'il n'y ait pas un ravissement pareil à celui-ci dans l'avenir inconnu de ma destinée!

DESDÉMONE. — Fasse le Ciel, au contraire, que nos amours et nos joies augmentent avec nos années!

OTHELLO. — Dites amen à cela, adorables puissances! Je ne puis pas expliquer ce ravissement. Il m'étouffe... C'est trop de joie. Tiens! tiens encore!

Que ce soient là les plus grands désaccords qui naî-
tront dans nos cœurs!

IAGO, *à part.* — Oh! vous êtes en harmonie à présent!
Mais je détendrai les cordes qui font cette belle harmonie,
foi d'honnête homme!

OTHELLO. — Allons au château!... Vous savez la nouvelle, amis? nos guerres sont terminées, les Turcs sont
noyés.

Comment vont nos vieilles connaissances de cette île?

Ma douce, on va bien vous désirer à Chypre! J'ai
rencontré ici une grande sympathie. O ma charmante,
je bavarde sans ruse, et je raffole de mon bonheur...
Je t'en prie, bon Iago, va dans la baie, et fais débarquer
mes coffres! Ensuite amène le patron à la citadelle;
c'est un brave, et son mérite réclame maints égards...
Allons, Desdémone!... Encore une fois, quel bonheur
de nous retrouver à Chypre!

Tous sortent, sauf Iago et Roderigo.

IAGO. — Viens me rejoindre immédiatement au port...
Approche... Si tu es un vaillant, s'il est vrai, comme on
le dit, que les hommes timides, une fois amoureux, ont
dans le caractère une noblesse au-dessus de leur nature,
écoute-moi. Le lieutenant est de service cette nuit dans la
cour des gardes... Mais d'abord il faut que je te dise
ceci... Desdémone est éperdûment amoureuse de lui.

RODERIGO. — De lui? Bah! Ce n'est pas possible.

IAGO, *mettant son index sur sa bouche.* — Mets ton doigt
comme ceci, et que ton âme s'instruise! Remarque-moi
avec quelle violence elle s'est d'abord éprise du More,
simplement pour les fanfaronades et les mensonges
fantastiques qu'il lui disait. Continuera-t-elle de
l'aimer pour son bavardage? Que ton cœur discret n'en
croie rien! Il faut que ses yeux soient assouvis; et quel

plaisir trouvera-t-elle à regarder le diable? Quand
l'ardeur est émoussée par le déduit, pour l'enflammer
de nouveau et pour donner à la satiété un nouvel appétit, il faut une séduction dans les dehors, une sympathie d'années, de manière et de beauté, qui manquent
au More. Eh bien! faute de ces agréments nécessaires,
sa délicate tendresse se trouvera déçue; le cœur lui
lèvera, et elle prendra le More en dégoût, en horreur;
sa nature même la décidera et la forcera à faire un
second choix. Maintenant, mon cher, ceci accordé (et ce
sont des prémisses très concluantes et très raisonnables),
qui est placé plus haut que Cassio sur les degrés de
cette bonne fortune? Un drôle si souple, qui a tout
juste assez de conscience pour affecter les formes d'une
civile et généreuse bienséance, afin de mieux satisfaire
la passion libertine et lubrique qu'il cache! Non, personne n'est mieux placé que lui, personne! Un drôle
intrigant et subtil, un trouveur d'occasions! Un faussaire
qui peut extérieurement contrefaire toutes les qualités,
sans jamais présenter une qualité de bon aloi! Un drôle
diabolique!... Et puis, le drôle est beau, il est jeune,
il a en lui tous les avantages que peut souhaiter la folie
d'une verte imagination! C'est une vraie peste que ce
drôle! et la femme l'a déjà attrapé!

RODERIGO. — Je ne puis croire cela d'elle. Elle est
pleine des plus angéliques inclinations.

IAGO. — Angélique queue de figue! Le vin qu'elle boit
est fait de grappes. Si elle était angélique à ce point, elle
n'aurait jamais aimé le More. Angélique crème fouet-
tée!... N'as-tu pas vu son manège avec la main de Cassio? N'as-tu pas remarqué?

RODERIGO. — Oui, certes : c'était de la pure courtoisie.

IAGO. — Pure paillardise, j'en jure par cette main!
C'est l'index, obscur prologue d'une histoire de luxure

et de pensées impures. Leurs lèvres étaient si rapprochées que leurs haleines se baisaient. Pensées fort vilaines, Roderigo! Quand de pareilles réciprocités ont frayé la route, arrive bien vite le maître exercice, la conclusion faite chair. Pish!... Mais laissez-vous diriger par moi, monsieur, par moi qui vous ai amené de Venise. Soyez de garde cette nuit. Pour la consigne, je vais vous la donner. Cassio ne vous connaît pas... Je ne serai pas loin de vous... Trouvez quelque prétexte pour irriter Cassio soit en parlant trop haut, soit en contrevenant à sa discipline, soit par tout autre moyen à votre convenance que les circonstances vous fourniront mieux encore.

RODERIGO. — Bon!

IAGO. — Il est vif, monsieur, et très prompt à la colère; et peut-être vous frappera-t-il de son bâton. Provoquez-le à le faire, car de cet incident je veux faire naître parmi les gens de Chypre une émeute qui ne pourra se calmer sérieusement que par la destitution de Cassio. Alors vous abrégerez la route à vos désirs par les moyens que je mettrai à leur disposition, dès qu'aura été très utilement écarté l'obstacle qui s'oppose à tout espoir de succès.

RODERIGO. — Je ferai cela si vous pouvez m'en fournir l'occasion.

IAGO. — Compte sur moi. Viens tout à l'heure me rejoindre à la citadelle. Il faut que je débarque ses bagages. Au revoir!

RODERIGO. — Adieu!

Il sort.

IAGO. — Que Cassio l'aime, je le crois volontiers; qu'elle l'aime, lui, c'est logique et très vraisemblable. Le More, quoique je ne puisse pas le souffrir, est une fidèle, aimante et noble nature, et j'ose croire qu'il sera pour

Desdémone le plus tendre mari. Et moi aussi, je l'aime!
non pas absolument par convoitise (quoique par aventure
je puisse être coupable d'un si gros péché), mais plutôt
par besoin de nourrir ma vengeance; car je soupçonne
fort le More lascif d'avoir sailli à ma place. Cette pensée,
comme un poison minéral, me ronge intérieurement; et
mon âme ne peut pas être et ne sera pas satisfaite avant
que nous soyons manche à manche, femme pour femme,
ou tout au moins avant que j'aie inspiré au More une
jalousie si forte que la raison ne puisse plus la guérir.
Pour en venir là, si ce pauvre limier vénitien, dont je tiens
en laisse l'impatience, reste bien en arrêt, je mettrai notre
Michel Cassio sur le flanc. J'abuserai le More sur son
compte de la façon la plus grossière (car je crains que
Cassio ne mette lui aussi mon bonnet de nuit), et je me
ferai remercier, aimer et récompenser par le More, pour
avoir fait de lui un âne insigne et avoir altéré son repos
et sa confiance jusqu'à la folie.

L'idée est là, mais confuse encore. La fourberie ne
montre son vrai visage que dans l'action.

Il sort.

SCÈNE II

Une rue.

*Entre un héraut portant une proclamation et
suivi de la foule.*

Le Héraut. — C'est le bon plaisir d'Othello, notre
noble et vaillant général, que tous célèbrent comme un
triomphe l'arrivée des nouvelles certaines annonçant

l'entière destruction de la flotte turque, les uns en dansant, les autres en faisant des feux de joie, en se livrant chacun aux divertissements et aux réjouissances où l'entraîne son goût. Car, outre ces bonnes nouvelles, on fête aujourd'hui les noces du général. Voilà ce qu'il lui a plu de faire proclamer. Tous les offices du château sont ouverts, et il y a pleine liberté d'y banqueter depuis le moment présent, cinq heures de relevée, jusqu'à ce que la cloche ait sonné onze heures. Dieu bénisse l'île de Chypre et notre noble général, Othello!

Il va plus loin.

SCÈNE III

Une salle du château.

Entrent Othello, Desdémone, Cassio et des serviteurs.

OTHELLO. — Mon bon Michel, veillez à la garde cette nuit : sachons contenir le plaisir dans l'honorable limite de la modération.

CASSIO. — Iago a reçu les instructions nécessaires. Néanmoins, je veux de mes propres yeux tout inspecter.

OTHELLO. — Iago est très honnête. Bonne nuit, Michel! Demain, de très bonne heure, j'aurai à vous parler.

A Desdémone.

Venez, cher amour! L'acquisition faite, l'usufruit doit s'ensuivre; ce profit est encore à venir entre vous et moi.

A Cassio.

Bonne nuit !

Sortent Othello, Desdémone et leur suite.
Entre Iago.

CASSIO. — Vous êtes le bienvenu, Iago ! rendons-nous à notre poste.

IAGO. — Pas encore, lieutenant : il n'est pas dix heures. Notre général ne nous a renvoyés si vite que par amour pour sa Desdémone. Ne l'en blâmons pas. Il n'a pas encore fait nuit joyeuse avec elle, et la fête est digne de Jupiter.

CASSIO. — C'est une femme bien exquise.

IAGO. — Et, je vous le garantis, pleine de ressources.

CASSIO. — Vraiment, c'est une créature d'une fraîcheur, d'une délicatesse suprême.

IAGO. — Quel regard elle a ! il me semble qu'il bat la chamade de la provocation.

CASSIO. — Le regard engageant, et pourtant, ce me semble, parfaitement modeste.

IAGO. — Et quand elle parle, n'est-ce pas le tocsin de l'amour ?

CASSIO. — Vraiment, elle est la perfection même.

IAGO. — C'est bien ! bonne chance à leurs draps !... Allons ! lieutenant, j'ai là une cruche de vin, et il y a à l'entrée une bande de galants Cypriotes qui seraient bien aises d'avoir une rasade à la santé du noir Othello.

CASSIO. — Pas ce soir, bon Iago ! j'ai pour boire une très pauvre et très malheureuse cervelle. Je ferais bien de souhaiter que la courtoisie inventât quelque autre rite d'hospitalité.

IAGO. — Oh ! ils sont tous nos amis. Une seule coupe ! Je la boirai pour vous.

CASSIO. — Je n'en ai bu qu'une ce soir et prudemment arrosée encore ; voyez pourtant quel changement elle fait en moi. J'ai une infirmité malheureuse, et je n'ose pas imposer à ma faiblesse une nouvelle épreuve.

Iago. — Voyons, ami! c'est une nuit de fête. Nos galants le demandent.

Cassio. — Où sont-ils?

Iago. — Là, à la porte : je vous en prie, faites-les entrer.

Cassio. — J'y consens, mais cela me déplaît.

Il sort.

Iago, *seul.* — Si je puis seulement lui enfoncer une seconde coupe sur celle qu'il a déjà bue ce soir, il va être aussi querelleur et aussi irritable que le chien de ma jeune maîtresse... Maintenant, mon pauvre idiot de Roderigo, que l'amour a déjà mis presque sens dessus dessous, a ce soir même à Desdémone fait carrousse à pleins pots, et il est de garde! Et puis ces trois gaillards cypriotes, esprits gonflés d'orgueil, si chatouilleux sur leur honneur, et en qui fermente le tempérament de cette île belliqueuse, je les ai ce soir même échauffés à pleine coupe, et ils sont de garde aussi. Enfin, au milieu de ce troupeau d'ivrognes, je vais engager Cassio dans quelque action qui mette l'île en émoi... Mais les voici qui viennent. Si le résultat confirme mon rêve, ma barque va filer lestement, avec vent et marée!

Cassio rentre, avec Montano et quelques Gentilshommes; des serviteurs les suivent avec du vin.

Cassio. — Par le Ciel! ils m'ont déjà fait boire un coup.

Montano. — Un bien petit, sur ma parole! pas plus d'une pinte, foi de soldat!

Iago. — Holà! du vin!

Il chante.

> *Et faites-moi trinquer la canette,*
> *Et faites-moi trinquer la canette.*

Un soldat est un homme, et la vie n'est qu'un moment.

> *Faites donc boire le soldat.*

Du vin, mes garçons!

CASSIO. — Par le ciel! voilà une excellente chanson.

IAGO. — Je l'ai apprise en Angleterre, où vraiment les gens ne sont pas impotents devant les pots. Le Danois, l'Allemand et le Hollandais ventru... à boire, holà!... ne sont rien à côté de l'Anglais.

CASSIO. — Votre Anglais est-il donc si expert à boire?

IAGO. — Oh! il vous envoie avec facilité le Danois sous la table; il peut sans suer renverser l'Allemand; et il a déjà fait vomir le Hollandais, qu'il a encore un autre pot à remplir!

CASSIO. — A la santé de notre général!

MONTANO. — J'en suis, lieutenant, et je vous fais raison.

IAGO. — Ô suave Angleterre!

Il chante.

> *Le roi Étienne était un digne pair.*
> *Ses culottes ne lui coûtaient qu'une couronne;*
> *Il trouvait ça six pences trop cher,*
> *Et aussi il appelait son tailleur : coquin.*
> *C'était un être de haut renom,*
> *Et toi, tu n'es qu'un homme de peu.*
> *C'est l'orgueil qui ruine le pays.*
> *Prends donc sur toi ton vieux manteau!*

Holà! du vin!

CASSIO. — Tiens! cette chanson est encore plus exquise que l'autre.

IAGO. — Voulez-vous l'entendre de nouveau?

CASSIO, *d'une voix avinée.* — Non! car je tiens pour

indigne de son rang celui qui fait ces choses... Bon!...
Le ciel est au-dessus de tous : il y a des âmes qui doivent
être sauvées, et il y a des âmes qui ne doivent pas être
sauvées.

IAGO. — C'est vrai, bon lieutenant.

CASSIO. — Pour ma part, sans offenser le général ni
aucun homme de qualité, j'espère être sauvé.

IAGO. — Et moi aussi, lieutenant.

CASSIO. — Oui! mais, permettez! après moi. Le lieutenant doit être sauvé avant l'enseigne... Ne parlons plus
de ça; passons à nos affaires... Pardonnez-nous nos
péchés!... Messieurs, veillons à notre service!... N'allez
pas, messieurs, croire que je suis ivre! Voici mon enseigne,
voici ma main droite et voici ma gauche... Je ne suis pas
ivre en ce moment : je puis me tenir assez bien et je parle
assez bien.

TOUS. — Excessivement bien!

CASSIO. — Donc, c'est très bien : vous ne devez pas
croire que je suis ivre.

Il sort.

MONTANO. — A l'esplanade, mes maîtres! Allons relever
le poste.

IAGO. — Vous voyez ce garçon qui vient de sortir : c'est
un soldat digne d'être aux côtés de César et fait pour
commander. Eh bien! voyez son vice : il fait avec sa
vertu un équinoxe exact; l'un est égal à l'autre. C'est
dommage! J'ai bien peur, vu la confiance qu'Othello met
en lui, qu'un jour quelque accès de son infirmité ne bou-
leverse cette île.

MONTANO. — Mais est-il souvent ainsi?

IAGO. — C'est pour lui le prologue habituel du sommeil : il resterait sans dormir deux fois douze heures, si
l'ivresse ne le berçait pas.

Montano. — Il serait bon que le général fût prévenu de cela. Peut-être ne s'en aperçoit-il pas; peut-être sa bonne nature, à force d'estimer le mérite qui apparaît en Cassio, ne voit-elle pas ses défauts. N'ai-je pas raison?

Entre Roderigo.

Iago. — Ah! c'est vous, Roderigo! Je vous en prie, courez après le lieutenant, allez!

Roderigo sort.

Montano. — C'est grand dommage que le noble More hasarde un poste comme celui de son lieutenant sur un homme enté d'une telle infirmité. Ce serait une honnête action de le dire au More.

Iago. — Moi, je ne le ferais pas pour toute cette belle île. J'aime fort Cassio, et je ferais beaucoup pour le guérir de son mal... Mais écoutez! Quel est ce bruit?

Cris au dehors. — Au secours! au secours!

Rentre Roderigo, poursuivi par Cassio.

Cassio. — Coquin! chenapan!

Montano. — Qu'y a-t-il, lieutenant?

Cassio. — Le drôle! vouloir m'apprendre mon devoir! Je vais battre ce drôle jusqu'à ce qu'il entre dans une bouteille clissée.

Roderigo. — Me battre!

Cassio. — Tu bavardes, coquin!

Il frappe Roderigo.

Montano, *l'arrêtant*. — Voyons, bon lieutenant! Je vous en prie, monsieur, retenez votre main.

Cassio. — Lâchez-moi, monsieur, ou je vous écrase la mâchoire.

Montano. — Allons! allons! vous êtes ivre.

Cassio. — Ivre!

Ils se battent.

Iago, *bas.* — En route, vous dis-je! Sortez et criez à l'émeute!

Roderigo sort.
A haute voix.

Voyons, mon bon lieutenant!... Par pitié, messieurs!... Holà! au secours!... Lieutenant! Seigneur Montano!... Au secours, mes maîtres!... Voilà une superbe faction, en vérité!

Une cloche sonne.

Qui est-ce qui sonne la cloche?... Diable! ho! Toute la ville va se lever... Au nom de Dieu, lieutenant, arrêtez! Vous allez être déshonoré à jamais!

Entre Othello avec sa suite.

Othello. — Que se passe-t-il ici?

Montano. — Mon sang ne cesse de couler : je suis blessé à mort. A mort!

Il se jette sur Cassio.

Othello. — Sur vos vies, arrêtez!

Iago. — Arrêtez! holà! Lieutenant! Seigneur Montano! Messieurs! Avez-vous perdu tout sentiment de votre rang et de votre devoir? Arrêtez! Le général vous parle. Arrêtez! par pudeur!

Othello. — Voyons! qu'y a-t-il? Holà! quelle est la cause de ceci? Sommes-nous changés en Turcs pour nous faire à nous-mêmes ce que le ciel a interdit aux Ottomans? Par pudeur chrétienne laissez là cette rixe barbare.

Le premier qui bouge pour assouvir sa rage fait peu de
cas de son âme. Qu'il remue, et il est mort.

Qu'on fasse taire cette horrible cloche qui sème dans
l'île terreur et affolement! De quoi s'agit-il, mes maîtres?
Honnête Iago, toi qui sembles mort de douleur, parle.
Qui a commencé? Si tu m'es dévoué, parle.

IAGO. — Je ne sais pas. Tout à l'heure, tout à l'heure
encore, il n'y avait au quartier que de bons amis, affectueux comme des fiancés se déshabillant pour le lit; et
aussitôt, comme si quelque planète avait fait déraisonner
les hommes, les voilà, l'épée en l'air, qui se visent à la
poitrine dans une joute à outrance. Je ne puis dire
comment a commencé cette triste querelle, et je voudrais
avoir perdu dans une action glorieuse les jambes qui
m'ont amené pour être témoin de ceci.

OTHELLO. — Comment se fait-il, Michel, que vous vous
soyez oublié ainsi?

CASSIO. — De grâce! pardonnez-moi! je ne puis parler.

OTHELLO. — Digne Montano, vous étiez de mœurs
civiles, la gravité et le calme de votre jeunesse ont été
remarqués par le monde, et votre nom est grand dans
la bouche de la plus sage censure : comment se fait-il que
vous gaspilliez ainsi votre réputation, et que vous dépen-
siez votre riche renom pour le titre de tapageur nocturne?
Répondez-moi.

MONTANO. — Digne Othello, je suis dangereusement
blessé. Votre officier Iago peut, en m'épargnant des
paroles qui en ce moment me feraient mal, vous raconter
tout ce que je sais. Je ne sache pas que cette nuit j'aie dit
ou fait rien de blâmable, à moins que la charité pour soi-
même ne soit parfois un vice, et que ce ne soit un péché
de nous défendre quand la violence nous attaque.

OTHELLO. — Ah! par le ciel! mon sang commence à
prendre le pas sur mes meilleurs instincts, et la colère,

couvrant de ses fumées mon calme jugement, essaie de m'entraîner. Pour peu que je bouge, si je lève seulement ce bras, le meilleur d'entre vous s'écroulera sous mon courroux. Dites-moi comment cette affreuse équipée a commencé et qui l'a causée; et celui qui sera reconnu coupable, me fût-il attaché dès la naissance comme un frère jumeau, je le rejetterai de moi... Quoi! dans une ville de guerre, encore frémissante, où la frayeur déborde de tous les cœurs, engager une querelle privée et domestique, la nuit, dans la salle des gardes, un lieu d'asile! C'est monstrueux!... Iago, qui a commencé?

Montano. — Si, par partialité d'affection ou d'esprit de corps, tu dis plus ou moins que la vérité, tu n'es pas un soldat!

Iago. — Ne m'interpellez pas de la sorte... J'aimerais mieux avoir la langue coupée que de faire tort à Michel Cassio; mais je suis persuadé que je puis dire la vérité sans lui nuire en rien. Voici les faits, général. Tandis que nous causions, Montano et moi, arrive un individu criant *au secours!* et, derrière lui, Cassio, l'épée tendue, prêt à le frapper. Alors, seigneur, ce gentilhomme s'interpose devant Cassio et le supplie de s'arrêter. Moi, je me mets à la poursuite du criard pour l'empêcher, comme cela est arrivé, d'effrayer la ville par ses clameurs. Mais il avait le pied si leste qu'il a couru hors de ma portée, et je suis revenu d'autant plus vite que j'entendais le cliquetis et le choc des épées et Cassio qui jurait très fort : ce que jusqu'ici il n'avait jamais fait, que je sache. Quand je suis rentré, et ce n'a pas été long, je les ai trouvés l'un contre l'autre, en garde et ferraillant, exactement comme ils étaient quand vous êtes venu vous-même les séparer. Je n'ai rien à dire de plus, si ce n'est que les hommes sont hommes, et que les meilleurs s'oublient parfois. Quoique Cassio ait eu un petit tort envers celui-ci (on

les gens en rage frappent ceux à qui ils veulent
de bien), il est certain, selon moi, que Cassio a
reçu du fuyard quelque outrage excessif que la patience
ne pouvait supporter.

OTHELLO. — Je le vois, Iago! ton honnêteté et ton
affection atténuent cette affaire pour la rendre légère à
Cassio... Cassio, je t'aime, mais désormais tu n'es plus
de mes officiers.

Entrent Desdémone et sa suite.

Voyez si ma douce bien-aimée n'a pas été réveillée! Je
ferai de toi un exemple.

DESDÉMONE. — Que se passe-t-il?

OTHELLO. — Tout est bien, ma charmante! Viens au
lit.

A Montano.

Monsieur, pour vos blessures, je serai moi-même votre
chirurgien... Qu'on l'emmène!

On emporte Montano.

Iago, parcours avec soin la ville, et calme ceux que
cette ignoble bagarre a effarés... Allons, Desdémone!
c'est la vie du soldat de voir son sommeil réparateur
troublé par l'alerte.

Tous sortent, excepté Iago et Cassio.

IAGO. — Quoi! êtes-vous blessé, lieutenant?

CASSIO. — Oui, et de façon incurable.

IAGO. — Diantre! au ciel ne plaise!

CASSIO. — Réputation! réputation! réputation! Oh!
j'ai perdu ma réputation! J'ai perdu la partie immortelle
de moi-même, et ce qui reste est bestial!... Ma réputation, Iago, ma réputation!

IAGO. — Foi d'honnête homme! j'avais cru que vous aviez reçu quelque blessure dans le corps : c'est plus douloureux là que dans la réputation. La réputation est un préjugé vain et fallacieux : souvent gagnée sans mérite et perdue sans justice! Vous n'avez pas perdu votre réputation du tout, à moins que vous ne vous figuriez l'avoir perdue. Voyons, ami! il y a des moyens de ramener le général. Il vous a renvoyé dans un moment d'humeur, punition prononcée par la politique plutôt que par le ressentiment; juste comme on frapperait son chien inoffensif pour effrayer un lion impérieux. Implorez-le de nouveau, et il est à vous.

CASSIO. — J'aimerais mieux implorer son mépris que d'égarer la confiance d'un si bon chef sur un officier si léger, si ivrogne et si indiscret!... Être ivre! Jaser comme un perroquet et se chamailler! Vociférer, jurer et parler charabias avec son ombre!... O toi, invisible esprit du vin, s'il n'y a pas de terme pour te désigner, laisse-nous t'appeler démon!

IAGO. — Quel était celui que vous poursuiviez avec votre épée? Que vous avait-il fait?

CASSIO. — Je ne sais pas.

IAGO. — Est-il possible?

CASSIO. — Je me rappelle une masse de choses, mais aucune distinctement; une querelle, mais nullement le motif. Oh! se peut-il que les hommes s'introduisent un ennemi dans la bouche pour qu'il leur vole la cervelle! et que ce soit pour nous une joie, un plaisir, une fête, un triomphe, de nous transformer en bêtes!

IAGO. — Eh! mais, vous êtes assez bien maintenant : comment vous êtes-vous remis ainsi?

CASSIO. — Il a plu au démon Ivrognerie de céder sa place au démon Colère : une imperfection m'en révèle

une autre pour me contraindre à me mépriser pleine-
ment.

IAGO. — Allons! vous êtes un moraliste trop sévère.
Vu l'époque, le lieu et l'état de ce pays, j'aurais cor-
dialement désiré que ceci n'eût pas eu lieu; mais,
puisque la chose est ce qu'elle est, réparez-la à votre
avantage.

CASSIO. — Que je veuille lui redemander ma place, il
me dira que je suis un ivrogne. J'aurais autant de
bouches que l'Hydre, qu'une telle réponse me les fer-
merait toutes... Être maintenant un homme sensé, tout
à l'heure un fou, et bientôt une brute! Oh! étrange!
Chaque coupe de trop est maudite et renferme un
démon.

IAGO. — Allons! allons! le bon vin est un bon être
familier quand on en use convenablement : ne vous
récriez plus contre lui. Bon lieutenant! vous pensez, je
pense, que je vous aime?

CASSIO. — Je l'ai bien éprouvé, monsieur!... Moi,
ivre!

IAGO. — Vous, comme tout autre vivant, vous pouvez
être ivre une fois par hasard, l'ami! Je vais vous dire
ce que vous devez faire. La femme de notre général est
maintenant le général. Je puis le dire, en ce sens qu'il
s'est consacré tout entier, remarquez bien! à la contem-
plation et au culte des qualités et des grâces de
sa femme. Confessez-vous franchement à elle. Importunez-la pour qu'elle vous aide à rentrer en place :
elle est d'une disposition si généreuse, si affable, si
obligeante, si angélique, qu'elle regarde comme un vice
de sa bonté de ne pas faire plus que ce qui lui est demandé. Eh bien! cette jointure brisée entre vous et son
mari, priez-la de la raccommoder; et je parie ma
fortune contre un enjeu digne de ce nom qu'après

cette rupture votre amitié sera plus forte qu'auparavant.

Cassio. — Vous me donnez là de bons avis.

Iago. — Ce sont ceux, je vous assure, d'une amitié sincère et d'une honnête bienveillance.

Cassio. — Je le crois sans réserve. Aussi irai-je, de bon matin, supplier la vertueuse Desdémone d'intercéder pour moi. Je désespère de ma fortune, si elle m'abandonne ici.

Iago. — Vous êtes dans le vrai. Bonne nuit, lieutenant! Il faut que je fasse ma ronde.

Cassio. — Bonne nuit, honnête Iago!

Sort Cassio.

Iago, *seul.* — Et qu'est-ce donc qui dira que je joue le rôle d'un fourbe, quand l'avis que je donne est si loyal, si honnête, si conforme à la logique, et indique si bien le moyen de faire revenir le More sur sa décision? Quoi de plus facile que d'entraîner la complaisante Desdémone dans une honnête intrigue? Elle a l'expansive bonté des éléments généreux. Et quoi de plus facile pour elle que de gagner le More? S'agit-il pour lui de renier son baptême et toutes les consécrations, tous les symboles de la Rédemption? il a l'âme tellement enchaînée à son amour pour elle, qu'elle peut faire, défaire, refaire tout à son gré, selon que son caprice veut exercer sa divinité sur la faible nature du More! En quoi donc suis-je un fourbe de conseiller à Cassio la parallèle qui le mène droit au succès? Divinité de l'enfer! Quand les démons veulent produire les forfaits les plus noirs, ils les présentent d'abord sous des dehors célestes, comme je fais en ce moment. En effet, tandis que cet honnête imbécile suppliera Desdémone de réparer sa fortune et qu'elle plaidera chaude-

ment sa cause auprès du More, je verserai dans l'oreille
de celui-ci la pensée pestilentielle qu'elle ne réclame
Cassio que par désir charnel; et plus elle tâchera de
faire du bien à Cassio, plus elle perdra de crédit sur le
More. C'est ainsi que je noircirai sa vertu et que de sa
bonté je ferai le filet qui les enserrera tous...

Entre Roderigo.

Qu'y a-t-il, Roderigo?

Le jour commence à poindre.

RODERIGO. — Je suis ici à la chasse, non comme le
limier qui relance, mais seulement comme celui qui
donne le cri. Mon argent est presque entièrement dépensé; j'ai été cette nuit parfaitement bâtonné; et l'issue
que je vois à tout ceci, c'est que j'aurai, pour ma peine,
acquis de l'expérience et qu'alors, avec tout mon argent
de moins et un peu d'esprit de plus, je retournerai à
Venise.

IAGO. — Pauvres gens ceux qui n'ont pas de patience!
Quelle blessure s'est jamais guérie autrement que pro-
gressivement? Tu sais bien que nous opérons par l'intelligence et non par la magie; et l'intelligence est sou-
mise aux délais du temps. Tout ne va-t-il pas bien?
Cassio t'a battu, et toi, par cette légère contusion, tu as
cassé Cassio. Il y a bien des choses qui poussent vite sous
le soleil, mais les plantes qui sont les premières à porter
fruit commencent d'abord par fleurir. Patience donc!...
Par la messe! voici le matin : le plaisir et l'action font
vite passer le temps. Rentre, va au logement que t'indique ton billet. En route, te dis-je! Tu en sauras bientôt davantage. Allons! esquive-toi.

Roderigo sort.

Deux choses restent à faire. Ma femme doit agir pour Cassio auprès de sa maîtresse; je vais l'y pousser; moi-même, pendant ce temps, je prends le More à part, et je l'amène brusquement dès qu'il peut surprendre Cassio sollicitant sa femme... Oui, voilà la marche; ne gâtons pas l'idée par le manque d'ardeur ou de rapidité.

Il sort.

ACTE III

SCÈNE PREMIÈRE

La citadelle — Devant la maison d'Othello.

Entrent Cassio et des Musiciens.

CASSIO. — Jouez ici, mes maîtres! Je vous récompenserai de vos peines. Quelque chose de bref! Et puis souhaitez le bonjour au général.

Musique.
Entre le bouffon.

LE BOUFFON. — Dites donc, les amis! est-ce que vos instruments ont été à Naples, qu'ils parlent ainsi du nez?

PREMIER MUSICIEN. — Comment, monsieur, comment?

LE BOUFFON. — Est-ce là, je vous prie, ce qu'on appelle des instruments à vent?

PREMIER MUSICIEN. — Pardieu! oui, monsieur.

LE BOUFFON. — Ah! c'est par là que pend la queue?

PREMIER MUSICIEN. — Où voyez-vous pendre une queue, monsieur?

LE BOUFFON. — Pardieu! à bien des instruments à vent que je connais. Mais, mes maîtres, voici de l'argent pour vous; et le général aime tant votre musique qu'il vous demande, au nom de votre dévouement à tous, d'en faire silencieusement.

PREMIER MUSICIEN. — Bien, monsieur! nous cessons.

LE BOUFFON. — Si vous avez de la musique qui puisse ne pas s'entendre, vous pouvez continuer; mais pour celle qui s'entend, comme on dit, le général ne s'en soucie pas beaucoup.

PREMIER MUSICIEN. — Nous n'avons pas de musique comme celle dont vous parlez, monsieur.

LE BOUFFON. — Alors remettez vos flûtes dans vos sacs, car je m'en vais. Partez! évaporez-vous! Allons!

Les Musiciens sortent.

CASSIO. — Écoute, mon honnête ami!

LE BOUFFON. — Non, je n'écoute pas votre honnête ami. Je vous écoute.

CASSIO. — De grâce! suspends tes lazzis. Voici une pauvre pièce d'or pour toi : si la dame qui accompagne la femme du général est levée, dis-lui qu'un nommé Cassio implore d'elle la faveur d'un instant d'entretien. Veux-tu?

LE BOUFFON. — Elle est levée, monsieur. Si elle veut venir jusqu'ici, je lui notifierai votre désir.

CASSIO. — Fais, mon bon ami.

Le Bouffon sort.
Entre Iago.

Heureuse rencontre, Iago!

IAGO. — Vous ne vous êtes donc pas couché?

CASSIO. — Oh! non; il faisait jour quand nous nous sommes quittés. J'ai pris la liberté, Iago, d'envoyer quelqu'un à votre femme. J'ai à lui demander de vouloir bien me procurer accès auprès de la vertueuse Desdémone.

IAGO. — Je vais vous l'envoyer sur-le-champ; et je trouverai moyen d'attirer le More à l'écart pour que vous puissiez causer de vos affaires avec plus de liberté.

CASSIO. — Je vous en remercie humblement.

Iago sort.

Je n'ai jamais connu un Florentin plus aimable et plus honnête.

Entre Émilia.

ÉMILIA. — Bonjour, bon lieutenant! Je suis fâchée de votre mésaventure; mais tout va s'arranger. Le général et sa femme sont en train d'en causer, et elle parle pour vous vaillamment. Le More répond que celui que vous avez blessé a dans Chypre une haute réputation et de hautes alliances, et que, par une saine prudence, il est obligé de vous éloigner; mais il proteste qu'il vous aime, et qu'il n'a pas besoin d'autre plaidoyer que ses sympathies pour saisir aux cheveux la première occasion de vous remettre en place.

CASSIO. — Pourtant, je vous en supplie, si vous le jugez convenable ou possible, donnez-moi l'avantage d'un court entretien avec Desdémone seule.

ÉMILIA. — Entrez, je vous prie : je vais vous mettre à même de lui parler à cœur ouvert.

CASSIO. — Je vous suis bien obligé.

Ils sortent.

SCÈNE II

Une salle dans la citadelle.

Entrent Othello, Iago et des Gentilshommes.

OTHELLO. — Ces lettres, Iago, donnez-les au pilote, et chargez-le de présenter mes devoirs au Sénat. Après quoi j'irai inspecter les ouvrages, vous viendrez me rejoindre.

IAGO. — Bien, mon bon seigneur, je n'y manquerai pas.

Il sort.

OTHELLO. — Messieurs, allons-nous voir ces fortifications?

LES GENTILSHOMMES. — Nous escorterons Votre Seigneurie.

Ils sortent.

SCÈNE III

Un jardin dans la citadelle.

Entrent Desdémone, Cassio et Émilia.

DESDÉMONE. — Sois sûr, bon Cassio, que je ferai en ta faveur tout mon possible.

ÉMILIA. — Faites, madame : je sais que cette affaire tourmente mon mari comme si elle lui était personnelle.

DESDÉMONE. — Oh! c'est un honnête garçon!... N'en doutez pas, Cassio : je réussirai à vous rendre, mon mari et vous, aussi bons amis qu'auparavant.

CASSIO. — Généreuse madame, quoi qu'il advienne de Michel Cassio, il ne sera jamais que votre loyal serviteur.

DESDÉMONE. — Je le sais et vous en remercie. Vous aimez mon seigneur, vous le connaissez depuis longtemps, soyez persuadé qu'il ne vous tiendra éloigné que dans la mesure où la politique l'exige.

CASSIO. — Oui, madame; mais cette politique-là peut durer si longtemps, elle peut s'alimenter d'un régime si subtil et si fluide, ou se soutenir par la force des choses de telle sorte que, moi absent et ma place remplie, le général oublie mon dévouement et mes services.

DESDÉMONE. — Ne crains pas cela. Ici, en présence d'Émilia, je te garantis ta place. Sois sûr que, quand je fais un vœu d'amitié, je l'accomplis jusqu'au dernier article. Mon mari n'aura pas de repos : je le tiendrai éveillé pour le réduire! je l'impatienterai de paroles! Son lit lui fera l'effet d'une école; sa table, d'un confessionnal! Je mêlerai à tout ce qu'il fera la supplique de Cassio. Donc, sois gai, Cassio! car ton avocat mourra plutôt que d'abandonner ta cause.

> *Entrent Othello et Iago. Ils se tiennent quelque*
> *temps à distance.*

ÉMILIA. — Madame, voici monseigneur.

CASSIO, *à Desdémone*. — Madame, je vais prendre congé de vous.

DESDÉMONE. — Bah! restez : vous m'entendrez parler!

CASSIO. — Pas maintenant, madame : je me sens mal à l'aise et impuissant pour ma propre cause.

DESDÉMONE. — Bien, bien! faites à votre guise.

> *Sort Cassio.*

IAGO. — Ha! je n'aime pas cela.

OTHELLO. — Que dis-tu?

IAGO. — Rien, monseigneur... ou si... je ne sais quoi...

OTHELLO. — N'est-ce pas Cassio qui vient de quitter ma femme?

IAGO. — Cassio, monseigneur? Non, assurément; je ne puis croire qu'il se déroberait ainsi comme un coupable en vous voyant venir.

OTHELLO. — Je crois que c'était lui.

DESDÉMONE. — Eh bien! monseigneur? Je viens de causer ici avec un solliciteur, un homme qui languit dans votre déplaisir.

OTHELLO. — De qui voulez-vous parler?

DESDÉMONE. — Eh! de votre lieutenant Cassio. Mon bon seigneur, si j'ai assez de grâce ou d'influence pour vous émouvoir, veuillez dès à présent vous réconcilier. Car, s'il n'est pas vrai que cet homme vous aime sincèrement et que sa faute est une erreur involontaire, je ne me connais pas en physionomie honnête... Je t'en prie, rappelle-le.

OTHELLO. — C'est donc lui qui vient de partir d'ici?

DESDÉMONE. — Oui, vraiment; mais si abattu qu'il m'a laissé une partie de son chagrin et que j'en souffre avec lui. Cher amour, rappelle-le.

OTHELLO. — Pas maintenant, ma douce Desdémone! dans un autre moment.

DESDÉMONE. — Mais sera-ce bientôt?

OTHELLO. — Le plus tôt possible, ma charmante, pour vous plaire.

DESDÉMONE. — Sera-ce ce soir au souper?

OTHELLO. — Non, pas ce soir.

DESDÉMONE. — Demain, au dîner, alors?

OTHELLO. — Je ne dînerai pas chez moi : je vais à un repas d'officiers, à la citadelle.

DESDÉMONE. — Alors, demain soir! ou mardi matin! ou mardi après midi! ou mardi soir! ou mercredi matin!... Je t'en prie, fixe une époque, mais qu'elle ne dépasse pas trois jours! Vrai, il est bien pénitent; et puis, pour le sens commun, n'était la guerre qui exige, dit-on, qu'on fasse exemple même sur les meilleurs, son délit est tout au plus une faute qui mérite une réprimande privée. Quand reviendra-t-il? Dites-le moi, Othello... Je cherche dans mon âme ce que, si vous me le demandiez, je pourrais vous refuser ou hésiter autant à vous accorder. Quoi! ce Michel Cassio, qui vous accompagnait dans vos visites d'amoureux et qui, si souvent, lorsque j'avais parlé de vous défavorablement, prenait votre parti! Faut-il tant d'efforts pour le ramener à vous? Croyez-moi, je pourrais faire beaucoup...

OTHELLO. — Assez! je te prie. Qu'il revienne quand il voudra! Je ne veux rien te refuser.

DESDÉMONE. — Comment! mais ceci n'est point une faveur; c'est comme si je vous priais de mettre vos gants, de manger des mets nourrissants ou de vous tenir au chaud, comme si je vous sollicitais de prendre un soin particulier de votre personne. Ah! quand je vous demanderai une concession, dans le but d'éprouver réellement votre amour, je veux qu'elle soit importante, difficile et périlleuse à accorder.

OTHELLO. — Je ne te refuserai rien; mais toi, je t'en conjure, accorde-moi la grâce de me laisser un instant à moi-même.

DESDÉMONE. — Vous refuserai-je? Non. Au revoir, monseigneur!

OTHELLO. — Au revoir, ma Desdémone! je vais te rejoindre à l'instant.

DESDÉMONE. — Viens, Émilia.

Qu'il soit fait au gré de vos caprices! Quels qu'ils soient, je suis obéissante.

Elle sort avec Émilia.

Othello. — Excellente créature! Que la perdition s'empare de mon âme si je ne t'aime pas! Va! quand je ne t'aimerai plus, ce sera le retour du chaos.

Iago. — Mon noble seigneur!...

Othello. — Que dis-tu, Iago?

Iago. — Est-ce que Michel Cassio, quand vous faisiez votre cour à madame, était instruit de votre amour?

Othello. — Oui, depuis le commencement jusqu'à la fin. Pourquoi le demandes-tu?

Iago. — Mais, pour la satisfaction de ma pensée; je n'y mets pas plus de malice.

Othello. — Et quelle est ta pensée, Iago?

Iago. — Je ne pensais pas qu'il eût été en relation avec elle.

Othello. — Oh! si! Même il était bien souvent l'intermédiaire entre nous.

Iago. — Vraiment?

Othello. — Vraiment! Oui, vraiment!... Aperçois-tu là quelque chose? Est-ce qu'il n'est pas honnête?

Iago. — Honnête, monseigneur?

Othello. — Honnête! oui, honnête.

Iago. — Monseigneur, pour ce que j'en sais!

Othello. — Qu'as-tu donc dans l'idée?

Iago. — Dans l'idée, monseigneur?

Othello. — Dans l'idée, monseigneur! Par le ciel! il me fait écho comme s'il y avait dans son esprit quelque monstre trop hideux pour être mis au jour... Tu as une arrière-pensée! Je viens à l'instant de t'entendre dire que tu n'aimais pas cela; c'était quand Cassio a quitté ma femme. Qu'est-ce que tu n'aimais pas? Puis, quand je t'ai dit qu'il était dans ma confidence tout le temps que je faisais ma cour, tu as crié : Vraiment! Et tu as contracté et froncé le sourcil comme si tu avais enfermé dans ton cerveau quelque horrible conception. Si tu m'aimes, montre-moi ta pensée.

Iago. — Monseigneur, vous savez que je vous aime.

Othello. — Je le crois; et, comme je sais que tu es plein d'amour et d'honnêteté, que tu pèses tes paroles avant de leur donner le souffle, ces hésitations de ta part m'effraient d'autant plus. Chez un maroufle faux et déloyal, de telles choses sont des grimaces habituelles; mais chez un homme qui est juste, ce sont des dénonciations secrètes qui fermentent d'un cœur impuissant à contenir l'émotion.

Iago. — Pour Michel Cassio, j'ose jurer que je le crois honnête.

Othello. — Je le crois aussi.

Iago. — Les hommes devraient être ce qu'ils paraissent; ou plût au Ciel qu'aucun d'eux ne pût paraître ce qu'il n'est pas!

Othello. — Certainement, les hommes devraient être ce qu'ils paraissent.

Iago. — Eh bien! alors, je pense que Cassio est un honnête homme.

Othello. — Non! il y a autre chose là-dessous. Je t'en prie, parle-moi comme à toi-même lorsque tu suis le cours de tes idées; dis-moi ce que tu rumines, et exprime ce qu'il y a de pire dans tes idées par ce que les mots ont de pire.

Iago. — Mon bon seigneur, pardonnez-moi. Je suis tenu envers vous à tous les actes de déférence; mais je ne suis pas tenu à ce dont les esclaves mêmes sont exempts. Révéler mes pensées! Eh bien! supposez qu'elles soient viles et fausses... Quel est le palais où

jamais chose immonde ne s'insinue? Quel est le cœur
si pur où jamais d'iniques soupçons n'ont ouvert d'as-
sises et siégé à côté des méditations les plus équitables?

OTHELLO. — Iago, tu conspires contre ton ami, si,
croyant qu'on lui fait tort, tu laisses son oreille ignorer
tes pensées.

IAGO. — Je vous en supplie!... Voyez-vous! je puis être
injuste dans mes suppositions; car, je le confesse, c'est
une infirmité de ma nature de flairer partout le mal;
et souvent ma jalousie imagine des fautes qui ne sont
pas... Je vous en conjure donc, n'allez pas prendre avis
d'un homme si hasardeux dans ses conjectures, et vous
créer un tourment de ses observations vagues et incertaines. Il ne sied pas à votre repos, à votre bonheur,
ni à mon humanité, à ma probité, à ma sagesse, que je
vous fasse connaître mes pensées.

OTHELLO. — Que veux-tu dire?

IAGO. — La bonne renommée pour l'homme et pour
la femme, mon cher seigneur, est le joyau suprême de
l'âme. Celui qui me vole ma bourse me vole une vétille :
c'est quelque chose, ce n'est rien; elle était à moi, elle
est à lui, elle a été possédée par mille autres; mais celui
qui me filoute ma bonne renommée me dérobe ce qui
ne l'enrichit pas et me fait pauvre vraiment.

OTHELLO. — Par le ciel! je veux connaître ta pensée.

IAGO. — Vous ne le pourriez pas, quand mon cœur
serait dans votre main; et vous n'y parviendrez pas,
tant qu'il sera en mon pouvoir.

OTHELLO. — Ha!

IAGO. — Oh! prenez garde, monseigneur, à la jalousie! c'est le monstre aux yeux verts qui produit l'aliment
dont il se nourrit[4]! Ce cocu vit en joie qui, certain de
son sort, n'aime pas celle qui le trompe; mais, oh!
quelles damnées minutes il compte, celui qui raffole,

mais doute, celui qui soupçonne, mais aime éperdu-
ment!

IAGO. — Le pauvre qui est content est riche, et riche à
foison; mais la richesse sans borne est plus pauvre que
l'hiver pour celui qui craint toujours de devenir pauvre.
Cieux cléments, préservez de la jalousie les âmes de
toute ma tribu!

OTHELLO. — Allons! à quel propos ceci? Crois-tu
que j'irais me faire une vie de jalousie, pour suivre
incessamment tous les changements de lune à la re-
morque de nouveaux soupçons? Non! Sitôt né le doute
doit être dissipé... Échange-moi contre un bouc, le jour
où j'occuperai mon âme de ces soupçons exagérés et
creux qu'implique ta conjecture. On ne me rendra pas
jaloux en disant que ma femme est jolie, friande, aime
la compagnie, a le parler libre, chante, joue et danse
bien! Là où est la vertu, ce sont autant de vertus nouvelles. Ce n'est pas non plus la faiblesse de mes propres
mérites qui me fera concevoir la moindre crainte, le
moindre doute sur sa fidélité, car elle avait des yeux, et
elle m'a choisi!... Non, Iago! Avant de douter, je veux
voir. Après le doute, la preuve! et, après la preuve, mon
parti est pris : adieu l'amour ou adieu la jalousie!

IAGO. — J'en suis charmé; car je peux maintenant vous
montrer mon affection et mon dévouement avec moins
de réserve. Donc, puisque j'y suis venu, recevez de moi
cette confidence... Je ne parle pas encore de preuve...
Veillez sur votre femme, observez-la bien avec Cassio,
portez vos regards sans jalousie comme sans sécurité;
je ne voudrais pas que votre franche et noble nature fût
victime de sa générosité même... Veillez-y! Je connais
bien les mœurs de notre contrée. A Venise, les femmes
laissent voir au ciel les fredaines qu'elles n'osent pas

montrer à leurs maris; et, pour elles, le cas de conscience,
ce n'est pas de s'abstenir de la chose, c'est de la tenir
cachée.

OTHELLO. — Est-ce là ton avis?

IAGO. — Elle a trompé son père en vous épousant; et
c'est quand elle semblait trembler et craindre vos
regards qu'elle les aimait le plus.

OTHELLO. — C'est vrai.

IAGO. — Eh bien! concluez alors. Celle qui, si jeune, a
pu jouer un pareil rôle et tenir les yeux de son père
comme sous le chaperon d'un faucon, car il a cru qu'il
y avait magie... Mais je suis bien blâmable; j'implore
humblement votre pardon pour vous trop aimer.

OTHELLO. — Je te suis obligé à tout jamais.

IAGO. — Je le vois, ceci a un peu déconcerté vos
esprits.

OTHELLO. — Non, pas du tout! pas du tout!

IAGO. — Sur ma foi! j'en ai peur. Vous considérerez,
j'espère, ce que je vous ai dit comme émanant de mon
affection... Mais je vois que vous êtes ému : je dois vous
prier de ne pas donner à mes paroles une conclusion
plus grave, une portée plus large que celle du soupçon.

OTHELLO. — Non, certes.

IAGO. — Si vous le faisiez, monseigneur, mes paroles
obtiendraient un succès odieux auquel mes pensées
n'aspirent pas... Cassio est mon digne ami... Monseigneur, je vois que vous êtes ému.

OTHELLO. — Non, pas très ému. Je ne pense pas que
Desdémone ne soit pas honnête.

IAGO. — Qu'elle vive longtemps ainsi! Et puissiez-vous
vivre longtemps à la croire telle!

OTHELLO. — Et cependant comme une nature dé-
voyée...

IAGO. — Oui, voilà le point. Ainsi, à vous parler fran-

chement, avoir refusé tant de partis qui se propo-
saient et qui avaient avec elle toutes ces affinités de
patrie, de race et de rang, dont tous les êtres sont naturellement si avides! Hum! cela décèle un goût bien
corrompu, une affreuse dépravation, des pensées déna-
turées... Mais pardon! Ce n'est pas d'elle précisément
que j'entends parler; tout ce que je puis craindre, c'est
que, son goût revenant à des inclinations plus normales,
elle ne finisse par vous comparer aux personnes de son
pays et (peut-être) par se repentir.

OTHELLO. — Adieu! adieu! Si tu aperçois du nouveau,
fais-le-moi savoir. Fais-la observer par ta femme. Laisse-
moi, Iago.

IAGO, *sortant.* — Monseigneur, je prends congé de vous.

OTHELLO. — Pourquoi me suis-je marié? Cet honnête
garçon, à coup sûr, en voit et en sait plus, beaucoup
plus qu'il n'en révèle.

IAGO, *revenant.* — Monseigneur, je voudrais pouvoir
décider Votre Honneur à ne pas sonder plus avant
cette affaire. Laissez agir le temps. Il est bien juste que
Cassio reprenne son emploi, car assurément il le remplit
avec une grande habileté; pourtant, s'il vous plaît de le
tenir quelque temps encore en suspens, vous pourrez
juger l'homme et les moyens qu'il emploie. Vous remarquerez si votre femme insiste sur sa rentrée au service
par quelque vive et pressante réclamation... Bien des
choses peuvent se voir par là. En attendant considérez
que mes craintes sont outrées comme j'ai de bonnes
raisons pour le craindre; et laissez-la entièrement libre,
j'en conjure Votre Honneur.

OTHELLO. — Ne doute pas de ma modération.

IAGO. — Encore une fois je prends congé de vous.

Il sort.

OTHELLO. — Ce garçon est d'une honnêteté extrême, et il connaît, par expérience, tous les ressorts des actions humaines... Ah! mon oiseau, si tu es rebelle au fauconnier, quand tu serais attaché à toutes les fibres de mon cœur, je te chasserai dans un sifflement et je t'abandonnerai au vent pour chercher ta proie au hasard!... Peut-être, parce que je suis noir, et que je n'ai pas dans la conversation les formes souples des intrigants, ou bien parce que j'incline vers la vallée des années[5]; oui, peut-être, pour si peu de chose, je l'ai perdue! Je suis outragé! et la consolation qui me reste, c'est de la mépriser. O malédiction du mariage, que nous puissions appeler nôtres ces délicates créatures et non pas leurs appétits! J'aimerais mieux être un crapaud et vivre des vapeurs d'un cachot que de laisser un coin dans l'être que j'aime à l'usage d'autrui! Voilà pourtant le fléau des grands; ils sont moins privilégiés que les petits. C'est là une destinée inévitable comme la mort : le fléau cornu nous est réservé fatalement dès que nous prenons vie... Voici Desdémone qui vient.

Entrent Desdémone et Émilia.

Si elle me trompe, oh! c'est que le Ciel se moque de lui-même! Je ne veux pas le croire.

DESDÉMONE. — Eh bien, mon cher Othello! Votre dîner et les nobles insulaires que vous avez invités attendent votre présence.

OTHELLO. — Je suis dans mon tort.

DESDÉMONE. — Pourquoi votre voix est-elle si défaillante? Est-ce que vous n'êtes pas bien?

OTHELLO. — J'ai une douleur au front, ici.

DESDÉMONE. — C'est sans doute pour avoir trop veillé. Cela se passera. Laissez-moi vous bander le front avec ceci : dans une heure, tout ira bien.

OTHELLO. — Votre mouchoir est trop petit.

Il défait le mouchoir, qui tombe à terre.

Ne vous occupez pas de ça. Venez, je vais avec vous.

DESDÉMONE. — Je suis bien fâchée que vous ne soyez pas bien.

Sortent Desdémone et Othello.

ÉMILIA. — Je suis bien aise d'avoir trouvé ce mouchoir. C'est le premier souvenir qu'elle ait eu du More. Mon maussade mari m'a cent fois cajolée pour que je le vole; mais elle aime tant ce gage (car l'autre l'a conjurée de le garder toujours) qu'elle le porte sans cesse sur elle pour le baiser et lui parler. J'en ferai ouvrir un pareil que je donnerai à Iago. Ce qu'il en fera, le Ciel le sait, mais pas moi. Je ne veux rien que satisfaire sa fantaisie.

Entre Iago.

IAGO. — Eh bien! que faites-vous seule ici?

ÉMILIA. — Ne me grondez pas : j'ai quelque chose pour vous.

IAGO. — Quelque chose pour moi? C'est une chose fort commune...

ÉMILIA. — Ha!

IAGO. — Que d'avoir une femme sotte.

ÉMILIA. — Oh! est-ce là tout? Que voulez-vous me donner à présent pour certain mouchoir?

IAGO. — Quel mouchoir?

ÉMILIA. — Quel mouchoir? Eh! mais celui qu'Othello offrit en premier présent à Desdémone, et que si souvent vous m'avez dit de voler.

IAGO. — Tu le lui as volé?

ÉMILIA. — Non, ma foi! Elle l'a laissé tomber par

négligence; et par bonheur, comme j'étais là, je l'ai ramassé. Tenez, le voici.

IAGO. — Voilà une bonne fille!... Donne-le-moi.

ÉMILIA. — Qu'en voulez-vous faire, pour m'avoir si instamment pressée de le dérober?

IAGO, *le lui arrachant*. — Eh bien! que vous importe?

ÉMILIA. — Si ce n'est pas pour quelque usage sérieux, rendez-le-moi. Pauvre dame! Elle deviendra folle quand elle ne le trouvera plus.

IAGO. — Faites comme si vous ne saviez rien. J'ai l'emploi de ceci. Allez! laissez-moi.

Émilia sort.

Je veux perdre ce mouchoir chez Cassio et le lui faire trouver. Des babioles, légères comme l'air, sont pour les jaloux des confirmations aussi fortes que des preuves d'Écriture sainte : ceci peut faire quelque chose. Le More change déjà sous l'influence de mon poison. Les idées funestes sont, par leur nature, des poisons qui d'abord font à peine sentir leur mauvais goût, mais qui, dès qu'ils commencent à agir sur le sang, brûlent comme des mines de soufre... Je ne me trompais pas! Tenez, le voici qui vient!... Ni le pavot, ni la mandragore, ni tous les sirops narcotiques du monde ne te rendront jamais ce doux sommeil que tu avais hier.

Rentre Othello.

OTHELLO. — Ha! ha! fausse envers moi! Envers moi!

IAGO. — Allons! qu'avez-vous, général? Ne pensez plus à cela.

OTHELLO. — Arrière! va-t'en! tu m'as mis sur la roue! Ah! je le jure, il vaut mieux être trompé tout à fait que d'avoir le moindre soupçon.

IAGO. — Qu'y a-t-il, monseigneur?

OTHELLO. — Que me faisaient les heures de débauche qu'elle me volait? Je ne le voyais pas, je n'y pensais pas, je n'en souffrais pas! Je dormais bien chaque nuit; j'étais libre et joyeux! Je ne retrouvais pas sur ses lèvres les baisers de Cassio! Que celui qui est volé ne s'aperçoive pas du larcin, qu'il n'en sache rien, et il n'est pas volé du tout.

IAGO. — Je suis fâché d'entendre ceci.

OTHELLO. — J'aurais été heureux quand le camp tout entier, jusqu'au dernier pionnier, aurait goûté son corps charmant, si je n'en avais rien su. Oh! maintenant pour toujours adieu l'esprit tranquille! adieu le contentement! adieu les troupes empanachées et les grandes guerres qui font de l'ambition une vertu! Oh! adieu! adieu le coursier qui hennit, et la stridente trompette, et l'encourageant tambour, et le fifre assourdissant! Adieu la bannière royale et toute la beauté, l'orgueil, la pompe et l'attirail de la guerre glorieuse! Et vous, instruments de guerre dont les gorges rudes contrefont les clameurs redoutées de l'immortel Jupiter, adieu! La tâche d'Othello est finie!

IAGO. — Est-il possible, monseigneur?

OTHELLO. — Misérable, tu me prouveras que ma bien-aimée est une putain! N'y manque pas, n'y manque pas! Que je le voie de mes yeux, ou bien,

Saisissant Iago à la gorge.

par le salut de mon âme éternelle! il eût mieux valu pour toi être né chien que d'avoir à répondre à ma fureur déchaînée!

IAGO. — En est-ce donc venu là?

OTHELLO. — Fais-moi voir la chose, ou du moins pouve-la-moi si bien que la preuve ne porte ni char-

nière ni tenon auquel puisse s'accrocher un doute;
sinon, malheur à ta vie!

IAGO. — Mon noble maître!

OTHELLO. — Si tu la calomnies et si tu me tortures,
cesse à jamais de prier, renonce à toute conscience,
accumule les horreurs sur la tête de l'horreur, commets
des actions à faire pleurer le ciel et à épouvanter toute
la terre, tu ne pourras rien ajouter à ta damnation de
plus énorme que cela!

IAGO. — O grâce divine! O ciel, défendez-moi!...
Êtes-vous un homme?... Avez-vous une âme ou quelque
sentiment? Dieu soit avec vous! Reprenez-moi mon emploi!... O misérable niais, qui as vécu pour voir ton
honnêteté transformée en vice! O monde monstrueux!
sois témoin, sois témoin, ô monde, qu'il y a danger à
être franc et honnête!... Je vous remercie de la leçon,
et, à l'avenir, je n'aimerai plus un seul ami, puisque
l'amitié provoque de telles offenses!

OTHELLO. — Non! demeure... Tu dois être honnête!

IAGO. — Je devrais être raisonnable; car l'honnêteté
est une folle qui s'aliène ceux qu'elle sert.

OTHELLO. — Par l'univers! je crois que ma femme est
honnête et crois qu'elle ne l'est pas; je crois que tu
es probe et crois que tu ne l'es pas; je veux avoir
quelque preuve. Son nom, qui était pur comme le
visage de Diane, est maintenant terni et noir comme ma
face!... S'il y a encore des cordes ou des couteaux, des
poisons ou du feu ou des flots suffocants, je n'endurerai
pas cela! Oh! avoir la certitude!

IAGO. — Je vois, monsieur, que vous êtes dévoré par
la passion, et je me répens de l'avoir excitée en vous.
Vous voudriez avoir la certitude?

OTHELLO. — Je le voudrais? Non! je le veux.

IAGO. — Vous le pouvez. Mais, comment? Quelle

certitude vous faut-il, monseigneur? Voudriez-vous
assister, bouche béante, à un grossier flagrant délit,
et la regarder saillir par l'autre?

OTHELLO. — Mort et damnation! Oh!

IAGO. — Ce serait une entreprise difficile, je crois, que
de les amener à donner ce spectacle. Au diable si jamais
ils se font voir sur l'oreiller par d'autres yeux que les
leurs! Quoi donc? Quelle certitude voulez-vous? Que
dirai-je? Où trouverez-vous la conviction? Il est impossible que vous voyiez cela, fussent-ils aussi pressés que
des boucs, aussi chauds que des singes, aussi lascifs
que des loups en rut, et les plus grossiers niais que
l'ignorance ait rendus ivres. Mais pourtant, je le reconnais, si la probabilité, si les fortes présomptions qui
mènent directement à la porte de la vérité suffisent à
donner la certitude, vous pouvez l'avoir.

OTHELLO. — Donne-moi une preuve vivante qu'elle est
déloyale.

IAGO. — Je n'aime pas cet office-là; mais, puisque
je me suis tant avancé dans cette cause, poussé par une
honnêteté et un dévouement stupides, je continuerai...
Dernièrement, j'étais couché avec Cassio, et, tourmenté
d'une rage de dents, je ne pouvais dormir. Il y a une
espèce d'hommes si débraillés dans l'âme qu'ils mar-
mottent leurs affaires pendant leur sommeil. De cette
espèce est Cassio. Tandis qu'il dormait, je l'ai entendu
dire: *Suave Desdémone, soyons prudents! cachons nos amours!*
Et alors, monsieur, il m'empoignait, et m'étreignait la
main, en s'écriant: *Ô suave créature!* Et alors il me baisait avec force comme pour arracher par les racines des
baisers éclos sur mes lèvres; il posait sa jambe sur ma
cuisse, et soupirait, et me baisait, et criait alors: *Maudite fatalité qui t'a donnée au More!*

OTHELLO. — Oh! monstrueux! monstrueux!

IAGO. — Non! ce n'était que son rêve.

OTHELLO. — Mais il dénonçait un fait accompli. C'est un indice néfaste, quoique ce ne soit qu'un rêve.

IAGO. — Et cela peut donner corps à d'autres preuves qui n'ont qu'une mince consistance.

OTHELLO. — Je la mettrai toute en pièces!

IAGO. — Non! soyez calme! Nous ne voyons encore rien de fait : elle peut être honnête encore. Dites-moi seulement! avez-vous quelquefois vu un mouchoir brodé de fraises aux mains de votre femme?

OTHELLO. — Je lui en ai donné un comme tu dis; ç'a été mon premier présent.

IAGO. — Je ne le savais pas. C'est avec un mouchoir pareil (il est à votre femme, j'en suis sûr) que j'ai aujour-d'hui vu Cassio s'essuyer la barbe.

OTHELLO. — Si c'est celui-là!...

IAGO. — Que ce soit celui-là ou un autre, s'il lui appartient, c'est une nouvelle preuve qui parle contre elle.

OTHELLO. — Oh! si ce gueux du moins avait quarante mille vies! Une seule est trop misérable, trop chétive pour ma vengeance! Je le vois maintenant : c'est vrai!... Écoute, Iago! tout mon fol amour, je souffle dessus, je le lance au ciel, il a disparu. Surgis, noire vengeance, du fond de ton enfer! Cède, ô amour, la couronne et le trône de ce cœur à la tyrannique haine! Gonfle-toi, mon sein : car ce que tu renfermes n'est que langues d'aspics!

IAGO. — Je vous en prie, calmez-vous.

OTHELLO. — Oh! le sang! le sang! le sang!

IAGO. — Patience, vous dis-je! Vos idées peuvent changer.

OTHELLO. — Jamais, Iago! De même que la mer Pontique, dont le courant glacial et le cours forcé ne subissent jamais le refoulement des marées, se dirige sans

cesse vers la Propontide et l'Hellespont, de même mes
pensées de sang, dans leur marche violente, ne regar-
deront jamais en arrière. Jamais elles ne reflueront vers
l'humble amour, mais elles iront s'engloutir dans une
profonde et immense vengeance. Oui, par le ciel de
marbre qui est là-haut! au juste respect de ce vœu sacré
j'engage ici ma parole.

Il tombe à genoux.

IAGO. — Ne vous levez pas encore!

Il s'agenouille.

Soyez témoins, vous, lumières toujours brûlantes au-
dessus de nous; vous, éléments qui nous pressez de
toutes parts! Soyez témoins qu'ici Iago voue l'activité
de son esprit, de son bras, de son cœur au service
d'Othello outragé. Qu'il commande! et l'obéissance
sera de ma part tendresse d'âme, aussi sanglants que
soient ses ordres.

Ils se relèvent.

OTHELLO. — Je salue ton dévouement, non par de
vains remerciements, mais par une reconnaissante acceptation, et je vais dès à présent te mettre à l'épreuve : avant
trois jours, viens m'apprendre que Cassio n'est plus
vivant.

IAGO. — Mon ami est mort : c'est fait à votre requête.
Mais elle, qu'elle vive!

OTHELLO. — Damnation sur elle, l'impudique coquine!
Oh! damnation sur elle! Allons, éloignons-nous d'ici!
Je me retire afin de me procurer des moyens de mort
rapide pour le charmant démon. A présent, tu es mon
lieutenant.

IAGO. — Je suis vôtre pour toujours.

Ils sortent.

SCÈNE IV

Même lieu.

Entrent Desdémone, Émilia et le Bouffon.

Desdémone. — Mon ami, savez-vous où loge le lieutenant Cassio?

Le Bouffon. — Son adresse? Je n'oserais pas en douter.

Desdémone. — Qu'est-ce à dire, l'ami?

Le Bouffon. — Cassio est soldat. Or, si je doutais de
son adresse, il pourrait bien me la prouver par un
coup d'estoc.

Desdémone. — Allons! où demeure-t-il?

Le Bouffon. — Si je vous indiquais sa demeure, je
vous mettrais dedans.

Desdémone. — Quel sens cela a-t-il?

Le Bouffon. — Je ne sais pas où il demeure; et si
j'imaginais un logis en vous disant : « Il demeure ici ou
il demeure là », est-ce que je ne vous mettrais pas
dedans?

Desdémone. — Pourriez-vous vous enquérir de lui et
obtenir des renseignements sur son compte?

Le Bouffon. — Je vais, à son sujet, interroger tout le
monde... comme au catéchisme : mes questions dicte-
ront les réponses.

Desdémone. — Trouvez-le, et dites-lui de venir ici;
annoncez-lui que j'ai touché monseigneur en sa faveur
et que j'espère que tout ira bien.

Le Bouffon. — Ce que vous me demandez est dans les

limites d'une intelligence humaine : je vais en conséquence essayer de le faire.

Il sort.

Desdémone. — Où puis-je avoir perdu ce mouchoir,
Émilia?

Émilia. — Je ne sais pas, madame.

Desdémone. — Crois-moi, j'aimerais mieux avoir
perdu ma bourse pleine de cruzades. Heureusement que
le noble More est une âme droite et qu'il n'a rien de
cette bassesse dont sont faites les créatures jalouses!
Sinon, c'en serait assez pour lui donner de vilaines idées.

Émilia. — Est-ce qu'il n'est pas jaloux?

Desdémone. — Qui? lui? Je crois que le soleil sous
lequel il est né a extrait de lui toutes ces humeurs-là.

Émilia. — Tenez! le voici qui vient.

Desdémone. — Maintenant je ne le laisserai plus que
Cassio ne soit rappelé près de lui...

Entre Othello.

Comment cela va-t-il, monseigneur?

Othello. — Bien, ma chère dame...

A part.

Oh! que de peine à dissimuler! Comment êtes-vous,
Desdémone?

Desdémone. — Bien, mon cher seigneur.

Othello. — Donnez-moi votre main... Cette main est
moite, madame.

Desdémone. — Elle n'a pas encore senti l'âge ni connu
le chagrin.

Othello. — Ceci annonce de l'exubérance et un cœur
libéral : chaude, chaude et moite! Cette main-là exige
le renoncement à la liberté, le jeûne, la prière, une

longue mortification, de pieux exercices; car il y a ici un jeune diable tout en sueur, qui a l'habitude de se révolter... C'est une bonne main, une main franche.

DESDÉMONE. — Vous pouvez vraiment le dire; car c'est cette main qui a donné mon cœur.

OTHELLO. — Une main libérale!... Jadis c'étaient les cœurs qui donnaient les mains; mais, dans nos nouveaux blasons, rien que des mains, pas de cœurs!

DESDÉMONE. — Je ne sais rien de tout cela... Revenons à votre promesse.

OTHELLO. — Quelle promesse, poulette?

DESDÉMONE. — J'ai envoyé dire à Cassio de venir vous parler.

OTHELLO. — J'ai un méchant rhume opiniâtre qui me gêne : prête-moi ton mouchoir.

DESDÉMONE. — Voici, monseigneur.

OTHELLO. — Celui que je vous ai donné.

DESDÉMONE. — Je ne l'ai pas sur moi.

OTHELLO. — Non?

DESDÉMONE. — Non, ma foi! monseigneur.

OTHELLO. — C'est une faute. Ce mouchoir, une Égyptienne le donna à ma mère... C'était une magicienne qui lisait quasiment les pensées des gens : elle lui dit que, tant qu'elle le garderait, elle aurait le don de plaire et de soumettre entièrement mon père à ses amours; mais que, si elle le perdait ou en faisait présent, mon père ne la regarderait plus qu'avec dégoût et mettrait son cœur en chasse de fantaisies nouvelles. Ma mère me le remit en mourant, et me recommanda, quand la destinée m'unirait à une femme, de le lui donner. C'est ce que j'ai fait. Ainsi, prenez-en soin; qu'il vous soit aussi tendrement précieux que votre prunelle! l'égarer ou le donner, ce serait une catastrophe qui n'aurait point d'égale.

DESDÉMONE. — Est-il possible?

OTHELLO. — C'est la vérité. Il y a une vertu magique dans le tissu; une sibylle qui avait compté en ce monde deux cents révolutions de soleil en a brodé le dessin dans sa prophétique fureur; les vers qui en ont filé la soie étaient consacrés; et la teinture qui le colore est faite de cœurs de vierges momifiés qu'avait conservés son art.

DESDÉMONE. — Sérieusement? est-ce vrai?

OTHELLO. — Très véritable. Ainsi, veillez-y bien.

DESDÉMONE. — Plût au Ciel alors que je ne l'eusse jamais vu!

OTHELLO, *vivement*. — Ah! pour quelle raison?

DESDÉMONE. — Pourquoi me parlez-vous d'un ton si brusque et si violent?

OTHELLO. — Est-ce qu'il est perdu? Est-ce que vous ne l'avez plus? Parlez! Est-ce qu'il n'est plus à sa place?

DESDÉMONE. — Le Ciel nous bénisse!

OTHELLO. — Vous dites?

DESDÉMONE. — Il n'est pas perdu. Mais quoi! s'il l'était?

OTHELLO. — Ha!

DESDÉMONE. — Je dis qu'il n'est pas perdu.

OTHELLO. — Cherchez-le! faites-le-moi voir.

DESDÉMONE. — Je le pourrais, monsieur, mais je ne veux pas à présent. C'est une ruse pour me distraire de ma requête. Je vous en prie, que Cassio soit rappelé.

OTHELLO. — Cherchez-moi ce mouchoir! Mon âme s'alarme.

DESDÉMONE. — Allez, allez! vous ne rencontrerez jamais un homme plus çapable.

OTHELLO. — Le mouchoir!

DESDÉMONE. — Je vous en prie, causons de Cassio!

OTHELLO. — Le mouchoir!

DESDÉMONE. — Un homme qui, de tout temps, a fondé
sa fortune sur votre affection, qui a partagé vos dangers...

OTHELLO. — Le mouchoir!

DESDÉMONE. — En vérité! vous êtes à blâmer.

OTHELLO. — Arrière!

Il sort.

ÉMILIA. — Cet homme-là n'est pas jaloux?

DESDÉMONE. — Je ne l'avais jamais vu ainsi. Pour sûr,
il y a du miracle dans ce mouchoir. Je suis bien malheureuse de l'avoir perdu!

ÉMILIA. — Ce n'est pas un an ou deux qui font connaître les hommes. Ils ne sont tous que des estomacs
pour qui nous ne sommes toutes que des aliments : ils
nous mangent comme des affamés, et, dès qu'ils sont
pleins, ils nous renvoient... Ah! voici Cassio et mon
mari.

Entrent Cassio et Iago.

IAGO. — Il n'y a pas d'autre moyen : c'est elle qui doit
le faire. Et tenez! l'heureux hasard! Allez, importunez-la!

DESDÉMONE. — Eh bien! bon Cassio, quoi de nouveau
avec vous?

CASSIO. — Madame, toujours ma requête! Je vous en
supplie, faites, par votre vertueuse entremise, que je
puisse revivre en recouvrant l'affection de celui à qui je
voue respectueusement tout le dévouement de mon cœur.
Ah! plus de délais! Si ma faute est d'une espèce si mortelle que mes services passés, ma douleur présente, mes
bonnes résolutions pour l'avenir soient une rançon
insuffisante à nous réconcilier, que je le sache du moins!
et cette certitude aura encore pour moi son avantage.
Alors, je me draperai dans une résignation forcée, et
j'attendrai, cloîtré dans quelque autre carrière, l'aumône de la Fortune.

DESDÉMONE. — Hélas! trois fois loyal Cassio, ma requête ne trouve pas d'écho pour le moment; monseigneur n'est plus monseigneur; et je ne le reconnaîtrais pas, s'il était aussi changé de visage que d'humeur. Puissé-je être protégée par tous les esprits sanctifiés, comme vous avez été défendu par moi! J'ai même provoqué le feu de sa colère par mon franc parler. Il faut que vous patientiez encore un peu; ce que je puis faire, je veux le faire, et je veux pour vous plus que je n'oserais pour moi-même. Que cela vous suffise!

IAGO. — Est-ce que monseigneur s'est irrité?

ÉMILIA. — Il vient de partir à l'instant, et, certainement, dans une étrange agitation.

IAGO. — Lui, s'irriter!... J'ai vu le canon faire sauter en l'air les rangées de ses soldats, et, comme le diable, lui arracher de ses bras mêmes son propre frère; et je me demande s'il peut s'irriter. C'est quelque chose de grave alors. Je vais le trouver. Il faut que ce soit vraiment sérieux, s'il est irrité.

DESDÉMONE. Je t'en prie, va!

Iago sort.

A coup sûr, c'est quelque affaire d'État : une nouvelle de Venise, ou quelque complot tout à coup déniché ici dans Chypre même, et qu'on lui a révélé, aura troublé son esprit limpide. En pareil cas, il est dans la nature des hommes de quereller pour de petites choses, bien que les grandes seules les préoccupent. C'est toujours ainsi : qu'un doigt vous fasse mal, et il communiquera même aux autres parties saines le sentiment de la douleur. D'ailleurs, songeons-y! les hommes ne sont pas des dieux. Nous ne devons pas toujours attendre d'eux les prévenances qui sont de rigueur au jour des noces... Gronde-moi bien, Émilia : j'ai osé,

soldat indiscipliné que je suis, l'accuser dans mon âme
d'un manque d'égards; mais maintenant je trouve que
j'avais suborné le témoin et qu'il est injustement mis en
cause.

ÉMILIA. — Priez le ciel que ce soit, comme vous pensez, quelque affaire d'État, et non une idée, une lubie
jalouse qui vous concerne.

DESDÉMONE. — O malheureux jour! jamais je ne lui
en ai donné de motif.

ÉMILIA. — Mais les cœurs jaloux ne se paient pas de
cette réponse; ils ne sont pas toujours jaloux pour le
motif; ils sont jaloux, parce qu'ils sont jaloux. C'est
un monstre engendré de lui-même, né de lui-même.

DESDÉMONE. — Que le ciel éloigne ce monstre de l'esprit d'Othello!

ÉMILIA. — Amen, madame!

DESDÉMONE. — Je vais le chercher... Cassio, promenez-
vous par ici; si je le trouve bien disposé, je plaiderai
votre cause, et je ferai tout mon possible pour la gagner.

CASSIO. — Je remercie humblement Votre Grâce.

> *Sortent Desdémone et Émilia.*
> *Entre Bianca.*

BIANCA. — Dieu vous garde, ami Cassio!

CASSIO. — Vous, dehors! Quelle raison vous amène?
Comment cela va-t-il, ma très jolie Bianca? Sur ma
parole! doux amour, j'allais à votre maison.

BIANCA. — Et, moi, j'allais à votre logis, Cassio. Quoi!
toute une semaine loin de moi! Sept jours et sept nuits!
Cent soixante heures! Et les heures d'absence d'un
amant sont cent soixante fois plus longues que les
heures du cadran. Oh! le pénible calcul!

CASSIO. — Pardonnez-moi, Bianca. Des pensées de
plomb m'ont oppressé tous ces temps-ci; mais, dès

que j'aurai plus de loisir, je vous paierai les arrérages de l'absence. Chère Bianca, faites-moi un double de ce travail.

       Il lui donne le mouchoir de Desdémone.

BIANCA. — Oh! Cassio, comment ceci est-il entre vos mains? C'est quelque gage d'une nouvelle amie. Je sens maintenant la cause de cette absence trop sentie. En est-ce déjà venu là? C'est bon! c'est bon!

CASSIO. — Allons! femme, jetez vos viles suppositions à la face du diable de qui vous les tenez. Vous voilà jalouse, à l'idée que c'est quelque souvenir de quelque maîtresse. Non, sur ma parole, Bianca!

BIANCA. — Eh bien! à qui est-il?

CASSIO. — Je ne sais pas, ma charmante! Je l'ai trouvé dans ma chambre. J'en aime le travail : avant qu'il soit réclamé, comme il est probable qu'il le sera, je voudrais avoir le pareil. Prenez-le, copiez-le, et laissez-moi pour le moment.

BIANCA. — Vous laisser! Pourquoi?

CASSIO. — J'attends ici le général; et ce n'est pas une recommandation désirable pour moi qu'il me trouve en compagnie féminine.

BIANCA. — Et pourquoi? je vous prie!

CASSIO. — Ce n'est pas que je ne vous aime pas.

BIANCA. — Mais c'est que vous ne m'aimez point. Je vous en prie, reconduisez-moi quelques pas, et dites-moi si je vous verrai de bonne heure ce soir.

CASSIO. — Je ne puis vous reconduire bien loin : c'est ici que j'attends; mais je vous verrai bientôt.

BIANCA. — C'est fort bien. Il faut que je cède aux circonstances!

       Ils sortent.

ACTE IV

SCÈNE PREMIÈRE

Le même lieu.

Entrent Othello et Iago.

IAGO. — Le croyez-vous?

OTHELLO. — Si je le crois, Iago!

IAGO. — Quoi! donner un baiser en secret!

OTHELLO. — Un baiser usurpé!

IAGO. — Ou rester au lit toute nue avec son ami, une heure ou plus, sans songer à mal!

OTHELLO. — Rester toute nue avec un ami, Iago, sans songer à mal! C'est user d'hypocrisie avec le diable. Ceux qui n'ont que des pensées vertueuses et qui s'exposent ainsi tentent le ciel en voulant que le diable tente leur vertu.

IAGO. — S'ils s'abstiennent, ce n'est qu'une faute vénielle. Mais si je donne à ma femme un mouchoir...

OTHELLO. — Eh bien! après?

IAGO. — Eh bien! il est à elle, monseigneur; et, comme il est à elle, elle peut, je pense, en faire cadeau à n'importe quel homme.

OTHELLO. — Elle est gardienne de son honneur aussi :
peut-elle le donner?

IAGO. — L'honneur est une essence qui ne se voit pas;
beaucoup semblent l'avoir, qui ne l'ont plus. Mais pour
le mouchoir...

OTHELLO. — Par le ciel! je l'aurais oublié bien volontiers. Tu dis... Oh! cela revient sur ma mémoire, comme
sur une maison infectée le corbeau de mauvais augure!...
Tu dis qu'il avait mon mouchoir?

IAGO. — Oui! Qu'est-ce que cela fait?

OTHELLO. — C'est bien plus grave, alors.

IAGO. — Eh quoi! si je vous disais que je l'ai vu vous
faire outrage, que je l'ai entendu dire... Il est de par le
monde des marauds qui, après avoir, à force d'importunités, ou par suite d'un caprice spontané qu'ils ins-
pirent, entraîné ou séduit une femme, ne peuvent s'empêcher de bavarder ensuite...

OTHELLO. — Est-ce qu'il a dit quelque chose?

IAGO. — Oui, monseigneur; mais, soyez-en sûr, rien
qu'il ne soit prêt à nier sous serment.

OTHELLO. — Qu'a-t-il dit?

IAGO. — Ma foi! qu'il avait fait... je ne sais quoi.

OTHELLO. — Quoi? quoi?

IAGO. — Couché...

OTHELLO. — Avec elle?

IAGO. — Avec elle! sur elle! comme vous voudrez.

OTHELLO. — Couché avec elle! Couché sur elle! C'est
toucher à elle que de dire : elle couche. Couché avec
elle! Morbleu, c'est une honte! Le mouchoir!... cet
aveu!... Le mouchoir!... Lui faire avouer, et puis lui
mettre la corde au cou! Non! D'abord lui mettre la
corde au cou, et puis lui faire avouer... J'en frissonne...
Une nature ne se laisserait pas envahir ainsi par
l'ombre de la passion sans quelque grande cause...

Ce ne sont pas des mots qui m'agitent comme cela...
Pish!... Nez, oreilles et lèvres! Est-il possible?... L'aveu!...
le mouchoir!... Ô diable!

Il tombe en un accès de haut mal.

IAGO. — Travaille, ma médecine, travaille! C'est ainsi
qu'on attrape les niais crédules, et c'est encore ainsi que
plus d'une dame digne et chaste, malgré toute son
innocence, est exposée au reproche.

Entre Cassio.

Holà! Monseigneur! Monseigneur! Othello!... Ah!
c'est vous, Cassio?

CASSIO. — Qu'y a-t-il?

IAGO. — Monseigneur est tombé en épilepsie. C'est sa
seconde attaque; il en a eu une hier.

CASSIO. — Frottez-lui les tempes.

IAGO. — Non, laissez-le. La léthargie doit avoir son
cours tranquille; sinon, l'écume lui viendrait à la bouche,
et tout à l'heure il éclaterait en folie furieuse... Tenez!
il remue. Éloignez-vous un moment; il va revenir à lui;
quand il sera parti, je voudrais causer avec vous d'une
importante affaire.

Sort Cassio.

Comment cela va-t-il, général? Est-ce que vous ne
vous êtes pas blessé à la tête?

OTHELLO. — Te moques-tu de moi?.

IAGO. — Me moquer de vous! Non, par le ciel! Je
voudrais seulement vous voir supporter votre sort
comme un homme.

OTHELLO. — Un homme qui porte cornes n'est qu'un
monstre et une bête.

IAGO. — Il y a bien des bêtes alors dans une ville popu-
leuse, et bien des monstres civilisés.

OTHELLO. — A-t-il avoué?

IAGO. — Mon bon seigneur, soyez un homme. Songez que tout confrère barbu, attelé à ce joug-là, peut le traîner comme vous; il y en a des millions qui chaque nuit s'étendent dans ce lit banal qu'ils jureraient être à eux seuls. Votre cas est meilleur. Oh! sarcasme de l'enfer, suprême moquerie du démon! étreindre une impudique sur une couche confiante, et la croire chaste! Non, que je sache tout! Et, sachant ce que je suis, je saurai comment la traiter!

OTHELLO. — Oh! tu as raison; cela est certain.

IAGO. — Tenez-vous un peu à l'écart, et contenez-vous dans les bornes de la patience. Tandis que vous étiez ici, accablé par la douleur, émotion bien indigne d'un homme comme vous, Cassio est venu; je l'ai éconduit en donnant de votre évanouissement une raison plausible; je lui ai dit de revenir bientôt me parler ici : ce qu'il m'a promis. Cachez-vous en observation, et remarquez les grimaces, les moues, les signes de dédain qui vont paraître dans chaque trait de son visage; car je vais lui faire répéter toute l'histoire : où, comment, combien de fois, depuis quelle époque et quand il en est venu aux prises avec votre femme, quand il compte y revenir. Je vous le dis, remarquez seulement ses gestes. Mais, morbleu! de la patience! ou je dirai que vous êtes décidément un frénétique, et non plus un homme.

OTHELLO. — Écoute, Iago! je me montrerai le plus patient de tous les hommes, mais aussi, tu m'entends! le plus sanguinaire.

IAGO. — Il n'y a pas de mal, pourvu que vous mettiez le temps à tout... Voulez-vous vous retirer?

Othello se retire.

Je vais maintenant questionner Cassio sur Bianca : une garce qui, en vendant ses faveurs, s'achète du pain et des vêtements. Cette créature raffole de Cassio. C'est le triste sort de toute catin d'en dominer beaucoup pour être enfin dominée par un seul. Quand il entend parler d'elle, Cassio ne peut s'empêcher de rire aux éclats... Le voici qui vient.

Rentre Cassio.

A le voir sourire, Othello va devenir fou; et son ignare jalousie va interpréter les sourires, les gestes et les insouciantes manières du pauvre Cassio tout à fait à contresens... Comment vous trouvez-vous, lieutenant?

Cassio. — D'autant plus mal que vous me donnez un titre dont la privation me tue.

Iago. — Travaillez bien Desdémone, et vous êtes sûr de la chose. [*Bas.*] Si l'affaire était au pouvoir de Bianca, [*Haut.*] comme vous réussiriez vite!

Cassio. — Hélas! la pauvre fille!

Othello. — Voyez comme il rit déjà!

Iago. — Je n'ai jamais connu de femme aussi amoureuse d'un homme.

Cassio. — Hélas! pauvre coquine! je crois vraiment qu'elle m'aime.

Othello. — C'est cela : il s'en défend faiblement, et il rit!

Iago. — Écoutez, Cassio!

Othello [*à part.*]. — Voilà Iago qui le prie de lui tout répéter... Continue! Vas-y! Vas-y!

Iago. — Elle donne à entendre que vous l'épouserez; est-ce votre intention?

Cassio. — Ha! ha! ha!

Othello [*à part.*]. — Tu triomphes, Romain! tu triomphes!

Cassio. — Moi, l'épouser!... Quoi! une coureuse!...
Je t'en prie, aie quelque charité pour mon esprit : ne
le crois pas aussi malade... Ha! ha! ha!

Othello [*à part*]. — Oui! oui! oui! oui! au gagnant
de rire.

Iago. — Vraiment, le bruit court que vous l'épouserez.

Cassio. — De grâce! parlez sérieusement.

Iago. — Je ne suis qu'un scélérat si ce n'est pas
sérieux.

Othello [*à part*]. — Avez-vous donc compté mes
jours? Bien!

Cassio. — C'est une invention de la guenon : si elle
a l'idée que je l'épouserai, elle la tient de son amour
et de ses illusions, et nullement de mes promesses.

Othello [*à part*]. — Iago me fait signe : c'est que
l'autre commence l'histoire.

Cassio. — Elle était ici, il n'y a qu'un moment. Elle
me hante en tout lieu : j'étais l'autre jour au bord de
la mer à causer avec plusieurs Vénitiens; soudain cette
folle arrive et me saute ainsi au cou.

Othello [*à part*]. — En s'écriant : « Ô mon cher
Cassio! » apparemment; c'est ce qu'indique son geste.

Cassio. — Elle se pend et s'accroche, toute en larmes,
après moi; puis elle m'attire et me pousse. Ha! ha!
ha!

Il parle bas à Iago.

Othello. — Maintenant, il lui raconte comment elle
l'a entraîné dans ma chambre. Oh! je vois bien ton
nez, mais pas le chien qui le mangera.

Cassio. — Vraiment, il faut que je la quitte.

Iago. — Devant moi?... Tenez! la voici qui vient.

Entre Bianca.

Cassio. — C'est une maîtresse fouine, et diantrement parfumée encore.

A Bianca.

Qu'avez-vous donc à me hanter ainsi?

Bianca. — Que le diable et sa femme vous poursuivent!... Que me vouliez-vous avec ce mouchoir que vous m'avez remis tantôt? J'étais une belle sotte de le prendre. Il faut que j'en fasse un tout pareil, n'est-ce pas? Comme cela est vraisemblable que vous l'ayez trouvé dans votre chambre et que vous ne sachiez pas qui l'y a laissé!... C'est le présent de quelque donzelle, et il faudrait que je vous en fisse un pareil?... Tenez! donnez-le à votre poupée; peu m'importe comment vous l'avez eu : je ne me charge de rien.

Cassio. — Voyons! ma charmante Bianca! Voyons! voyons!

Othello [*à part*]. — Par le ciel! ce doit être mon mouchoir.

Bianca. — Si vous voulez venir souper ce soir, vous le pouvez; sinon, vous attendrez une invitation.

Elle sort.

Iago. — Suivez-la! suivez-la!

Cassio. — Ma foi! il le faut ou elle va faire un esclandre dans les rues.

Iago. — Souperez-vous chez elle?

Cassio. — Ma foi! j'en ai l'intention.

Iago. — C'est bien! il se peut que j'aille vous voir; car je serais bien aise de vous parler.

Cassio. — De grâce, venez! Voulez-vous?

Iago. — Partez. C'est entendu.

Cassio sort. Othello quitte sa cachette.

Othello. — Comment le tuerai-je, Iago?

IAGO. — Avez-vous vu comme il a ri de sa vilenie?

OTHELLO. — Oh! Iago!

IAGO. — Et avez-vous vu le mouchoir?

OTHELLO. — Était-ce le mien?

IAGO. — Par cette main levée!... Et vous voyez quel cas il fait de votre sotte de femme. Elle lui a donné ce mouchoir, et, lui, il l'a donné à sa putain!

OTHELLO. — Oh! je voudrais le tuer pendant neuf ans!... Une femme si belle! une femme si charmante! une femme si adorable!

IAGO. — Allons! il faut oublier cela.

OTHELLO. — Oui, qu'elle pourrisse, qu'elle disparaisse et soit damnée dès cette nuit! Car elle ne vivra pas! Non. Mon cœur est changé en pierre : je le frappe, et il me blesse la main... Oh! le monde n'a pas une plus adorable créature! Elle était digne de reposer aux côtés d'un empereur et de lui donner des ordres!

IAGO. — Voyons! ce n'est pas là votre affaire.

OTHELLO. — L'infâme! Je dis seulement ce qu'elle est... Si adroite avec son aiguille!... Admirable magicienne! Oh! avec son chant elle apprivoiserait un ours!... Et puis, d'une intelligence, d'une imagination si élevées, si fécondes!

IAGO. — Elle n'en est que plus coupable!

OTHELLO. — Oh! mille et mille fois plus!... En outre, d'un caractère si affable!

IAGO. — Trop affable, vraiment!

OTHELLO. — Oui, cela est certain. Mais quel malheur, Iago! Oh! Iago! quel malheur, Iago!

IAGO. — Si vous êtes si tendre à son iniquité, donnez-lui patente pour faire le mal; car, si cela ne vous touche pas, cela ne gêne personne.

OTHELLO. — Je la hacherai en miettes!... Me cocufier!

IAGO. — Oh! c'est ignoble de sa part.

OTHELLO. — Avec mon officier!

IAGO. — C'est plus affreux encore.

OTHELLO. — Procure-moi du poison, Iago, cette nuit!... Je ne veux pas avoir d'explication avec elle, de peur que son corps et sa beauté ne désarment mon âme encore une fois... Cette nuit, Iago!

IAGO. — N'employez pas le poison; étranglez-la dans son lit, le lit même qu'elle a souillé[6].

OTHELLO. — Bon, bon! La justice de ce châtiment me plaît. Très bien!

IAGO. — Et, quant à Cassio, laissez-moi être son croque-mort. Vous en apprendrez davantage vers minuit.

OTHELLO. — Parfait!...

Sonnerie de trompette.

Quelle est cette fanfare?

IAGO. — Quelque message de Venise, pour sûr. C'est Lodovico qui vient de la part du doge; et, voyez! votre femme est avec lui.

Entrent Lodovico, Desdémone et des serviteurs.

LODOVICO. — Dieu vous garde, digne général!

OTHELLO. — Je le souhaite de tout mon cœur, monsieur.

LODOVICO. — Le doge et les sénateurs de Venise vous saluent.

Il lui remet une dépêche.

OTHELLO. — Je baise l'instrument de leur bon plaisir.

Il ouvre la dépêche et lit.

DESDÉMONE. — Et quoi de nouveau, mon bon cousin Lodovico?

IAGO, *à Lodovico*. — Je suis bien content de vous voir,
signor. Soyez le bienvenu à Chypre.

LODOVICO. — Merci! Comment va le lieutenant
Cassio?

IAGO. — Il vit, monsieur.

DESDÉMONE. — Cousin, il est survenu entre lui et
monseigneur une désagréable rupture; mais vous arran-
gerez tout.

OTHELLO, *d'une voix sourde*. — En êtes-vous sûre?

DESDÉMONE, *à Othello*. — Monseigneur?

OTHELLO, *lisant*. — « Ne manquez pas de le faire dès
que vous aurez... »

LODOVICO. — Il ne te parlait pas : il est occupé de la
dépêche. Est-ce qu'il y a un différend entre ton mari
et Cassio?

DESDÉMONE. — Oui, un très malheureux. Je ferais
bien des choses afin de les réconcilier, pour l'amour
que je porte à Cassio.

OTHELLO. — Enfer et damnation!

DESDÉMONE. — Monseigneur?

OTHELLO. — Avez-vous votre raison?

DESDÉMONE. — Quoi! est-ce qu'il est fâché?

LODOVICO. — Il est possible que cette lettre l'agite;
car je crois qu'on le rappelle à Venise et que Cassio est
désigné pour lui succéder.

DESDÉMONE. — Ma foi! j'en suis bien aise.

OTHELLO. — En vérité?

DESDÉMONE. — Monseigneur?

OTHELLO. — Je suis bien aise, moi, de vous voir si
folle.

DESDÉMONE. — Comment, mon doux Othello?

OTHELLO. — Démon!

Il la frappe.

DESDÉMONE. — Je n'ai pas mérité ceci.

LODOVICO. — Monseigneur, voilà une chose qu'on ne croirait pas à Venise, quand même je jurerais l'avoir vue. C'est trop fort. Faites-lui réparation : elle pleure.

OTHELLO. — Ô démon! démon! Si les pleurs d'une femme pouvaient féconder la terre, chaque larme qu'elle laisse tomber ferait un crocodile!

Hors de ma vue!

DESDÉMONE. — Je ne veux pas rester si je vous offense.

> *Elle sort.*

LODOVICO. — Vraiment, voilà une femme obéissante. J'en supplie Votre Seigneurie, rappelez-la.

OTHELLO, *appelant.* — Madame!

DESDÉMONE. — Monseigneur?

OTHELLO, *à Lodovico.* — Que lui voulez-vous, monsieur?

LODOVICO. — Qui? moi, monseigneur?

OTHELLO. — Oui; vous avez désiré que je la fisse revenir. Monsieur, elle peut se tourner et se retourner, et aller de l'avant, et se retourner encore; elle peut pleurer, monsieur, pleurer! Et elle est obéissante, comme vous dites, obéissante, très obéissante.

[*A Desdémone.*] Continuez vos sanglots!

[*A Lodovico.*] Quant à ceci, monsieur...

[*A Desdémone.*] Oh! l'émotion bien jouée!

[*A Lodovico.*] Je suis rappelé à Venise...

[*A Desdémone.*] Allez-vous-en! je vous enverrai chercher tout à l'heure...

[*A Lodovico.*] Monsieur, j'obéis à cet ordre, et je vais retourner à Venise.

[*A Desdémone.*] Hors d'ici! arrière!

> *Desdémone sort.*

Cassio prendra ma place. Mais, monsieur, ce soir, je vous supplie de souper avec moi; vous êtes le bienvenu, monsieur, à Chypre... Boucs et guenons!

Il sort.

LODOVICO. — Est-ce là ce noble More dont notre sénat unanime proclame la capacité suprême? Est-ce là cette noble nature que la passion ne pouvait ébranler? cette solide vertu que ni la balle de l'accident ni le trait du hasard ne pouvaient effleurer ni entamer?

IAGO. — Il est bien changé.

LODOVICO. — Sa raison est-elle saine? N'est-il pas en délire?

IAGO. — Il est ce qu'il est. Je ne dois pas murmurer une critique. S'il n'est pas ce qu'il devrait être, plût au ciel qu'il le fût!

LODOVICO. — Quoi! frapper sa femme!

IAGO. — Ma foi! ce n'était pas joli. Mais je voudrais être sûr qu'il n'y aura pas de coups plus rudes.

LODOVICO. — Est-ce une habitude chez lui? Ou bien ces lettres ont-elles excité sa fureur et le font agir ainsi?

IAGO. — Hélas! hélas! ce ne serait pas honnête à moi de dire ce que j'ai vu et appris. Vous l'observerez. Ses procédés mêmes le feront assez connaître pour m'épargner la peine de parler. Ne le perdez pas de vue seulement, et remarquez comment il se comporte.

LODOVICO. — Je suis fâché de m'être ainsi trompé sur son compte.

Ils sortent.

SCÈNE II

Une salle dans la citadelle.

Entrent Othello et Émilia.

OTHELLO. — Alors vous n'avez rien vu?

ÉMILIA. — Ni jamais rien entendu, ni jamais rien soupçonné.

OTHELLO. — Si fait. Vous les avez vus ensemble, elle et Cassio.

ÉMILIA. — Mais alors je n'ai rien vu de mal, et pourtant j'entendais chaque syllabe que le moindre souffle échangeait entre eux.

OTHELLO. — Quoi! ils n'ont jamais chuchoté?

ÉMILIA. — Jamais, monseigneur.

OTHELLO. — Ils ne vous ont jamais éloignée?

ÉMILIA. — Jamais.

OTHELLO. — Sous prétexte d'aller chercher son éventail, ses gants, son masque, ou quoi que ce soit?

ÉMILIA. — Jamais, monseigneur.

OTHELLO. — C'est étrange.

ÉMILIA. — Monseigneur, j'oserais parier qu'elle est honnête, et mettre mon âme comme enjeu. Si vous pensez autrement, chassez votre pensée : elle abuse votre cœur. Si quelque misérable vous a mis cela en tête, que le ciel l'en récompense par la malédiction qui frappa le serpent! Car, si elle n'est pas honnête, chaste et fidèle, il n'y a pas de mari heureux : la plus pure des femmes est noire comme la calomnie.

OTHELLO. — Dis-lui de venir ici. Va.

Émilia sort.

Elle n'est pas à court de paroles, mais il faudrait être une entremetteuse bien novice pour ne pas savoir en dire autant. C'est une subtile putain, un réceptacle, fermé à clef, de secrets infâmes; et pourtant elle se met à genoux, et prie : je l'ai vue, moi!

Rentre Émilia avec Desdémone.

DESDÉMONE. — Monseigneur, quelle est votre volonté?

OTHELLO. — Je vous en prie, ma colombe, approchez.

DESDÉMONE. — Quel est votre plaisir?

OTHELLO. — Laissez-moi voir vos yeux; regardez-moi en face.

DESDÉMONE. — Quelle est cette horrible fantaisie?

OTHELLO, *à Émilia.* — A vos fonctions, dame! Laissez seuls ceux qui veulent procréer, et fermez la porte! Toussez et criez *hem!* si quelqu'un vient. Votre métier! votre métier! Allons! décampez.

Émilia sort.

DESDÉMONE. — Je vous le demande à genoux, que signifie votre langage? Je comprends qu'il y a de la fureur dans vos paroles et ces paroles je ne les comprends pas.

OTHELLO. — Eh bien! qu'es-tu?

DESDÉMONE. — Votre femme, monseigneur, votre fidèle et loyale femme.

OTHELLO. — Allons! jure cela, damne-toi! de peur que, te prenant pour un ange, les démons eux-mêmes n'aient peur de s'emparer de toi. Donc damne-toi doublement : jure que tu es fidèle!

DESDÉMONE. — Le ciel le sait, en vérité.

OTHELLO. — En vérité, le ciel sait que tu es fausse comme l'enfer!

DESDÉMONE. — Envers qui, monseigneur? envers qui? Comment suis-je fausse?

OTHELLO. — Ah! Desdémone! arrière! arrière! arrière!

DESDÉMONE. — Hélas! jour accablant!... Pourquoi pleurez-vous? Suis-je la cause de ces larmes, monseigneur? Si par hasard vous soupçonnez mon père d'être l'instrument de votre rappel, ne faites pas tomber votre blâme sur moi. Si vous avez perdu son affection, eh! moi aussi, je l'ai perdue!

OTHELLO. — Le ciel aurait voulu m'éprouver par des revers, il aurait fait pleuvoir toutes sortes de maux et d'humiliations sur ma tête nue, il m'aurait plongé dans la misère jusqu'aux lèvres, il m'aurait voué à la captivité, moi et mes espoirs suprêmes; eh bien! j'aurais trouvé quelque part dans mon âme une goutte de résignation. Mais, hélas! faire de moi le chiffre fixe que l'heure du mépris désigne de son aiguille qui se meut imperceptiblement! Pourtant j'aurais pu supporter cela encore, bien, très bien! Mais le lieu choisi dont j'avais fait le grenier de mon cœur, et d'où je dois tirer la vie, sous peine de la perdre! mais la fontaine d'où ma source doit couler pour ne pas se tarir! en être dépossédé, ou ne pouvoir la garder que comme une citerne où des crapauds hideux s'accouplent et pullulent!... Oh! change de couleur à cette idée, patience, jeune chérubin aux lèvres roses, et prends un visage sinistre comme l'enfer!

DESDÉMONE. — J'espère que mon noble maître me croit toujours vertueuse.

OTHELLO. — Oh! oui, autant qu'à la boucherie ces mouches d'été qui engendrent dans un bourdonnement!... Ô fleur sauvage, si adorablement belle et dont le parfum si suave enivre douloureusement les sens!... je voudrais que tu ne fusses jamais née!

DESDÉMONE. — Hélas! quel péché ai-je commis à mon insu?

OTHELLO. — Quoi! cette page si blanche, ce livre si beau, étaient-ils faits pour qu'on y inscrive « putain »? Ce que tu as commis! ce que tu as commis, ô fille publique! si je le disais seulement, mes joues deviendraient des forges qui réduiraient en cendres la pudeur! Ce que tu as commis! Le ciel se bouche le nez et la lune se voile à tes actions; le vent obscène qui baise tout ce qu'il rencontre s'engouffre dans les profondeurs de la terre pour ne pas les entendre... Ce que tu as commis!... Impudente catin!

DESDÉMONE. — Par le ciel! vous me faites outrage.

OTHELLO. — Tu n'es pas une catin?

DESDÉMONE. — Non! aussi vrai que je suis une chrétienne. Si préserver pour mon mari ce vase pur de tout contact illégitime n'est pas l'acte d'une prostituée, je n'en suis pas une.

OTHELLO. — Quoi! tu n'es pas une putain?

DESDÉMONE. — Non! aussi vrai que je serai sauvée.

OTHELLO. — Est-il possible?

DESDÉMONE. — Oh! que le ciel ait pitié de nous!

OTHELLO. — J'implore votre pardon alors. Je vous prenais pour cette rusée putain de Venise qui a épousé Othello.

Rentre Émilia.

Vous, dame, vous qui avez l'office opposé à celui de saint Pierre et qui gardez la porte de l'enfer!... Vous! vous! oui, vous! Nous avons fini. Voici de l'argent pour vos peines. Je vous en prie, rouvrez la porte et gardez-nous le secret.

Il sort.

ÉMILIA. — Hélas! qu'a donc dans l'esprit ce gentil-homme? Comment vous sentez-vous, madame? Comment vous sentez-vous, ma bonne maîtresse?

DESDÉMONE. — Comme endormie, je crois.

ÉMILIA. — Bonne madame, qu'a donc monseigneur?

DESDÉMONE. — Qui?

ÉMILIA. — Eh bien! monseigneur, madame.

DESDÉMONE. — Qui est-ce ton seigneur?

ÉMILIA. — Celui qui est le vôtre, chère maîtresse.

DESDÉMONE. — Je n'en ai pas... Ne me parle pas, Émilia. Je ne puis pleurer, et pourtant je ne pourrais répondre que par un flot de larmes... Je t'en prie! cette nuit, mets à mon lit mes draps de noce, n'oublie pas... et fais venir ton mari ici.

ÉMILIA. — Voilà bien du changement, en vérité.

Elle sort.

DESDÉMONE. — Il était juste que je fusse traitée ainsi, très juste. Ma conduite passée pouvait-elle lui inspirer confiance dès que je ferais la moindre erreur.

Émilia rentre avec Iago.

IAGO. — Quel est votre bon plaisir, madame? Qu'avez-vous?

DESDÉMONE. — Je ne puis le dire, car ceux qui élèvent de petits enfants le font par des moyens doux et des tâches faciles... Il aurait bien dû me gronder ainsi; car, ma foi! je suis une enfant quand on me gronde.

IAGO. — Qu'y a-t-il, madame?

ÉMILIA. — Hélas, Iago! monseigneur l'a traitée de... putain. Il a déversé sur elle tant d'outrages et de termes accablants qu'un cœur honnête ne peut les supporter.

DESDÉMONE. — Ai-je donc mérité ce nom-là, Iago?

IAGO. — Quel nom, belle dame?

DESDÉMONE. — Le nom qu'elle répète et que mon mari dit que je suis.

ÉMILIA. — Il l'a appelée putain! Un mendiant, dans son ivresse, n'injurierait pas ainsi sa ribaude.

IAGO. — Pourquoi a-t-il fait cela?

DESDÉMONE. — Je ne sais pas... Je suis sûre que je ne suis pas ce qu'il dit.

IAGO. — Ne pleurez pas! ne pleurez pas! Hélas! quel malheur!

ÉMILIA. — N'a-t-elle renoncé à tant de nobles alliances, à son père, à son pays et à ses amis que pour être appelée putain? N'y a-t-il pas là de quoi pleurer?

DESDÉMONE. — Telle est ma misérable destinée!

IAGO. — Malheur à lui! D'où lui vient cet accès?

DESDÉMONE. — Ah! le ciel le sait.

ÉMILIA. — Je veux être pendue si quelque éternel coquin, quelque intrigant affairé, quelque maroufle flagorneur et fourbe n'a pas, pour obtenir quelque emploi, imaginé cette calomnie. Je veux être pendue si cela n'est pas vrai.

IAGO. — Fi! il n'existe pas un pareil homme. C'est impossible.

DESDÉMONE. — S'il en existe un pareil, que le ciel lui pardonne!

ÉMILIA, *avec véhémence.* — Que la potence l'absolve, et que l'enfer lui ronge les os! Pourquoi monseigneur la traiterait-il ainsi? Quel visiteur assidu reçoit-elle? En quel lieu? à quel moment?... Quelle apparence? quelle vraisemblance?... Le More est abusé par quelque affreux manant, par quelque grossier manant, par quelque drôle immonde!... Ô ciel, que ne dénonces-tu de tels misérables! Que ne mets-tu dans toute main honnête un fouet pour cravacher ces infâmes, tout nus, de l'Orient à l'Occident, à travers le monde!

IAGO, *à Émilia*. — Moins fort! On va vous entendre.

ÉMILIA. — Oh! peste soit de ces gens! C'était quelque drôle de cette espèce qui vous avait mis l'esprit à l'envers et vous avait fait suspecter quelque chose entre le More et moi.

IAGO. — Vous n'êtes qu'une folle, allez!

DESDÉMONE. — Ô bon Iago, que ferai-je pour regagner mon mari? Mon bon ami, va le chercher; car, par la lumière du ciel! je ne sais comment je l'ai perdu... Je le dis à genoux : si jamais ma volonté a péché contre son amour, par parole, par pensée, ou par action; si jamais mon regard, mon oreille, aucun de mes sens a été charmé par quelque autre personne que la sienne; si je cesse à présent, si j'ai jamais cessé, si (m'eût-il jetée dans les misères du divorce) je cesse jamais de l'aimer tendrement, que toute consolation me soit refusée! La méchanceté est puissante et sa méchanceté peut détruire ma vie, mais jamais elle n'altérera mon amour. Je ne peux pas dire... putain! Cela me fait horreur, rien que de prononcer le mot; quant à faire l'acte qui me mériterait ce surnom, non, la masse des vanités de ce monde ne m'y déciderait pas.

IAGO. — Je vous en prie, calmez-vous... Ce n'est qu'un accès d'humeur. Des affaires d'État l'irritent, et c'est à vous qu'il s'en prend.

DESDÉMONE. — Oh! si ce n'était que cela!

IAGO. — Ce n'est que cela, je vous assure.

Fanfares.

Écoutez! Ces trompettes sonnent l'heure du souper, et les nobles messagers de Venise y assistent. Rentrez et ne pleurez plus. Tout ira bien.

Tous sortent.

Entre Roderigo.

Iago. — Eh bien! Comment va, Roderigo?

Roderigo. — Je ne trouve pas que tu agisses loyalement envers moi.

Iago. — Qu'ai-je fait de déloyal?

Roderigo. — Chaque jour tu m'éconduis avec un nouveau prétexte, Iago; et, je m'en aperçois maintenant, tu éloignes de moi toutes les chances, loin de me fournir la moindre occasion d'espoir; en vérité, je ne le supporterai pas plus longtemps; et même je ne suis plus disposé à tolérer paisiblement ce que j'ai eu la bêtise de souffrir jusqu'ici.

Iago. — Voulez-vous m'écouter, Roderigo?

Roderigo. — Ma foi! je vous ai trop écouté; car vos paroles et vos actions n'ont entre elles aucune parenté.

Iago. — Vous m'accusez bien injustement.

Roderigo. — De rien qui ne soit vrai. J'ai épuisé toutes mes ressources. Les bijoux que vous avez eus de moi pour les offrir à Desdémone auraient suffi à corrompre une vestale. Vous m'avez dit qu'elle les avait reçus, et vous m'avez rapporté le consolant espoir d'une faveur et d'une récompense prochaine, mais je ne vois rien encore.

Iago. — Bien, continuez! Fort bien!

Roderigo. — Fort bien! continuez!... Non, je ne vais pas continuer! et ce n'est pas fort bien. Je vous jure que c'est fort laid, et je commence à trouver que je suis dupe.

Iago. — Fort bien!

Roderigo. — Je vous dis que ce n'est pas fort bien. Je me ferai connaître à Desdémone. Si elle me rend mes bijoux, j'abandonne ma poursuite, et je me repens de mes sollicitations illégitimes. Sinon, soyez sûr que je réclamerai de vous satisfaction.

Iago. — Avez-vous tout dit?

Roderigo. — Oui, et je n'ai rien dit que je ne sois bien résolu à faire.

IAGO. — Bon! Je vois que tu as de l'énergie, et dès à présent je fonde sur toi une opinion meilleure que jamais. Donne-moi ta main, Roderigo. Tu as de justes griefs contre moi; mais pourtant je proteste que j'ai agi dans ton affaire avec la plus grande droiture.

RODERIGO. — Il n'y a pas paru.

IAGO. — J'accorde, en vérité, qu'il n'y a pas paru; et ta défiance n'est pas dénuée d'esprit ni de jugement. Mais, Roderigo, si tu as vraiment en toi ce que j'ai de meilleures raisons que jamais d'espérer de la résolution, du courage et de la valeur, que cette nuit même le montre! Et si, la nuit prochaine, tu ne possèdes pas Desdémone, enlève-moi de ce monde par un guet-apens, et imagine pour ma mort toutes les tortures.

RODERIGO. — Voyons! de quoi s'agit-il? Est-ce dans les limites de la raison et du possible?

IAGO. — Seigneur, il est arrivé des ordres exprès de Venise pour mettre Cassio à la place d'Othello.

RODERIGO. — Vraiment? Alors, Othello et Desdémone retournent à Venise.

IAGO. — Oh! non. Il va en Mauritanie, et il emmène avec lui la belle Desdémone, à moins que son séjour ici ne soit prolongé par quelque accident; or, il ne peut y en avoir de plus déterminant que l'éloignement de Cassio.

RODERIGO. — Qu'entendez-vous par son éloignement?

IAGO. — Eh bien! le rendre incapable de remplacer Othello : lui faire sauter la cervelle.

RODERIGO. — Et c'est là ce que vous voulez que je fasse?

IAGO. — Oui! si vous osez vous rendre à vous-même service et justice. Il soupe cette nuit avec une drôlesse, et je dois aller le rejoindre : il ne sait rien encore de son honorable promotion. Si vous voulez le guetter à sa sortie de la maison (je ferai en sorte qu'elle ait lieu entre minuit et une heure), vous pourrez l'assaillir à votre aise; je serai tout près pour seconder votre attaque, et à nous deux, nous le tuerons... Allons! ne restez pas ébahi, mais accompagnez-moi. Je vous montrerai si bien la nécessité de sa mort que vous vous croirez tenu de la hâter. Il est maintenant tout à fait l'heure de souper, et la nuit s'avance rapidement. A l'œuvre!

RODERIGO. — Je veux que vous me donniez de meilleures raisons pour me décider.

IAGO. — Vous serez satisfait.

Ils sortent.

SCÈNE III

Une autre chambre dans la citadelle.

Entrent Othello, Lodovico, Desdémone, Émilia et des serviteurs.

LODOVICO. — Je vous en supplie, monsieur, inutile de me raccompagner.

OTHELLO. — Oh! pardonnez-moi; cela me fera du bien de marcher.

LODOVICO. — Madame, bonne nuit! je remercie humblement Votre Grâce.

DESDÉMONE. — Votre Honneur est le très bienvenu.

OTHELLO. — Venez-vous, monsieur?... Ah! Desdémone!

DESDÉMONE. — Monseigneur?

OTHELLO. — Mettez-vous au lit tout de suite. Je serai

de retour immédiatement. Congédiez votre suivante...
Vous entendez bien?

DESDÉMONE. — Oui, monseigneur.

Sortent Othello, Lodovico et les serviteurs.

ÉMILIA. — Comment cela va-t-il à présent?... Il a l'air
radouci.

DESDÉMONE. — Il dit qu'il va revenir sur-le-champ. Il
m'a commandé de me mettre au lit et de vous congédier.

ÉMILIA. — Me congédier!

DESDÉMONE. — C'est son ordre. Ainsi, ma bonne Émilia, donne-moi mes vêtements de nuit, et adieu! N'allons
pas lui déplaire à présent.

ÉMILIA. — Je voudrais que vous ne l'eussiez jamais vu.

DESDÉMONE. — Pas moi! Mon amour tendre aime tout
de lui, même sa rigueur, ses brusqueries et ses colères...
dégrafe-moi, je te prie... ont de la grâce et du charme à
mes yeux.

ÉMILIA. — J'ai mis au lit les draps que vous m'avez
dits.

DESDÉMONE. — Peu importe, ma foi!... Têtes folles que
nous sommes!... Si je meurs avant toi, je t'en prie, ense-
velis-moi dans un de ces draps.

ÉMILIA. — Allons, allons, en voilà des idées!

DESDÉMONE. — Ma mère avait une servante, appelée
Barberine, qui était amoureuse; celui qu'elle aimait
devint fou et l'abandonna. Elle chantait une chanson,
le Saule; c'était une vieille chanson, mais qui exprimait
bien sa situation; et elle mourut en la chantant. Ce
soir, ce chant-là ne peut pas me sortir de l'esprit; j'ai
grand-peine à m'empêcher d'incliner la tête de côté et de
la chanter, comme la pauvre Barberine. Je t'en prie,
dépêche-toi.

ÉMILIA. — Irai-je chercher votre robe de nuit?

DESDÉMONE. — Non! dégrafe-moi ici... Ce Lodovico est un homme distingué.

ÉMILIA. — Un très bel homme.

DESDÉMONE. — Il parle bien.

ÉMILIA. — Je connais une dame, à Venise, qui serait allée pieds nus en Palestine pour un petit baiser de lui.

DESDÉMONE, *chantant.*

La pauvre âme pleurait au pied d'un sycomore...
Chantez tous le saule vert!
Sa main sur sa poitrine, sa tête sur ses genoux.
Chantez le saule, le saule, le saule!
Les frais ruisseaux coulaient près d'elle et murmuraient ses
[plaintes
Chantez le saule, le saule, le saule!
En tombant, ses larmes amères attendrissaient les pierres.

Range ceci.

Chantez le saule, le saule, le saule!

Je t'en prie, hâte-toi. Il va rentrer.

Chantez tous le saule qui me sera guirlande,

Que personne ne le blâme! J'approuve son dédain...

Non, ce n'est pas là ce qui vient après... Écoute! Qui est-ce qui frappe?

ÉMILIA. — C'est le vent.

DESDÉMONE

J'appelais mon amour, amour trompeur!
Mais, lui, que me répondait-il?
Chantez le saule, le saule, le saule!
Si je courtise d'autres femmes, couchez avec d'autres hommes!

Allons, va-t'en! bonne nuit! Mes yeux me piquent; est-ce un présage de larmes?

ÉMILIA. — Cela ne signifie rien.

DESDÉMONE. — Je l'ai entendu dire... Oh! ces hommes! ces hommes!... Penses-tu, en conscience, dis-moi, Émilia, qu'il y a des femmes qui trompent leurs maris d'une si grossière façon?

ÉMILIA. — Il y en a beaucoup, pas de question.

DESDÉMONE. — Le ferais-tu pour tout l'univers?

ÉMILIA. — Pas vous?

DESDÉMONE. — Non! par la lumière du ciel!

ÉMILIA. — Ni moi non plus, par cette lumière du ciel : je le ferais aussi bien dans l'obscurité!

DESDÉMONE. — Ferais-tu une action pareille pour tout l'univers?

ÉMILIA. — Le monde est immense; c'est un grand prix pour un petit péché.

DESDÉMONE. — Ma foi! je crois que tu ne le ferais pas.

ÉMILIA. — Ma foi! je crois que je le ferais, quitte à le défaire quand je l'aurais fait. Pardieu! je ne ferais pas une pareille chose pour une bague, pour quelques mesures de linon, pour des robes, des jupons, des chapeaux ni autre menue parure, mais pour le monde entier!... Voyons! qui ne ferait pas son mari cocu pour le faire monarque? Je risquerais le purgatoire pour ça.

DESDÉMONE. — Que je sois maudite, si je fais une pareille faute même pour le monde entier!

ÉMILIA. — Bah! le crime n'est que terrestre. Or, si le monde en était l'enjeu, le crime n'existerait que dans votre propre monde, et vous pourriez vite l'ériger en vertu.

DESDÉMONE. — Moi, je ne crois pas qu'il existe une femme pareille.

Émilia. — Si fait, une douzaine! et plus encore, et assez pour peupler le monde qui est leur enjeu. Mais je pense que c'est la faute de leurs maris si les femmes succombent. S'il arrive à ceux-ci de négliger leurs devoirs et de verser nos trésors dans quelque giron étranger, ou d'éclater en maussades jalousies et de nous soumettre à la contrainte, ou encore de nous frapper ou de réduire par dépit notre budget accoutumé, eh bien! nous ne sommes pas sans fiel; et, quelque vertu que nous ayons, nous avons de la rancune. Que les maris le sachent! leurs femmes ont des sens comme eux; elles voient, elles sentent, elles ont un palais pour le doux comme pour l'aigre, tout comme leurs maris. Qu'est-ce donc qui les fait agir quand ils nous délaissent pour d'autres? Est-ce le plaisir? Je le crois. Est-ce la passion? Je le crois aussi. Est-ce la faiblesse qui les égare? Oui encore. Eh bien! n'avons-nous pas des passions, le goût du plaisir et des faiblesses, tout comme les hommes? Alors, qu'ils nous traitent bien! Autrement, qu'ils sachent que leurs torts envers nous autorisent nos torts envers eux!

Desdémone. — Bonne nuit, bonne nuit! Que le ciel m'inspire l'habitude, non de tirer le mal du mal, mais de tirer la leçon du mal.

Elles sortent.

ACTE V

SCÈNE PREMIÈRE

Une rue.

Entrent Iago et Roderigo.

IAGO. — Ici! Tiens-toi derrière ce pan de mur, il va venir à l'instant. Porte ta bonne rapière nue, et pousse à fond. Vite! vite! Ne crains rien. Je serai à ton côté. C'est une question de vie ou de mort. Pense à cela et soit inébranlable dans ta résolution.

RODERIGO. — Tiens-toi à portée : je puis manquer le coup.

IAGO. — Ici même, à ta portée... Hardi! et à ton poste!

Il se retire à une petite distance.

RODERIGO. — Cette entreprise ne m'enthousiasme pas, et cependant il m'a donné des raisons satisfaisantes. Ce n'est qu'un homme de moins! En avant, mon épée! il est mort.

IAGO. — J'ai frotté ce jeune ulcère presque au vif, et le voilà qui s'irrite. Maintenant, qu'il tue Cassio, ou que

Cassio le tue, ou qu'ils se tuent l'un l'autre, tout est profit pour moi. Si Roderigo vit, il me somme de lui restituer tout l'or et tous les bijoux que je lui ai escamotés comme cadeaux à Desdémone; c'est ce qui ne doit pas être. Si Cassio survit, il a dans sa vie une beauté quotidienne qui me rend laid... Et puis, le More pourrait me dénoncer à lui; je vois là pour moi un grand péril. Non, il faut qu'il meure!... Mais voici que je l'entends venir.

Entre Cassio.

RODERIGO. — Je reconnais son pas. C'est lui! Misérable! tu es mort!

Il porte une botte à Cassio.

CASSIO. — Ce coup m'aurait été fatal, en effet, si ma cotte n'eût été meilleure que tu ne le pensais; je veux éprouver la tienne.

Il dégaine et blesse Roderigo.

RODERIGO. — Oh! Il m'a tué.

Iago venant par-derrière blesse Cassio à la jambe, et s'enfuit.

CASSIO. — Je suis estropié pour toujours! Du secours! holà! Au meurtre! au meurtre!

Il tombe.
Entre Othello.

OTHELLO. — La voix de Cassio! Iago tient sa parole.
RODERIGO. — Oh! scélérat que je suis!
OTHELLO. — Oui, c'est bien vrai!
CASSIO. — Oh! du secours! holà! De la lumière! un chirurgien!
OTHELLO. — C'est bien lui!... O brave Iago, cœur

honnête et juste qui ressens si noblement l'outrage fait à ton ami, tu m'apprends mon devoir!... Mignonne, votre bien-aimé est mort, et votre heure maudite approche... Prostituée, j'arrive! Le charme de tes yeux est effacé de mon cœur. Que ton lit souillé de luxure soit sali du sang de la luxure!

Il sort.

Entrent Lodovico et Gratiano.

CASSIO. — Holà!... Pas une patrouille! pas un passant! Au meurtre! au meurtre!

GRATIANO. — C'est quelque malheur. Ce cri est bien déchirant.

CASSIO. — Oh! du secours!

LODOVICO. — Écoutez!

RODERIGO. — Ô misérable scélérat!

LODOVICO. — Deux ou trois voix gémissantes! Quelle nuit épaisse! C'est peut-être un piège. Il serait imprudent, croyez-moi, d'accourir aux cris sans avoir du renfort.

RODERIGO. — Personne ne vient! Vais-je donc saigner à mort?

LODOVICO. — Écoutez!

Rentre Iago avec un flambeau.

GRATIANO. — Voici quelqu'un qui vient en chemise avec une lumière et des armes.

IAGO. — Qui est là? D'où partent ces cris : Au meurtre?

LODOVICO. — Nous ne savons.

IAGO. — Est-ce que vous n'avez pas entendu crier?

CASSIO. — Ici! ici! Au nom du ciel! secourez-moi!

IAGO. — Que se passe-t-il?

GRATIANO. — C'est l'enseigne d'Othello, il me semble.

LODOVICO. — Lui-même, en vérité : un bien vaillant compagnon!

IAGO. — Qui êtes-vous, vous qui criez si douloureusement?

CASSIO. — Iago! Oh! je suis massacré, anéanti par des misérables! Porte-moi secours.

IAGO. — Ah! mon Dieu! lieutenant! quels sont les misérables qui ont fait ceci?

CASSIO. — Je pense que l'un d'eux est à quelques pas, et qu'il ne peut se sauver.

IAGO. — Oh! les misérables traîtres!

Il découvre Lodovico et Gratiano.

Qui êtes-vous, là? Approchez et venez au secours.

RODERIGO. — Oh! secourez-moi! ici!

CASSIO. — Voilà l'un d'eux.

IAGO. — Oh! misérable meurtrier! Oh! scélérat!

Il poignarde Roderigo.

RODERIGO. — Oh! damné Iago! Oh! chien inhumain!

IAGO. — Tuer les gens dans les ténèbres! Où sont tous ces sanglants bandits? Comme la ville est silencieuse! Holà! au meurtre! au meurtre!

Lodovico et Gratiano s'avancent.

Qui donc êtes-vous, vous autres? De bien, ou de mal?

LODOVICO. — Jugez-nous à l'épreuve.

IAGO. — Le seigneur Lodovico!

LODOVICO. — Lui-même, monsieur.

IAGO. — J'implore votre indulgence : voici Cassio blessé par des misérables.

GRATIANO. — Cassio?

IAGO. — Comment cela va-t-il, frère?

CASSIO. — Ma jambe est coupée en deux.

IAGO. — Oh! à Dieu ne plaise! De la lumière, messieurs! Je vais bander la plaie avec ma chemise.

Entre Bianca.

BIANCA. — Que se passe-t-il? Ho! qui a crié?

IAGO. — Qui a crié?

BIANCA, *se précipitant vers Cassio.* — Ô mon cher Cassio! mon bien-aimé Cassio! Ô Cassio! Cassio! Cassio!

IAGO. — Ô insigne catin!... Soupçonnez-vous, Cassio, qui vous a ainsi mutilé?

CASSIO. — Non.

GRATIANO. — Je suis désolé de vous trouver dans cet état : j'étais allé à votre recherche.

IAGO. — Prêtez-moi une jarretière... Bien! Oh! un brancard pour le transporter doucement d'ici.

BIANCA. — Hélas! il s'évanouit!... Ô Cassio! Cassio! Cassio!

IAGO. — Messieurs, je soupçonne cette créature d'avoir pris part à ce crime... Un peu de patience, mon brave Cassio!... Allons! allons! Éclairez-moi. Voyons!

Reconnaissons-nous ce visage ou non? Hélas! mon ami, mon cher compatriote! Roderigo!... Non... Si! pour sûr! Ô ciel! c'est Roderigo!

GRATIANO. — Quoi! Roderigo de Venise?

IAGO. — Lui-même, monsieur. Le connaissiez-vous?

GRATIANO. — Si je le connaissais! Certes.

IAGO. — Le seigneur Gratiano!... J'implore votre bienveillant pardon. Ces sanglantes catastrophes doivent excuser mon manque d'égards envers vous.

GRATIANO. — Je suis content de vous voir.

IAGO. — Comment êtes-vous, Cassio? Oh! un brancard! un brancard!

GRATIANO. — Roderigo!

IAGO. — Lui! lui! c'est bien lui!

On apporte un brancard.

Oh! à merveille! le brancard!

Montrant les Porteurs.

Que ces braves gens l'emportent d'ici avec le plus
grand soin! Moi, je vais chercher le chirurgien du général.

A Bianca.

Quant à vous, maîtresse, épargnez-vous toute cette
peine.

Celui qui est là gisant, Cassio, était mon ami cher.
Quelle querelle y avait-il donc entre vous?

CASSIO. — Nulle au monde. Je ne connais pas l'homme.

IAGO, *à Bianca.* — Eh bien! comme vous êtes pâle!
Vous, ne le laissez pas dehors.

On emporte Cassio et on enlève le corps de Roderigo.

Restez, mes bons messieurs… Comme vous êtes pâle,
petite dame!

Remarquez-vous ses yeux égarés?

Si vous êtes déjà si atterrée, nous en saurons davantage tout à l'heure… Observez-la bien; je vous prie,
ayez l'œil sur elle. Voyez-vous, messieurs? Le crime parlera toujours, même quand les langues seraient muettes.

Entre Émilia.

ÉMILIA. — Hélas! qu'y a-t-il? Qu'y a-t-il donc, mon
mari?

IAGO. — Cassio a été attaqué ici dans les ténèbres par
Roderigo et des drôles qui se sont échappés. Il est
presque tué, et Roderigo est mort.

ÉMILIA. — Hélas, bon seigneur! Hélas, bon Cassio!

IAGO. — Voilà ce que c'est que de courir les filles...
Je t'en prie, Émilia, va demander à Cassio où il a
soupé cette nuit.

A Bianca.

Quoi! est-ce que cela vous fait trembler?

BIANCA. — Il a soupé chez moi, mais cela ne me fait
pas trembler.

IAGO. — Ah! il a soupé chez vous! Je vous somme de
venir avec moi.

ÉMILIA. — Honte sur toi, putain!

BIANCA. — Je ne suis pas une putain; j'ai une vie
aussi honnête que vous qui m'insultez.

ÉMILIA. — Que moi! Tu n'as pas honte!

IAGO. — Gracieux seigneurs, allons voir panser le
pauvre Cassio. Venez, petite dame, il va falloir nous en
conter d'autres. Émilia, courez à la citadelle dire à
Monseigneur et à Madame ce qui est arrivé... Partons,
je vous prie.

A part.

Voici la nuit qui doit faire ma fortune ou ma ruine.

Ils sortent.

SCÈNE II

*Une chambre dans la citadelle,
Desdémone endormie dans son lit.
Entre Othello, portant un flambeau.*

OTHELLO. — C'est la cause, c'est la cause, ô mon âme!
Laissez-moi vous la cacher à vous, chastes étoiles! C'est

la cause!... Pourtant je ne veux pas faire couler son sang
ni faire de cicatrice à cette peau plus blanche que la
neige et aussi lisse que l'albâtre des tombeaux.

Pourtant il faut qu'elle meure; autrement, elle en
trahirait d'autres.

Éteignons d'abord cette lumière, et puis...
éteignons celle-ci. Si je souffle sur toi, ministre de
flamme, je puis ressusciter ta clarté première, pour peu
que je me ravise... Mais, la tienne une fois éteinte, ô
modèle achevé de l'exquise nature, je ne sais pas où
est le feu prométhéen qui pourra la rallumer! *(Il pose
à terre le flambeau.)* Quand j'aurai cueilli cette rose, je
ne pourrai plus lui rendre sa sève vitale : il faudra
qu'elle se flétrisse! Je veux la respirer sur la tige!

Ô haleine embaumée qui persuaderait presque à la
justice de briser son glaive!... Encore un baiser, encore
un!

Sois ainsi quand tu seras morte, et je vais te tuer, et
je t'aimerai après... Encore un! c'est le dernier! Jamais
chose si douce ne fut aussi fatale. Il faut que je pleure,
mais ce sont des larmes cruelles. Cette douleur-là tient
du ciel, elle châtie qui elle aime... Elle s'éveille!

DESDÉMONE. — Qui est là? Othello?

OTHELLO. — Oui, Desdémone.

DESDÉMONE. — Voulez-vous venir au lit, monseigneur?

OTHELLO. — Avez-vous prié ce soir, Desdémone?

DESDÉMONE. — Oui, monseigneur.

OTHELLO. — Si vous vous souvenez de quelque crime
que la grâce du ciel n'ait pas encore absous, implorez-la
vite!

DESDÉMONE. — Hélas! monseigneur, que voulez-vous
dire par là?

OTHELLO. — Allons! faites et soyez brève. Je vais marcher en attendant. Je ne voudrais pas tuer ton âme sans

qu'elle fût préparée. Non! Le ciel m'en préserve! Je ne voudrais pas tuer ton âme.

DESDÉMONE. — Vous parlez de tuer?

OTHELLO. — Oui, j'en parle.

DESDÉMONE. — Alors, que le ciel ait pitié de moi!

OTHELLO. — Amen! de tout mon cœur!

DESDÉMONE. — Si vous parlez ainsi, j'espère que vous ne me tuerez pas.

OTHELLO. — Hum!

DESDÉMONE. — Et pourtant j'ai peur de vous; car vous êtes effrayant quand vous roulez ainsi les yeux. Pourquoi aurais-je peur? Je l'ignore, puisque j'ignore ma faute; cependant je sens que j'ai peur.

OTHELLO. — Pense à tes péchés.

DESDÉMONE. — Ce sont les tendresses que j'ai pour vous.

OTHELLO. — Oui! et c'est pour cela que tu meurs.

DESDÉMONE. — C'est une mort contre nature que celle qui tue pour crime d'amour. Hélas! pourquoi mordez-vous ainsi votre lèvre inférieure? Quelque passion sanglante agite tout votre être. Ce sont de mauvais présages; mais pourtant j'espère, j'espère que ce n'est pas moi qu'ils menacent.

OTHELLO. — Paix! et soyez calme.

DESDÉMONE. — J'obéis. Mais de quoi s'agit-il?

OTHELLO. — Ce mouchoir que j'aimais tant et que je t'avais donné, tu l'as donné à Cassio.

DESDÉMONE. — Non, sur ma vie et sur mon âme! Faites venir l'homme, et interrogez-le.

OTHELLO. — Chère âme, prends garde, prends garde au parjure : tu es sur ton lit de mort.

DESDÉMONE. — Oui, mais pas pour y mourir encore!

OTHELLO. — Si! immédiatement! Donc confesse franchement ton crime; car tu aurais beau en nier sous serment chaque point, tu ne saurais éloigner ni étouffer cette horrible pensée qui m'arrache ces sanglots. Tu vas mourir.

DESDÉMONE. — Alors, que le Seigneur ait pitié de moi!

OTHELLO. — Amen! encore une fois.

DESDÉMONE. — Et, vous aussi, ayez pitié! Jamais je ne vous ai offensé de ma vie. Jamais je n'ai aimé Cassio que de cette ordinaire affection à laquelle le ciel m'autorisait. Jamais je ne lui ai donné de gage.

OTHELLO. — Par le ciel! j'ai vu mon mouchoir dans sa main. Ô femme parjure, tu pétrifies mon cœur, en voulant me faire voir dans l'action que j'ai résolue un meurtre, et non plus un sacrifice! J'ai vu le mouchoir!

DESDÉMONE. — Alors, c'est qu'il l'a trouvé. Je ne le lui ai jamais donné. Faites-le venir, et qu'il avoue la vérité!

OTHELLO. — Il a avoué.

DESDÉMONE. — Quoi, monseigneur?

OTHELLO. — Qu'il t'avait possédée.

DESDÉMONE. — Quoi! illégitimement?

OTHELLO. — Oui.

DESDÉMONE. — Il ne le répétera pas.

OTHELLO. — Non! sa bouche est close; l'honnête Iago y a mis bon ordre.

DESDÉMONE. — Oh! ma frayeur devine! Quoi! il est mort!

OTHELLO. — Quand il aurait eu autant de vies que de cheveux, mon immense vengeance les aurait voulues toutes.

DESDÉMONE. — Hélas! il est trahi, et je suis perdue!

OTHELLO. — Tais-toi, putain! Tu oses le pleurer à ma face!

DESDÉMONE. — Oh! bannissez-moi, monseigneur, mais ne me tuez pas.

OTHELLO. — Assez, catin!

DESDÉMONE. — Tuez-moi demain! Laissez-moi vivre
cette nuit!

OTHELLO. — Non! Si vous vous débattez...

DESDÉMONE. — Rien qu'une demi-heure!

OTHELLO. — A l'exécution pas de sursis!

DESDÉMONE. — Rien que le temps de dire une prière!

OTHELLO. — Il est trop tard!

Il l'étouffe.

ÉMILIA, *derrière la porte.* — Monseigneur! monseigneur!
Holà! monseigneur! monseigneur!

OTHELLO. — Quel est ce bruit?... Pas morte! pas
encore tout à fait morte! Tout cruel que je suis, je ne
suis pas sans pitié : je ne voudrais pas prolonger ton
supplice! Tiens! tiens!

ÉMILIA. — Holà! Monseigneur! monseigneur!

OTHELLO. — Qui est là?

ÉMILIA. — Oh! mon bon seigneur, je voudrais vous
dire un mot.

OTHELLO. — Oui... C'est Émilia... Tout à l'heure!
Elle est morte... Il est probable qu'elle vient me parler
de la mort de Cassio; ce bruit venait d'ici... Ah! plus
un mouvement! Calme comme la tombe... Est-il bon
que je la laisse entrer? Je crois qu'elle remue encore...
Non!... Que faire? Si elle entre, elle voudra sûrement
parler à ma femme... Ma femme! ma femme! Quelle
femme? Je n'ai pas de femme. Oh! idée insupportable!
Oh! heure accablante! Il me semble qu'il devrait y avoir
à présent une immense éclipse du soleil et de la lune,
et que le globe épouvanté devrait s'entrouvrir à ce bou-
leversement.

ÉMILIA, *du dehors.* — Je vous en conjure, laissez-moi
vous parler, oh! mon bon seigneur!

OTHELLO. — Je t'avais oubliée. Allons! entre, Émilia.

Doucement!... Un moment... Laisse, que je tire les rideaux... Où es-tu? Que me veux-tu à présent?.

Il ouvre la porte. Entre Émilia.

ÉMILIA. — Oh! mon bon seigneur, on a commis là-bas un meurtre affreux.

OTHELLO. — Quoi! à l'instant?

ÉMILIA. — A l'instant même, monseigneur!

OTHELLO. — C'est que la lune est folle : elle approche de la terre plus près que de coutume, et elle rend fous les hommes.

ÉMILIA. — Monseigneur, Cassio a tué un jeune Vénitien nommé Roderigo.

OTHELLO. — Roderigo tué! Et Cassio tué!

ÉMILIA. — Non, Cassio n'est pas tué.

OTHELLO. — Cassio n'est pas tué? Alors le meurtre détonne, l'harmonie de la vengeance est faussée!

DESDÉMONE, *d'une voix expirante.* — Ô injustement! injustement tuée!

ÉMILIA. — Ciel! quel est ce cri?

OTHELLO. — Quoi... quel cri?

ÉMILIA (*Elle ouvre les rideaux.*) — Horreur!... Hélas! c'était la voix de madame... Au secours! au secours! Holà! au secours!... Ô madame, parlez encore! Douce Desdémone! ô douce maîtresse, parlez!

DESDÉMONE. — Je meurs innocente!

ÉMILIA. — Mais qui a commis cette action?

DESDÉMONE. — Personne! Moi! moi-même! Adieu! Recommande-moi à mon bon seigneur... Oh! adieu!

Elle meurt.

OTHELLO. — Mais comment aurait-elle été assassinée?

ÉMILIA. — Hélas! qui sait?

OTHELLO. — Vous l'avez entendue le dire elle-même : ce n'est pas moi.

ÉMILIA. — Elle l'a dit : je suis tenue de rapporter la vérité.

OTHELLO. — Elle est allée, sur un mensonge, au feu de l'enfer : c'est moi qui l'ai tuée.

ÉMILIA. — Oh! elle n'en est que plus un ange, et vous n'en êtes qu'un plus noir démon.

OTHELLO. — Elle tournait au dévergondage, et c'était une putain!

ÉMILIA. — Tu la calomnies, et tu es un démon.

OTHELLO. — Elle était trompeuse comme l'onde.

ÉMILIA. — Et toi plus téméraire que le feu d'oser dire qu'elle était trompeuse. Oh! elle était d'une fidélité céleste.

OTHELLO. — Cassio l'avait saillie! Demande à ton mari, d'ailleurs. Oh! je serais damné jusqu'au tréfonds de l'enfer si j'en étais venu à cette extrémité sans de justes motifs. Ton mari était au courant de tout.

ÉMILIA. — Mon mari?

OTHELLO. — Ton mari.

ÉMILIA. — Qu'elle était infidèle au lit nuptial?

OTHELLO. — Oui, avec Cassio. Si elle avait été fidèle, quand le ciel m'aurait offert un autre univers formé d'une seule topaze massive et pure, je ne l'aurais pas cédée en échange.

ÉMILIA. — Mon mari!

OTHELLO. — Oui, c'est lui qui m'a le premier parlé d'elle... C'est un honnête homme, et il a horreur de la fange qui s'attache aux actions immondes.

ÉMILIA. — Mon mari!

OTHELLO. — A quoi bon cette répétition, femme? J'ai bien dit ton mari.

ÉMILIA. — Ô ma maîtresse, l'infamie s'est jouée de

l'amour. Mon mari, prétendre qu'elle était infidèle!

OTHELLO. — Lui-même, femme. Je dis ton mari; comprends-tu le mot? Mon ami, ton mari, l'honnête, l'honnête Iago!

ÉMILIA. — S'il a dit cela, puisse son âme pernicieuse pourrir d'un demi-atome chaque jour! Il a menti du fond du cœur. Elle n'était que trop follement éprise de son affreux choix.

OTHELLO, *menaçant*. — Ah!

ÉMILIA. — Fais ce que tu voudras. Ton action n'est pas plus digne du ciel que tu n'étais digne d'elle.

OTHELLO, *la main sur son épée*. — Taisez-vous! cela vaudra mieux!

ÉMILIA. — Tu n'as pas pour faire le mal la moitié de la force que j'ai pour le souffrir. Ô dupe! ô idiot! aussi ignorant que la crasse! Tu as commis un forfait... Je ne m'inquiète pas de ton épée... Je te dénoncerai, dussé-je perdre vingt vies!... Au secours! holà! au secours!... Le More a tué ma maîtresse! Au meurtre! au meurtre!

Entrent Montano, Gratiano et Iago.

MONTANO. — Que s'est-il passé? Qu'y a-t-il, général?

ÉMILIA. — Ah! vous voilà, Iago! Vous avez fait du beau travail, que les gens vous jettent sur le dos leurs crimes.

GRATIANO. — Que s'est-il passé?

ÉMILIA, *à Iago, montrant Othello*. — Démens ce misérable, si tu es un homme! Il prétend que tu as dit que sa femme le trompait. Je sais bien que tu ne l'as pas dit : tu n'es pas un tel misérable. Parle, car mon cœur déborde.

IAGO. — Je lui ai dit ce que je pensais; et je ne lui ai rien dit qu'il n'ait trouvé lui-même juste et vrai.

ÉMILIA. — Mais lui avez-vous jamais dit qu'elle le trompait?

IAGO. — Oui.

ÉMILIA. — Vous avez dit un mensonge, un odieux, un damné mensonge! Un mensonge, sur mon âme! un infâme mensonge! Elle, le tromper! avec Cassio!... Avez-vous dit avec Cassio?

IAGO. — Avec Cassio, dame! Allons! tenez un peu votre langue.

ÉMILIA. — Je ne veux pas tenir ma langue. C'est mon devoir de parler. Ma maîtresse est ici gisante, assassinée dans son lit.

TOUS. — A Dieu ne plaise!

ÉMILIA. — Et ce sont vos rapports qui ont provoqué l'assassinat!

OTHELLO. — Non, ne prenez pas cet air stupéfait, messieurs : c'est la vérité.

GRATIANO. — C'est une étrange vérité.

MONTANO. — O monstrueuse action!

ÉMILIA. — Trahison! trahison! trahison!... J'y songe, j'y songe... Je devine! Oh! trahison! trahison!... Je l'ai pensé alors!... Je me tuerai de douleur... Oh! trahison!

IAGO. — Allons! êtes-vous folle? Rentrez à la maison, je vous l'ordonne.

ÉMILIA. — Mes bons messieurs, ne me laissez pas interdire la parole! Il est juste que je lui obéisse, mais pas à présent! Il se peut, Iago, que je ne retourne jamais à la maison.

OTHELLO. — Oh! oh! oh!

Il s'écroule sur le lit.

ÉMILIA. — Oui, jette-toi sur ce lit et hurle de douleur! Car tu as tué la plus adorable innocente qui ait jamais levé les yeux vers le ciel.

OTHELLO, *se relevant*. — Oh! elle était impure!

Je ne vous reconnaissais pas, mon oncle. Votre nièce

est ici gisante. Ces mains viennent en effet de lui ôter le souffle. Je sais que cette action semble horrible et hideuse.

GRATIANO. — Pauvre Desdémone, je suis heureux que ton père ne soit plus! Ton mariage lui a été fatal, et la douleur a tranché le fil usé de ses jours. S'il vivait encore, ce spectacle l'aurait jeté dans le désespoir; il aurait maudit son bon ange, et il serait tombé parmi les réprouvés.

OTHELLO. — C'est bien malheureux, mais Iago le sait, elle a mille fois commis l'adultère avec Cassio. Cassio l'a avoué. Et elle l'a récompensé de ses tendres labeurs en lui donnant le premier souvenir, le premier gage d'amour qu'elle avait eu de moi; je l'ai vu à la main de Cassio : c'était un mouchoir très ancien que ma mère avait jadis reçu de mon père.

ÉMILIA. — O ciel, ô puissances célestes!

IAGO. — Corbleu! taisez-vous.

ÉMILIA. — Le jour se fera! le jour se fera!... Me taire, monsieur? Non! non! Je veux parler, libre comme l'air! Quand le ciel et les hommes et les démons, quand tous, tous, tous crieraient haro contre moi, je parlerai.

IAGO. — Soyez raisonnable, et rentrez.

ÉMILIA. — Je ne veux pas.

Iago menace de son épée.

GRATIANO. — Fi! votre épée contre une femme!

ÉMILIA. — Ô More stupide! ce mouchoir dont tu parles, je l'avais trouvé par hasard et donné à mon mari; car, maintes fois, avec une insistance pressante que ne méritait pas un pareil chiffon, il m'avait suppliée de le voler!

IAGO. — Misérable catin!

ÉMILIA. — Elle l'a donné à Cassio! Non. Hélas! c'est moi qui l'ai trouvé et qui l'ai donné à mon mari!

IAGO. — Ordure, tu mens!

ÉMILIA. — Par le ciel! je ne mens pas. Je ne mens pas, messieurs!

Ô meurtrier idiot! qu'est-ce qu'un pareil imbécile pouvait faire d'une si noble femme?

OTHELLO. — N'y a-t-il donc de foudres au ciel que pour tonner? Oh! l'insigne scélérat!

> *Il se jette sur Iago, mais Montano le désarme;
> dans la confusion, Iago frappe Émilia par-
> derrière et s'enfuit.*

GRATIANO. — Elle tombe! Pour sûr, il a tué sa femme.

ÉMILIA. — Oui, oui. Oh! mettez-moi à côté de ma maîtresse.

GRATIANO. — Il s'est enfui, laissant sa femme assassinée.

MONTANO. — L'infâme scélérat! Prenez cette épée que je viens de retirer au More, et allez garder la porte là-dehors; ne le laissez pas sortir, tuez-le plutôt. Moi, je cours après le fuyard, car c'est un misérable damné!

> *Tous sortent sauf Othello et Émilia.*

OTHELLO. — Je ne suis même plus vaillant. Le premier marmouset me prend mon épée! Mais de quel droit l'honneur survivrait-il à l'honnêteté? Que tout finisse à la fois!

ÉMILIA, *d'une voix mourante.* — Que présageait ta chanson, maîtresse?... Écoute! peux-tu m'entendre? Je vais faire comme le cygne et mourir en chantant *(elle chante). Le saule! le saule! le saule!*... More, elle était chaste; elle t'aimait, cruel More! Puisse mon âme n'aller à la béatitude que si je dis vrai! En disant ce que je pense, je meurs, je meurs!

> *Elle meurt.*

OTHELLO. — J'ai une autre arme dans cette chambre : c'est une épée d'Espagne trempée dans l'eau glacée. Oh! la voici.

Mon oncle, il faut que je sorte!

GRATIANO, *à la porte*. — Si tu essaies, il t'en coûtera cher. Tu n'as pas d'arme : il faut te résigner forcément.

OTHELLO. — Rentre et parle-moi; sinon, tout désarmé que je suis, je me jette sur toi.

Rentre Gratiano.

GRATIANO. — Qu'y a-t-il?

OTHELLO. — Regardez! j'ai une arme : jamais meilleure épée n'appuya sur la cuisse d'un soldat. J'ai vu le jour où, avec ce faible bras et cette bonne lame, je me suis fait un chemin à travers des obstacles vingt fois plus puissants que votre résistance. Mais, ô vaine forfanterie! qui peut maîtriser sa destinée? Il n'en est plus ainsi à présent! Ne vous effrayez pas, même en me voyant armé. Voici le terme de mon voyage, en voici le but, voici le point de repère de ma voile épuisée! Vous reculez d'effroi? Crainte superflue! Menacez seulement d'un roseau la poitrine d'Othello, et il reculera... Où donc irait Othello?

Il retourne vers le lit.

Ah! quel visage tu as maintenant, fille de mauvaise étoile! Pâle comme ta chemise! Quand nous nous rencontrerons au jour du jugement, ton apparition précipitera mon âme du ciel, et les démons l'attraperont. Froide! froide, ma chérie! froide comme ta chasteté!... Ô maudit, maudit scélérat!... Que vos fouets, démons, m'expulsent loin des jouissances de cette vision céleste! Roulez-moi dans vos ouragans! Rôtissez-moi dans le soufre! Lavez-moi aux torrents profonds de

la flamme liquide!... Ô Desdémone! Desdémone! Morte!
morte! Oh! oh! oh!

> *Entrent Lodovico, Montano, Cassio, porté sur
> un brancard, puis des Officiers conduisant
> sous escorte Iago prisonnier.*

LODOVICO. — Où est ce forcené? où est ce malheureux?

OTHELLO. — Voici celui qui fut Othello : me voici.

LODOVICO. — Où est cette vipère? Faites avancer ce
scélérat!

OTHELLO. — Je regarde ses pieds... Mais c'est une
fable. Si tu es un diable, je ne puis te tuer.

> *Il blesse Iago.*

LODOVICO. — Arrachez-lui son épée.

IAGO. — Mon sang coule, monsieur; mais je ne suis
pas tué!

OTHELLO. — Je n'en suis pas fâché : je souhaite que tu
vives; car, à mon sens, c'est un bonheur de mourir.

LODOVICO. — Ô Othello, toi qui, si bon jadis, es ainsi
tombé dans le piège d'un scélérat maudit, que peut-on
te dire?

OTHELLO. — Tout! tout! Appelez-moi honorable meurtrier, si vous voulez; car je n'ai rien fait par haine, j'ai
fait tout par honneur.

LODOVICO. — Ce misérable a en partie confessé son
crime. Étiez-vous d'accord avec lui pour la mort de Cassio?

OTHELLO. — Oui.

CASSIO. — Cher général, je ne vous ai jamais donné
sujet de haine.

OTHELLO. — Je le crois, et j'implore votre pardon...
Voulez-vous, je vous prie, demander à ce demi-démon
pourquoi il m'a ainsi englué corps et âme?

IAGO. — Ne me demandez rien : ce que vous savez, vous le savez. Désormais je ne dis plus une parole.

LODOVICO. — Quoi! pas même pour prier?

GRATIANO. — La torture vous ouvrira les lèvres.

OTHELLO, *à Iago*. — Tu fais bien, après tout.

LODOVICO. — Monsieur, vous allez apprendre ce qui est arrivé; car vous l'ignorez, je pense. Voici une lettre qu'on a trouvée dans la poche de Roderigo assassiné, et en voici une seconde. L'une prouve que Roderigo devait se charger du meurtre de Cassio.

OTHELLO. — O scélérat!

CASSIO. — Le plus abominable de l'enfer!

LODOVICO. — L'autre est une lettre de reproches trouvée aussi dans la poche du mort, que sans doute Roderigo voulait envoyer à ce damné scélérat, mais il paraît que dans l'intervalle Iago est survenu et l'a satisfait.

OTHELLO. — Ô misérable! Comment, Cassio, avez-vous eu ce mouchoir qui était à ma femme?

CASSIO. — Je l'ai trouvé dans ma chambre; et lui-même vient d'avouer à l'instant qu'il l'avait laissé tomber volontairement et dans le but précis qu'il vient d'atteindre.

OTHELLO. — Ô fou! pauvre fou!

CASSIO. — En outre, dans cette même lettre, Roderigo reproche à Iago de l'avoir poussé à me braver auprès du corps de garde. Ce qui a entraîné ma disgrâce. Et tout à l'heure encore, quand on le croyait mort depuis long-temps, il a dit que Iago l'avait aposté et que Iago l'avait frappé.

LODOVICO, *à Othello*. — Vous allez quitter cette chambre et nous suivre. Votre pouvoir, votre commandement, vous sont enlevés, et c'est Cassio qui gouverne à Chypre. Quant à ce gueux, s'il est quelque savant

supplice qui puisse le torturer en le laissant vivre longtemps, il lui est réservé.

A Othello.

Vous, vous resterez prisonnier jusqu'à ce que Venise
soit informée de votre crime. Allons! qu'on l'emmène!

Othello. — Doucement, vous! Un mot ou deux avant
que vous partiez! J'ai rendu à l'État quelques services;
on le sait : n'en parlons plus. Je vous en prie, dans vos
lettres, quand vous raconterez ces faits lamentables,
parlez de moi tel que je suis; n'atténuez rien, mais
n'aggravez rien. Alors vous aurez à parler d'un homme
qui a aimé sans sagesse, mais qui n'a que trop aimé!
d'un homme peu accessible à la jalousie, mais qui, une
fois travaillé par elle, a été égaré jusqu'à l'extrême folie!
d'un homme dont la main, comme celle du Juif
immonde, a jeté au loin une perle plus riche que toute
sa tribu! d'un homme dont les yeux vaincus, quoique
inaccoutumés à l'attendrissement, versent des larmes
aussi abondamment que les arbres arabes leur gomme
salutaire! Racontez cela, et dites en outre qu'une fois,
dans Alep, voyant un Turc, un mécréant en turban,
battre un Vénitien et insulter l'État, je saisis ce chien de
circoncis à la gorge et le frappai ainsi.

Il se perce de son épée.

Lodovico. — Ô conclusion sanglante!

Gratiano. — Toute parole serait vaine.

Othello, *s'affaissant sur Desdémone.* — Je t'ai em-
brassée avant de te tuer... Il ne me restait plus qu'à me
tuer pour mourir sur un baiser!

Il expire en l'embrassant.

Cassio. — Voilà ce que je craignais; mais je croyais
qu'il n'avait pas d'arme. C'était un noble cœur.

LODOVICO, *à Iago*. — Ô chien de Sparte, plus féroce que l'angoisse, la faim ou la mer, regarde le fardeau tragique de ce lit! Voilà ton œuvre!... Ce spectacle empoisonne la vue : qu'on le voile!

On tire les rideaux sur le lit.

Gratiano, gardez la maison, et saisissez-vous des biens du More, car vous en héritez.

A Cassio.

A vous, seigneur gouverneur, revient le châtiment de cet infernal scélérat. Décidez l'heure, le lieu, le supplice... Oh! qu'il soit terrible! Quant à moi, je m'embarque à l'instant, et je vais au sénat raconter d'un cœur douloureux cette douloureuse histoire.

Ils sortent.

FIN D'*OTHELLO*.

MACBETH

PERSONNAGES

DUNCAN, roi d'Écosse.

MALCOLM
DONALBAIN } ses fils.

MACBETH, en premier lieu un général, ensuite roi d'Écosse.

BANQUO, un général.

MACDUFF
LENNOX
ROSS
MENTEITH } nobles d'Écosse.
ANGUS
CAITHNESS

FLÉANCE, fils de Banquo.

SIWARD, comte de Northumberland, général de l'armée anglaise.

LE JEUNE SIWARD, son fils.

SETON, porte-enseigne de Macbeth.

LE FILS DE MACDUFF.

UN CAPITAINE.

UN PORTIER.

UN VIEILLARD.

UN MÉDECIN ANGLAIS.

UN MÉDECIN ÉCOSSAIS.

TROIS MEURTRIERS.

LADY MACBETH.

LADY MACDUFF.

UNE DAME SUIVANTE DE LADY MACBETH.

TROIS SORCIÈRES[1]

HÉCATE.

APPARITIONS.

SEIGNEURS, GENTILSHOMMES, OFFICIERS, SOLDATS, SERVITEURS, MESSAGERS.

La Scène : Écosse et Angleterre.

ACTE PREMIER

SCÈNE PREMIÈRE

En Écosse. — Un lieu découvert. Tonnerre et éclairs.

Les trois sorcières entrent.

PREMIÈRE SORCIÈRE. — Quand nous réunirons-nous toutes les trois, en coup de tonnerre, en éclair ou en pluie?

DEUXIÈME SORCIÈRE. — Quand le hourvari aura cessé, quand la bataille sera perdue et gagnée.

TROISIÈME SORCIÈRE. — Ce sera avant le coucher du soleil.

PREMIÈRE SORCIÈRE. — En quel lieu?

DEUXIÈME SORCIÈRE. — Sur la bruyère.

TROISIÈME SORCIÈRE. — Pour y rencontrer Macbeth.

PREMIÈRE SORCIÈRE. — J'y vais, Graymalkin[2]!

LES TROIS SORCIÈRES. — Paddock[3] appelle... Tout à l'heure!... Le beau est affreux, et l'affreux est beau. Volons dans le brouillard... le brouillard et l'air impur.

Elles s'évanouissent.

SCÈNE II

Un camp.

*Entrent le Roi Duncan, Malcolm, Donalbain,
Lennox et leur suite. Ils rencontrent un
capitaine blessé.*

DUNCAN. — Quel est cet homme ensanglanté? Il
peut, à en juger par l'état où il est, nous donner les
plus récentes nouvelles de la révolte.

MALCOLM. — C'est le capitaine qui a combattu en bon
et hardi soldat pour me sauver de la captivité. Salut,
brave ami! Dis au roi ce que tu sais de la mêlée, telle
que tu l'as quittée.

LE CAPITAINE. — Elle restait indécise. On eût dit deux
nageurs épuisés qui se cramponnent l'un à l'autre et
paralysent leurs efforts. L'implacable Macdonald (bien
digne d'être un rebelle, tant les vilenies multipliées de
la nature pullulent en lui) avait reçu des îles de l'Ouest
un renfort de Kernes et de Gallowglasses; et la Fortune,
souriant à sa révolte damnée, semblait se prostituer au
rebelle. Mais tout cela a été trop faible. Car le brave
Macbeth (il mérite bien ce nom), dédaignant la Fortune
et brandissant son épée toute fumante de ses sanglantes
exécutions, en vrai mignon de la Valeur, s'est taillé un
passage jusqu'à ce misérable; et il ne lui a serré la main
et ne lui a dit adieu qu'après l'avoir pourfendu du nom-
bril à la mâchoire et avoir fixé sa tête sur nos créneaux.

DUNCAN. — Ô vaillant cousin! digne gentilhomme!

LE CAPITAINE. — De même que, souvent, au point
d'où partent les rayons du soleil, surgissent des tempêtes

grosses de naufrages et d'effrayants tonnerres, ainsi de ce qui semblait être une source de joie jaillissent les alarmes. Écoutez, roi d'Écosse, écoutez. A peine la Justice, armée de la Valeur, avait-elle forcé les Kernes bondissants à se fier à leurs talons, que voyant l'avantage, le lord de Norvège, avec des armes fraîchement fourbies et de nouveaux renforts, a commencé un autre assaut.

DUNCAN. — Cela n'a-t-il pas effrayé nos capitaines, Macbeth et Banquo?

LE CAPITAINE. — Oui, comme le moineau effraie l'aigle, ou le lièvre le lion. Pour dire vrai, je dois déclarer qu'ils étaient comme deux canons chargés à double mitraille, tant ils frappaient sur l'ennemi à coups redoublés! Voulaient-ils se baigner dans des blessures fumantes, ou immortaliser un second Golgotha? je ne puis le dire... Mais je me sens faiblir, mes plaies crient au secours!

DUNCAN. — Tes paroles te vont aussi bien que tes blessures : elles sentent également l'honneur. Allez, qu'on lui donne des chirurgiens!

Qui vient ici?

Entrent Ross et Angus.

MALCOLM. — C'est le digne thane[4] de Ross.

LENNOX. — Quel empressement dans ses regards! Il a l'air d'un homme qui va parler de choses étranges.

ROSS. — Dieu sauve le roi!

DUNCAN. — D'où viens-tu, digne thane?

ROSS. — De Fife, grand roi, où les bannières norvégiennes narguent le ciel et glacent notre peuple. Le roi de Norvège lui-même, avec ses masses terribles, assisté par le plus déloyal des traîtres, le thane de Cawdor, engageait une lutte fatale, quand Macbeth, le fiancé de Bellone, cuirassé à l'épreuve, a affronté le rebelle dans une joute corps à corps, pointe contre pointe, bras contre bras, et a dompté sa fureur sauvage. Pour conclure, la victoire nous échut.

DUNCAN. — Ô bonheur!

ROSS. — Si bien que maintenant Swéno, roi de Norvège, demande à entrer en composition. Nous n'avons pas daigné lui laisser enterrer ses hommes, qu'il n'eût déboursé, à Saint-Colmes-Inch, dix mille dollars pour notre usage général.

DUNCAN. — On ne verra plus ce thane de Cawdor trahir notre plus chère confiance. Allez! qu'on prononce sa mort, et que du titre qu'il portait on salue Macbeth!

ROSS. — Je veillerai à ce que ce soit fait.

DUNCAN. — Ce qu'il a perdu, le noble Macbeth l'a gagné.

Ils sortent.

SCÈNE III

Une lande déserte.

Tonnerre. Entrent les trois sorcières.

PREMIÈRE SORCIÈRE. — Où as-tu été, sœur?

DEUXIÈME SORCIÈRE. — Tuer le cochon.

TROISIÈME SORCIÈRE. — Et toi, sœur?

PREMIÈRE SORCIÈRE. — La femme d'un matelot avait dans son tablier des châtaignes qu'elle mâchait, mâchait, mâchait... *Donne-m'en,* lui dis-je. — *Décampe, sorcière!* crie la carogne nourrie de rebut. Son mari est parti pour Alep, comme patron du *Tigre,* mais je vais m'embarquer à sa poursuite dans un tamis, et, sous la forme d'un rat sans queue, j'agirai, j'agirai, j'agirai!

DEUXIÈME SORCIÈRE. — Je te donnerai un vent.

PREMIÈRE SORCIÈRE. — Tu es bien bonne.

TROISIÈME SORCIÈRE. — Et moi un autre.

PREMIÈRE SORCIÈRE. — Et moi-même j'ai tous les autres; je sais les ports mêmes où ils soufflent, et tous les points marqués sur la carte des marins. Je le rendrai sec comme du foin : le sommeil, ni jour ni nuit, ne se pendra à l'auvent de sa paupière. Il vivra comme un maudit. Neuf fois neuf semaines le rendront malingre, hâve, languissant; et, si sa barque ne peut sombrer, elle sera du moins battue des tempêtes. Regardez ce que j'ai là.

DEUXIÈME SORCIÈRE. — Montre-moi, montre-moi.

PREMIÈRE SORCIÈRE. — C'est le pouce d'un pilote qui a fait naufrage en rentrant au port.

Tambours au loin.

TROISIÈME SORCIÈRE. — Le tambour! le tambour! Macbeth arrive!

TOUTES TROIS, *dansant.* — Les sœurs fatidiques, la main dans la main, messagères de terre et de mer, ainsi tournent, tournent. Trois tours pour toi, et trois pour moi, et trois de plus, pour faire neuf. Paix!... Le charme est accompli.

Entrent Macbeth et Banquo.

MACBETH. — Je n'ai jamais vu un jour si horrible et si beau.

BANQUO. — A quelle distance sommes-nous de Fores? Quelles sont ces créatures si flétries et si bizarrement mises, qui ne ressemblent pas aux habitants de la terre, et pourtant s'y trouvent?... Vivez-vous?

Êtes-vous quelque chose qu'un homme puisse questionner? On dirait que vous me comprenez, à voir chacune de vous placer son doigt noueux sur ses lèvres de parchemin... Vous devez être femmes, et pourtant vos barbes m'empêchent de croire que vous l'êtes.

MACBETH. — Parlez, si vous pouvez... Qui êtes-vous?

PREMIÈRE SORCIÈRE. — Salut, Macbeth! salut à toi, thane de Glamis!

DEUXIÈME SORCIÈRE. — Salut, Macbeth! salut à toi, thane de Cawdor!

TROISIÈME SORCIÈRE. — Salut, Macbeth, qui plus tard seras roi!

BANQUO. — Mon bon seigneur, pourquoi tressaillez-vous, et semblez-vous craindre des choses qui sonnent si bien?

Aux Sorcières.

Au nom de la vérité, êtes-vous fantastiques, ou êtes-vous vraiment ce qu'extérieurement vous paraissez? Vous saluez mon noble compagnon de ses titres présents et de la haute prédiction d'une noble fortune et d'un avenir royal, si bien qu'il en semble ravi. A moi vous ne parlez pas. Si vous pouvez voir dans les germes du temps, et dire quelle graine grandira et quelle ne grandira pas, parlez-moi donc, à moi qui n'implore et ne redoute ni vos faveurs ni votre haine.

PREMIÈRE SORCIÈRE. — Salut!

DEUXIÈME SORCIÈRE. — Salut!

TROISIÈME SORCIÈRE. — Salut!

PREMIÈRE SORCIÈRE. — Moindre que Macbeth, et plus grand!

DEUXIÈME SORCIÈRE. — Pas si heureux, pourtant bien plus heureux!

TROISIÈME SORCIÈRE. — Tu engendreras des rois, sans être roi toi-même... Donc, salut, Macbeth et Banquo!

PREMIÈRE SORCIÈRE. — Banquo et Macbeth, salut!

MACBETH. — Demeurez, oracles imparfaits! dites-m'en davantage. Par la mort de Sinel, je le sais, je suis thane de Glamis; mais comment de Cawdor? Le thane de Cawdor vit, gentilhomme prospère... Et être roi ce n'est pas dans la perspective de ma croyance pas plus que d'être thane de Cawdor. Dites de qui vous tenez cet étrange renseignement, ou pourquoi sur cette bruyère désolée vous barrez notre chemin de ces prophétiques saluts. Parlez! je vous l'ordonne.

BANQUO. — La terre a, comme l'eau, des bulles d'air, et celles-ci en sont : où se sont-elles évanouies?

MACBETH. — Dans l'air, et ce qui semblait avoir un corps s'est fondu comme un souffle dans le vent... Que ne sont-elles restées!

BANQUO. — Les êtres dont nous parlons étaient-ils ici vraiment? ou avons-nous mangé de cette folle racine qui fait la raison prisonnière?

MACBETH. — Vos enfants seront rois!

BANQUO. — Vous serez roi!

MACBETH. — Et thane de Cawdor aussi! Ne l'ont-elles pas dit?

BANQUO. — Tels étaient l'air et les paroles... Qui va là?

Entrent Ross et Angus.

ROSS. — Le roi a reçu avec bonheur, Macbeth, la nouvelle de ton succès; et, en apprenant comment tu risquas ta vie dans le combat contre les révoltés, son admiration et son enthousiasme luttent à qui s'exprimera en premier. Interdit par tous les exploits que tu accomplis dans la même journée, il te trouve dans les rangs des Norvégiens intrépides, impassible devant toutes ces images de mort que ta dague semait.

Avec la rapidité de la parole, les courriers succédaient aux courriers, et chacun d'eux rapportait tes prouesses dans cette grandiose défense de son royaume et les versait à ses pieds.

ANGUS. — Nous sommes envoyés pour te transmettre les remerciements de notre royal maître : chargés seulement de t'indroduire en sa présence, et non de te récompenser.

ROSS. — Et, en gage d'un plus grand honneur, il m'a dit de t'appeler, de sa part, thane de Cawdor. Salut donc, digne thane, sous ce titre nouveau qui est le tien désormais!

BANQUO, *à part*. — Quoi donc! le diable peut-il dire vrai?

MACBETH. — Le thane de Cawdor vit; pourquoi me revêtez-vous de manteaux empruntés?

ANGUS. — Celui qui était thane de Cawdor vit encore; mais un lourd jugement pèse sur sa vie, qu'il a mérité de perdre. Était-il ouvertement ligué avec ceux de Norvège? ou a-t-il appuyé le rebelle par des secours et des subsides cachés? ou bien a-t-il travaillé par une double complicité à la perte de son pays? Je ne sais pas; mais le crime de haute trahison prouvé et avoué a causé sa chute.

MACBETH, *à part*. — Glamis, et thane de Cawdor! Le plus grand est encore à venir!

Haut, à Angus.

Merci pour votre peine!

Bas, à Banquo.

N'espérez-vous pas que vos enfants seront rois, puisque celles qui m'ont donné le titre de Cawdor ne leur ont pas promis moins qu'un trône?

Banquo, *bas, à Macbeth*. — Une conviction trop absolue
pourrait bien vous faire désirer ardemment la couronne
au-dessus du titre de Cawdor. Mais c'est étrange. Souvent, pour nous attirer à notre perte, les instruments
des ténèbres nous disent des vérités; ils nous séduisent
par d'innocentes bagatelles, pour nous pousser en
traîtres aux conséquences les plus profondes.

A Ross et à Angus.

Cousins, un mot, je vous prie!

Macbeth, *à part*. — Deux vérités ont été dites, heureux prologues à ce drame gros d'un dénouement impérial dont le thème est la royauté.

A Ross et à Angus.

Merci, messieurs!

A part.

Cette sollicitation surnaturelle ne peut être mauvaise,
ne peut être bonne... Si elle est mauvaise, pourquoi
m'a-t-elle donné un gage de succès, en commençant
par une vérité? Je suis thane de Cawdor... Si elle est
bonne, pourquoi cédé-je à une suggestion dont l'épouvantable image fait que mes cheveux se dressent et que
mon cœur si ferme se heurte à mes côtes, contrairement
aux lois de la nature? L'inquiétude que j'éprouve n'est
rien à côté des horreurs que je ressens. Ma pensée, où
le meurtre n'est encore qu'imaginaire, ébranle à ce
point ma faible nature d'homme, que ses fonctions
sont paralysées par une conjecture; et rien n'est pour
moi que ce qui n'est pas.

Banquo. — Voyez comme notre compagnon est
absorbé.

Macbeth, *à part*. — Si la chance veut me faire roi, eh

bien! la chance peut me couronner sans que je m'en mêle.

Banquo. — Les honneurs nouveaux se posent sur lui comme des vêtements encore étrangers : ils ne prendront sa forme qu'à l'usage.

Macbeth, *à part.* — Advienne que pourra! L'heure et le temps traversent la plus rude journée.

Banquo. — Digne Macbeth, nous attendons votre bon plaisir.

Macbeth, *à Ross et à Angus.* — Excusez-moi : des choses oubliées venaient travailler mon cerveau fatigué. Bons seigneurs, vos services sont consignés sur un registre dont je tourne chaque jour la feuille pour les lire. Allons retrouver le roi.

A Banquo.

Pensez à ce qui est arrivé; et, dans quelque temps, après réflexions, nous en reparlerons à cœur ouvert.

Banquo. — Très volontiers.

Macbeth. — Jusque-là, assez!... Allons, amis!

Ils sortent.

SCÈNE IV

Fores. — Une chambre dans le palais.

*Fanfare. Entrent le Roi Duncan, Malcolm,
Donalbain, Lennox et leur suite.*

Duncan. — A-t-on exécuté Cawdor? Ceux que j'en avais chargé ne sont-ils pas encore de retour?

Malcolm. — Mon suzerain, ils ne sont pas encore revenus, mais j'ai parlé à quelqu'un qui l'a vu mourir.

D'après son rapport, Cawdor a très franchement avoué sa trahison, imploré le pardon de Votre Altesse et montré un profond repentir; rien dans sa vie ne l'honore plus que la façon dont il l'a quittée : il est mort en homme qui s'était exercé à mourir, jetant son bien le plus précieux comme un futile colifichet.

Duncan. — Il n'est point d'art pour découvrir sur le visage les dispositions de l'âme : c'était un gentilhomme sur qui j'avais fondé une confiance absolue!

Entrent Macbeth, Banquo, Ross et Angus.

A Macbeth.

Oh! mon noble cousin!

Le péché de mon ingratitude me pesait déjà. Tu as une telle avance que même volant à tire-d'aile, la gratitude ne peut te rattraper. Que n'as-tu mérité moins! J'aurais pu mieux te remercier et te récompenser. Tout ce qui me reste à dire, c'est qu'il t'est dû plus que je ne puis te payer.

Macbeth. — L'obéissance et la loyauté que je vous dois trouvent en elles-mêmes leur récompense. Le rôle de Votre Altesse est de recevoir nos devoirs qui sont pour votre trône et pour l'État, des enfants, des serviteurs. Ils ne font que ce qu'ils doivent en agissant bien pour votre bonheur et votre gloire.

Duncan, *à Macbeth.* — Sois le bienvenu ici! Je viens de te planter, et je travaillerai à te faire parvenir à la plus haute croissance.

A Banquo.

Noble Banquo, toi qui n'as pas moins mérité, et dont les services doivent être également reconnus, laisse-moi t'embrasser et te tenir sur mon cœur.

Banquo. — Si là j'ai croissance, la récolte est pour vous.

Duncan. — Ma joie exubérante, débordant dans sa plénitude, cherche à se déguiser en larmes de tristesse. Mes fils, mes parents, vous, thanes, et vous, dont le rang est le plus proche, sachez que nous voulons léguer notre royaume à notre aîné, Malcolm, que nous nommons désormais prince de Cumberland. Ces honneurs, à lui conférés, ne doivent pas être isolés; mais les signes de noblesse brilleront, comme des étoiles, sur tous ceux qui les méritent. Partons pour Inverness, pour nous lier plus étroitement à vous.

Macbeth. — Le repos que je n'emploie pas à vous servir est fatigue. Je serai moi-même votre courrier, et je réjouirai ma femme en lui annonçant votre venue. Sur ce, je prends humblement congé de vous.

Duncan. — Mon digne Cawdor!

Macbeth, *à part.* — Le prince de Cumberland! Voilà une marche que je dois franchir sous peine de faire une chute, car elle est en travers de mon chemin. Étoiles, cachez vos feux! Que la lumière ne voie pas mes sombres et profonds désirs! Que mon œil ne regarde pas ma main, mais pourtant qu'elle accomplisse ce que mon œil n'osera regarder une fois fait!

Il sort.

Duncan. — C'est vrai, digne Banquo : il est aussi vaillant que tu le dis. Je me nourris des éloges qu'il reçoit; c'est un banquet pour moi. Suivons-le, lui dont le zèle nous a devancé pour nous préparer un meilleur accueil. C'est un parent sans égal.

Fanfares. Ils sortent.

SCÈNE V

Inverness. — Devant le château de Macbeth.

> *Entre la femme de Macbeth, seule, tenant une lettre.*

LADY MACBETH. — « ... Elles sont venues à ma rencontre dans le jour de la victoire, et j'ai appris par la plus complète révélation qu'elles ont en elles une science plus qu'humaine. Alors que je brûlais du désir de les questionner plus à fond, elles se sont évaporées, changées en air. J'étais encore ravi par la surprise quand sont arrivés des messagers du roi, qui m'ont proclamé thane de Cawdor, titre dont venaient de me saluer les sœurs fatidiques en m'ajournant aux temps à venir par ces mots : *Salut à toi, qui seras roi!* J'ai trouvé bon de te confier cela, compagne chérie de ma grandeur, afin que tu ne perdes pas ta part légitime de joie, dans l'ignorance de la grandeur qui t'est promise. Garde cela dans ton cœur, et adieu! »

Tu es Glamis et Cawdor, et tu seras ce qu'on t'a promis... Mais je me défie de ta nature : elle est trop pleine du lait de la tendresse humaine pour que tu saisisses le plus court chemin. Tu voudrais la grandeur; tu as de l'ambition, mais tu n'as pas la cruauté qui devrait l'accompagner. Ce que tu veux vivement, tu le veux saintement : tu ne voudrais pas tricher, et tu voudrais une victoire imméritée. Ton but, noble Glamis, te crie : « Fais cela pour m'atteindre. » Et cela, tu as plutôt peur de le faire que désir de ne pas le faire. Accours ici, que, dans ton oreille, j'insuffle le courage, et que ma langue résolue chasse tout ce qui t'écarte du cercle d'or dont le destin et une puissance surnaturelle semblent t'avoir couronné!

> *Entre un Serviteur.*

Quelles nouvelles apportes-tu?

LE SERVITEUR. — Le roi arrive ici ce soir.

LADY MACBETH. — Tu es fou de dire cela. Ton maître n'est-il pas avec lui? Si cela était, il m'aurait avertie de faire des préparatifs.

LE SERVITEUR. — La chose est certaine, ne vous en déplaise! Notre thane approche; il s'est fait devancer par un de mes camarades, qui hors d'haleine et chancelant, a eu à peine la force de transmettre son message.

LADY MACBETH. — Qu'on prenne soin de lui! Il apporte une grande nouvelle.

> *Le Serviteur sort.*

Le corbeau lui-même s'est enroué à croasser l'entrée fatale de Duncan sous mes créneaux. Venez, venez, esprits qui assistez les pensées meurtrières! Débarrassez-moi de mon sexe! et de la tête aux pieds, remplissez-moi toute de la plus atroce cruauté; épaississez mon sang; fermez en moi tout accès, tout passage à la pitié. Qu'aucun retour compatissant de la nature n'ébranle ma volonté farouche et ne s'interpose entre elle et l'exécution! Venez à mes seins de femme, prendre mon lait changé en fiel, vous, ministres du meurtre, quel que soit le lieu où, invisibles substances, vous présidiez aux crimes de la nature. Viens, nuit épaisse, et enveloppe-toi de la plus sombre fumée de l'enfer : que mon couteau aigu ne voie pas la blessure qu'il va faire; et que le ciel perçant le linceul des ténèbres[5] ne puisse me crier : « Arrête! arrête! »

> *Entre Macbeth.*

Grand Glamis! noble Cawdor! plus grand que tout cela par le salut prophétique! Ta lettre m'a transportée au-delà de ce présent ignorant, et je ne sens plus en cet instant que l'avenir.

Macbeth. — Mon cher amour, Duncan arrive ici ce soir.

Lady Macbeth. — Et quand repart-il?

Macbeth. — Demain... C'est son intention.

Lady Macbeth. — Oh! jamais le soleil ne verra ce demain!... Votre visage, mon thane, est comme un livre où les hommes peuvent lire d'étranges choses. Pour tromper le monde, paraissez comme le monde : ayez la cordialité dans le regard, dans le geste, dans la voix; ayez l'air de la fleur innocente, mais soyez le serpent qu'elle cache... Occupons-nous de celui qui vient; et laissez-moi la charge de la grande affaire de cette nuit, qui, pour toutes les nuits et tous les jours à venir, nous assurera une autocratie souveraine et l'empire absolu.

Macbeth. — Nous en reparlerons.

Lady Macbeth. — Ayez seulement le front serein : changer de visage prouve qu'on a peur. Pour le reste, laissez-moi faire.

Ils sortent.

SCÈNE VI

Hautbois. Entrent le Roi Duncan, Malcolm, Donalbain, Banquo, Lennox, Macduff, Ross, Angus et leur suite.

Duncan. — La situation de ce château est charmante; l'air se recommande à nos sens délicats par sa légèreté et sa douceur.

Banquo. — Cet hôte de l'été, le martinet familier des temples, prouve, en y construisant sa chère résidence, que l'haleine du ciel a ici des caresses embaumées : pas de saillie, de frise, d'arc-boutant, de coin favorable, où cet oiseau n'ait suspendu son lit et son berceau fécond! J'ai observé que là où cet oiseau habite et multiplie, l'air est très pur.

Entre Lady Macbeth.

Duncan. — Voyez! voyez! Notre hôtesse honorée! L'amour qui nous poursuit a beau nous déranger parfois, nous remercions pourtant l'affection qui le cause. Ainsi je vous apprends à prier Dieu pour la peine que nous vous donnons, à nous remercier de vous déranger.

Lady Macbeth. — Tous nos services, fussent-ils en tout point doublés et quadruplés, seraient une pauvre et piètre offrande, comparés aux dignités si nombreuses et si importantes dont Votre Majesté comble notre maison. Vos bienfaits passés et les dignités récentes que vous y avez ajoutées font de nous des ermites voués à prier pour vous.

Duncan. — Où est le thane de Cawdor? Nous courions après lui, dans l'intention d'être son maréchal des logis, mais il est bon cavalier, et son grand amour, aussi vif que l'éperon, l'a amené avant nous chez lui. Belle et noble hôtesse, nous sommes votre hôte cette nuit.

Lady Macbeth. — Vos serviteurs tiennent leurs biens, leurs gens et leur vie pour un dépôt dont ils doivent compte au bon plaisir de Votre Altesse, afin de lui rendre toujours ce qui lui est dû.

Duncan. — Donnez-moi votre main; conduisez-moi à mon hôte. Nous l'aimons au plus haut point et nous lui continuerons nos faveurs. Hôtesse, avec votre permission!

Ils sortent.

SCÈNE VII

Une cour du château de Macbeth.

*Hautbois et torches. Entre un majordome don-
nant des ordres à plusieurs valets passant
avec plats et services à travers la cour.
Alors entre Macbeth.*

MACBETH. — Si, une fois fait, c'était fini, il vaudrait
mieux en finir vite. Si l'assassinat pouvait capturer les
conséquences et à son terme apporter le succès; si ce
coup pouvait être tout et la fin de tout, ici-bas, rien
qu'ici-bas, sur le sable mouvant de ce monde, nous ris-
querions la vie future. Mais ces actes-là trouvent toujours ici-bas leur sentence. Les leçons sanglantes que
nous enseignons reviennent, une fois apprises, châtier
le précepteur. La justice impartiale présente à nos
propres lèvres le calice empoisonné par nos soins... Il
est ici sous une double sauvegarde. D'abord, je suis son
parent et son sujet : deux raisons puissantes contre cet
acte; ensuite, je suis son hôte : à ce titre, je devrais fermer la porte au meurtrier, et non porter moi-même le
couteau. Et, puis, ce Duncan a exercé son pouvoir avec
tant de douceur, il a été si pur dans ses hautes fonctions,
que ses vertus emboucheraient la trompette des anges
pour dénoncer le crime damné qui l'aurait fait disparaître; et la pitié, pareille à un nouveau-né tout nu che-
vauchant l'ouragan, ou à un chérubin céleste qui monte
les coursiers invisibles de l'air, claironnerait l'horrible
action aux oreilles de tous, jusqu'à noyer le vent dans

un déluge de larmes... Je n'ai, pour presser les flancs de ma volonté, que l'éperon d'une ambition qui veut bondir en selle et se laisse désarçonner...

Entre Lady Macbeth.

Eh bien! quoi de nouveau?

LADY MACBETH. — Il a presque terminé son souper... Pourquoi avez-vous quitté la salle?

MACBETH. — M'a-t-il demandé?

LADY MACBETH. — Ne le savez-vous pas?

MACBETH. — Nous n'irons pas plus loin dans cette affaire. Il vient de m'honorer; et j'ai acquis chez toutes les classes du peuple une réputation dorée qu'il convient de porter maintenant dans l'éclat de sa fraîcheur, et non de jeter sitôt de côté.

LADY MACBETH. — Était-elle donc ivre, l'espérance dans laquelle vous vous drapiez? s'est-elle endormie depuis? et s'éveille-t-elle pour verdir et pâlir ainsi devant ce qu'elle contemplait si volontiers? Désormais je ferai le même cas de ton amour. As-tu peur d'être dans tes actes et dans ta résolution le même que dans ton désir? Voudrais-tu avoir ce que tu estimes être l'ornement de la vie, et vivre couard dans ta propre estime, laissant un *je n'ose pas* suivre un *je voudrais*, comme le pauvre chat du proverbe[6]?

MACBETH. — Paix! je te prie. J'ose tout ce qui sied à un homme : qui ose au-delà n'en est plus un.

LADY MACBETH. — Quelle est donc la bête qui vous a poussé à me révéler cette affaire? Quand vous l'avez osé, vous étiez un homme; maintenant, soyez plus que vous n'étiez, vous n'en serez que plus homme. Ni l'occasion, ni le lieu, ne s'offraient alors, et vous vouliez pourtant les créer tous deux. Ils se sont créés d'eux-mêmes, et voilà que leur concours vous anéantit. J'ai allaité, et

je sais combien j'aime tendrement le petit qui me tette :
eh bien! au moment où il souriait à ma face, j'aurais
arraché le bout de mon sein de ses gencives sans os, et
je lui aurais fait jaillir la cervelle, si je l'avais juré comme
vous avez juré ceci!

MACBETH. — Si nous allions échouer!

LADY MACBETH. — Nous, échouer! Chevillez seulement votre courage au cran d'arrêt, et nous n'échoue-
rons pas. Lorsque Duncan sera endormi (et le rude
voyage d'aujourd'hui va l'inviter bien vite à un somme
profond), j'aurai raison de ses deux chambellans en les
gorgeant de vin et d'hydromel, au point que la mémoire,
gardienne de leur cervelle, ne sera que fumée, et le
réceptacle de leur raison qu'un alambic. Quand imbibés
de vin, ivres morts, ils seront plongés dans un sommeil
de pourceau que ne pourrons-nous, vous et moi, exécuter sur Duncan sans défense? Que ne pourrons-nous
imputer à ses chambellans, placés là, comme des éponges,
pour absorber le crime de ce grand meurtre?

MACBETH. — Ne mets au monde que des enfants
mâles! car ta nature indomptée ne saurait façonner que
des mâles... Ne sera-t-il pas admis par tous, quand nous
aurons marqué de sang ses deux chambellans endormis
et employé leurs propres poignards, que ce sont eux
qui ont fait la chose?

LADY MACBETH. — Qui osera admettre le contraire,
quand nous ferons rugir notre douleur et nos lamentations sur sa mort?

MACBETH. — Me voilà résolu : je vais tendre tous les
ressorts de mon être vers cet acte terrible. Allons! et
leurrons notre monde par la plus sereine apparence. Un
visage faux doit cacher ce que sait un cœur faux.

Ils sortent.

ACTE II

*Entrent Banquo et Fléance portant un flam-
beau.*

BANQUO. — Où en est la nuit, enfant?

FLÉANCE. — La lune est couchée; je n'ai pas entendu
l'horloge.

BANQUO. — Et elle se couche à minuit.

FLÉANCE. — Je conclus qu'il est plus tard, monsieur.

BANQUO. — Tiens! prends mon épée... Le ciel fait
des économies : il a éteint toutes ses chandelles... Emporte
ça aussi. Le poids de la fatigue pèse sur moi comme du
plomb, et pourtant je ne voudrais pas dormir. Puissances miséricordieuses, réprimez en moi les pensées
maudites auxquelles notre nature s'abandonne dans le
repos!... Donne-moi mon épée.

Entrent Macbeth et un Serviteur qui porte un flambeau.

Qui va là?

MACBETH. — Un ami.

BANQUO. — Quoi! monsieur, pas encore au lit! Le
roi est couché. Il a été d'une bonne humeur rare, et il a
fait de grandes largesses à vos gens. Il présente ce dia-

mant à votre femme qu'il appelle « sa très aimable hôtesse »; et il s'est retiré dans un contentement inexprimable.

MACBETH. — Prise à l'improviste, notre bonne volonté s'est trouvée insuffisante; sans cela, elle se fût exercée largement.

BANQUO. — Tout est bien… J'ai rêvé, la nuit dernière, des trois sœurs fatidiques… Pour vous, elles se sont montrées assez véridiques.

MACBETH. — Je n'y pense plus. Cependant, quand nous trouverons un moment propice, nous échangerons quelques mots sur ce sujet, si vous y consentez.

BANQUO. — Quand cela vous plaira.

MACBETH. — Si vous adhérez à mes vues, le moment venu… vous y gagnerez de l'honneur.

BANQUO. — Pourvu que je ne le perde pas en cherchant à l'augmenter, et que je garde toujours ma conscience libre et ma loyauté intacte, je me laisse conseiller.

MACBETH. — Bonne nuit, en attendant!

BANQUO. — Merci, monsieur, et vous de même!

Sortent Banquo et Fléance.

MACBETH, *au Serviteur.* — Va dire à ta maîtresse qu'elle sonne la cloche quand ma boisson sera prête. Et couche-toi.

Sort le Serviteur.

Est-ce un poignard que je vois là devant moi, le manche vers ma main? Viens, que je te saisisse! Je ne te tiens pas, et pourtant je te vois toujours. N'es-tu pas, vision fatale, sensible au toucher, comme à la vue? ou n'es-tu qu'un poignard imaginaire, trompeuse création émanée d'un cerveau en feu? Je te vois pourtant, aussi palpable en apparence que celui que je dégaine en ce moment. Tu m'indiques le chemin que j'allais prendre, et tu es bien l'instrument que j'allais employer. Ou mes yeux sont les jouets de mes autres sens, ou seuls ils les valent tous. Je te vois toujours, et, sur ta lame et sur ton manche, des gouttes de sang qui n'y étaient pas tout à l'heure... Mais non, rien de pareil! C'est cette sanglante affaire qui prend forme ainsi à ma vue... Maintenant, sur la moitié de ce monde, la nature semble morte, et les rêves mauvais abusent le sommeil sous ses rideaux; maintenant, la sorcellerie offre ses sacrifices à la pâle Hécate; et le meurtre hâve, éveillé en sursaut par le loup, sa sentinelle, dont le hurlement est son cri d'alarme, s'avance ainsi avec les pas furtifs du Tarquin ravisseur, et marche à son projet comme un spectre... Toi, terre solide et ferme, n'entends point mes pas, quelque chemin qu'ils prennent, de peur que tes pierres mêmes n'annoncent mon approche, et ne retirent à ce moment la muette horreur qui lui va si bien!... Tandis que je menace, l'autre vit. Les mots jettent un souffle glacé sur le feu de l'action.

La cloche sonne.

J'y vais, et c'est fait : la cloche m'invite. Ne l'entends pas, Duncan, car c'est le glas qui t'appelle au ciel ou en enfer.

Il sort.

SCÈNE II

Entre Lady Macbeth tenant une coupe.

LADY MACBETH. — Ce qui les a rendus ivres m'a rendue hardie. Ce qui les a éteints m'a enflammée. Écoutez! paix!... C'est le hibou qui a crié, fatal carillonneur qui donne le plus sinistre bonsoir... Il est à l'œuvre! Les portes sont ouvertes, et les grooms gorgés narguent leur office par des ronflements : j'ai drogué leur potion du soir, si bien que la mort et la nature disputent entre elles s'ils vivent ou s'ils meurent.

MACBETH, *à l'intérieur*. — Qui est là?... Holà!

LADY MACBETH. — Hélas! j'ai peur qu'ils ne se soient éveillés et que ce ne soit pas fait : c'est la tentative, non l'acte, qui nous perd. Écoutons... J'avais préparé leurs poignards : il a dû forcément les trouver... S'il n'avait pas ressemblé dans son sommeil à mon père, je l'aurais fait moi-même... Mon mari!

Entre Macbeth.

MACBETH. — C'est fait... N'as-tu rien entendu?

LADY MACBETH. — J'ai entendu le hibou huer et le grillon crier. N'avez-vous pas parlé?

MACBETH. — Quand?

LADY MACBETH. — A l'instant même.

MACBETH. — Quand je descendais?

LADY MACBETH. — Oui.

MACBETH. — Écoute!... Qui couche dans la seconde chambre?

LADY MACBETH. — Donalbain.

MACBETH. — Voilà une chose horrible à voir!

LADY MACBETH. — Il est stupide de dire : c'est horrible à voir.

MACBETH. — Il y en a un qui a ri dans son sommeil et un qui a crié : « Au meurtre! » Si bien qu'ils se sont éveillés l'un l'autre. Je me suis arrêté pour les écouter; mais ils ont dit leurs prières, et se sont rendormis.

LADY MACBETH. — On en a logé deux ensemble.

MACBETH. — L'un a crié : « Dieu nous bénisse! » et l'autre : « Amen! » comme s'ils m'avaient vu avec ces mains de bourreau. Écoutant leur frayeur, je n'ai pu dire : « Amen ! » quand ils ont dit : « Dieu nous bénisse ! »

LADY MACBETH. — Ne vous préoccupez pas tant de cela.

MACBETH. — Mais pourquoi n'ai-je pas pu prononcer « amen »? J'avais le plus grand besoin de bénédiction, et le mot « amen » s'est arrêté dans ma gorge !

LADY MACBETH. — On ne doit pas penser à ces actions-là de cette façon; ce serait à nous rendre fous.

MACBETH. — Il m'a semblé entendre une voix crier : « Ne dors plus ! Macbeth a tué le sommeil ! » Le sommeil innocent, le sommeil qui démêle l'écheveau embrouillé du souci, le sommeil, mort de la vie de chaque jour, bain du labeur douloureux, baume des âmes blessées, le plat de résistance de la grande nature, aliment suprême du banquet de la vie !

LADY MACBETH. — Que voulez-vous dire?

MACBETH. — Et cette voix criait toujours par toute la maison : « Ne dors plus ! Glamis a tué le sommeil; et aussi Cawdor ne dormira plus, Macbeth ne dormira plus ! »

LADY MACBETH. — Qui donc criait ainsi? Ah ! mon cher seigneur, vous ébranlez votre noble énergie avec ces pensées malades. Allez chercher de l'eau, et lavez votre main de cette tache accusatrice. Pourquoi n'avez-vous pas laissé à leur place ces poignards? Il faut qu'ils restent là-haut : allez les reporter; et barbouillez de sang les chambellans endormis.

MACBETH. — Je n'irai plus; j'ai peur de penser à ce que j'ai fait. Le regarder encore ! je n'ose !

LADY MACBETH. — Volonté débile ! Donne-moi les poignards. Les dormants et les morts ne sont que des images; c'est l'œil de l'enfance qui s'effraie d'un diable

peint. S'il saigne, je rougirai de son sang la figure de
ses gens, car il faut qu'ils semblent coupables.

Elle sort. On entend frapper.

Macbeth. — De quel côté frappe-t-on? Dans quel
état suis-je donc, que le moindre bruit m'épouvante?
Quelles sont ces mains-là? Ah! elles m'arrachent les
yeux! Tout l'océan du grand Neptune suffira-t-il à laver
ce sang de ma main? Non! C'est plutôt ma main qui
donnerait son incarnat aux vagues innombrables, en
empourprant ses flots verts.

Rentre Lady Macbeth.

Lady Macbeth. — Mes mains ont la couleur des
vôtres; mais j'ai honte d'un cœur aussi blême.

On frappe.

J'entends frapper à l'entrée du sud. Retirons-nous
dans notre chambre. Un peu d'eau va nous laver de
cette action. Comme c'est donc aisé! Votre fermeté vous
a laissé désemparé.

On frappe.

Écoutez! on frappe encore. Mettez votre robe de nuit,
de peur qu'un accident ne nous appelle et ne montre
que nous avons veillé. Ne vous perdez pas si misérable-
ment dans vos pensées.

Macbeth. — Connaître ce que j'ai fait! Mieux vaudrait ne plus me connaître!

On frappe.

Réveille Duncan avec ton tapage! Ah! si c'était possible!

Ils sortent.

SCÈNE III

Entre un Portier[7]*... On frappe dehors.*

LE PORTIER. — Voilà qui s'appelle frapper! Un homme qui serait portier de l'enfer en aurait du travail à tourner la clef!

On frappe.

Frappe, frappe, frappe!... Qui est là, au nom de Belzébuth? C'est un fermier qui s'est pendu à force d'attendre une bonne récolte. Il fallait venir à l'heure[8]; prévoyez force mouchoirs autour de vous; car vous allez suer ici pour la peine.

On frappe.

Frappe, frappe!... Qui est là, au nom de l'autre diable? Ma foi! ce doit être un casuiste[9] qui pouvait mettre son serment dans les deux plateaux de la balance, et qui, après avoir commis suffisamment de trahisons pour l'amour de Dieu, n'a pas pu cependant équivoquer avec le ciel. Oh! entrez, maître casuiste.

On frappe.

Frappe, frappe, frappe!... Qui est là? Ma foi! c'est un tailleur anglais venu ici pour avoir volé sur un haut-de-chausses français. Entrez, tailleur, vous pourrez chauffer ici votre fer.

On frappe.

Frappe, frappe!... Jamais en repos!... Qui êtes-vous?... Décidément, cette place est trop froide pour un enfer.

Je ne veux plus faire le portier du diable. Je serais censé devoir ouvrir aux gens de toutes professions qui s'en vont par un chemin fleuri de primevères au feu de joie éternel.

On frappe.

Tout à l'heure, tout à l'heure! N'oubliez pas le portier, je vous prie.

Il ouvre la porte.
Macduff et Lennox entrent.

MACDUFF. — Il était donc bien tard, l'ami, quand tu t'es mis au lit, que tu restes couché si tard?

LE PORTIER. — Ma foi! monsieur, nous avons fait des libations jusqu'au second chant du coq; et le boire, monsieur, est le grand provocateur de trois choses.

MACDUFF. — Quelles sont les trois choses que le boire provoque spécialement?

LE PORTIER. —. Dame! monsieur, le nez rouge, le sommeil et l'urine. Quant à la paillardise, monsieur, il la provoque et la réprime : il provoque le désir et empêche l'exécution. On peut donc dire que le boire excessif est le casuiste de la paillardise : il la crée et la détruit; il l'excite et la dissipe; il la stimule et la décourage; il la met en train et la retient; pour conclusion, il la mène à un sommeil équivoque et l'abandonne en lui donnant le démenti.

MACDUFF. — Je crois que le boire t'a donné un démenti la nuit dernière.

LE PORTIER. — Oui, monsieur, un démenti par la gorge; mais je le lui ai bien rendu : car, étant, je crois, plus fort que lui, bien qu'il m'ait tenu quelque temps les jambes, j'ai trouvé moyen de m'en débarrasser.

MACDUFF. — Ton maître est-il levé? Nos coups de marteau l'ont éveillé. Le voici.

Macbeth entre.

LENNOX. — Bonjour, noble seigneur!

MACBETH. — Bonjour à tous deux!

MACDUFF. — Le roi est-il levé, cher seigneur?

MACBETH. — Pas encore.

MACDUFF. — Il m'a ordonné de venir le voir de bon matin; j'ai presque laissé passer l'heure.

MACBETH. — Je vais vous mener à lui.

MACDUFF. — C'est un dérangement plein de charme pour vous, je le sais; mais pourtant c'en est un.

MACBETH. — Le plaisir d'un travail en guérit la peine. Voici la porte.

MACDUFF. — Je prendrai la liberté d'entrer; car c'est une prescription de mon service.

Il entre.

LENNOX. — Le roi part-il d'ici aujourd'hui?

MACBETH. — Oui... Il l'a décidé.

LENNOX. — La nuit a été tumultueuse. Là où nous couchions, les cheminées ont été renversées par le vent; on a, dit-on, entendu des lamentations dans l'air, d'étranges cris de mort et des voix prophétisant avec un accent terrible d'affreux embrasements et des événements confus qui couvent une époque de calamités. L'oiseau obscur a glapi toute la nuit. On dit même que la terre avait la fièvre et a tremblé.

MACBETH. — Ç'a été une rude nuit.

LENNOX. — Ma jeune mémoire ne m'en rappelle pas une pareille.

Rentre Macduff.

MACDUFF. — Ô horreur! horreur! horreur! Il n'est ni langue ni cœur qui puisse te concevoir ou te nommer!

MACBETH et LENNOX. — Qu'y a-t-il?

MACDUFF. — Le chaos vient de faire son chef-d'œuvre.
Le meurtre le plus sacrilège a ouvert par effraction le
temple sacré du Seigneur et en a volé la vie qui l'ani-
mait.

MACBETH. — Que dites-vous? la vie?

LENNOX. — Voulez-vous parler de Sa Majesté?

MACDUFF. — Entrez dans la chambre et une nouvelle
Gorgone y brûlera vos yeux... Ne me dites pas de parler;
voyez, et alors parlez vous-mêmes.

Sortent Macbeth et Lennox.

Éveillez-vous! éveillez-vous! Sonnez la cloche d'alarme...
Au meurtre! trahison!... Banquo! Donalbain! Malcolm!
éveillez-vous! Secouez ce sommeil douillet, contrefaçon
de la mort, et regardez la mort elle-même... Debout,
debout! et voyez l'image du jugement dernier... Malcolm!
Banquo! levez-vous comme de vos tombeaux, et avancez comme des spectres pour être en accord avec cette
horreur!... Sonnez la cloche.

La cloche sonne.
Entre Lady Macbeth.

LADY MACBETH. — Que se passe-t-il? Pourquoi cette
fanfare sinistre convoque-t-elle les dormeurs de la maison? Parlez! parlez!

MACDUFF. — Ô gentille dame! vous n'êtes pas faite
pour entendre ce que je puis dire... Ce récit blesserait
mortellement votre oreille.

Entre Banquo.

Ô Banquo! Banquo! notre royal maître est assassiné!

LADY MACBETH. — Quel malheur! hélas! dans notre
maison!

BANQUO. — Malheur trop cruel, où qu'il arrive. Cher

Duff, démens-toi, par grâce! et dis que cela n'est pas.

Rentrent Macbeth et Lennox.

MACBETH. — Que ne suis-je mort une heure avant cet événement! j'aurais eu une vie bénie. Dès cet instant, il n'y a plus rien de sérieux dans ce monde mortel : tout n'est que hochet. La gloire et la grâce sont mortes; le vin de la vie est tiré, et la lie seule reste à cette cave pompeuse.

Entrent Malcolm et Donalbain.

DONALBAIN. — Quel malheur y a-t-il?

MACBETH. — Vous existez, et vous ne le savez pas! La fontaine primitive et suprême de votre sang est tarie, tarie dans sa source.

MACDUFF. — Votre royal père est assassiné.

MALCOLM. — Oh! par qui?

LENNOX. — Par les gens de sa chambre, suivant toute apparence. Leurs mains et leurs visages étaient tout empourprés de sang, ainsi que leurs poignards que nous avons trouvés, non essuyés, sur leur oreiller. Ils avaient l'œil fixe, et étaient effarés. A les voir, on n'aurait dû leur confier aucune vie humaine.

MACBETH. — Oh! pourtant je me repens du mouvement de fureur qui me les a fait tuer!

MACDUFF. — Pourquoi l'avoir fait?

MACBETH. — Qui peut être sage et éperdu, calme et furieux, loyal et neutre à la fois? Personne. Mon dévouement trop passionné a devancé ma raison plus lente. Ici gisait Duncan; sa peau argentine était lamée de son sang vermeil, et ses blessures béantes semblaient une brèche faite à la nature pour laisser pénétrer la ruine dévastatrice. Là étaient les meurtriers, teints des cou-

leurs de leur métier, et leurs poignards insolemment
gainés de sang. Quel est donc l'être qui, ayant un cœur
pour aimer et du courage au cœur, eût pu s'empêcher
de prouver alors son amour?

Lady Macbeth. — A l'aide! Emmenez-moi d'ici.

Macduff. — Prenez soin de madame.

Malcolm, *à part, à Donalbain.* — Pourquoi gardons-
nous le silence, nous qui avons tout droit de revendiquer cette cause comme la nôtre?

Donalbain, *à part, à Malcolm.* — Pourquoi parlerions-
nous ici où la fatalité, cachée dans un trou de vrille,
peut se ruer sur nous et nous accabler? Fuyons! Nos
larmes ne sont pas encore brassées.

Malcolm, *à part, à Donalbain.* — Et notre désespoir
n'est pas en mesure d'agir.

Banquo. — Prenez soin de madame.

Puis, quand nous aurons couvert nos frêles nudités,
ainsi exposées à un froid dangereux, réunissons-nous,
et questionnons ce sanglant exploit pour le mieux
connaître. Les craintes et les doutes nous agitent. Moi,
je me mets dans la main immense de Dieu, et de là
je combats les prétentions encore ignorées d'une criminelle trahison.

Macduff. — Et moi aussi.

Tous. — Et nous tous.

Macbeth. — Revêtons vite un appareil viril, et réunissons-nous dans la grande salle.

Tous. — C'est convenu.

Tous sortent, excepté Malcolm et Donalbain.

Malcolm. — Que voulez-vous faire? Ne nous asso-
cions pas avec eux : faire montre d'une douleur non
sentie est un rôle aisé pour l'homme faux. J'irai en
Angleterre.

Donalbain. — Moi, en Irlande. En séparant nos fortunes, nous serons plus en sûreté. Où nous sommes, il y a des poignards dans les sourires : le plus près de notre sang est le plus près de le verser.

Malcolm. — La flèche meurtrière qui a été lancée n'a pas encore atteint le but; et le parti le plus sûr pour nous est de nous mettre hors de portée. Ainsi, à cheval! Ne soyons pas scrupuleux sur les adieux, mais esquivons-nous. Le vol qui consiste à se dérober est permis quand il n'y a plus de pitié à attendre.

Ils sortent.

SCÈNE IV

Devant le château de Macbeth.

Entrent Ross et un Vieillard.

Le Vieillard. — J'ai la mémoire nette de soixante-dix années; dans l'espace de ce temps, j'ai vu des heures terribles et des choses étranges; mais cette nuit sinistre réduit à rien tout ce que j'ai vu.

Ross. — Ah! bon père, tu le vois, les cieux, troublés par l'acte de l'homme, en menacent le sanglant théâtre. D'après l'horloge, il est jour, et pourtant une nuit noire étouffe le flambeau voyageur. Est-ce le triomphe de la nuit ou la honte du jour qui fait que les ténèbres ensevelissent la terre, quand la lumière vivante devrait la baiser au front?

Le Vieillard. — Cela est contre nature, comme l'action qui a été commise. Mardi dernier, un faucon, planant dans toute la fierté de son essor, a été saisi au vol et tué par un hibou chasseur de souris.

Ross. — Et, chose étrange et certaine, les chevaux de Duncan, si beaux, si agiles, les parangons de leur espèce, sont redevenus sauvages, ont brisé leurs stalles, et se sont échappés, résistant à toute obéissance comme s'ils allaient faire la guerre à l'homme.

Le Vieillard. — On dit qu'ils se sont entredévorés.

Ross. — Oui, au grand étonnement de mes yeux. Je l'ai vu. Voici le bon Macduff.

Entre Macduff.

Comment va le monde à présent, monsieur?

Macduff, *montrant le ciel.* — Quoi! ne le voyez-vous pas?

Ross. — Sait-on qui a commis cette action plus que sanglante?

Macduff. — Ceux que Macbeth a tués.

Ross. — Hélas! à quel avantage pouvaient-ils prétendre?

Macduff. — Ils ont été subornés. Malcolm et Donalbain, les deux fils du roi, se sont dérobés et enfuis : ce qui jette sur eux les soupçons.

Ross. — Encore une chose contre nature! Ô ambition désordonnée, qui dévores ainsi la suprême ressource de ta propre existence!... Alors, il est probable que la souveraineté va échoir à Macbeth.

Macduff. — Il est déjà proclamé et parti pour Scone[10], où il doit être couronné.

Ross. — Où est le corps de Duncan?

Macduff. — Il a été transporté à Colmeskill, au sanctuaire où sont gardés les os de ses prédécesseurs.

Ross. — Allez-vous à Scone?

Macduff. — Non, cousin, je vais à Fife.

Ross. — C'est bien, j'irai à Scone.

Macduff. — Soit! Puissiez-vous y voir les choses se

bien passer!... Adieu! J'ai peur que nos manteaux neufs
ne soient moins commodes que nos vieux.

Ross. — Adieu, mon père!

Le Vieillard. — Que la bénédiction de Dieu soit
avec vous et avec tous ceux qui veulent changer le mal
en bien et les ennemis en amis!

Ils sortent.

ACTE III

Une salle d'audience dans le palais à Fores.

Entre Banquo.

BANQUO. — Roi! Cawdor! Glamis! tu possèdes maintenant tout ce que t'avaient promis les femmes fatidiques; et j'ai peur que tu n'aies joué dans ce but un jeu bien sinistre. Cependant elles ont dit que ta postérité n'hériterait pas de tout cela, et que, moi, je serais la racine et le père de nombreux rois. Si la vérité est sortie de leur bouche, ainsi que leurs prophéties sur toi, Macbeth, en sont la preuve éclatante, pourquoi, véridiques à ton égard, ne pourraient-elles pas aussi bien être des oracles pour moi et autoriser mon espoir? Mais, chut! taisons-nous.

Fanfares. Entrent Macbeth, en roi, Lady Macbeth, en reine, Lennox, Ross, Seigneurs, suite.

MACBETH. — Voici notre principal convive.

LADY MACBETH. — S'il avait été oublié, c'eût été dans cette grande fête un vide qui eût tout déparé.

MACBETH. — Nous donnons ce soir un souper solennel, seigneur; et j'y sollicite votre présence.

BANQUO. — Que Votre Altesse me commande! Mon obéissance est pour toujours attachée à elle par des liens indissolubles.

MACBETH. — Montez-vous à cheval cet après-midi?

BANQUO. — Oui, mon bon seigneur.

MACBETH. — Sans cela nous vous aurions demandé vos avis, qui ont toujours été sérieux et de bon profit, en tenant conseil aujourd'hui; mais nous les prendrons demain. Irez-vous loin?

BANQUO. — Assez loin, monseigneur, pour remplir le temps d'ici au souper. Si mon cheval ne marche pas très bien, il faudra que j'emprunte à la nuit une ou deux de ses heures sombres.

MACBETH. — Ne manquez pas à notre fête.

BANQUO. — Certes, non, monseigneur.

MACBETH. — Nous apprenons que nos sanguinaires cousins sont réfugiés, l'un en Angleterre, l'autre en Irlande; pour ne pas avouer leur cruel parricide, ils en imposent à ceux qui les écoutent par des inventions étranges. Mais nous en parlerons demain, ainsi que des affaires d'État, qui réclament également notre réunion. Vite, à cheval, vous! et adieu jusqu'à votre retour, ce soir! Fléance va-t-il avec vous?

BANQUO. — Oui, mon bon seigneur. Le temps nous presse.

MACBETH. — Je vous souhaite des chevaux vifs et sûrs; et je vous recommande à leurs croupes. Bon voyage!

Sort Banquo.

Que chacun soit maître de son temps jusqu'à sept heures du soir! Pour que la société n'en soit que mieux

venue près de nous, nous resterons seul jusqu'au souper.
Jusque-là, que Dieu soit avec vous!

Tous sortent, sauf Macbeth et un Serviteur.

Drôle, un mot! Ces hommes attendent-ils nos ordres?
Le Serviteur. — Ils sont là, monseigneur, à la porte
du palais.
Macbeth. — Amène-les devant nous.

Sort le Serviteur.

Être ceci n'est rien; il faut l'être sûrement. Nos
craintes se fixent profondément sur Banquo : dans
sa royale nature règne tout ce qui est redoutable. Il
est homme à oser beaucoup; et à la trempe intrépide
de son âme il joint une sagesse qui conduit sa valeur
à agir sûrement. Il est le seul dont je redoute l'existence,
et mon génie est dominé par le sien, comme, dit-on,
Marc-Antoine l'était par César. Il a apostrophé les
sœurs, quand elles m'ont décerné le nom de roi, et il les
a sommées de lui parler. Alors, d'une voix prophétique,
elles l'ont salué père d'une lignée de rois! Elles m'ont
placé sur la tête une couronne infructueuse et mis au
poing un sceptre stérile, que doit m'arracher une main
étrangère, puisque nul fils ne doit me succéder. S'il en
est ainsi, c'est pour les enfants de Banquo que j'ai souillé
mon âme, pour eux que j'ai assassiné le gracieux Duncan, pour eux que j'ai versé le remords dans la coupe
de mon repos, pour eux seuls! Mon éternel joyau, je l'ai
donné à l'ennemi commun du genre humain pour les
faire rois! pour faire rois les rejetons de Banquo! Ah!
viens plutôt dans la lice, fatalité, et jette-moi un
défi à outrance!... Qui est là?

Rentre le Serviteur, suivi de deux Meurtriers.

Maintenant retourne à la porte, et restes-y jusqu'à ce que nous appelions.

Sort le Serviteur.

N'est-ce pas hier que nous nous sommes parlé?

PREMIER MEURTRIER. — C'était hier, s'il plaît à Votre Altesse.

MACBETH. — Eh bien! maintenant, avez-vous réfléchi à mes paroles? Sachez que c'est lui qui jusqu'ici vous a relégués dans une si humble fortune, tandis que vous en accusiez notre innocente personne. Je vous l'ai démontré dans notre dernier entretien. Je vous ai prouvé comment vous avez été dupés, contrecarrés, quels étaient les instruments, qui les employait, et mille autres choses qui feraient dire à une moitié d'âme, à un entendement fêlé : « Voilà ce qu'a fait Banquo. »

PREMIER MEURTRIER. — Vous nous l'avez fait connaître.

MACBETH. — oui; et j'en suis venu ainsi à ce qui est maintenant l'objet de notre seconde entrevue. Croyez-vous la patience à ce point dominante dans votre nature, que vous puissiez laisser passer cela? Êtes-vous évangéliques au point de prier pour ce brave homme et sa postérité, lui dont la lourde main vous a courbés vers la tombe et à jamais appauvris?

PREMIER MEURTRIER. — Nous sommes hommes, mon suzerain.

MACBETH. — Oui, vous passez pour hommes dans le catalogue; de même que les limiers, les lévriers, les métis, les épargneuls, les mâtins, les barbets, les caniches, les chiens-loups sont désignés tous sous le nom de chiens; mais un classement supérieur distingue le chien agile, le lent, le subtil, le chien de garde, le chien de chasse, chacun selon les qualités que la bienfaisante nature lui a départies et qui lui font donner un titre particulier dans la liste où tous sont communément inscrits. Il en est de même des hommes. Eh bien! si vous avez une place à part dans le classement, en dehors des rangs infimes de l'humanité, dites-le; et alors je confierai à vos consciences un projet dont l'exécution fera disparaître votre ennemi et vous attachera notre cœur et notre affection, car sa vie trouble notre santé, sa mort la rétablirait.

Second Meurtrier. — Je suis un homme, mon suzerain, que les coups avilissants et les rebuffades du monde ont tellement exaspéré, que je ferais n'importe quoi pour braver le monde.

Premier Meurtrier. — Et moi, un homme tellement accablé de désastres, tellement surmené par la fortune, que je jouerais ma vie sur un hasard pour l'améliorer ou la perdre.

Macbeth. — Vous savez tous deux que Banquo était votre ennemi.

Second Meurtrier. — C'est vrai, monseigneur.

Macbeth. — Il est aussi le mien, et avec une si sanglante hostilité que chaque minute de son existence est un coup qui menace ma vie. Je pourrais le balayer de ma vue de vive force, et mettre la chose sur le compte de la volonté; mais je ne dois pas le faire, par égard pour plusieurs de mes amis qui sont aussi les siens, et dont je ne puis garder l'affection qu'en pleurant la chute de celui que j'aurai moi-même renversé. Voilà pourquoi je réclame affectueusement votre assistance, voulant masquer l'affaire aux regards de tous, pour maintes raisons puissantes.

Second Meurtrier. — Nous exécuterons, monseigneur, ce que vous nous commanderez.

Premier Meurtrier. — Dussent nos vies...

Macbeth. — Votre ardeur rayonne en vous. Dans une

heure, au plus, je vous désignerai le lieu où vous vous posterez, je vous ferai connaître le meilleur moment pour l'embuscade, l'instant suprême. Il faut que ce soit fait ce soir, à une certaine distance du palais, avec cette idée constante que j'ai besoin de rester pur. Et (pour qu'il n'y ait ni accroc ni pièce à l'ouvrage) Fléance, son fils, qui l'accompagne, et dont l'absence m'est aussi essentielle que celle du père, devra embrasser, comme lui, la destinée de cette heure sombre. Prenez ensemble votre décision; je reviens à vous dans un instant.

LES DEUX MEURTRIERS. — Nous sommes résolus, monseigneur.

MACBETH. — Je vous rejoins immédiatement; restez dans le palais. l'affaire est conclue... Banquo, si ton âme envolée doit trouver le ciel, elle le trouvera ce soir.

Ils sortent.

SCÈNE II

Entre Lady Macbeth avec un Serviteur.

LADY MACBETH. — Banquo a-t-il quitté la cour?

LE SERVITEUR. — Oui, madame, mais il revient ce soir.

LADY MACBETH. — Va prévenir le roi que j'attends son bon plaisir pour lui dire quelques mots.

LE SERVITEUR. — J'y vais, madame.

Il sort.

LADY MACBETH. — On a tout dépensé en pure perte lorsque votre désir assouvi vous laisse insatisfait. Mieux

vaut être celui qu'on détruit que de vivre par sa destruction dans une joie pleine de doutes.

Entre Macbeth.

Qu'avez-vous, monseigneur? Pourquoi restez-vous
seul, faisant vos compagnes des plus tristes rêveries,
et nourrissant des pensées qui auraient bien dû mourir
avec ceux auxquels vous pensez! Les choses irrémédiables doivent être oubliées : ce qui est fait est fait.

MACBETH. — Nous avons tronçonné, mais non tué,
le serpent. Il se reformera et redeviendra lui-même,
et notre haine misérable sera comme auparavant exposée à ses morsures. Mais puissions-nous voir craquer
la création et s'abîmer le ciel et la terre, plutôt que de
manger toujours dans la crainte et de dormir dans
l'affliction de ces rêves terribles qui nous agitent chaque
nuit! Mieux vaudrait être avec le mort que nous avons
envoyé reposer pour gagner notre place, que d'être
soumis par la torture de l'esprit à une infatigable
angoisse. Duncan est dans son tombeau : après la fièvre
convulsive de cette vie, il dort bien; la trahison a tout
épuisé contre lui; l'acier, le poison, la perfidie domestique, l'invasion étrangère, rien ne peut le toucher
désormais.

LADY MACBETH. — Allons! mon doux seigneur, déridez
ce front angoissé, soyez serein et enjoué ce soir au
milieu de vos convives.

MACBETH. — Je le serai, mon amour! et vous, soyez
de même, je vous prie. Que vos attentions se concen-
trent sur Banquo! conférez-lui la prééminence par vos
regards et par vos paroles. Temps d'inquiétude, où il
nous faut laver nos honneurs au torrent des flatteries,
et faire de notre face le masque de notre cœur, pour
le déguiser!

LADY MACBETH. — Ne pensez plus à cela.

MACBETH. — Oh! pleine de scorpions est mon âme, chère femme! Tu sais que Banquo et son Fléance vivent.

LADY MACBETH. — Mais le bail avec la vie n'est pas éternel.

MACBETH. — Oui, il y a là une consolation : ils sont vulnérables. Sois donc joyeuse. Avant que la chauve-souris ait fait à tire-d'aile son tour de cloître, avant qu'à l'appel de la noire Hécate, l'escarbot aux ailes d'écaille ait de ses bourdonnements sourds sonné le carillon somnolent du soir, un acte épouvantable aura été fait.

LADY MACBETH. — Quel acte?

MACBETH. — Ignore cette confidence, ma colombe, et tu applaudiras quand ce sera fait. Viens, noir fauconnier de la nuit, bande les yeux sensibles du jour compatissant, et, de ta main sanglante et invisible, arrache et mets en pièces le fil de cette grande existence qui me fait pâlir!... La lumière s'obscurcit, et le corbeau vole vers son bois favori; les bonnes créatures du jour commencent à s'assoupir et à dormir, tandis que les noirs agents de la nuit se dressent vers leur proie. Tu t'étonnes de mes paroles; mais sois tranquille : les choses que le mal a commencées se consolident par le mal. Sur ce, viens avec moi, je t'en prie.

Ils sortent.

SCÈNE III

Une avenue conduisant à la porte d'entrée du palais.

Entrent les Deux Meurtriers, un Troisième.

Premier Meurtrier. — Mais qui t'a dit de te joindre à nous?

Troisième Meurtrier. — Macbeth.

Deuxième Meurtrier. — Nous n'avons pas à nous méfier de lui, puisqu'il nous indique notre tâche, et tout ce que nous avons à faire, avec une précision parfaite.

Premier Meurtrier. — Reste donc avec nous. Le couchant est encore rayé de quelques lueurs du jour. C'est l'heure où le voyageur attardé presse les éperons pour gagner à temps l'auberge; et voici qu'approche celui que nous guettons.

Troisième Meurtrier. — Écoutez! j'entends les chevaux.

Banquo, *derrière le théâtre.* — Éclairez-nous là! hé!

Deuxième Meurtrier. — Alors c'est lui : tous les autres invités qu'on attendait sont déjà au palais.

Premier Meurtrier. — Ses chevaux font le tour.

Troisième Meurtrier. — Cela fait presque une ville; mais il a l'habitude, comme tout le monde, d'aller d'ici à la porte du palais à pied.

Entrent Banquo et Fléance portant une torche.

Deuxième Meurtrier. — Une lumière! une lumière!

Troisième Meurtrier. — C'est lui.

Premier Meurtrier. — Tenons ferme.

Banquo. — Il y aura de la pluie, ce soir.

Premier Meurtrier. — Qu'elle tombe!

Il attaque Banquo.

Banquo. — Oh! trahison! Fuis, bon Fléance, fuis, fuis, fuis; tu peux me venger... Ô misérable!

Troisième Meurtrier. — Qui a éteint la lumière?

Premier Meurtrier. — N'était-ce pas le plus sûr?

Troisième Meurtrier. — Il n'y en a qu'un de tombé; le fils s'est échappé.

Deuxième Meurtrier. — Nous avons manqué la plus belle moitié de notre affaire.

Premier Meurtrier. — Allons toujours dire ce qu'il y a de fait.

Ils sortent.

SCÈNE IV

La grande salle du palais.

Un banquet est préparé. Entrent Macbeth, Lady Macbeth, Ross, Lennox, des Seigneurs, et leur suite.

Macbeth. — Vous connaissez vos rangs respectifs, prenez vos places. Et, une fois pour toute, cordiale bienvenue!

Les Seigneurs. — Merci à Votre Majesté!

Les seigneurs s'asseyent, laissant un siège vide.

Macbeth. — Quant à nous, nous nous mêlerons à la société, comme l'hôte le plus humble. Notre hôtesse gardera sa place d'honneur; mais, en temps opportun, nous irons lui demander la bienvenue.

LADY MACBETH. — Exprimez pour moi, sire, à tous nos amis, ce que dit mon cœur : ils sont les bienvenus.

Le Premier Meurtrier paraît à la porte de la salle.

MACBETH. — Vois! ils te répondent par un remerciement du cœur... Les deux côtés sont au complet. Je vais m'asseoir au milieu. Il désigne le siège vide. Soyons gais sans réserve, tout à l'heure, nous boirons une rasade à la ronde.

Bas, au Meurtrier.

Il y a du sang sur ta face.

LE MEURTRIER, *bas, à Macbeth.* — Alors, c'est celui de Banquo.

MACBETH. — Il est mieux sur toi que dans ses veines. Est-il expédié?

LE MEURTRIER. — Monseigneur, il a la gorge coupée. J'ai fait cela pour lui.

MACBETH. — Tu es le meilleur des coupe-gorge. Il est bien bon pourtant, celui qui en a fait autant pour Fléance. Si c'est toi, tu n'as pas ton pareil.

LE MEURTRIER. — Très royal seigneur, Fléance s'est échappé.

MACBETH. — Voilà mon accès qui revient : sans cela, j'aurais été à merveille, entier comme un marbre, solide comme un roc, dégagé et libre comme l'air ambiant. Mais, à présent, me voilà claquemuré, encagé, confiné, enchaîné dans des inquiétudes et des craintes insolentes. Mais Banquo est-il en sûreté?

LE MEURTRIER. — Oui, mon bon seigneur, en sûreté dans un fossé qu'il occupe, avec vingt balafres dans la tête, dont la moindre serait la mort d'une créature.

MACBETH. — Merci, pour cela! Voilà le vieux serpent

écrasé. Le reptile qui s'est sauvé est de nature à
donner du venin un jour, mais il n'a pas encore de
dents. Va-t'en! demain, une fois rendu à nous-même,
nous t'écouterons.

Sort le Meurtrier.

LADY MACBETH. — Mon royal maître, vous n'encou-
ragez pas vos convives : c'est leur faire payer la fête
que de ne pas leur rappeler souvent qu'elle est donnée
de tout cœur. Pour ne faire que manger, mieux vaut
rester chez soi; hors de là il faut assaisonner les
plats de courtoisie; sans elle, la réunion serait fade.

Le spectre de Banquo apparaît et s'assied
à la place de Macbeth.

MACBETH. — La douce mémoire!... Allons! qu'une
bonne digestion seconde l'appétit, et que la santé
suive!

LENNOX. — Plaît-il à Votre Altesse de s'asseoir?

MACBETH. — Nous aurions sous notre toit l'élite de
notre pays, si la gracieuse personne de notre Banquo
était présente. Puissé-je avoir à l'accuser d'une inci-
vilité plutôt qu'à le plaindre d'un malheur!

ROSS. — Son absence, sire, jette le blâme sur sa
promesse. Plaît-il à Votre Altesse de nous honorer de
sa royale compagnie?

MACBETH. — La table est au complet.

LENNOX. — Voici une place réservée pour vous, sire.

MACBETH. — Où?

LENNOX. — Ici, mon bon seigneur... Qu'est-ce donc
qui émeut Votre Altesse?

MACBETH. — Qui de vous a fait cela?

LES SEIGNEURS. — Quoi, mon bon seigneur?

MACBETH. — Tu ne peux pas dire que ce soit moi!

Ne m'accuse pas en secouant ainsi tes boucles sanglantes.

Ross. — Messieurs, levez-vous; Son Altesse n'est
pas bien.

Lady Macbeth. — Non, dignes amis, asseyez-vous.
Mon seigneur est souvent ainsi, et cela depuis sa
jeunesse. De grâce, restez assis! C'est un accès momen-
tané : rien que le temps d'y songer, il sera remis. Si
vous faites trop attention à lui, vous l'offenserez, et
vous augmenterez son mal; mangez, et ne le regardez
pas... Êtes-vous un homme?

Macbeth. — Oui, et un homme hardi à oser regarder
en face ce qui épouvanterait le démon.

Lady Macbeth. — Imaginations! C'est encore une
image créée par votre frayeur, comme ce poignard
aérien qui, disiez-vous, vous guidait vers Duncan! Oh!
ces effarements et ces tressaillements, singeries de la
terreur, conviendraient bien à un conte de bonne
femme débité au coin d'un feu d'hiver sous l'autorité
d'une grand-mère. C'est la honte même! Pourquoi faites-vous toutes ces mines-là? Après tout, vous ne
regardez qu'un tabouret.

Macbeth. — Je t'en prie, vois! examine! regarde!
là... Eh bien! que dis-tu? Bah! qu'est-ce que cela me
fait? Puisque tu peux secouer la tête, parle... Ah! si
les cimetières et les tombeaux doivent nous renvoyer
ainsi ceux que nous enterrons, pour sépulture nous
leur donnerons la panse des milans!

Le Spectre disparaît.

Lady Macbeth. — Quoi! la folie n'a rien laissé de
l'homme?

Macbeth. — Aussi vrai que je suis ici, je l'ai vu.

Lady Macbeth. — Fi! quelle honte!

Macbeth. — Ce n'est pas d'aujourd'hui que le sang a
été versé : dans les temps anciens, avant que la loi
humaine eût purifié la société adoucie, oui, et depuis
lors, il a été commis des meurtres trop terribles pour
l'oreille. Il fut un temps où, quand la cervelle avait
jailli, l'homme mourait, et tout était fini. Mais
aujourd'hui on ressuscite, avec vingt blessures mor-
telles dans le crâne, et on nous chasse de nos sièges.
Voilà qui est plus étrange que le meurtre lui-même.

Lady Macbeth. — Mon digne seigneur, vos nobles
amis ont besoin de vous.

Macbeth. — J'oubliais... Ne vous étonnez pas, mes
très dignes amis : j'ai une étrange infirmité qui n'est
rien pour ceux qui me connaissent. Allons! amitié et
santé à tous! Maintenant je vais m'asseoir. Donnez-
moi du vin; remplissez jusqu'au bord!

Le Spectre reparaît.

Je bois à la joie de toute la table, et à notre cher
ami Banquo qui nous manque. Que n'est-il ici! A
lui et à tous, notre soif! Buvons tous à tous!

Les Seigneurs. — Nous vous rendons hommage en
vous faisant raison.

Macbeth, *se retournant vers le siège.* — Arrière! ôte-
toi de ma vue! Que la terre te cache! Tes os sont sans
moelle; ton sang est glacé; tu n'as pas de regard dans
ces yeux qui éblouissent.

Lady Macbeth. — Ne voyez là, nobles pairs, qu'un
fait habituel. Ce n'est pas autre chose. Seulement cela
gâte le plaisir du moment.

Macbeth. — Tout ce qu'ose un homme, je l'ose.
Approche sous la figure de l'ours velu de Russie, du
rhinocéros armé ou du tigre d'Hyrcanie, prends toute
autre forme que celle-ci, et mes nerfs impassibles ne

trembleront pas. Qu bien redeviens vivant, et provoque-moi au désert avec ton épée; si alors je m'enferme en tremblant, déclare-moi la poupée d'une petite fille. Hors d'ici, ombre horrible!

Le Spectre disparaît.

Moqueuse illusion, hors d'ici!... Oui! c'est cela... Dès qu'il s'en va, je redeviens homme... De grâce, restez assis!

Lady Macbeth. — Vous avez fait fuir la gaieté et rompu notre bonne réunion par ce désordre surprenant.

Macbeth. — De telles choses peuvent-elles arriver et fondre sur nous, comme un nuage d'été, sans nous causer un étonnement particulier? Vous me faites méconnaître mon propre caractère, quand je songe que, devant de pareilles visions, vous pouvez conserver le rubis naturel de vos joues, alors que les miennes sont blanches de frayeur.

Ross. — Quelles visions, monseigneur? .

Lady Macbeth. — Je vous en prie, ne lui parlez pas! Son mal s'aggrave; toute question l'exaspère. Bonsoir en même temps à tous! Ne vous souciez pas du protocole, mais partez tous à la fois.

Lennox. — Bonsoir! et puisse une meilleure santé être accordée à Sa Majesté!

Lady Macbeth. — Affectueux bonsoir à tous!

Ils sortent.

Macbeth. — Il y aura du sang versé; on dit que le sang veut du sang. On a vu les pierres remuer et les arbres parler. Des augures, des révélations intelligibles ont, par la voix des pies, des corbeaux et des corneilles, dénoncé l'homme de sang le mieux caché... Où en est la nuit?

Lady Macbeth. — A l'heure encore indécise de sa lutte avec le matin.

Macbeth. — Que dis-tu de Macduff, qui refuse de se rendre en personne à notre solennelle invitation?

Lady Macbeth. — Lui avez-vous envoyé quelqu'un, sire?

Macbeth. — Non! j'en suis prévenu indirectement; mais j'enverrai quelqu'un. Il n'y a pas un d'eux chez qui je ne tienne un homme à mes gages. J'irai demain, de bonne heure, trouver les sœurs fatidiques. Il faut qu'elles parlent encore; car je suis maintenant décidé à savoir le pire, fût-ce par les pires moyens : devant mes intérêts, tout doit céder. J'ai marché si loin dans le sang que, si je ne traverse pas le gué, j'aurai autant de peine à retourner qu'à avancer. J'ai dans la tête d'étranges choses qui réclament ma main et veulent être exécutées avant d'être méditées.

Lady Macbeth. — Vous avez besoin du cordial de toute créature, le sommeil.

Macbeth. — Viens, nous allons dormir. L'étrange folie dont je fus le jouet est une timidité novice qui veut être aguerrie par l'épreuve. Nous sommes encore jeunes dans l'action.

Ils sortent.

scène v[11]

Une lande.

Tonnerre. Entrent les trois sorcières, rencontrant Hécate.

Première Sorcière. — Eh bien! qu'avez-vous, Hécate? Vous paraissez irritée.

Hécate. — N'ai-je pas raison de l'être, mégères, quand vous êtes si insolentes et si effrontées? Comment avez-vous osé commencer et trafiquer avec Macbeth d'oracles et d'affaires de mort, sans que moi, la maîtresse de vos enchantements, l'agent mystérieux de tout maléfice, j'aie été appelée à intervenir ou à montrer la gloire de notre art? Et, qui pis est, vous avez fait tout cela pour un fils entêté, rancuneux, colère, qui, comme les autres, vous aime pour lui-même, non pour vous. Mais réparez votre faute maintenant : partez, et venez au trou de l'Achéron me rejoindre demain matin : il doit s'y rendre pour connaître sa destinée. Préparez vos vases, vos sortilèges, vos enchantements, tout enfin. Moi, je vais dans l'air; j'emploierai cette nuit à une œuvre terrible et fatale. Une grande affaire doit être achevée avant midi. A la pointe de la lune pend une goutte de vapeur profonde; je l'attraperai avant qu'elle tombe à terre. Cette goutte, distillée par des procédés magiques, fera surgir des apparitions fantastiques qui, par la force de leurs illusions, l'entraîneront à sa ruine. Il insultera le destin, narguera la mort, et mettra ses espérances au-dessus de la sagesse, de la religion et de la crainte. Et, vous le savez toutes, la sécurité est la plus grande ennemie des mortels.

Chant derrière le théâtre :

Viens, reviens..., etc.

Hécate. — Écoutez! on m'appelle. Vous voyez! mon petit esprit m'attend, assis dans un nuage de brume.

Elle sort.

Première Sorcière. — Allons, hâtons-nous! Elle sera bientôt de retour.

Sortent les Sorcières.

SCÈNE VI

Un château en Écosse.

Entrent Lennox et un autre Seigneur.

LENNOX. — Mes dernières paroles ont frappé votre
pensée, qui pourra les interpréter à loisir... Je dis seulement que les choses ont été étrangement menées.
Macbeth s'est apitoyé sur le gracieux Duncan?... Pardieu, il était mort!... Quant au vaillant Banquo, il s'est
promené trop tard... Vous pouvez dire, si cela vous plaît,
que c'est Fléance qui l'a tué, car Fléance s'est sauvé...
On ne doit pas se promener trop tard. Comment se
refuser à voir tout ce qu'il y a eu de monstrueux de la
part de Malcolm et de Donalbain à tuer leur auguste
père? Exécrable action! Combien elle a affligé Macbeth! n'a-t-il pas immédiatement, dans une rage pieuse,
mis en pièces les deux coupables, qui étaient esclaves
de l'ivresse et captifs du sommeil? N'est-ce pas là une
noble action?... Oui, et fort prudente aussi, car cela
aurait pu irriter un cœur vif d'entendre ces hommes nier
le fait... Bref, je dis qu'il a bien arrangé les choses; et
je pense que, s'il tenait sous clef les fils de Duncan (ce
qui n'arrivera pas, s'il plaît à Dieu), ils verraient ce que
c'est que de tuer un père; et Fléance aussi! Mais, silence! car, pour avoir parlé trop haut et manqué de
paraître à la fête du tyran, j'apprends que Macduff est
en disgrâce. Pouvez-vous me dire, monsieur, où il s'est
réfugié?

LE SEIGNEUR. — Le fils de Duncan, dont ce tyran
usurpe les droits héréditaires, vit à la cour d'Angleterre,

où il est reçu par le très pieux Édouard avec tant de
grâce que la malveillance de la fortune ne lui fait rien
perdre des honneurs qui lui sont dus. Macduff aussi
s'est rendu là : il va prier le saint roi de lancer à son
aide Northumberland, le belliqueux Siward, afin que,
grâce à ce secours et à la sanction du Très-Haut, nous
puissions de nouveau mettre le couvert sur notre table,
dormir toutes nos nuits, délivrer nos fêtes et nos ban-
quets des couteaux sanglants, rendre un légitime
hommage et recevoir de purs honneurs, toutes satisfac-
tions auxquelles nous ne pouvons qu'aspirer aujour-
d'hui. Cette nouvelle a tellement exaspéré le roi qu'il
fait des préparatifs de guerre.

LENNOX. — Avait-il fait mander Macduff?

LE SEIGNEUR. — Oui! et Macduff ayant répondu réso-
lument : « Non, monsieur! » le messager lui a tourné le
dos d'un air nébuleux, en grondant, comme s'il voulait dire : « Vous déplorerez le moment où vous m'em-
barrassez de cette réponse. »

LENNOX. — Voilà qui doit bien engager Macduff à
être prudent et à garder la distance que la sagesse lui
indique. Puisse, avant son arrivée, quelque saint ange
voler à la cour d'Angleterre et y révéler son message, en
sorte que la paix bénie soit rendue au plus vite à notre
patrie accablée sous une main maudite!

LE SEIGNEUR. — Mes prières l'accompagnent!

Ils sortent.

ACTE IV

SCÈNE PREMIÈRE

Une caverne. Au milieu, un chaudron bouillant.

Tonnerre. Entrent les trois Sorcières.

PREMIÈRE SORCIÈRE.

Trois fois le chat tacheté a miaulé.

DEUXIÈME SORCIÈRE.

Trois fois ; et une fois le hérisson a grogné.

TROISIÈME SORCIÈRE.

La harpie crie : « Il est temps ! il est temps ! »

PREMIÈRE SORCIÈRE.

Tournons en rond autour du chaudron,
Et jetons-y les entrailles empoisonnées.
Crapaud, qui, sous la froide pierre,
Endormi trente-un jours et trente-une nuits,
As mitonné dans ton venin,
Bous le premier dans le pot enchanté.

TOUTES TROIS.

Double, double, peine et trouble !
Feu, brûle ; et, chaudron, bouillonne !

DEUXIÈME SORCIÈRE.

Filet de couleuvre de marais,
Dans le chaudron bous et cuis.
Œil de salamandre, orteil de grenouille,
Poil de chauve-souris et langue de chien,
Langue fourchue de vipère, dard de reptile aveugle,
Patte de lézard, aile de hibou,
Pour faire un charme puissant en trouble,
Bouillez et écumez comme une soupe d'enfer.

TOUTES TROIS.

Double, double, peine et trouble !
Feu brûle ; et, chaudron, bouillonne !

TROISIÈME SORCIÈRE.

Écaille de dragon, dent de loup,
Momie de sorcière, estomac et gueule
Du requin dévorant des mers,
Racine de ciguë arrachée dans l'ombre,
Foie de juif blasphémateur,
Fiel de bouc, branches d'if
Cassées dans une éclipse de lune,
Nez de Turc et lèvre de Tartare,
Doigt d'un marmot étranglé en naissant
Et mis bas par une drôlesse dans un fossé,
Faites une bouillie épaisse et visqueuse ;
Ajoutons les boyaux de tigre,
Comme ingrédient, dans notre chaudron.

Toutes Trois.

Double, double, peine et trouble !
Feu, brûle ; et, chaudron, bouillonne !

Deuxième Sorcière.

Refroidissons le tout avec du sang de babouin,
Et le charme sera solide et bon.

Entre Hécate.

Hécate. — Oh ! c'est bien ! J'approuve votre besogne,
et chacune aura part au profit. Maintenant, tout autour
du chaudron, entonnez une ronde comme les elfes et les
fées, pour enchanter ce que vous y avez mis.

CHANSON.

Hécate sort.

Deuxième Sorcière. — Au picotement de mes pouces,
je sens qu'un maudit vient par ici. Ouvrez, serrures, à
quiconque frappe !

Entre Macbeth.

Macbeth. — Eh bien ! mystérieuses et noires larves de
minuit, que faites-vous ?
Toutes Trois. — Une œuvre sans nom.
Macbeth. — Je vous en conjure ! au nom de l'art que
vous professez, quels que soient vos moyens de savoir,
répondez-moi ! Dussiez-vous déchaîner les vents et les
lancer à l'assaut des églises ; dussent les vagues écu-
mantes détruire et engloutir toutes les marines ; dussent
les blés en épis être couchés, et les arbres abattus ;
dussent les châteaux s'écrouler sur ceux qui les gardent ;
dussent les palais et les pyramides renverser leurs têtes

sur leurs fondements; dussent du trésor de la nature tomber pêle-mêle tous les germes, jusqu'à ce que la destruction même soit écœurée, répondez à ce que je vous demande!

Première Sorcière. — Parle.

Deuxième Sorcière. — Questionne.

Troisième Sorcière. — Nous répondrons.

Première Sorcière. — Dis! aimes-tu mieux tout savoir de notre bouche ou de celle de nos maîtres?

Macbeth. — Appelez-les! faites-les-moi voir!

Première Sorcière. — Versons le sang d'une truie qui a mangé ses neuf pourceaux; prenons de la graisse qui a suinté du gibet d'un meurtrier, et jetons-la dans là flamme.

Toutes Trois. — Viens d'en bas ou d'en haut, et montre-toi adroitement dans ton œuvre.

> *Tonnerre. Première apparition, une tête armée.*

Macbeth. — Dis-moi, puissance inconnue,...

Première Sorcière. — Il connaît ta pensée. Écoute ses paroles, mais ne dis rien.

Apparition I. — Macbeth! Macbeth! Macbeth! défie-toi de Macduff! défie-toi du thane de Fife!... Renvoyez-moi. C'est assez.

> *L'Apparition redescend.*

Macbeth. — Qui que tu sois, merci de ton bon avis! Tu as fait vibrer la corde de mon inquiétude. Mais un mot encore!

Première Sorcière. — Il ne se laisse pas commander... En voici un autre plus puissant que le premier.

> *Tonnerre. Deuxième apparition, un enfant ensanglanté.*

Le Fantôme. — Macbeth! Macbeth! Macbeth!

Macbeth. — Je t'écouterais de trois oreilles, si je les avais.

Le Fantôme. — Sois sanguinaire, hardi et résolu : ris-toi du pouvoir de l'homme, car nul être né d'une femme ne pourra nuire à Macbeth.

L'Apparition redescend.

Macbeth. — Alors, vis, Macduff. Qu'ai-je besoin de te craindre? Mais, n'importe! Je veux avoir une garantie double et engager le destin : tu ne vivras pas! Ainsi, je pourrai dire à la Peur au cœur blême qu'elle ment, et dormir en dépit de la foudre.

Tonnerre. Troisième apparition, un enfant couronné ayant un arbre dans la main.

Quel est celui qui surgit, pareil au fils d'un roi, et dont le front d'enfant porte le cercle, insigne du pouvoir royal?

Les Trois Sorcières. — Écoute, mais ne lui parle pas.

Apparition III. — Sois d'humeur léonine, sois fier; et ne t'inquiète pas de ceux qui ragent, s'agitent ou conspirent; jamais Macbeth ne sera vaincu, avant que la grande forêt de Birnam marche contre lui jusqu'à la haute colline de Dunsinane.

L'Apparition redescend.

Macbeth. — Cela ne sera jamais. Qui peut faire la presse sur une forêt et sommer un arbre de détacher sa racine fixée en terre? Douces prédictions! Ô bonheur! Révolte, ne lève pas la tête avant que la forêt de Birnam se lève, et notre Macbeth vivra dans les grandeurs tout le bail de la nature, pour ne rendre qu'à l'heure coutumière de la mort le dernier soupir... Cependant mon cœur palpite pour savoir encore une chose : dites-moi, autant que votre art peut le deviner, si la lignée de Banquo régnera jamais dans ce royaume.

Les Trois Sorcières. — Ne cherche pas à en savoir davantage.

Macbeth. — Je veux être satisfait. Si vous me le refusez, qu'une éternelle malédiction tombe sur vous! Dites-moi tout. Pourquoi ce chaudron s'enfonce-t-il? et quel est ce bruit?

Symphonie de hautbois.

Première Sorcière. — Montrez-vous!
Deuxième Sorcière. — Montrez-vous!
Troisième Sorcière. — Montrez-vous!
Toutes Trois. — Montrez-vous à ses yeux, et affli-gez son cœur. Venez, puis disparaissez, ombres légères.

Huit Rois paraissent et traversent le théâtre à la file; le dernier avec un miroir à la main. Banquo les suit.

Macbeth. — Tu ressembles trop à l'esprit de Banquo : disparais! ta couronne brûle mes prunelles... Tes che-veux, à toi, autre front cerclé d'or, sont comme ceux du premier... Le troisième ressemble au précédent... Sales sorcières, pourquoi me montrez-vous cela?... Un quatrième!... Écartez-vous, mes yeux!... Quoi! cette ligne se prolongera-t-elle jusqu'aux craquements de la fin du monde? Un autre encore!... Un septième!... Je n'en veux plus voir. Et pourtant le huitième apparaît, tenant un miroir qui m'en montre une foule d'autres, et j'en vois qui portent un double globe et un triple sceptre! Horrible vision! A présent, je le vois, c'est la vérité; car voici Banquo, tout barbouillé de sang, qui sourit et me montre ses enfants dans ces rois... Quoi! en serait-il ainsi?

Première Sorcière. — Oui, seigneur, c'est ainsi... Mais pourquoi Macbeth reste-t-il ainsi stupéfait? Allons! mes sœurs, distrayons-le en lui montrant le meilleur de nos divertissements. Je vais charmer l'air pour en tirer des sons, tandis que vous exécuterez votre antique ronde. Puisse alors ce grand roi reconnaître que nous avons dignement fêté sa venue!

> *Musique. Les Sorcières dansent et s'évanouissent.*

Macbeth. — Où sont-elles? Parties!... Que cette heure funeste reste à jamais maudite dans le calendrier!... Entrez, vous qui êtes là, dehors.

> *Entre Lennox.*

Lennox. — Quel est le désir de Votre Grâce?

Macbeth. — Avez-vous vu les sœurs fatidiques?

Lennox. — Non, monseigneur.

Macbeth. — N'ont-elles pas passé près de vous?

Lennox. — Non, vraiment, monseigneur.

Macbeth. — Infecté soit l'air sur lequel elles chevauchent! Et damnés soient tous ceux qui les croient!... J'ai entendu un galop de cheval. Qui donc est arrivé?

Lennox. — Ce sont deux ou trois cavaliers, monseigneur, qui vous apportent la nouvelle que Macduff s'est enfui en Angleterre.

Macbeth. — Enfui en Angleterre?

Lennox. — Oui, mon bon seigneur.

Macbeth. — Ô temps, tu préviens mes exploits redoutés. L'intention fugace n'est jamais atteinte, à moins que l'action ne l'accompagne. A l'avenir, le premier mouvement de mon cœur sera le premier mouvement de ma main. Aujourd'hui même, pour couronner ma pensée par un acte, que la résolution prise soit exécutée!

Je veux surprendre le château de Macduff, m'emparer de Fife, passer au fil de l'épée sa femme, ses petits enfants et tous les êtres infortunés qui le continuent dans sa race. Pas de niaise forfanterie! J'accomplirai cette action avant que l'idée refroidisse. Mais plus de visions!... Où sont ces messieurs? Allons! conduisez-moi où ils sont.

Ils sortent.

SCÈNE II

Fife. — Le château de Macduff.

Entrent la femme de Macduff, son fils et Ross.

LADY MACDUFF. — Qu'avait-il fait qui l'obligeât à fuir le pays?

ROSS. — Vous devez avoir de la patience, madame.

LADY MACDUFF. — Il n'en a pas eu, lui! Sa fuite a été une folie. A défaut de nos actes, nos peurs font de nous des traîtres.

ROSS. — Vous ne savez pas s'il y a eu de sa part sagesse ou peur.

LADY MACDUFF. — Sagesse! laisser sa femme, laisser ses enfants, ses gens et ses titres dans un lieu d'où il s'enfuit lui-même! Il ne nous aime pas. Il n'a pas même l'instinct de la nature : le pauvre roitelet, le plus petit des oiseaux, défendra ses petits dans son nid contre le hibou. Il n'y a que de la peur, et pas d'affection, non, pas plus que de sagesse, dans cette fuite précipitée contre toute raison.

ROSS. — Chère cousine, je vous en prie, raisonnez-

vous. Car, pour votre mari, il est noble, sage, judicieux;
il connaît à fond les crises de notre époque. Je n'ose en
dire davantage. Mais ce sont des temps cruels que ceux
où nous sommes traîtres sans le savoir, où nous écoutons les rumeurs de la crainte sans savoir ce que nous
craignons, ballottés sur une mer mauvaise et déchaînée!...
Je prends congé de vous. Avant peu, je reviendrai. Quand
une situation est au pire, il faut qu'elle cesse ou qu'elle
se relève... Mon joli cousin, le ciel vous bénisse!

Lady Macduff. — Il a un père, et pourtant il n'a pas
de père.

Ross. — Je suis si stupide qu'en restant plus longtemps je me déshonorerais et vous gênerais. Je prends
immédiatement congé de vous.

Il sort.

Lady Macduff. — Garnement, votre père est mort.
Qu'allez-vous faire? Comment vivrez-vous?

L'enfant. — Comme les oiseaux, mère.

Lady Macduff. — Quoi! de vers et de mouches?

L'enfant. — Je veux dire de ce que je trouverai,
comme eux.

Lady Macduff. — Pauvre oiseau! tu ne craindrais jamais le filet, ni la glu, ni les pièges, ni le trébuchet?

L'enfant. — Pourquoi les craindrais-je, mère? Ils ne
sont pas faits pour les pauvres oiseaux. Vous avez beau
dire, mon père n'est pas mort.

Lady Macduff. — Si, il est mort. Comment remplace-
ras-tu un père?

L'enfant. — Et vous, comment remplacerez-vous un
mari?

Lady Macduff. — Ah! je puis m'en acheter vingt au
premier marché venu.

L'enfant. — Alors vous ne les achèterez que pour les
revendre.

Lady Macduff. — Tu parles avec tout ton esprit, et,
ma foi! avec assez d'esprit pour ton âge.

L'enfant. — Est-ce que mon père était un traître,
mère?

Lady Macduff. — Oui, c'en était un.

L'enfant. — Qu'est-ce que c'est qu'un traître?

Lady Macduff. — Eh bien! c'est quelqu'un qui fait un
faux serment.

L'enfant. — Et ce sont des traîtres tous ceux qui font
ça?

Lady Macduff. — Quiconque le fait est un traître et
mérite d'être pendu.

L'enfant. — Et tous ceux qui font un faux serment
méritent-ils d'être pendus?

Lady Macduff. — Tous.

L'enfant. — Qui est-ce qui doit les pendre?

Lady Macduff. — Eh bien! les honnêtes gens.

L'enfant. — Alors les faiseurs de faux serments sont
des imbéciles; car ils sont assez nombreux pour battre
les honnêtes gens et les pendre.

Lady Macduff. — Que Dieu te vienne en aide, pauvre
petit singe! Mais qui te tiendra lieu de père?

L'enfant. — Si mon père était mort, vous le pleure-
riez; si vous ne le pleuriez pas, ce serait signe que j'en
aurais bien vite un nouveau.

Lady Macduff. — Pauvre babillard! comme tu jases!

Entre un Messager.

Le Messager. — Le ciel vous bénisse, belle dame!
Vous ne me connaissez pas, bien que je sache parfaitement le rang que vous tenez. Je soupçonne que quelque
danger vous menace. Si vous voulez suivre l'avis d'un
homme qui parle net, qu'on ne vous trouve pas ici!
fuyez avec vos petits. Je suis bien brutal, je le sens, de

vous effrayer ainsi. Bien pire serait pour vous l'horrible cruauté qui menace de si près votre personne. Dieu vous préserve! Je n'ose rester plus longtemps.

> *Il sort.*

LADY MACDUFF. — Où dois-je fuir? Je n'ai pas fait de mal. Mais je me rappelle à présent que je suis sur la terre, où faire le mal est souvent chose louable, et faire le bien, une dangereuse folie. Pourquoi donc, hélas! invoquer cette féminine excuse que je n'ai pas fait de mal?...

> *Entrent des Meurtriers.*

Quels sont ces visages?

PREMIER MEURTRIER. — Où est votre mari?

LADY MACDUFF. — Pas dans un lieu assez maudit, j'espère, pour qu'un homme tel que toi puisse le trouver.

LE MEURTRIER. — C'est un traître.

L'ENFANT. — Tu mens, scélérat aux oreilles velues!

LE MEURTRIER, *le poignardant.* — Comment! fœtus! graine de traîtrise! menu fretin de trahison!

L'ENFANT. — Il m'a tué, mère! Sauvez-vous, je vous en prie!

> *Lady Macduff sort en criant au meurtre, et*
> *poursuivie par les Meurtriers.*

SCÈNE III

Angleterre. — Devant le palais du roi.

> *Entrent Malcolm et Macduff.*

MALCOLM. — Allons chercher quelque ombre désolée, et, là, pleurons toutes les larmes de nos tristes cœurs.

MACDUFF. — Saisissons plutôt l'épée meurtrière, et, en braves, défendons notre patrie abattue. Chaque matin, de nouvelles veuves hurlent, de nouveaux orphelins sanglotent, de nouvelles douleurs frappent la face du ciel, qui en retentit, comme si, par sympathie pour l'Écosse, il répétait dans un cri chaque syllabe de désespoir.

MALCOLM. — Je suis prêt à déplorer ce que je crois, à croire ce que je vois et à réparer ce que je pourrai, dès que je trouverai l'occasion amie. Ce que vous avez dit est peut-être vrai. Mais ce tyran, dont le seul nom ulcère notre langue, était autrefois réputé honnête; vous l'avez beaucoup aimé; il ne vous a pas encore effleuré. Je suis jeune, mais vous pouvez par moi bien mériter de lui; et ce serait sage de sacrifier un pauvre, faible et innocent agneau, pour apaiser un dieu irrité.

MACDUFF. — Je ne suis pas un traître.

MALCOLM. — Mais Macbeth en est un. Une bonne et vertueuse nature peut se démentir sur un ordre impérial... Mais je vous demande pardon, mon opinion ne peut changer ce que vous êtes. Les anges gardent toujours leur éclat malgré la chute du plus éclatant. Quand tout ce qu'il y a d'infâme aurait le front de la vertu, la vertu n'en devrait pas moins avoir l'air vertueux.

MACDUFF. — J'ai perdu mes espérances.

MALCOLM. — Peut-être à l'endroit même où j'ai trouvé mes doutes. Pourquoi avez-vous quitté votre femme et vos enfants, ces objets si précieux, ces liens d'amour si forts, avec cette brusquerie, sans même leur dire adieu?... De grâce! voyez dans mes défiances, non votre déshonneur, mais ma propre sûreté... Vous pouvez être parfaitement sincère, quoi que je puisse penser.

MACDUFF. — Saigne, saigne, pauvre patrie!... Grande tyrannie, établis solidement ta base, car la vertu n'ose pas te combattre! Jouis de ton usurpation : ton titre est consacré!... Adieu, seigneur! Je ne voudrais pas être le misérable que tu penses, pour tout l'espace de terre qui est dans la griffe du tyran, dût le riche Orient s'y ajouter.

MALCOLM. — Ne vous offensez pas. Je ne parle pas ainsi par défiance absolue de vous. Je crois que notre patrie s'affaisse sous le joug; elle pleure, elle saigne, et chaque jour de plus ajoute une plaie à ses blessures. Je crois aussi que bien des bras se lèveraient pour ma cause; et ici même le gracieux roi d'Angleterre m'en a offert des meilleurs, par milliers. Mais, après tout, quand j'aurai écrasé ou mis au bout de mon épée la tête du tyran, ma pauvre patrie verra régner plus de vices qu'auparavant; elle souffrira plus et de plus de manières que jamais, sous celui qui lui succédera.

MACDUFF. — Quel sera donc celui-là?

MALCOLM. — Ce sera moi-même! moi, en qui je sens tous les vices si bien greffés que, quand ils s'épanouiront, le noir Macbeth semblera pur comme neige; et la pauvre Écosse le tiendra pour un agneau, en comparant ses actes à mes innombrables méfaits.

MACDUFF. — Non! dans les légions mêmes de l'horrible enfer, on ne trouverait pas un démon plus damné en perversité que Macbeth.

MALCOLM. — J'accorde qu'il est sanguinaire, luxurieux, avare, faux, fourbe, brusque, méchant, affligé de tous les vices qui ont un nom. Mais il n'y a pas de fond, non, pas de fond, à mon libertinage : vos femmes, vos filles, vos matrones, vos vierges ne rempliraient pas la citerne de mes désirs, et mes passions franchiraient toutes les digues opposées à ma volonté. Mieux vaut Macbeth qu'un roi tel que moi.

MACDUFF. — L'intempérance sans bornes est une tyrannie de la nature : elle a fait le vide prématuré d'heureux trônes et la chute de bien des rois. Cependant ne craignez pas de vous attribuer ce qui est à vous. Vous pourrez assouvir vos désirs à cœur joie et passer pour un homme froid au milieu d'un monde aveugle. Nous avons assez de dames complaisantes. Il n'y a pas en vous de vautour qui puisse dévorer tout ce qui s'offrira à votre grandeur, aussitôt cette inclination connue.

MALCOLM. — Outre cela, il y a dans ma nature, composée des plus mauvais instincts, une avarice si insatiable que, si j'étais roi, je retrancherais tous les nobles pour avoir leurs terres; je voudrais les joyaux de l'un, la maison de l'autre; et chaque nouvel avoir ne serait pour moi qu'une sauce qui me rendrait plus affamé. Je forgerais d'injustes querelles avec les meilleurs, avec les plus loyaux, et je les détruirais pour avoir leur bien.

MACDUFF. — L'avarice creuse plus profondément, elle jette des racines plus pernicieuses que la luxure éphémère d'un été; elle est l'épée qui a tué nos rois. Cependant ne craignez rien : l'Écosse a de quoi combler vos désirs à foison, rien que dans ce qui vous appartient. Tout cela est supportable, avec des vertus pour contrepoids.

MALCOLM. Des vertus! Mais je n'en ai pas. Celles qui conviennent aux rois, la justice, la sincérité, la tempérance, la stabilité, la générosité, la persévérance, la pitié, l'humanité, la piété, la patience, le courage, la fermeté, je n'en ai pas une once; mais j'abonde en penchants criminels à divers titres que je satisfais par tous les moyens. Oui, si j'en avais le pouvoir, je verserais dans l'enfer le doux lait de la concorde, je bouleverserais la paix universelle, je détruirais toute unité sur la terre.

MACDUFF. — Ô Écosse! Écosse!

MALCOLM. — Si un tel homme est fait pour gouverner,
parle! je suis ce que j'ai dit.

MACDUFF. — Fait pour gouverner! non, pas même
pour vivre... Ô nation misérable sous un usurpateur au
sceptre sanglant, quand reverras-tu tes jours prospères,
puisque l'héritier le plus légitime de ton trône reste sous
l'interdit de sa propre malédiction et blasphème sa
race?... Ton auguste père était le plus saint des rois; la
reine qui t'a porté, plus souvent à genoux que debout,
est morte chaque jour où elle a vécu. Adieu! Les vices
dont tu t'accuses toi-même m'ont banni d'Écosse...
Ô mon cœur, ici finit ton espérance!

MALCOLM. — Macduff, cette noble émotion, fille de
l'intégrité, a effacé de mon âme les noirs scrupules et
réconcilié mes pensées avec ta loyauté et ton honneur.
Le diabolique Macbeth a déjà cherché par maintes ruses
pareilles à m'attirer en son pouvoir, et une sage prudence me détourne d'une précipitation trop crédule.
Mais que le Dieu d'en haut intervienne seul entre toi et
moi! Car, dès ce moment, je me remets à ta direction
et je rétracte mes calomnies à mon égard; j'abjure ici les
noirceurs et les vices que je me suis imputés, comme
étrangers à ma nature. Je suis encore inconnu à la
femme; je ne me suis jamais parjuré; c'est à peine si j'ai
convoité ce qui m'appartenait; à aucune époque je n'ai
violé ma foi; je ne livrerais pas en traître un démon à un
autre; j'aime la vérité non moins que la vie; mon premier mensonge, je viens de le faire contre moi-même. Ce
que je suis vraiment est à ta disposition, à celle de mon
pauvre pays. Déjà, avant ton arrivée ici, le vieux Siward,
à la tête de dix mille hommes vaillants, tous réunis sur un
même point, allait marcher sur l'Écosse; maintenant, nous
partirons ensemble. Puisse notre fortune être aussi bonne
que notre cause est juste! Pourquoi êtes-vous silencieux?

MACDUFF. — Il est bien difficile de concilier brusquement des choses si bienvenues et si malvenues.

Entre un Docteur.

MALCOLM. — Bien! Nous en reparlerons tout à
l'heure... Le roi va-t-il venir, dites-moi?

LE DOCTEUR. — Oui, seigneur. Il y a là un tas de misérables êtres qui attendent de lui la guérison; leur maladie
défie les puissants efforts de l'art, mais il n'a qu'à les
toucher, et telle est la vertu sainte dont le ciel a doué sa
main, qu'ils se rétablissent sur-le-champ.

MALCOLM. — Je vous remercie, docteur.

Sort le Docteur.

MACDUFF. — De quelle maladie veut-il parler?

MALCOLM. — On l'appelle le *mal du roi.* C'est une opéra-
tion tout à fait miraculeuse de ce bon prince, et souvent,
depuis mon séjour en Angleterre, je la lui ai vue accomplir. Comment il sollicite le ciel, lui seul le sait au juste.
Le fait est que des gens étrangement atteints, tout enflés
et couverts d'ulcères, pitoyables à voir, vrai désespoir
de la chirurgie, sont guéris par lui : il pend autour de
leur cóu une pièce d'or qu'il attache avec de pieuses
prières; et l'on dit qu'il laisse à la dynastie qui lui succédera le pouvoir béni de guérir. Outre cette étrange vertu,
il a le céleste don de prophétie; et les mille bénédictions
suspendues à son trône le proclament plein de grâce.

Entre Ross.

MACDUFF. — Voyez qui vient ici!

MALCOLM. — Un de mes compatriotes; mais je ne le
reconnais pas encore.

MACDUFF. — Mon cousin toujours charmant, soyez le
bienvenu ici!

MALCOLM. — Je le reconnais. Dieu de bonté, écarte bien vite les causes qui nous font étrangers!

ROSS. — Amen, seigneur!

MACDUFF. — L'Écosse est-elle toujours dans le même état?

ROSS. — Hélas! pauvre patrie! elle a presque peur de se reconnaître! Elle ne peut plus être appelée notre mère, mais notre tombe. Hormis ce qui n'a pas de conscience, on n'y voit personne sourire : des soupirs, des gémissements, des cris à déchirer l'air s'y font entendre mais non remarquer; le désespoir violent y semble un délire vulgaire; la cloche des morts y sonne sans qu'à peine on demande pour qui; la vie des hommes de bien y dure moins longtemps que la fleur de leur chapeau, elle est finie avant d'être flétrie.

MACDUFF. — Ô récit trop minutieux et cependant trop vrai!

MALCOLM. — Quel est le dernier malheur?

ROSS. — Parler d'un malheur vieux d'une heure vous ridiculise; chaque minute en enfante un nouveau.

MACDUFF. — Comment va ma femme?

ROSS. — Mais, bien.

MACDUFF. — Et tous mes enfants?

ROSS. — Bien, aussi.

MACDUFF. — Le tyran n'a pas attaqué leur repos?

ROSS. — Non! ils étaient bien en repos quand je les ai quittés.

MACDUFF. — Ne soyez pas avare de vos paroles : où en sont les choses?

ROSS. — Quand je suis parti pour porter ici les nouvelles qui n'ont cessé de m'accabler, le bruit courait que beaucoup de braves gens s'étaient mis en campagne; et je le crois d'autant plus volontiers que j'ai vu sur pied les forces du tyran. Le moment de la délivrance est venu;

un regard de vous en Écosse ferait naître de nouveaux soldats et décidérait nos femmes mêmes à combattre pour mettre fin à nos cruelles angoisses.

MALCOLM. — Qu'elles se consolent! Nous partons pour l'Écosse. Sa Majesté d'Angleterre nous a prêté dix mille hommes et le brave Siward; pas de plus vieux ni de meilleur soldat que lui dans la chrétienté!

ROSS. — Plût au ciel que je pusse répondre à ces consolations par d'autres! Mais j'ai à dire des paroles qu'il faudrait hurler dans un désert où aucune oreille ne les saisirait.

MACDUFF. — Qui intéressent-elles? la cause générale? ou ne sont-elles qu'un apanage de douleur dû à un seul cœur?

ROSS. — Il n'est pas d'âme honnête qui ne prenne une part à ce malheur, bien que la plus grande en revienne à vous seul.

MACDUFF. — Si elle doit m'échoir, ne me la retirez pas; donnez-la-moi vite.

ROSS. — Que vos oreilles n'aient pas de ma voix une horreur éternelle, si elle leur transmet les accents les plus accablants qu'elles aient jamais entendus!

MACDUFF. — Humph! je devine!

ROSS. — Votre château a été surpris; votre femme et vos enfants barbarement massacrés. Vous raconter les détails, ce serait à la curée de ces meurtres ajouter votre mort.

MALCOLM. — Ciel miséricordieux!... Allons! mon cher, n'enfoncez point votre chapeau sur vos sourcils! Donnez la parole à la douleur : le chagrin qui ne parle pas murmure au cœur gonflé l'injonction de se briser.

MACDUFF. — Mes enfants aussi?

ROSS. — Femme, enfants, serviteurs, tout ce qu'ils ont pu trouver.

Macduff. — Et il a fallu que je fusse absent! Ma femme tuée aussi?

Ross. — Oui.

Malcolm. — Prenez courage. Faisons de notre grande vengeance un remède qui guérisse cette mortelle douleur.

Macduff. — Il n'a pas d'enfants!... Tous mes jolis petits? Avez-vous dit tous?... Oh! infernal milan! Tous? Quoi! tous mes jolis poussins, et leur mère, dénichés d'un seul coup!

Malcolm. — Réagissez comme un homme.

Macduff. — Oui! mais il faut bien aussi que je ressente ce malheur en homme. Je ne puis oublier qu'il a existé des êtres qui m'étaient si précieux... Le ciel a donc regardé cela sans prendre leur parti? Coupable Macduff, ils ont tous été frappés à cause de toi! Misérable que je suis, ce n'est pas leur faute, c'est la mienne, si le meurtre s'est abattu sur leurs âmes. Que le ciel leur donne le repos maintenant!

Malcolm. — Que ceci soit la pierre où votre épée s'aiguise! Que la douleur se change en colère! N'émoussez pas votre cœur, enragez-le!

Macduff. — Oh! moi! me borner à jouer la femme par les yeux et le bravache par la langue!... Non!... Ciel clément, coupe court à tout délai; mets-moi face à face avec ce démon de l'Écosse, place-le à la portée de mon épée, et, s'il m'échappe, ô ciel, pardonne-lui aussi.

Malcolm. — Voilà de virils accents. Allons, rendons-nous près du roi; nos forces sont prêtes; il ne nous reste plus qu'à prendre congé. Macbeth est mûr pour la secousse fatale, et les puissances d'en haut préparent leurs instruments. Acceptez tout ce qui peut vous consoler. Elle est longue, la nuit qui ne trouve jamais le jour!

Ils sortent.

ACTE V

SCÈNE PREMIÈRE

Dunsinane. Une chambre dans le château.

Entrent un Médecin et une Suivante de service.

LE MÉDECIN. — J'ai veillé deux nuits avec vous; mais je ne puis rien apercevoir qui confirme votre rapport. Quand s'est-elle ainsi promenée pour la dernière fois?

LA SUIVANTE. — Depuis que Sa Majesté est en campagne. Je l'ai vue se lever de son lit, jeter sur elle sa robe de chambre, ouvrir son cabinet, prendre du papier, le plier, écrire dessus, le lire, ensuite le sceller et retourner au lit; tout cela pourtant dans le plus profond sommeil.

LE MÉDECIN. — Grande perturbation de la nature! Recevoir à la fois les bienfaits du sommeil et agir comme en état de veille!... Dans cette agitation léthargique, outre ses promenades et autres actes effectifs, par moments, que lui avez-vous entendu dire?

LA SUIVANTE. — Des choses, monsieur, que je n'oserais pas répéter après elle.

Le Médecin. — Vous pouvez me les redire à moi; il
le faut absolument.

La Suivante. — Ni à vous ni à personne, puisque je
n'ai pas de témoin pour confirmer mes dires.

Entre Lady Macbeth, avec un flambeau.

Tenez, la voici qui vient! Justement dans la même
tenue; et, sur ma vie! profondément endormie. Observez-la; cachons-nous.

Le Médecin. — Comment s'est-elle procuré cette
lumière?

La Suivante. — Ah! elle l'avait près d'elle; elle a de
la lumière près d'elle continuellement; c'est son ordre.

Le Médecin. — Vous voyez : ses yeux sont ouverts.

La Suivante. — Oui! mais ils sont fermés à toute sen-
sation.

Le Médecin. — Qu'est-ce qu'elle fait là?... Regardez
comme elle se frotte les mains.

La Suivante. — C'est un geste qui. lui est habituel,
d'avoir ainsi l'air de se laver les mains. Je l'ai vue faire
cela pendant un quart d'heure de suite.

Lady Macbeth. — Il y a toujours une tache.

Le Médecin. — Écoutez! elle parle. Je vais noter tout
ce qui lui échappera, pour mieux fixer mon souvenir.

Lady Macbeth. — Va-t'en, maudite tache! va-t'en! dis-
je... Une! deux! Alors il est temps de faire la chose!...
L'enfer est sombre!... Fi! monseigneur! fi! un soldat avoir
peur!... A quoi bon redouter qu'on le sache, quand nul
ne pourra demander compte à notre autorité? Pourtant
qui aurait cru que le vieil homme eût en lui tant de sang?

Le Médecin. — Remarquez-vous cela?

Lady Macbeth. — Le thane de Fife avait une femme;
où est-elle à présent?... Quoi! ces mains-là ne seront

donc jamais propres?... Assez, monseigneur, assez! Vous gâtez tout avec votre agitation.

LE MÉDECIN. — Allez! allez! vous en savez plus que vous ne devriez!

LA SUIVANTE. — Elle a parlé plus qu'elle n'aurait dû, j'en suis sûre. Le ciel sait ce qu'elle sait!

LADY MACBETH. — Il y a toujours l'odeur du sang... Tous les parfums d'Arabie ne rendraient pas suave cette petite main! Oh! oh! oh!

LE MÉDECIN. — Quel soupir! Le cœur est douloureusement chargé.

LA SUIVANTE. — Je ne voudrais pas avoir dans mon sein un cœur pareil, pour tous les honneurs rendus à sa personne.

LE MÉDECIN. — Bien, bien, bien!

LA SUIVANTE. — Priez Dieu que tout soit bien, monsieur.

LE MÉDECIN. — Cette maladie échappe à mon art; cependant j'ai connu des gens qui se sont promenés dans leur sommeil et qui sont morts saintement dans leur lit.

LADY MACBETH. — Lavez vos mains, mettez votre robe de chambre, ne soyez pas si pâle... Je vous le répète, Banquo est enterré : il ne peut pas sortir de sa tombe.

LE MÉDECIN. — Serait-il vrai?

LADY MACBETH. — Au lit! au lit!... On frappe à la porte. Venez, venez, venez, donnez-moi votre main. Ce qui est fait ne peut être défait... Au lit! au lit! au lit!

Sort Lady Macbeth.

LE MÉDECIN. — Ira-t-elle au lit maintenant?

LA SUIVANTE. — Tout droit.

LE MÉDECIN. — D'horribles murmures ont été proférés... Des actions contre nature produisent des troubles contre

nature. Les consciences infectées déchargent leurs secrets
sur les sourds oreillers. Elle a plus besoin du prêtre que
du médecin. Dieu, Dieu, pardonne-nous à tous!... Suivez-
la. Éloignez-d'elle tout ce qui peut être nuisible, et ayez
toujours les yeux sur elle... Sur ce, bonne nuit! Elle a
confondu mon âme et effaré mes regards. Mais je n'oserais pas dire ce que je pense.

La Suivante. — Bonne nuit, bon docteur!

Ils sortent.

SCÈNE II

La campagne de Dunsinane.

*Tambours et étendards. Entrent Menteith,
Caithness, Angus, Lennox et des soldats.*

Menteith. — Les forces anglaises approchent, conduites
par Malcolm, son oncle Siward et le brave Macduff. La
vengeance brûle en eux : une cause si chère entraînerait
un ascète à la charge sanglante et sinistre.

Angus. — Nous les rencontrerons sûrement près de la
forêt de Birnam; c'est par cette route qu'ils arrivent.

Caithness. — Qui sait si Donalbain est avec son frère?

Lennox. — Je suis certain que non, monsieur. J'ai la
liste de tous les gentilshommes. Le fils de Siward en est,
ainsi que beaucoup de jeunes imberbes qui font aujour-
d'hui leurs premières preuves de virilité.

Menteith. — Que fait le tyran?

Caithness. — Il fortifie solidement le donjon de Dunsinane. Quelques-uns disent qu'il est fou; d'autres, qui

le haïssent moins, appellent cela une vaillante furie ; mais ce qui est certain, c'est qu'il ne peut pas boucler sa cause défaillante dans le ceinturon de l'autorité.

ANGUS. — C'est maintenant qu'il sent ses meurtres secrets se coller à ses mains. A chaque instant des révoltes lui jettent à la face sa félonie. Ceux qu'il commande obéissent seulement au commandement, nullement à l'affection... Il sent maintenant sa grandeur s'affaisser autour de lui, comme une robe de géant sur le nain qui l'a volée.

MENTEITH. — Qui blâmerait ses sens entravés de se révolter et de se cabrer, quand tout ce qui est en lui se reproche d'y être ?

CAITHNESS. — Allons ! mettons-nous en marche pour porter notre obéissance à qui nous la devons. Allons trouver le médecin de ce pays malade, et, réunis à lui, versons, pour purger notre patrie, toutes les gouttes de notre sang.

LENNOX. — Versons-en du moins ce qu'il en faudra pour arroser la fleur souveraine et noyer l'ivraie. En marche, vers Birnam.

Ils sortent.

SCÈNE III

Dunsinane. — Une cour dans le château.

Entrent Macbeth, le Médecin, des gens de la suite.

MACBETH. — Ne me transmettez plus de rapports !... Qu'ils désertent tous ! Jusqu'à ce que la forêt de Birnam se transporte à Dunsinane, je ne puis être atteint par

la crainte. Qu'est-ce que le marmouset Malcolm? N'est-il
pas né d'une femme? Les esprits, qui connaissent tout
l'avenir des mortels m'ont prédit ceci : « Ne crains rien,
Macbeth; nul homme né d'une femme n'aura jamais de
pouvoir sur toi. « Fuyez donc, thanes traîtres, et allez vous
mêler aux épicuriens anglais. L'âme par qui je règne et
le cœur que je porte ne seront jamais accablés par
le doute ni ébranlés par la peur.

Entre un Serviteur.

Que le diable noircisse ta face de crème, empoté!
Où as-tu pris cet air d'oie?

Le Serviteur. — Il y a dix mille...

Macbeth. — Oisons, maraud!

Le Serviteur. — Soldats, seigneur.

Macbeth. — Va! pique-toi le visage pour farder de
rouge ta peur, marmot au foie de lis! Quels soldats,
benêt? Mort de mon âme! tes joues de chiffon sont
conseillères de peur. Quels soldats, face de lait caillé?

Le Serviteur. — Les forces anglaises, s'il vous plaît.

Macbeth. — Ôte ta face d'ici!

Le Serviteur sort.

Seton!... Le cœur me lève quand je vois... Seton!
allons!... Ce grand coup va m'exalter pour toujours ou me désarçonner tout de suite. J'ai assez vécu :
le chemin de ma vie se couvre de feuilles jaunes et sèches;
de tout ce qui doit accompagner le vieil âge, le respect,
l'amour, l'obéissance, les troupes d'amis, je n'ai plus rien
à espérer; ce qui m'attend à la place, ce sont des malédictions muettes, mais profondes, des hommages dits du
bout des lèvres, murmures que les pauvres cœurs retien-
draient volontiers, s'ils l'osaient!... Seton!...

Entre Seton.

SETON. — Quel est votre gracieux plaisir?

MACBETH. — Quelles nouvelles encore?

SETON. — Tous les rapports se confirment, monseigneur.

MACBETH. — Je combattrai jusqu'à ce que ma chair hachée tombe de mes os... Donne-moi mon armure.

SETON. — Ce n'est pas encore nécessaire.

MACBETH. — Je veux la mettre. Qu'on lance encore de la cavalerie! qu'on balaie la contrée d'alentour! qu'on pende ceux qui parlent de peur!... Donne-moi mon armure... Comment va votre malade, docteur?

LE MÉDECIN. — Elle a moins une maladie, monseigneur, qu'un trouble causé par d'accablantes visions qui l'empêchent de reposer.

MACBETH. — Guéris-la de cela. Tu ne peux donc pas traiter un esprit malade, arracher de la mémoire un chagrin enraciné, effacer les ennuis inscrits dans le cerveau, et, grâce à quelque doux antidote d'oubli, débarrasser le sein gonflé des dangereuses humeurs qui pèsent sur le cœur?

LE MÉDECIN. — En pareil cas, c'est au malade à se traiter lui-même.

MACBETH. — Qu'on jette la médecine aux chiens! je ne veux rien d'elle... Allons! mettez-moi mon armure; donnez-moi mon bâton de commandement... Seton, fais faire une sortie... Docteur, les thanes me désertent... Allons! mon cher, dépêchons!... Si tu pouvais, docteur, examiner l'urine de mon royaume, découvrir sa maladie, et lui rendre, en le purgeant, sa bonne santé première, j'applaudirais si fort que l'écho nous répéterait des louanges. Extirpe-moi ce mal, te dis-je... Quelle rhubarbe, quel séné, quelle drogue purgative pourrait donc faire évacuer d'ici ces Anglais?... As-tu ouï parler d'eux?

Le Médecin. — Oui, mon bon seigneur; les préparatifs de Votre Majesté nous ont donné de leurs nouvelles.

Macbeth. — Qu'on porte mon armure derrière moi!... Je ne craindrai pas la mort ni la ruine avant que la forêt de Birnam vienne à Dunsinane.

> *Tous sortent, excepté le Médecin.*

Le Médecin. Si j'avais quitté une bonne fois pour toutes Dunsinane, tout l'or du monde ne m'y ferait pas revenir.

> *Il sort.*

SCÈNE IV

La campagne près de Birnam.

> *Tambours et drapeaux. Entrent Malcolm, Siward et son fils, Macduff, Menteith, Caithness, Angus, Lennox, Ross, suivis de soldats en marche.*

Malcolm. — Cousin, j'espère que le jour n'est pas loin où nous serons en sûreté dans nos foyers.

Menteith. — Nous n'en doutons nullement.

Siward. — Quelle est cette forêt devant nous?

Menteith. — La forêt de Birnam.

Malcolm. — Que chaque soldat coupe une branche d'arbre et la porte devant lui! par là nous dissimulerons notre force, et nous mettrons en erreur les éclaireurs ennemis.

Les Soldats. — Nous allons le faire.

Siward. — Tout ce que nous apprenons, c'est que le

tyran tient toujours dans Dunsinane avec confiance, et
attendra que nous l'y assiégions.

MALCOLM. — C'est là sa suprême espérance; car, partout où l'occasion s'en offre, petits et grands lui font
défection. Il n'a plus à son service que des êtres contraints
dont le cœur même est ailleurs.

MACDUFF. — Que nos jugements équitables attendent
l'issue. Jusque-là déployons la plus savante bravoure.

SIWARD. — L'heure approche qui nous fera connaître
notre avoir et notre déficit. Les conjectures de la pensée
reflètent ses espérances incertaines; mais le dénouement
infaillible, ce sont les coups qui doivent le déterminer.
A cette fin précipitons la guerre.

Ils se mettent en marche.

SCÈNE V

Dunsinane. — La cour du château.

*Entrent Macbeth, Seton et des soldats avec
tambours et étendards.*

MACBETH. — Qu'on déploie nos bannières sur les murs
extérieurs! le cri de garde est toujours : Ils viennent!
Notre château est assez fort pour narguer un siège : qu'ils
restent étendus là jusqu'à ce que la famine et la fièvre
les dévorent! S'ils n'étaient pas renforcés par ceux qui
devraient être des nôtres, nous aurions pu hardîment aller
à eux, barbe contre barbe, et les faire battre en retraite
jusque chez eux... Quel est ce bruit?

Seton. — Ce sont des cris de femmes, mon bon seigneur.

Il sort.

Macbeth. — J'ai presque perdu le goût de l'inquiétude. Il fut un temps où mes sens se seraient glacés au moindre cri nocturne, où mes cheveux, à un récit lugubre, se seraient dressés et agités comme s'ils étaient vivants. Je me suis gorgé d'horreurs. L'épouvante, familière à mes meurtrières pensées, ne peut plus me faire tressaillir. Pourquoi ces cris?

Seton rentre.

Seton. — La reine est morte, monseigneur.

Macbeth. — Elle devait bien mourir un jour! Le moment serait toujours venu de dire ce mot-là!... Demain, puis demain, puis demain glisse à petits pas de jour en jour jusqu'à la dernière syllabe du registre des temps; et tous nos hiers n'ont fait qu'éclairer pour des fous le chemin de la mort poudreuse. Éteins-toi, éteins-toi, court flambeau! La vie n'est qu'un fantôme errant, un pauvre comédien qui se pavane et s'agite durant son heure sur la scène et qu'ensuite on n'entend plus; c'est une histoire dite par un idiot, pleine de fracas et de furie, et qui ne signifie rien...

Entre un Messager.

Tu viens pour user de ta langue; ton conte, vite!

Le Messager. — Mon gracieux seigneur, je voudrais vous rapporter ce que j'affirme avoir vu, mais je ne sais comment faire.

Macbeth. — Eh bien! parlez, monsieur!

Le Messager. — Comme je montais ma garde sur la colline, j'ai regardé du côté de Birnam, et tout à coup il m'a semblé que la forêt se mettait en mouvement.

MACBETH. — Misérable menteur !

LE MESSAGER. — Que j'endure votre courroux, si cela n'est pas vrai ! vous pouvez, à trois milles d'ici, la voir qui arrive ; je le répète, c'est une forêt qui marche.

MACBETH. — Si ton rapport est faux, je te ferai pendre vivant au premier arbre, jusqu'à ce que la faim te racornisse ; s'il est sincère, je me soucie peu que tu m'en fasses autant. Ma fermeté est ébranlée, et je commence à soupçonner l'équivoque du démon, qui ment en disant vrai. « Ne crains rien jusqu'à ce que la forêt de Birnam marche sur Dunsinane ! » Et voici que la forêt marche vers Dunsinane... Aux armes, aux armes ! et sortons ! Si ce qu'il affirme est réel, nul moyen de fuir d'ici ni d'y demeurer. Je commence à être las du soleil, et je voudrais que l'empire du monde fût anéanti en ce moment. Qu'on sonne la cloche d'alarme !... Vent, souffle ! Viens, destruction ! Nous mourrons, du moins, le harnais sur le dos.

Ils sortent.

SCÈNE VI

Dunsinane, devant le château.

Tambours et drapeaux. Entrent Malcolm, Siward, Macduff, et leur armée portant des branches d'arbres.

MALCOLM. — Assez près maintenant ! Jetez vos écrans de feuillage, et montrez-vous comme vous êtes... Vous, digne oncle, avec mon cousin, votre noble fils, vous commanderez notre front de bataille ; le digne Macduff et nous, nous nous chargeons du reste, conformément à notre plan.

SIWARD. — Adieu ! Pour peu que nous rencontrions ce soir les forces du tyran, je veux être battu, si nous ne savons pas leur tenir tête.

MACDUFF. — Faites parler toutes nos trompettes; donnez-leur tout leur souffle, à ces bruyants hérauts du sang et de la mort.

Ils sortent. — Fanfares d'alarmes prolongées.

SCÈNE VII

Dunsinane. — Une autre partie de la plaine.

MACBETH. — Ils m'ont lié à un poteau; je ne puis pas fuir, et il faut, comme l'ours, que je soutienne la lutte... Où est celui qui n'est pas né d'une femme? C'est lui que je dois craindre, ou personne.

Entre le jeune Siward.

LE JEUNE SIWARD. — Quel est ton nom?

MACBETH. — Tu seras effrayé de l'entendre.

LE JEUNE SIWARD. — Non! quand tu t'appellerais d'un nom plus brûlant que tous ceux de l'enfer.

MACBETH. — Mon nom est Macbeth.

LE JEUNE SIWARD. — Le diable lui-même ne pourrait prononcer un titre plus odieux à mon oreille.

MACBETH. — Non! ni plus terrible.

LE JEUNE SIWARD. — Tu mens, tyran abhorré! Avec mon épée je vais te prouver ton mensonge.

Ils se battent; le jeune Siward est tué.

MACBETH. — Tu étais né d'une femme... Je souris aux épées, je nargue les armes brandies par tout homme né d'une femme.

Il sort.
Fanfare d'alarme. — Entre Macduff.

MACDUFF. — C'est d'ici que venait le bruit... Tyran, montre ta face; si tu n'es pas tué de ma main, les ombres de ma femme et de mes enfants me hanteront toujours. Je ne puis pas frapper les misérables mercenaires, dont les bras sont loués pour porter leur épieu. C'est toi, Macbeth, qu'il me faut; sinon, je rentrerai au fourreau, sans en avoir essayé la lame, mon épée inactive. Tu dois être par là. Ce grand cliquetis semble annoncer un combattant du plus grand éclat. Fais-le-moi trouver, Fortune, et je ne demande plus rien.

> *Il sort. — Fanfare d'alarme.*
> *Entrent Malcolm et le vieux Siward.*

SIWARD. — Par ici, monseigneur! Le château est en train de tomber. Les gens du tyran combattent dans les deux armées; les nobles thanes guerroient bravement; la journée semble presque se déclarer pour vous, et il reste peu à faire.

MALCOLM. — Nous avons rencontré des ennemis qui frappent à côté de nous.

SIWARD. — Entrons dans le château, seigneur.

SCÈNE VIII

> *Rentre Macbeth.*

MACBETH. — Pourquoi jouerais-je le fou romain et me tuerais-je de ma propre épée? Tant que je verrai des vivants, ses entailles feront mieux sur eux.

> *Rentre Macduff.*

MACDUFF. — Tourne-toi, limier d'enfer, tourne-toi.

MACBETH. — De tous les hommes, je n'ai évité que toi

seul; mais retire-toi : mon âme est déjà trop chargée du sang des tiens.

Macduff. — Je n'ai pas de paroles, ma voix est dans mon épée, scélérat ensanglanté de forfaits sans nom!

Ils se battent.

Macbeth. — Tu perds ta peine. Tu pourrais aussi aisément balafrer de ton épée l'air impalpable que me faire saigner. Que ta lame tombe sur des cimiers vulnérables! j'ai une vie enchantée qui ne peut pas céder à un être né d'une femme.

Macduff. — N'espère plus dans ce charme. Que l'ange que tu as toujours servi t'apprenne que Macduff a été arraché du ventre de sa mère avant terme!

Macbeth. — Maudite soit la langue qui me dit cela! car elle vient d'abattre en moi la meilleure part de l'homme. Qu'on ne croie plus désormais ces démons jongleurs qui équivoquent avec nous par des mots à double sens, qui tiennent leur promesse pour notre oreille et la violent pour notre espérance!... Je ne me battrai pas avec toi.

Macduff. — Alors, rends-toi, lâche! Et vis pour être montré en spectacle. Nous mettrons ton portrait, comme celui de nos monstres rares, sur un poteau, et nous écrirons dessous : « Ici on peut voir le tyran. »

Macbeth. — Je ne me rendrai pas. Pour baiser la terre devant les pas du jeune Malcolm, ou pour être harcelé par les malédictions de la canaille! Bien que la forêt de Birnam soit venue à Dunsinane, et que tu sois mon adversaire, toi qui n'es pas né d'une femme, je tenterai la dernière épreuve; j'étends devant mon corps mon belliqueux bouclier : frappe, Macduff; et damné soit celui qui le premier criera : « Arrête! assez! »

SCÈNE IX

Dans le château.

Retraite. Fanfare. Rentrent, tambour battant, enseignes déployées, Malcolm, Siward, Ross, Lennox, Angus, Caithness, Menteith et des Soldats.

MALCOLM. — Je voudrais que les amis qui nous manquent fussent ici sains et saufs!

SIWARD. — Il faut bien en perdre. Et pourtant, à voir ceux qui restent, une si grande journée ne nous a pas coûté cher.

MALCOLM. — Macduff nous manque, ainsi que votre noble fils.

ROSS, *à Siward*. — Votre fils, monseigneur, a payé la dette du soldat : il n'a vécu que le temps de devenir un homme; à peine sa prouesse lui a-t-elle confirmé ce titre que, gardant sans reculer son poste de combat, il est tombé en homme.

SIWARD. — Il est donc mort?

ROSS. — Oui! et emporté du champ de bataille. Votre douleur ne doit pas se mesurer à son mérite, car alors elle n'aurait pas de fin.

SIWARD. — A-t-il reçu ses blessures par-devant?

ROSS. — Oui, de face.

SIWARD. — Eh bien! qu'il soit le soldat de Dieu! Eussé-je autant de fils que j'ai de cheveux, je ne leur souhaiterais pas une plus belle mort. Et voilà son glas sonné.

MALCOLM. — Il mérite plus de regrets; il les aura de moi.

SIWARD. — Il n'en mérite pas plus. On dit qu'il est bien parti, et qu'il a payé son écot. Sur ce, que Dieu soit avec lui!... Voici venir une consolation nouvelle.

Rentre Macduff, portant la tête de Macbeth.

MACDUFF. — Salut, roi! car tu l'es.

Il enfonce la pique en terre.

Regarde où se dresse la tête maudite de l'usurpateur. Le siècle est libéré. Ceux que je vois autour de toi, perles de la couronne, répètent mentalement mon salut; je leur demande de s'écrier tout haut avec moi : « Salut, roi d'Écosse! »

TOUS. — Salut, roi d'Écosse!

Fanfare.

MALCOLM. — Nous n'attendrons pas plus longtemps pour faire le compte de tous vos dévouements et nous acquitter envers vous. Thanes et cousins, dès aujourd'hui soyez comtes; les premiers que jamais l'Écosse honore de ce titre. Tout ce qu'il reste à faire pour replanter à nouveau notre société : rappeler nos amis exilés qui ont fui à l'étranger les pièges d'une tyrannie soupçonneuse; dénoncer les ministres cruels du boucher qui vient de mourir, et de son infernale reine, qui s'est, dit-on, violemment ôté la vie de ses propres mains; enfin, tous les actes urgents qui nous réclament, nous les accomplirons, avec la grâce de Dieu, dans l'ordre, en temps et lieu voulus. Sur ce, merci à tous et à chacun! Nous vous invitons à venir à Scone assister à notre couronnement.

Fanfare. — Tous sortent.

FIN DE *MACBETH*.

COMMENTAIRES
ET NOTES

HAMLET

COMMENTAIRES

Genèse de l'œuvre

La plus haute source d'*Hamlet,* je veux dire celle qu'on trouve le plus en amont du temps, est incontestablement dans les *Historia Danica* de Saxo Grammaticus. Écrites au XIIe siècle, elles traitaient d'événements très anciens : Amleth, notamment, dont elle relate l'histoire, gouvernait le Jutland au Ve siècle. Ce prince et à plus forte raison son fils (qui porte le même nom : patronyme et non point nom de baptême) sont à demi historiques, à demi légendaires. Il n'importe, d'ailleurs. Ce qui est certain, et saisissant, c'est que la chronique contient tous les traits de la tragédie : le régicide-fratricide, la succession du meurtrier au pouvoir et dans le lit de sa belle-sœur, la vengeance du fils, et même l'humeur étrange de ce prince; il n'est pas jusqu'aux autres personnages — Ophélie, Polonius, Horatio, Guildenstern, Rosencratz — qu'on n'y retrouve, ou plutôt qu'on n'y trouve déjà; et certaines circonstances, telles

que le voyage en Angleterre; ou d'autres qui fournissent
au dramaturge des ressorts ou des signes : le sceau
falsifié, la lettre substituée, l'échange des épées, à la fin.

On ne saurait affirmer pourtant que Shakespeare a
puisé directement à cette source. J'inclinerais même à
penser le contraire pour la raison suivante. L'histoire
d'Hamlet empruntée à Saxo est l'une des *Histoires tragiques* de Boaistuau, reprises par Belleforest (les shakespeariens font toujours honneur à celui-ci seul d'avoir
inspiré Shakespeare, alors qu'il n'a fait que démarquer
Boaistuau, à une douzaine d'années de distance). L'un
et l'autre, et l'un suivant l'autre, avaient adapté ainsi les
Novelle de Bandello, où Shakespeare a trouvé le sujet de
Roméo et Juliette. Or, nous trouvons, quant à nous, des
indices portant à croire que c'est chez l'un ou l'autre
Français, peut-être chez les deux, et non chez leur
modèle italien, que Shakespeare a découvert les amants
de Vérone. Il y a donc quelques présomptions qu'il ait
découvert aussi, chez les mêmes, et non chez le vieil
historien danois, son prince de Danemark.

Mais, comme pour *Roméo et Juliette* encore, Shakespeare a été devancé sur le théâtre. De là à penser que
ses sources les plus directes sont des pièces contempo-
raines, il n'y a qu'un pas, que, pour notre part, nous
nous garderons de franchir. Une phrase curieuse de
Nashe, dans sa préface à une pièce de Robert Greene,
fait allusion à un « Sénèque anglais » (il y avait alors
un vif engouement pour les tragédies de Sénèque, tra-
duites par Heywood), qui donne à la scène « des *Hamlet*
entiers, des poignées de tirades tragiques ». Si ce texte
n'était de 1589 — c'est-à-dire sept ou huit ans trop tôt
— on ne douterait pas que cela se rapporte à Shakespeare lui-même. Les spécialistes croient pouvoir iden-
tifier ce « Sénèque » à Thomas Kyd. On trouve la trace

de la représentation possible d'un *Hamlet,* sans mention de nom d'auteur, en 1594. Il ne semble pas — encore qu'en matière de date on n'ait ni certitude, ni précision absolue — que ce puisse être celui de Shakespeare. Il est plus curieux qu'on fasse crédit à un auteur hypothétique du drame où un Spectre crie « Hamlet, vengeance! ». Le témoignage est de Lodge, daté, cette fois, de 1596, et le théâtre — qui s'appelait tout simplement *Le Théâtre* — où l'on représentait ce drame n'était autre que celui où jouait la troupe de Shakespeare. Il peut sembler surprenant que le comédien-auteur ait choisi d'imiter une pièce qu'il venait de représenter. Il faut l'admettre pourtant (et l'on dira que les auteurs n'avaient pas, alors, de nos pudeurs) si l'on admet aussi que l'*Hamlet* de Shakespeare n'a pas été écrit avant 1598. Nous reviendrons sur cette question des dates.

En dehors des sources proprement dites, il faut signaler les lectures ou les événements personnels qui ont pu nourrir la pensée du dramaturge ou émouvoir son imagination. Sur ce dernier point, si le voyage à Elseneur, comme d'ailleurs tous les voyages de Shakespeare, est plus que douteux, sans qu'on puisse en rejeter absolument l'hypothèse, on ne saurait, au contraire, négliger un incident qui avait pu frapper le poète, et plus encore rétrospectivement par la coïncidence surprenante des noms. Vingt ans avant la composition d'*Hamlet,* une jeune fille de Stratford s'était noyée dans l'Avon, tout comme Ophélie. Elle se nommait Katharine Hamlet.

Sur le premier point — celui des lectures et des influences — la recherche est si vaste qu'elle risque de ne point trouver de limites. De quoi, de qui s'est nourrie la pensée de Shakespeare, sa philosophie qui

ne s'exprime nulle part plus totalement et profondément
que dans *Hamlet*? — Pour se borner aux contemporains,
il faut signaler au moins un « éducateur » de Shakespeare et qui intéresse particulièrement les Français :
Montaigne. C'est Brandès qui, dès la fin du siècle dernier, a mis en évidence une influence qui, depuis, n'a
guère été contestée. A peine a-t-on fait remarquer que
la traduction des *Essais* était postérieure à *Hamlet*.
L'objection peut être annulée de deux manières. D'abord,
Shakespeare pouvait aller directement à Montaigne aussi
bien qu'à Boaistuau ou à Belleforest : sur lui, on a tout
prouvé, aussi bien que le contraire, et, en l'espèce qu'il
ignorait le français et qu'il le savait fort bien. Ensuite :
on a de bonnes raisons de penser que Shakespeare était
lié, précisément à l'époque d'*Hamlet,* avec John Florio,
le traducteur de Montaigne, lequel aurait donc pu lui
communiquer sa traduction, ou faire de celle-ci l'objet
de conversations. Ajoutons que Florio, qui avait recueilli
des proverbes qu'on retrouve semés dans les pièces de
Shakespeare, était l'auteur d'un dictionnaire (non pas
français-anglais mais italien-anglais) intitulé : *Un monde
de mots*. « Words! words! words! »

L'ÉPOQUE ET LES CIRCONSTANCES

Cette tragédie, qui se situerait historiquement au
ve siècle, baigne dans l'esprit de la Renaissance (les
mises en scène les plus soucieuses d'archéologie ont
toujours donné à la pièce la couleur du xvie siècle).
On peut aller plus loin et lui trouver — on ne s'en est
pas fait faute — des allusions et des correspondances

politiques très précises, et même des « clefs », d'ailleurs variables.

On a vu dans Hamlet le fils de Marie Stuart, Jacques d'Écosse. Le drame serait donc celui de la reine qui a épousé Bothwell, meurtrier de son mari, Darnley. Par une substitution, ou un dédoublement assez dramatique, Jacques-Hamlet deviendrait à la fin Élizabeth elle-même qui consent en mourant à ce que le fils de Marie Stuart lui succède; Hamlet-Jacques étant alors passé en Fortinbras. Cette interprétation est celle d'Abel Lefranc dont l'imagination égalait le savoir (on connaît sa thèse excitante, et peu fondée, selon laquelle l'auteur des pièces de Shakespeare serait Lord Derby). Il faudrait toutefois prêter à Shakespeare un véritable don de double vue, au moins pour le dénouement : la mort, et donc l'acceptation d'Élizabeth, et sa succession sont postérieures de plusieurs années à la composition d'Hamlet, et d'un an au moins, en tout cas, à sa repré- sentation.

D'autres érudits voient dans Essex la clef du prince de Danemark. Pour Eva Turner Clark, Hamlet est un autoportrait, puisque Edward de Vere, comte d'Oxford, serait à la fois le modèle du héros et l'auteur de la pièce. On notera d'ailleurs que toutes ces constructions ne sont que des aspects de la thèse générale qui tend à établir que l'auteur des pièces de Shakespeare est un personnage puissant et noble, qui seul était en mesure de mettre en scène la politique sous le masque.

Brandès se bornait à penser que la mort mystérieuse du comte d'Essex, probablement empoisonné, et le remariage de sa veuve, avaient mis en branle l'imagi- nation de Shakespeare. Il est piquant, en tout cas, de noter que c'est la mort violente d'un autre comte d'Essex qui a inspiré, dans une histoire où paraît un

spectre, les débuts littéraires d'un apprenti-écrivain
devenu un politique de première grandeur, — et
l'anti-Hamlet par excellence (quoique...) : Bonaparte.

COMPOSITION, MANUSCRITS, PUBLICATION

Pour la période de composition, à défaut de dates
précises, la critique shakespearienne s'accorde sur une
marge de trois années, à l'intérieur de laquelle elle
continue à débattre. On a vu qu'elle fixe la limite
« amont » à 1598. Elle se fonde sur une allusion conte-
nue dans une note que Harvey a tracée dans son exem-
plaire du *Chaucer* de Speght publié cette année-là. On
ne peut s'empêcher de trouver l'argument fragile : à
supposer que l'allusion vise bien l'*Hamlet* de Shakespeare, tout ce qu'elle prouve, c'est qu'il existait, ou
qu'on en parlait, à une date qui n'était pas postérieure
à celle de la publication du livre, mais qui pouvait aussi
bien être antérieure. Rien ne prouve que cette allusion
coïncidait avec la naissance de la pièce; autrement dit,
que celle-ci n'a pas été composée ou entreprise avant
1598. On invoque l'énumération, par Francis Meres,
la même année 1598, des pièces de Shakespeare parmi
lesquelles *Hamlet* ne figure pas. C'est encore une preuve
négative. Hamlet n'était encore, ni joué, ni publié, mais
nous le savions de reste. La date « aval » est plus certaine : 1601; on peut déduire de la même note de Harvey qu'elle est la limite extrême; et la preuve est faite,
si la représentation est bien de cette année-là. L'ins-
cription au registre des Libraires, le 26 juillet 1602,
apporte une certitude avec une date précise mais un
peu tardive.

Avant d'esquisser l'histoire bibliographique d'*Hamlet*, il est indispensable de donner une idée de l'histoire générale des manuscrits et des premières publications de l'œuvre de Shakespeare.

Comment Shakespeare travaillait-il? Là-dessus, on n'a aucun des renseignements, même légendaires, qui abondent pour Molière. Hugo nous dit qu'il « écrivait sur des feuilles volantes ». D'où le tenait-il? Il n'y a là, très probablement, qu'un trait supplémentaire de l'identification Hugo-Shakespeare. Quoi qu'il en soit, volantes ou non, ces feuilles se sont envolées. Des manuscrits originaux, rien ne nous est parvenu. A peine possédons-nous des traces de l'écriture autographe de Shakespeare. Au juste, six signatures, et aucune ne figurant sur un·texte littéraire : les premières, assez dérisoirement, sur un acte judiciaire et des actes relatifs à des opérations immobilières; les trois dernières, sur le testament. Ces manuscrits inconnus servirent à établir des copies pour l'usage de la scène; la disparition de ces copies, quand il en exista, s'explique d'autant mieux qu'il y fut souvent suppléé par l'imprimé, l'équivalent de nos « brochures » et de nos ronéocopies. Les pièces se présentent alors en volumes in-quarto, aux éditions successives. Régisseur et acteurs y apportaient ou reportaient annotations et retouches. Seize pièces — et seize seulement, soit moins de la moitié du total — dont *Hamlet,* furent ainsi imprimées et réimprimées du vivant de Shakespeare, sans que celui-ci, pense-t-on, les revît ou fût même consulté : la pièce appartenait au théâtre et non à l'auteur.

Il existe six éditions de ces in-quartos (mais non pour chaque œuvre), ils forment ensemble une des deux bases de l'édition shakespearienne : c'est le « Quarto ». La totalité des œuvres fut publiée dans une édition in-folio

— c'est le « Folio » — en 1623, donc sept ans après la mort de Shakespeare. Le « premier Folio » fut lui-même suivi d'une nouvelle édition en 1632 : le « second Folio ».

C'est dire qu'aucun texte de Shakespeare ne pourra jamais être tenu pour parfaitement conforme à une version définitive et intangible; ce qui, d'ailleurs, n'a pas de sens, car une telle version n'a jamais existé, et pas même, sans doute, dans l'esprit ou l'intention, la volonté du poète. Toutefois, à partir de cette constatation, et l'opinion critique n'accordant très abusivement aucun crédit aux Quartos et aux Folios, on s'est livré à des restitutions conjecturales, fort aventureuses et téméraires.

Il en alla ainsi jusqu'au début de ce siècle, où une nouvelle école critique montra que Quartos et Folios constituaient bien les leçons les plus authentiques du texte, et que la seule lecture possible ne pouvait se faire qu'à partir d'eux. C'est sur cette certitude que se fonda et s'élabora le *New Shakespeare* de Cambridge, établi par John Dover-Wilson et Sir Arthur Quiller-Couch, qui constitue actuellement le seul texte authentique et définitif de Shakespeare, le seul sur lequel le traducteur puisse travailler.

Hamlet, avant d'être recueilli dans le Folio posthume, a fait l'objet de trois Quartos (deux autres ayant suivi : le dernier en 1637; le précédent, quatrième, entre cette date et celle du troisième : 1611). Le premier Quarto (1602) est considéré comme « mauvais »; et c'est en quelque sorte contre lui — ou plutôt contre une contrefaçon d'après lui, publiée en 1603 — que s'est constitué le second (1604). Ainsi que l'atteste la page de titre : « nouvellement imprimé et augmenté jusqu'à près du double, d'après la copie véritable et parfaite ». L'assertion est reprise en compte par la critique moderne : le Quarto 2 (dont les suivants ne sont que la réimpression) semble provenir directement du manuscrit original de Shakespeare. Il présente le texte « maximum », plus complet, donc, que le Folio. Toutefois, si celui-ci compte deux cents vers de moins, il en apporte quatre-vingt-cinq ne figurant pas dans le Quarto. Une analyse serrée des deux textes a permis d'asseoir l'établissement du texte définitif sur le Quarto, sans négliger les apports du Folio, lequel fournit les éléments d'une étude comparative.

REPRÉSENTATION — TRADUCTIONS

On donne généralement 1602 pour l'année de la première représentation, mais certains critiques se tiennent à 1601. En tout cas, le premier Quarto témoigne qu'en 1603 la pièce avait été jouée plusieurs fois sur différents théâtres. Le créateur du rôle d'Hamlet fut Burbage qui semble y avoir remporté un grand succès. Nicholas Rowe a fixé en ces termes une tradition, relative à l'auteur-acteur : « Le sommet de sa carrière fut le rôle du Spectre dans son *Hamlet*. » Voilà qui caractériserait de façon assez modeste cette carrière du comédien Shakespeare.

L'extraordinaire popularité de la pièce — et celle du théâtre lui-même — est attestée par un fait qui paraîtra bien surprenant aujourd'hui : en 1607 et 1608, *Hamlet* est « monté » par l'équipage d'un navire, en plein Atlantique, au large des côtes d'Afrique.

Si *Hamlet* fut tout de suite la pièce de Shakespeare la plus jouée, il conserva cette primauté, en Angleterre d'abord, puis dans le monde entier. Les représentations s'échelonnent tout au long du XVIIe siècle. Au début du XVIIIe siècle, l'acteur Betterton joue le rôle tout au long de sa carrière et y est encore applaudi à l'âge de soixante-dix ans, ce qui prouve non seulement la constance de sa jeunesse mais celle du succès de la pièce. Elle est, en effet, représentée presque chaque année jusqu'en 1733. Les grands acteurs s'illustrent dans le rôle : Garrick, Kean, Irving. Aujourd'hui, c'est John Gielgud, ainsi que Laurence Olivier dans son film.

En France, si le XVIIIe siècle, suivant volontiers l'opinion de Voltaire, considère la pièce comme « barbare », elle polarise la plus grande part de l'enthousiasme et de la ferveur romantiques pour Shakespeare.

En 1822, toutefois, les acteurs anglais venus présenter Shakespeare aux Parisiens sont sifflés au théâtre de la Porte Saint-Martin. Mais cinq ans plus tard — l'année même du *Cromwell* de Hugo et de la fameuse préface-manifeste, où le romantisme s'élance à l'assaut du théâtre — Kean et Kemble triomphent à Paris, ainsi qu'Harriett Smithson, l' « Ophélie » de Berlioz. En 1844, nouvel enthousiasme pour la représentation d'*Hamlet* par Macready. Cependant, les acteurs français s'étaient attaqués à la pièce et au rôle : le premier fut Talma. On retiendra ensuite Mounet-Sully, qui le joua régulièrement de 1886 à 1916. En 1899, Sarah Bernhardt (qui avait d'abord joué Ophélie) inaugure la tradition du travesti, inverse de la tradition élisabéthaine où c'était Ophélie qui était jouée par un jeune homme. En 1921 : Gémier ; à partir de 1927, Georges et Ludmilla Pitoëff ; puis Jean-Louis Barrault (1946), Serge Reggiani (1954). Simples jalons dans une floraison de représentation, à travers la France entière, du fait de la décentralisation dramatique, des festivals, et de la place immense que prend Shakespeare en France, dans la rénovation dramatique et scénique qui suit la Libération.

Il est intéressant et curieux de voir ce que le texte et l'esprit de Shakespeare sont devenus dans l'affinage que leur ont fait subir les traducteurs du XVIIIe siècle, Letourneur et Ducis (et dans les alexandrins de Voltaire). Bien que l'annexion de Shakespeare au romantisme soit évidemment une naïveté et, plus gravement, une cause d'inintelligence, une certaine correspondance métaphysique et poétique n'en existe pas moins; elle explique l'intérêt des traductions romantiques : celles de Vigny, qui ne s'est pas attaqué à *Hamlet*; celles de François-Victor Hugo, qui s'est attaqué à tout. Reste que les traductions françaises côtoient trop souvent Shakespeare sans y entrer, et qu'il n'existe rien de comparable à la traduction allemande de Schlegel et Tieck.

Depuis F.-V. Hugo, les traductions et adaptations — d'*Hamlet,* entre autres — se sont multipliées. Bornons-nous à citer quelques-unes de celles qui ont été représentées et dont les auteurs sont des écrivains : Marcel Schwob et E. Morand, André Gide, Yves Bonnefoy, Vercors. Ce n'est pas ici le lieu d'examiner le problème de la traduction française, qui concerne d'ailleurs Shakespeare tout entier. Évoquons simplement l' « idée de la traduction » qui est celle d'Yves Bonnefoy, parce qu'elle est formulée en annexe à sa version d'*Hamlet.* Pour lui, Shakespeare, et toute poésie anglaise, est un *miroir*; la poésie française — en la circonstance, la poésie dramatique française, même chez le plus « shakespearien » : Claudel — est une *sphère.* Le problème qui consiste à faire coïncider une sphère à un miroir plan est aussi insoluble que celui de la quadrature du cercle. Pourtant, Yves Bonnefoy n'en désespère pas. Il aperçoit les voies d'approche et d'accès. « La traduction est dans l'affrontement de deux langues une expérience métaphysique, morale, l'épreuve d'une pensée par une autre forme de pensée. Il y a des moments où elle est impossible et d'ailleurs vaine. Il y a des moments où ses conséquences dépassent l'œuvre même qui est traduite, conduisent une langue, par le détour poétique, à un nouvel état de l'esprit. »

EXÉGÈSE ET CRITIQUE

On n'a jamais établi de bibliographie exhaustive de Shakespeare : au début du siècle, on recensait plus de dix mille ouvrages pour la seule langue anglaise. Tous, plus ou moins, abordent *Hamlet,* et c'est par milliers, sans doute, que se compteraient dans le monde les études, livres ou articles, consacrés à cette seule œuvre : si elle est la plus jouée, elle est aussi la plus commentée. Aucune n'appelle davantage l'exégèse et la glose; philosophique, poétique, linguistique, dramatique; aucune n'impose autant d'interrogations, indéfiniment ouvertes. *That is the question* est comme le signe de l'œuvre même et pourrait figurer en épigraphe à tous les commentaires, à toutes les tentatives de réponse. Commentaires, réponses — et questions — aucune œuvre n'en a suscités à ce point, nombreux, divers, abondants, approfondis, et souvent contradictoires.

Il ne saurait être... question de tracer même un schéma de cet énorme appareil critique. On peut poser quelques repères, dans le cours d'une évolution qui reflète, bien entendu, la pensée et la sensibilité des époques successives. On distingue aussi quelques constantes qui correspondent toujours, d'ailleurs, à une certaine méconnaissance, et de l'œuvre, et du personnage même d'*Hamlet*.

Ne parlons pas des contemporains. Ou bien ce serait parler de leur attitude à l'égard de Shakespeare tout entier : on sait qu'il était fort apprécié, — mais parmi bien d'autres : après l'avoir salué comme « le plus excellent », Meres, dans son petit tableau du siècle littéraire et artistique, confond Shakespeare au milieu d'une foule d'auteurs, les uns restés célèbres, les autres fort obscurs. Et cela exprime certainement sa situation véritable au regard des autres écrivains, du public et de l'opinion. Quand on parle de lui, avec le plus d'éloges, c'est surtout du poète de *Vénus et Adonis* et du *Viol de Lucrèce ;* et c'est pour vanter sa « suavité », sa « langue de miel ». D'*Hamlet,* en particulier, il n'est pas question, sinon pour une ou deux allusions anecdotiques.

Il faut attendre le XVIIIᵉ siècle pour qu'*Hamlet* provoque — les écrivains et les critiques, tout au moins, et de sorte qu'il en reste trace — à la réflexion; encore est-ce de façon très réticente, même chez les critiques anglais, qui mêlent à la louange des réserves : Johnson sera des premiers à blâmer les « faiblesses » d'Hamlet, son caractère vélléitaire, l'absence de nécessité de la folie simulée. Que ne penseront pas là-dessus les Français imbus de l'esprit classique !

Encore faut-il qu'ils aient matière à penser. En 1776, s'adressant aux académiciens ses confrères, Voltaire peut leur dire : « Quelques-uns de vous savent qu'il existe une tragédie de Shakespeare intitulée *Hamlet.* » Suit une critique, où Shakespeare se voit écraser par la comparaison avec Corneille et Racine. Ailleurs, Voltaire en appelle à toutes les nations contre le jugement des Anglais qui ont le front de mettre leur Shakespeare au-dessus de

notre Corneille, et il entreprend de raconter *Hamlet,* et
termine ainsi sa paraphrase : « Telle est exactement la
fameuse tragédie d'Hamlet; le chef-d'œuvre du théâtre
de Londres; tel est l'ouvrage qu'on préfère à *Cinna.* »
La cause est entendue. Voltaire conclut que « toute la
pièce a fait fortune par quelques beautés de détail », —
de ces beautés qu'il a été « le premier à reconnaître
et à faire connaître ». Cette concession ne troublera
pas un jugement définitif (il y aurait à dire sur le retour-
nement de Voltaire : remords d'avoir introduit le « barbare »? Jalousie d'auteur, par la crainte de le voir s'éga-
ler à Corneille, Racine et... Voltaire?) : « C'est une pièce
grossière et barbare qui ne serait pas supportée par la
plus vile populace de la France et de l'Italie. On croirait
que cet ouvrage est le fruit de l'imagination d'un sauvage
ivre. »

Il y a déjà du romantisme — et déjà, et toujours, une
vue inexacte du personnage — dans le jugement de Gœthe
pour qui *Hamlet* est la tragédie d'une âme incapable de
la grande action « que le destin lui impose ». Le romantisme salue Hamlet et se reconnaît en lui, non sans
malentendus profonds. « Prince de la spéculation philosophique », selon Hazlitt, il n'est pas moins le prince de
la mélancolie. Le mal d'Hamlet, c'est le mal du siècle.
Au nôtre, il deviendra justiciable (chez E. Jones, notamment) de l'interprétation psychanalytique. Cependant,
le thème romantique de la mélancolie nourrissait encore, après 1900, les commentaires de Bradley. James
Joyce, lui, désigne dans *Hamlet* « le terrain de chasse des
esprits déséquilibrés ». T. S. Eliot prend une position
originale en affirmant que « *Hamlet,* la pièce, constitue
le problème principal et que Hamlet, le personnage,
n'est que secondaire ». Et il critique vivement les critiques du type Goethe ou Coleridge qui se substituent,

eux et leur Hamlet imaginaire, à celui de Shakespeare. Mais l'étude « objective » d'Eliot le ramène, avec des motivations différentes, presque à la sévérité du XVIIIe siècle français. Pour lui : « Bien loin d'être le chef-d'œuvre de Shakespeare, la pièce est très certainement en échec du point de vue de l'art. » Qu'en resterait-il alors, et à quel « point de vue » serait-elle une réussite ? — D'autres ont parlé d'*Hamlet* comme d'un rapetassage, un ouvrage « retapé ». Ce sont ces « points de vue » esthétiques qui, pour intéressants qu'ils soient, sont dépourvus de bases objectives. En face de l'opinion d'Eliot, on mettra, pour sa symétrie, celle de Morhardt, pour qui *Hamlet* est « la plus belle création littéraire de tous les temps ». Et celle de Hugo : « D'autres œuvres de l'esprit humain égalent *Hamlet,* aucune ne la surpasse. »

Il serait affligeant pour la critique française de la laisser représenter par le seul Voltaire. Shakespeare — qui n'est jamais séparable d'*Hamlet* — est reconnu, admiré, ou exalté par Chateaubriand, Stendhal, Hugo. Celui-ci lui a consacré un ouvrage entier, trop longtemps dédaigné et qu'on réhabilite à peine. Ou plus exactement, selon la pente de son génie propre, il a consacré un ouvrage à *tout,* à partir et « à propos » (lui-même le note) de Shakespeare : « Shakespeare, c'est Eschyle ». En marge, la notation de ce que nous avons tendance à regarder comme une découverte moderne : « Tout poète est un critique ; témoin cet excellent feuilleton de théâtre que Shakespeare met dans la bouche d'Hamlet. » — Les références de l'époque seraient trop nombreuses. Rappelons le « être Shakespeare » ou rien, du Musset de dix-sept ans ; et l'amère et sarcastique apostrophe de Baudelaire sur Shakespeare et les Français. De Baudelaire encore, ses vues sur Hamlet à travers Delacroix.

La période 1880-1920 ne néglige, certes, ni Shakespeare, ni *Hamlet,* on l'a déjà vu par la représentation. Pour Jules Lemaitre, Hamlet est « le plus ancien représentant de l'âme moderne, du romantisme, du pessimisme, du nihilisme, de la grande névrose... ». Pour Anatole France, Hamlet est « un homme, est l'homme, est tout l'homme ». Pour Gide : une victime de... « la métaphysique allemande ». Aux yeux de Valéry, il exprime « l'état de l'esprit européen devant son propre désarroi ». Pour Louis Gillet, *Hamlet* est « la grande tragédie où, pour parler comme Dante, le ciel et la terre ont mis la main ».

Toute lecture rencontre le mystère d'*Hamlet* et d'Hamlet (sauf celle d'Abel Lefranc qui trouve « la fin du mystère d'*Hamlet* » dans la thèse Derby) : « Je ne sais pas ce qu'est Hamlet, c'est trop compliqué »; écrit, avec une pointe de sel, J.-J. Mayoux. « Une énigme », disait Jean Paris, qui, dans un ouvrage très récent, montre en Hamlet et en Panurge l'esprit de la Renaissance, une absence — la mort de Dieu et la mort du père — et une « solitude profonde [: celle] du langage ». On pourrait conclure avec Vercors : « Hamlet ou la conscience »; et avec Jaspers : « Hamlet ou la vérité ».

NOTES

P. 3.

1. Rappelons que Shakespeare n'a pas conçu *Hamlet*,
non plus qu'aucune autre pièce, selon une structure en
actes et en scènes. Cette division a été introduite très
tôt, et nous l'avons conservée pour la commodité du
lecteur. Les éditions modernes proposent toutefois une
division plus logique que celle, souvent très arbitraire,
qui avait été adoptée, et sur ce point encore nous avons
dû corriger parfois F.-V. Hugo.

Le *New Shakespeare* de Cambridge, fidèle, naturellement, à la conception de Shakespeare et aux textes originaux (mais en notant toutefois la division traditionnelle), donne des indications scéniques détaillées que
nous avons réduites à l'essentiel. Elles sont substituées à
celles que F.-V. Hugo avait cru devoir introduire.

P. 4.

2. Texte : *A piece of him*. Littéralement : une partie
(un fragment, un morceau) de lui. Certains traducteurs et
commentateurs croient y voir l'indication d'un jeu de
scène : Horatio tendrait la main à Bernardo. Simple
hypothèse, et un peu grosse. La réponse est sans doute

plus subtile : la vaine attente d'un fantôme a distrait Horatio de lui-même, il est pour une bonne part absent. Sans parler du froid qui l'a recroquevillé, réduit.

P. 7.

3. « Et des spectres glapir et siffler dans nos rues » : *Jules César*, II, II. On trouve déjà, dans la réplique de Calphurnia l'évocation de ces présages et de ces signes.

Il y a, dans ce passage, une interversion chez F.-V. Hugo qui ne disposait pas d'un texte aussi sûr que le nôtre.

P. 12.

4. On sent la pointe : mourir est la loi commune, — mais non se remarier si vite, et avec qui?

P. 14.

5. On comprendrait mal, car Hamlet — on se tromperait en voyant en lui un rêveur chétif — montre à la fin quels sont sa force et son courage physiques. Il faut se souvenir qu'Hercule était le vengeur et le purificateur, — purifié lui-même par son bûcher.

P. 22.

6. Littéralement : « Vous me montrerez une nigaude. » Mais il y a un jeu de mots, et une équivoque volontaire de la part de Polonius (d'où le fier sursaut d'Ophélie). Nous avons rendu l'intention tant bien que mal en ajoutant « enfant » à « nigaud ». Nous n'avons pas osé : « Ou bien vous viendrez me faire l'enfant », qui traduirait assez bien l'intention. F.-V. Hugo avait fait un franc contresens (d'autres aussi, d'ailleurs, et Gide entre autres) : « Vous m'estimez pour un niais ».

P. 27.

7. *Jeûner :* en punition de cette intempérance nationale qu'Hamlet dénonçait un peu plus tôt.

P. 28.

8. **Tout** ce passage montre que la reine avait trompé le roi avec son futur meurtrier. Elle n'a rien, pourtant, de Clytemnestre, et n'est nullement complice du meurtre, qu'elle ignore.

P. 41.

9. **Peut-être** aussi : *figure* de rhétorique. Mais l'ambiguïté est probablement volontaire.

P. 43.

10. **Il** y a, ici encore, une équivoque sur les mots. Le sens littéral est bien « marchand de poisson », mais *fishmonger* est aussi autre chose, qu'Yves Bonnefoy traduit tout crûment : *maquereau*. L'injure s'explique, si une injure a besoin d'explication, parce que Hamlet a entendu que Polonius manœuvrait pour lui faire épouser sa fille (l'idée sera la même, plus noblement exprimée, quand il appellera Polonius : Jephté). Dans la réplique suivante — un peu plate si on la prend à la lettre, se rapportant à l'honnêteté des marchands de poisson — « honnête » s'entendra par une ironie appuyée : je voudrais que vous fussiez honnête comme un proxénète.

P. 44.

11. **C'est** bien contre cela que Polonius, un peu plus tôt, mettait « en garde » Ophélie, — qui s'indignait de cette crainte.

P. 48.

12. C'est presque mot pour mot ce que dit Sophocle dans le deuxième chœur d'*Antigone*, — mais, au contraire d'Hamlet, avec une conviction éloignée de toute dérision ou amertume.

P. 49.

13. A moins qu'il y ait là une allusion ou une insinuation. L'attitude d'Hamlet à l'égard d'Ophélie (et, semble-t-il, des femmes en général) prête à réflexion. Clin d'œil de Shakespeare à lui-même? — et plus chargé de sens, si l'on se souvient que sur la scène élisabéthaine, Ophélie était un jeune homme —, à coup sûr plein de « charme ».

P. 49.

14. Allusion probable à l'actualité : peut-être à la conspiration et à l'exécution d'Essex (1601). Le « Théâtre de la Cité » est certainement l'un des théâtres de Londres; peut-être celui du Globe (ouvert en 1599), qui avait pour enseigne Hercule portant la Terre : voir un peu plus loin la réplique de Rosencrantz : « ils emportent Hercule et son fardeau ». Tout le passage est une allusion, cette fois transparente, à la querelle des théâtres, allumée par la rivalité de deux troupes d'adolescents, qui, de 1600 à 1601, opposa notamment Ben Jonson, champion des « Enfants de la Chapelle », à Dekker et Marston joués au Globe.

P. 52.

15. On se souvient que Jephté, version biblique d'Agamemnon, sacrifia sa fille, par fidélité au vœu qu'il avait fait s'il obtenait la victoire. La chanson qui suit vient d'une *Jephté* de Dekker et Munday : c'est tout ce qui en reste.

P. 70.

16. Nous apprenons nous-mêmes ici qu'Hamlet a confié (dans la coulisse) à Horatio la révélation du spectre.

P. 108.

17. Légende anglaise. Jésus changea en chouette la fille d'un boulanger qui lui avait refusé l'aumône d'un morceau de pain.

P. 125.

18. Texte : *argol*. Le traducteur fait dire : *argo* pour *ergo*, au fossoyeur qui écorche le latin.

OTHELLO

COMMENTAIRES

Genèse et sources

Le rapprochement d'*Hamlet* et d'*Othello* souligne le
contraste entre la tragédie métaphysique, philosophique,
« humaniste » (d'aucuns disent « nationale ») et une tragédie purement privée, un simple drame de la jalousie.
Nous avons mis en lumière les traits profonds qui leur
sont communs, et dont le moindre n'est pas le style. Il
faut se souvenir toutefois que, pour appartenir à la
même période, les deux œuvres ne se suivent pas; du
moins, elles ne se suivent qu'en tant que tragédies
pures : elles sont séparées, en effet, par une pièce où
les genres sont mélangés, qu'on peut appeler pour aller
vite une tragi-comédie, et qui marque une tentative vers
« autre chose » : *Troïlus et Cressida ;* et par trois comé-
dies.

Mais faut-il dire : « séparées » ? — Dans l'ignorance où
l'on est des dates précises, la rigueur apparente de la
chronologie est quelque peu illusoire. Il peut y avoir

simultanéité dans la composition, là où nous ne voyons que la succession linéaire marquée — parfois de façon elle-même incertaine — par la représentation ou la publication. L'écart pourrait être ici de trois ou quatre ans; il est probablement de deux, comme pour les représentations.

Shakespeare, comme souvent, a trouvé sa source dans une nouvelle italienne, cette fois dans l'*Hecatomithi* (ou *Ecatommiti*) de Giraldi Cinthio paru en 1565, donc à peu près contemporain des *Novelle* de Bandello (1554) et des *Histoires tragiques,* d'après celui-ci, de Boaistuau (1560), puis de Belleforest (1572) par où aurait bien pu venir à Shakespeare, on l'a vu, l'histoire d'Hamlet de Saxo Grammaticus. Cette fois encore, on peut douter que Shakespeare soit allé directement au texte — on doute aussi qu'il connaissait l'italien, si on croit qu'il lisait le français — il lui aura d'ailleurs suffi d'attendre la traduction anglaise (1595), de plusieurs années antérieure à *Othello*.

LE TEXTE[1]. — LES DATES. — PUBLICATION ET REPRÉSENTATIONS.

Le premier en date des textes que nous possédions, et qui fasse foi, est un Quarto de 1622, le dernier des quarto shakespeariens, et qui ne précède que d'un an le Folio. C'est celui-ci qui, en dernière analyse, doit être retenu : le Quarto est certainement « sain », mais fait état de quelques coupures de représentation. *Othello* est

---

1. Pour les généralités sur le texte et les manuscrits shakespeariens, voir la notice d'*Hamlet*.

donc l'une des vingt-trois pièces, sur trente-neuf (pour nous en tenir aux attributions actuelles), qui n'ont pas été publiées du vivant de Shakespeare.

L'année précédant la publication du Quarto, on trouve mention de l'enregistrement d'*Othello*. Toutes ces dates tardives ne sauraient donc nous fournir d'indications sur l'époque de composition de la pièce. Restent les représentations.

On a authentifié récemment la date, et la réalité, considérées longtemps comme douteuses, de la première représentation d'*Othello* dont nous ayons trace (ce qui ne signifie nullement qu'elle fût la première, tout court) : elle fut donnée pour la cour, à Whitehall, à la fin de 1604. Mais divers critiques, dont J. Dover Wilson, l'un des deux auteurs du *New Shakespeare* et donc de grande autorité, trouvent des raisons de remonter jusqu'à 1602; certains, même, jusqu'à 1601, ce qui ferait d'*Othello* le contemporain exact d'*Hamlet*.

Il faut croire qu'*Othello* plaisait à la cour et qu'on le tenait pour un bon divertissement tragique, peut-être pour une excellente leçon à l'intention des nouveaux mariés, puisqu'il fut donné de nouveau aux fêtes du mariage d'Elizabeth, fille de Jacques Ier avec l'Électeur palatin Frédéric (1613).

Sans être, certes, comme *Hamlet*, la pièce la plus universellement jouée, *Othello* n'a guère cessé d'être représenté : on trouve des traces de ces représentations au cours du XVIIe siècle, et ce ne sont que des jalons. Au XVIIIe siècle, la précision est plus grande puisqu'une représentation au moins est relevée à Londres pour chaque année, sauf sept. Et il ne s'agit, insistons sur ce point, que des représentations connues : autant dire que la pièce a été jouée sans interruption. Il en va de même au XIXe siècle, où les grands acteurs anglais ont une prédilection pour le rôle. Ce sont eux qui révéleront, non certes Shakespeare, mais la représentation shakespearienne à Paris.

Mieux traité qu'*Hamlet*, *Othello* avait eu l'honneur de servir de modèle à Voltaire pour *Zaïre*. Talma fut, semble-t-il, le premier grand acteur à s'essayer dans les deux rôles. Le romantisme accueillit *Othello* avec une faveur particulière. Il eut même valeur de signe et de test, puisque son adaptation par Vigny précéda, sur la scène du Théâtre-Français, la bataille d'*Hernani*. A notre époque, au contraire, dans le grand essor de la représentation shakespearienne qu'amorça le Cartel et qui s'amplifia avec le T. N. P. et les festivals de plein air, ce sont les pièces « historiques » et « politiques » qui eurent le plus la faveur des metteurs en scène et du public; et, parmi les autres, *Roméo et Juliette* l'emporta sur *Othello* qui fut relativement peu joué. On notera la représentation de la Comédie-Française, en 1952. En compensation, Londres (1930) et New York (1943) connurent des représentations éclatantes, avec Robeson dans le rôle d'Othello. .

Au cinéma, il faut citer le film et la création d'Orson Welles; sans oublier l'évocation d'Othello, sous la figure truculente et magnifique de Pierre Brasseur en Frédérick Lemaître, dans *Les Enfants du Paradis*.

Parmi les traductions, outre celle de F.-V. Hugo — et, bien entendu, celles de Letourneur et de Ducis — citons celle d'Armand Robin.

CRITIQUE ET EXÉGÈSE

Le critique et l'exégèse d'*Othello* ont porté, soit sur la pièce même, soit sur le caractère du personnage, et

on en ferait, depuis les origines, un tableau fort contra-
dictoire. Un demi-siècle après la mort de Shakespeare,
Thomas Rymer publiait un jugement qui n'a jamais été
égalé, et qui nous fait sourire aujourd'hui; il est à peu
près de même farine que celui de Voltaire sur *Hamlet*.
Lui aussi était un poète tragique passablement raté qui
s'était consolé avec ses *Considérations sur la tragédies,* puis
des *Vues sur la tragédie* où il publie sa condamnation
d'*Othello* : « une farce sanglante, sans sel, ni saveur ».
Outre un « avertissement aux bonnes ménagères de
veiller sur leur linge » il y voyait pourtant une leçon
morale à l'usage des jeunes filles de qualité, rejoignant
par là plus d'un moraliste qui voient, en osant plus ou
moins le dire, dans la fin tragique de Desdémone la punition d'une fille qui s'était mariée sans le consentement
de son père, et qui plus est, à un nègre.

Ce jugement est resté longtemps unique, et pièce et
personnage ont été également admirés. On a débattu
de la couleur d'Othello. S'il est un More, il est un Blanc
tout au plus basané. Tant que le préjugé a été trop fort,
on a penché pour cette interprétation. Aujourd'hui, les
partisans du noir l'emportent; l'interprétation de
Robeson a achevé de convaincre. Nombre de critiques,
surtout modernes, ont montré que la *couleur* était, pour
Shakespeare, le signe et le moyen de l'isolement du héros.
Mais avait-il voulu aussi suggérer par là son caractère
démoniaque? — Après avoir longtemps considéré
Othello comme une victime pour laquelle on n'a qu'affection et pitié, on en est venu à poser la question de sa
culpabilité. T. S. Eliot, quant à lui, lui reprocherait,
somme toute, avec un penchant à se « jouer », à se dra-
matiser, une certaine forme de romantisme quelque peu
pathologique : le « bovarysme ». Une des opinions les
plus originales est probablement celle de Louis Gillet :

« Othello est le contraire du jaloux. C'est un confiant, un pur, un tendre, un fort; il n'a qu'une faiblesse, son inexpérience du cœur (...) Jaloux, il l'est si peu qu'il ne peut l'être à lui tout seul... » On dira qu'il n'attendait que d'y être aidé, et qu'alors il ne réussit que trop bien. Mais de Louis Gillet, on retiendra encore ceci, par quoi on peut conclure : « Le bonheur, c'est de mourir » — Shakespeare n'a jamais rien dit de plus triste. »

C'est à la fin qu'il le dit, quand il souhaite condamner Iago à vivre : « *'tis happiness to die* », qu'on peut traduire littéralement : « C'est un bonheur de mourir. » A rapprocher de ce cri d'amant, quand il était encore dans toute l'exaltation d'un amour sans ombre, et parce que l'instant où il retrouve Desdémone lui paraît comme l'extrême insurpassable de la joie : « Si je mourais en ce moment, ce serait le bonheur suprême. »

NOTES

P. 155.

1. Shakespeare a écrit *« certes »* — en français — et on a essayé de donner une équivalence exprimant la même intention : dépaysement, ironie... Le *New Shakespeare* a mis le mot « Certes » — affecté de la majuscule — entre guillemets simples (' ') ce qui, dans son code, indique une citation.

P. 157.

2. Les serviteurs portaient sur la manche le blason de la Maison à laquelle ils appartenaient.

P. 160.

3. On peut trouver surprenant qu'Othello loge à l'auberge, et, plus encore, que Desdémone l'y retrouve. La tragédie commence en comédie, et Brabantio est passablement ganache.

P. 216.

4. *"It is the green-eyed monster, which doth mock — The meat it feeds on..."* Ce vers et demi a fait l'objet de maints débats et commentaires. Non point le « monstre

aux yeux verts » qui est clair, mais le verbe *mock*, et tout le sens qu'il emporte. Armand Robin traduit : « *... qui tourmente la proie dont il se nourrit.* » Mais ainsi, il ne rend pas l'idée que la jalousie fabrique, distille, sécrète ses propres poisons.

P. 220.

5. Il est beaucoup insisté sur le fait qu'Othello est « vieux », sur la différence d'âge. Pour l'époque, est-ce plus de trente ans, de quarante ? — Assurément, Desdémone a quinze ans, comme Juliette.

P. 245.

6. A quel point Othello n'agit plus que par la volonté de Iago : il obéira à la suggestion jusque dans le moyen du meurtre.

MACBETH

COMMENTAIRES

Comme pour *Hamlet,* Shakespeare a puisé à une source historique, et même sans doute à plusieurs. Il est improbable d'ailleurs qu'il ait eu directement connaissance des anciennes chroniques écossaises qui rapportent l'histoire de Macbeth, pas plus qu'il n'a dû aller directement à la chronique danoise de Saxo Grammaticus. Peu probable aussi qu'il ait lu les *Historia Scotorum* de Boèce, publiées en 1527; il les aura plutôt connues par la *Chronique* de Holinshed (1586) qui reprenait, en la traduisant à peu près, celles de Boèce. J.-D. Wilson s'est avisé, le premier, que Shakespeare aurait pu lire en manuscrit les Chroniques de W. Steward, inédites jusqu'à la seconde moitié du xixe siècle, et dont certains traits donnent à penser qu'elles auraient inspiré la tragédie.

En tout cas, Shakespeare en a usé très librement avec les données historiques, telles que les chroniques en ont conservé la trace. D'abord, il a fondu deux histoires distinctes : celle de Macbeth et celle d'un autre personnage, Donswald, meurtrier, avec la complicité de sa femme, du roi Duff. Il est allé plus loin dans son interprétation de l'histoire, de sorte que les actes et les caractères des personnages sont profondément modifiés. La conséquence est de noircir Macbeth, lequel, dans la réalité, n'était pas sans grief contre un Duncan beaucoup moins vénérable (de toute façon, car il était loin d'être vieux), doux et innocent que Shakespeare l'a fait. En outre, il a complètement passé sous silence les grands mérites du règne de Macbeth, et réduit à quelques nuits de cauchemar une durée historique de dix années.

Il va sans dire que, non seulement les événements et les personnages, mais toute l'*aura* tragique, poétique, magique de la pièce n'appartiennent qu'à Shakespeare, et la plupart des inventions proprement dramatiques. Cette atmosphère, et la philosophie de *Macbeth* ont fait avancer l'hypothèse que Shakespeare aurait participé à un débat ayant suivi une représentation à la cour, et dont le thème était l'imagination et les effets réels qu'elle peut produire. La propre imagination de Shakespeare aurait reçu le branle de ces propos. Toutefois, ce débat ayant eu lieu en 1605, ce serait assigner à la pièce une date postérieure, ce qui est généralement admis, en effet, mais aussi contesté par certains, au premier rang desquels J. Dover Wilson.

LE TEXTE ET LES DATES

L'absence d'éditions, non seulement du vivant de Shakespeare mais dans les années suivant immédiatement sa mort, ne contribue pas à éclaircir la question des dates. Il n'y a pas eu, en effet, de Quartos, pour *Macbeth,* avant le Folio de 1623 où la pièce apparaît pour la première fois imprimée[1]. Au contraire de ce qui se passe le plus souvent, ce texte porte la trace de remaniements, d'interpolations et surtout de coupures — qui pourraient expliquer que *Macbeth* est la pièce la plus courte de Shakespeare — et il est, en compensation, particulièrement riche en indications scéniques. On est donc amené à penser que le Folio avait pu reproduire un cahier de régie, ou une « brochure » de souffleur. En outre, le texte proprement dit comporte des ajouts qui ne sont pas de Shakespeare, et qui, d'après Dover Wilson, seraient attribuables à Middleton. Ce qui contribue à fonder une théorie selon laquelle *Macbeth,* avant d'être révisé par Middleton, vers 1610 (donc avant la mort de Shakespeare), aurait, à travers remaniements et coupures, connu une longue gestation, commencée dès 1599. Ce qui « vieillirait » la pièce, et la rendrait contemporaine d'*Hamlet,* et même légèrement antérieure. Cette hypothèse est d'ailleurs loin d'être généralement reçue.

Quant aux certitudes, elles ne font qu'ajouter à l'incertitude. On n'a aucune mention de représentations de *Macbeth* avant celle du Globe, en 1611. Mais de nombreux éléments ne laissent aucun doute sur l'existence de représentations antérieures, dont la première aurait eu lieu en 1606. La composition de la pièce serait de la même année, ou de l'année précédente.

REPRÉSENTATIONS ET TRADUCTIONS

La première représentation aurait donc été donnée à Hampton Court en 1606. Il paraît vraisemblable qu'il

---

1. Pour les généralités sur le texte shakespirien, voir les Commentaires d'*Hamlet*, pp. 387 *sqq.*

y en eut d'autres avant celle de 1611, attestée par un texte de l'astrologue Simon Forman qui écrivait sur les ouvrages dramatiques contemporains.

Contrairement à beaucoup d'autres pièces, *Hamlet* et *Othello* notamment, *Macbeth* semble avoir été peu jouée dans les cinquante années qui suivent la mort de Shakespeare. Mais elle connaît un grand retour de faveur après 1660, ainsi qu'en témoigne le fameux journal de Pepys. Plus tard, Davenant en donne une adaptation, qui en fait une sorte d'opéra parlé, — très tôt, d'ailleurs, l'épisode des sorcières et le côté surnaturel de la pièce semblent avoir prêté à l'introduction de « divertissements ». Elle retrouve sa pureté et son intégrité avec Garrick qui triomphe dans le rôle de Macbeth et assure à la pièce un succès continu durant tout le XVIIIe siècle. Au siècle suivant, les grands acteurs — les deux Kean, Macready, Irving — incarnent avec prédilection le personnage principal. Malheureusement, certains rétablissent la tradition du « divertissement » et multiplient les coupures dans une pièce dont l'économie est pourtant extrêmement serrée; mais il faut bien faire place aux hors-d'œuvre. Et plus malheureusement encore, cet état d'esprit n'a pas changé au début du siècle. Benson, à Stratford, donne le signal d'un « retour aux sources ». Depuis, la pièce est respectée et la faveur du public ne diminue pas pour autant.

Il semble que ce soit un *Macbeth* point trop surchargé et « embelli » que les Français aient connu à l'époque romantique. Comme pour *Othello,* l'opéra que *Macbeth* inspire à Verdi accroît la popularité de l'œuvre.

En France, dans le premier quart du siècle, *Macbeth* est à l'affiche de la Comédie-Française, en 1914. Puis Maurice Maeterlinck en donnera des représentations, avec Georgette Leblanc, dans la salle capitulaire de l'abbaye de Saint-Wandrille qui lui appartenait alors. Il en a écrit une traduction vigoureuse, un peu pesante, très marquée de symbolisme, et qui est le texte figurant dans le Shakespeare de la « Pléiade ». Plus près de nous, les représentations de Gaston Baty (1942) et du Théâtre National Populaire, avec Jean Vilar, et Maria Casarès, au festival d'Avignon et à Paris (1956). On mentionnera encore l'étrange et beau *Macbeth* noir, mis en scène en Afrique avec des acteurs africains, puis présenté à Paris, par Raymond Hermantier. Outre diverses traductions, universitaires notamment, il faut citer celle de Pierre-Jean Jouve, pour l'édition française des Œuvres complètes de Shakespeare, d'après et avec le texte du *New Shakespeare* (Club Français du Livre). Au cours des dernières années, *Macbeth* a été représenté dans des adaptations de J.-L. Curtis, Yves Florenne, Thierry Maulnier.

On n'omettra pas les films d'Orson Welles, de Kuromswa, et, tout récemment, celui de Polanski.

CRITIQUE ET EXÉGÈSE

Au contraire d'*Hamlet* qui, semble-t-il, fut tout de suite admiré, mais comme *Othello*, *Macbeth* a provoqué chez les contemporains, réticences et résistances. En tout cas, Ben Jonson — se défiera-t-on des jugements de confrères? — jugeait la pièce obscure et extravagante, ce qui peut surprendre de la part d'un auteur élisabéthain. Au XVIIIe siècle, Johnson (si favorable à *Hamlet*) n'est pas loin de partager le même sentiment, et condamne ce qu'il tient pour des ridicules, ainsi que le style insuffisamment noble, selon lui. Il ne craint pas, d'ailleurs, de se contredire, ou de se nuancer, de louer d'autres mérites qu'il trouve à la pièce, et, par là, de juger qu'elle est « justement célèbre ». Telle est, à peu près, l'opinion du siècle.

Macbeth devait, bien entendu, combler les romantiques, jusque dans ce qui semblait outrances au siècle précédent, style vulgaire, mélange des genres, — et d'ailleurs *Macbeth* est la seule des tragédies où le comique soit réduit à l'extrême. Encore le personnage et la scène du portier passent-ils pour des ajouts tardifs, répondant au besoin d'égayer un peu – si l'on ose dire – la pièce. C'est notamment l'opinion de Coleridge qui, pour autant qu'il admirât *Hamlet* – avec, on l'a vu, tous les malentendus propres aux romantiques – semble mettre *Macbeth* plus haut encore, pour la beauté, l'intensité de l'économie tragique. Hazlitt y verrait le chef-d'œuvre de Shakespeare, puisque *Macbeth,* selon lui, a pour ressort et pour essence « un contraste plus puissant et plus systématique qu'aucune autre pièce de Shakespeare ». Thomas De Quincey écrit sur *Macbeth* des pages exaltées, à propos desquelles il voit dans les chefs-d'œuvre de Shakespeare des manifestations cosmiques, des « phénomènes de la nature ». Rejoignant ainsi Hugo : « Le poète, c'est la nature (...) Shakespeare, c'est la fertilité (...), la sève (...), la lave en torrent, les germes en tourbillon, la vaste pluie de vie », – Hugo, pour qui « ce drame a des proportions épiques » : il est avec *Hamlet, Othello, Le Roi Lear,* un des « quatre points culminants »; le personnage, une des « quatre figures qui dominent le haut édifice de Shakespeare ».

La critique moderne, avec des recherches plus poussées, plus « scientifiques », des approches à la fois diverses et serrées, s'arrêtant notamment, au-delà des caractères, à la thématique et à la poétique de l'œuvre, continue de voir dans celle-ci un des chefs-d'œuvre de Shakespeare et du théâtre universel. « Tragédie poignante, l'un des sommets du théâtre moderne », écrivait Abel Lefranc. Et Louis Gillet : « La plus populaire des pièces de Shakespeare, la plus simple, la plus abrupte, la plus saisissante. » On n'entend guère, dans les dernières années, qu'une dissonance, celle de G. H. Harrisson, qui estime la pièce surestimée et va jusqu'à contester sa valeur tragique, ce qui paraît un peu plus que paradoxal. Il va sans dire qu'on s'est intéressé de nos jours au contenu historique et politique de *Macbeth*.

Enfin, parmi les critiques anglais qui se sont attachés à la poétique et à la thématique dont nous parlions, Knight et Knights, rapprochés non seulement dans leur presque homonymie, voient avec raison le problème central dans celui du mal, qui n'a jamais été posé par Shakespeare avec tant de force, de ténébreux éclat, de grandeur : « *Macbeth* est la vision la plus mûre et la plus profonde du Mal chez Shakespeare », écrit Wilson Knight; et plus encore : « l'Apocalypse du Mal ».

Mais cette dimension métaphysique ou théologique de la pièce et des héros a provoqué depuis longtemps la réflexion sur la séparation qui peut se manifester entre le bien, la vertu d'une part, le crime, le mal d'autre part, et la sympathie, la séduction, voire l'amour. Car il est incontestable que Macbeth conserve cette sympathie avec de l'admiration; et que le châtiment final n'entraîne pas une adhésion, un allègement, un sentiment de justice sans partage. Et que la fascination exercée par Lady Macbeth ne fait que grandir après le crime. Il est vrai que cette tragédie du mal est aussi celle de la conscience.

NOTES

P. 286.

1. La traduction traditionnelle « Sorcières » rend mal compte du *« Weird Sisters »* de Shakespeare, littéralement : « Sœurs Fatidiques », ou « Fatales Sœurs »; ce sont d'ailleurs les traductions respectives de F.-V. Hugo et de P.-J. Jouve, dans le texte; et, pour le second, dans la liste des personnages, où l'on trouve précisément l'expression : *« the Weird Sisters »* qui reviendra dans le texte. Bien que le mot *witch* qualifie les personnages en tête de leurs répliques (mais non dans le texte), ceux-ci — celles-ci — ne sont pas des sorcières ordinaires mais, ainsi que le remarque pertinemment P.-J. Jouve, des créatures de Shakespeare, comme Ariel, Caliban ou Puck.

P. 287.

2-3. F.-V. Hugo, comme plus tard Maeterlinck, conserve le nom anglais, ainsi que « Paddock », que P.-J. Jouve traduit respectivement : *Museau gris,* et *Crapaud.* Il faut savoir que Graymalkin est le nom que Middleton donne au chat dans sa pièce *La Sorcière (The Witch).* On peut voir là, soit un salut ou un clin d'œil de Shakespeare, soit, plus vraisemblablement, une des traces de la main de Middleton dans *Macbeth*.

P. 289.

4. Titre propre à l'Écosse, et qu'on peut traduire par : *sire, seigneur*... F.-V. Hugo n'a pas mal fait de le laisser — c'était pour lui et pour l'époque de la « couleur locale » — sauf à certains moments où son emploi est incongru et où nous lui avons substitué une traduction moins voyante.

P. 300.

5. Le mot que F.-V. Hugo traduit noblement par *linceul* est dans le texte : *blanket*, c'est-à-dire « couverture », — que Maeterlinck n'a pas craint, et que P.-J. Jouve traduit par « le couvert du noir ». Cette couverture excitait la verve de Johnson qui, disait-il, ne pouvait se tenir d'éclater de rire en imaginant le Ciel qui « épiait Lady Macbeth à travers la couverture... ».

P. 304.

6. Le proverbe : « Le chat veut manger le poisson mais il ne veut pas se mouiller les pattes. »

P. 313.

7. La scène et le personnage du portier sont considérés par certains critiques comme une interpolation due à Middleton. On y retrouve pourtant bien la veine de Shakespeare, et une intention de rupture du tragique, analogue à la scène des musiciens aux pseudo-funérailles de Juliette.

8. La traduction de F.-V. Hugo est-elle un contresens involontaire? Pour l'éditeur du *New Shakespeare*, un mot a été omis dans le texte : *« come in time »*, et dont le sens serait : *« Time-server »*. P.-J. Jouve a traduit :

« viens, esclave du temps ». (Maeterlinck avait tout bonnement escamoté la difficulté avec les mots eux-mêmes.)

9. *Equivocator*. Le propos vise la casuistique des jésuites, et la recommandation du faux serment et de la restriction mentale en cas de nécessité supérieure. En l'espèce : pour protéger les prêtres persécutés. Il y a probablement là une allusion encore plus précise : au procès et à la condamnation du jésuite Garnet (1606) qui aurait participé à la Conspiration des Poudres (1605). Mais c'est se montrer téméraire que d'y voir, comme on l'a fait, une preuve que la pièce ne pouvait pas être antérieure à cette époque, — et d'autant plus téméraire si l'on pense que la scène est une interpolation. Même si elle est de Shakespeare, les adjonctions d'actualité sont pratique courante chez les auteurs.

P. 320.

10. Abbaye où avait lieu le couronnement des rois d'Écosse, sur la fameuse « pierre du Destin », transportée à Westminster en 1296 (elle y fut dérobée, pour être remise en place, il y a quelques années).

P. 338.

11. La scène — en effet assez faible et inutile — et l'introduction du personnage d'Hécate (et par conséquent ses apparitions ultérieures) seraient dues à Middleton. Outre Hécate elle-même, la chanson indiquée par son début *(« Viens, reviens..., etc. »)* proviennent de *The Witch,* — et y renvoient.

CHRONOLOGIE

BIOGRAPHIE

1564   23 avril   Naissance de SHAKESPEARE, à
                          Stratford, de John Shakes-
                          peare et de Mary Arden.

ŒUVRES	ÉVÉNEMENTS Histoire — Littérature — Arts — Sciences	
	Rabelais : Cinquième Livre de *Pantagruel*.	1564
	Mariage de Marie Stuart avec Darnley.	1565
	Cinthio : *Ecatommiti*.	
	Paynter : *Palace of Pleasure*.	1566
	Meurtre de Darnley. Marie Stuart épouse Bothwell.	1567
	Robert Garnier : *Porcie* (tragédie).	1568
	Parker : *Bishop's Bible*.	1569
	Montaigne publie les *Œuvres* de La Boétie.	1571
	Excommunication d'Élizabeth.	1570
	Belleforest publie, sous le même titre, son démarcage des *Histoires tragiques* de Boaistuau, parues douze ans plus tôt.	1572
	Massacre de la Saint-Barthélemy.	
	Amyot : traductions de Plutarque.	
	Ronsard : *La Franciade*.	
	Camoëns : *Les Lusiades*.	
	Naissance de Ben Jonson.	1573
	Le Tasse : *Aminta*.	
	Débuts au théâtre, à douze ans, de Lope de Vega.	1574

BIOGRAPHIE

1582	27 novembre	Mariage de Shakespeare avec Anne Hathaway.
1583	26 mai	Baptême de Susanna, fille de Shakespeare.
1585	2 février	Baptême des enfants jumeaux de Shakespeare : Hamnet et Judith. Année probable du départ de Stratford.
1587		Shakespeare s'installe à Londres.
1592		
	3 mars	

ŒUVRES	ÉVÉNEMENTS Histoire — Littérature — Arts — Sciences	
	Construction à Londres du *Theatre*.	1576
	Agrippa d'Aubigné : *Les Tragiques*.	1577
	Le Greco : *Assomption de la Vierge*.	
	Naissance de Fletcher.	1579
	Montaigne : *Essais*.	1580
	Le Tasse : *Jérusalem délivrée*.	1581
	Heywood : traduction de dix tragédies de Sénèque.	
	Peste à Londres.	1582
	Procès de Marie Stuart.	1586
	Cervantes : *Numance*.	
	Exécution de Marie Stuart.	1587
	Marlowe : *Tamburlaine*.	
	Kyd : *Hamlet* (?)	
	Destruction de l'« Invincible Armada »	1588
	Kyd : *The Spanish Tragedy*.	
	Marlowe : *Edouard II*.	1590
		1591
Composition probable des second et troisième *Henri VI*.		
Composition probable du premier *Henri VI*.		1592
Représentation du premier *Henri VI*.	Ouverture du théâtre de la *Rose*, à Londres.	

BIOGRAPHIE

	septembre	Robert Greene s'attaque à Shakespeare.
	décembre	Défense et éloge de Shakespeare par Henry Chettle.
1593		
	30 décembre	
1594	26-27 décembre	Shakespeare, ainsi que Burbage et Kempe, comédiens du Lord Chambellan, jouent à la cour.
	28 décembre	
1595		
1596		Mort du fils de Shakespeare, Hamnet.
1597		Shakespeare achete « New Place », grande et riche maison, à Stratford.
1598		Études de Meres, qui énumère les pièces de Shakespeare connues à cette date.
1599	21 février	Fondation du Théâtre du Globe, dont Shakespeare est copropriétaire.
1600		

ŒUVRES	ÉVÉNEMENTS Histoire — Littérature — Arts — Sciences	
Richard III.		1593
La Comédie des erreurs.		
Vénus et Adonis.		
Représentation		
de *Richard III.*		
Composition probable de	Entrée de Henri IV à Paris.	1594
Titus Andronicus.		
La Mégère apprivoisée.		
Le Viol de Lucrèce.		
Représentation de		
La Comédie des erreurs.		
Composition probable de		1595
Les Deux Gentilshommes de		
Vérone.		
Peines d'amour perdues.		
Roméo et Juliette.		
Richard II.		
Composition du		1596
Songe d'une nuit d'été.		
Le Roi Jean.	Ouverture du théâtre du	1597
Le marchand de Venise.	Cygne à Londres.	
Représentation à la cour de	Bacon : *Essais.*	
Peines d'amour perdues.		
Henri IV, 1 et 2.	Édit de Nantes.	1598
Année conjecturale de la		
composition d'**Hamlet.**		
Composition de	Arioste : *Orlando furioso.*	1599
Beaucoup de bruit pour rien.		
Henri V.		
Jules César.		1600
Comme il vous plaira.		
La Nuit des Rois.		

BIOGRAPHIE

1601		Mort du père de Shakespeare.
1602	26 juillet	Privilège accordé par Jacques Ier à Shakespeare, Fletcher, Lawrence.
1603		
1604		
	1er novembre	
1605		
1606		
1607	5 juin	Mariage de la fille de Shakespeare, Susanna, avec John Hall, médecin à Stratford.
	septembre	
1608	21 février	Baptême d'Elisabeth, petite-fille de Shakespeare.
	9 août	Shakespeare est copropriétaire du théâtre de Blackfriars.
1609	9 septembre	Mort de la mère du poète.

ŒUVRES	ÉVÉNEMENTS Histoire — Littérature — Arts — Sciences	
Année probable de composition ou d'achèvement de **Hamlet.** *Les Joyeuses commères de Windsor.* Représentation d'**Hamlet.** *Troilus et Cressida.*	Rébellion et exécution du comte d'Essex.	1601
		1602
Hamlet publié dans le Quarto 1. Représentations d'**Hamlet** à Oxford et à Cambridge. *Tout est bien qui finit bien.* **Othello.**	Mort de la reine Elisabeth. Avènement de Jacques 1er.	1603
Mesure pour mesure Représentation d'**Othello** à Whitehall. **Hamlet,** publié dans le Quarto 2.		1604
	Cervantes : *Don Quichotte.* Ben Jonson : *Volpone.*	1605
Macbeth.		1606
Le Roi Lear.		1607
Représentation d'HAMLET. par les matelots, à bord d'un navire au large des côtes d'Afrique. *Antoine et Cléopâtre.* *Coriolan* *Timon d'Athènes.* *Périclès.*	Première colonie anglaise en Amérique. Honoré d'Urfé : *L'Astrée.* Fondation de Québec par Champlain.	1608
Publication des *Sonnets.*	Galilée invente la lunette astronomique.	1609

BIOGRAPHIE

1610		Shakespeare se retire à Stratford.
1611	20 avril	
	1er novembre	
1612	juin	Première signature autographe de Shakespeare qui nous soit parvenue (à l'occasion d'un procès où il témoigne).
	décembre	
1613	mars	Seconde et troisième signatures autographe (sur des actes d'opérations immobilières). Incendie du théâtre du Globe.
1615		
1616	10 février	Mariage de Judith Shakespeare avec Thomas Quiney, à une date interdite. Ils seront excommuniés.
	25 mars	Shakespeare signe son testament.
	23 avril	MORT DE SHAKESPEARE, à Stratford.
1621		
1623		

ŒUVRES	ÉVÉNEMENTS Histoire — Littérature — Arts — Sciences	
Cymbeline Représentation d'**Othello** au Globe. *Le Conte d'hiver.*	Assassinat d'Henri IV. Chapman : traduction intégrale de l'*Iliade*.	1610
La Tempête. Représentation de **Macbeth** au Globe. Représentations du *Conte d'hiver* au Globe, et de *La Tempête* à Whitehall.		1611
Représentations à la cour des deux *Henri IV* (le second sous le titre de *Sir John Falstaff*).	Traduction de *Don Quichotte* par Shelton.	1612
Début des représentations poursuivies en janvier de : *Beaucoup de bruit pour rien, Jules César,* **Othello,** *Conte d'hiver,* pour les fêtes du mariage de la fille de Jacques Ier, Elizabeth, avec Frédéric, Électeur palatin.		1613
	Cervantes : *Don Quichotte* (deuxième partie). Premier procès de Galilée.	1615
	Condamnation des théories de Copernic. A. d'Aubigné : *Les Tragiques*.	1616
	Mort de Cervantes.	
Othello est enregistré. Seize pièces inédites sont enregistrées dont **Macbeth.** Premier Folio, publication des Œuvres, considérées alors comme complètes.		1621 1623

TABLE

COMMENTAIRES ET NOTES

IMPRIMÉ EN FRANCE PAR BRODARD ET TAUPIN
Usine de La Flèche (Sarthe).
LIBRAIRIE GÉNÉRALE FRANÇAISE - 6, rue Pierre-Sarrazin - 75006 Paris.

ISBN : 2 - 253 - 01719 - 1   ✛ 30/1265/5